ullstein

Das Buch

Lena Todd ist dreiundzwanzig Jahre jung und Bauingenieurin. Das Studium unter Männern war hart, aber nicht so hart wie der Job, der darauf folgt: Sie soll auf einer Baustelle im australischen Outback dreihundert Männern das Arbeiten beibringen. Lena ist mäßig begeistert, will aber um jeden Preis beweisen, dass sie eine gute Ingenieurin ist – auch wenn sie dafür monatelang auf Shoppen und Partys verzichten muss. Sie will es allen zeigen. Der Empfang im Baustellen-Camp ist jedoch alles andere als ermutigend. Erst wird sie für eine Putzfrau, dann für die neue Sekretärin gehalten. Als den Männern im Camp klarwird, dass sie es mit einer Kollegin zu tun haben, kann sie sich vor gutgemeinten Ratschlägen, Liebesschwüren und blöden Sprüchen kaum retten. Lenas Arbeitssituation wird zusätzlich dadurch erschwert, dass ihr Bauleiter Dan nicht nur alles besser weiß, sondern auch noch der heißeste Mann unter der australischen Sonne ist …

Die Autorin

Loretta Hill wurde in Perth, Australien, geboren. Nach ihrem Ingenieursstudium arbeitete sie für eine große Baufirma, bevor sie sich ganz dem Schreiben widmete. Sie lebt mit ihrem Mann und ihren drei Kindern im Westen Australiens.

Homepage der Autorin: www.lorettahill.com.au

Loretta Hill

Küssen kann man nicht verlernen

Roman

Aus dem Englischen von
Corinna Rodewald

Ullstein

Besuchen Sie uns im Internet:
www.ullstein-taschenbuch.de

MIX
Papier aus verantwortungsvollen Quellen
FSC® C014496

Deutsche Erstausgabe im Ullstein Taschenbuch
1. Auflage März 2014

Titel der Originalausgabe: *The Girl in Steel-Capped Boots*
(Random House Australia Pty Limited, Sydney, Australia)
Umschlaggestaltung: bürosüd° GmbH, München
Titelabbildung: © Westend 61/Getty Images (Frau),
© www.buerosued.de (Hintergrund)
Satz: Pinkuin Satz und Datentechnik, Berlin
Gesetzt aus der Melior
Papier: Pamo Super von Arctic Paper Mochenwangen GmbH
Druck und Bindearbeiten: GGP Media GmbH, Pößneck
Printed in Germany
ISBN 978-3-548-28523-8

Kapitel 1

»Wir würden dich gern nach Pilbara schicken.«

O nein. »Äh ... Pilbara?« War das nicht irgendeine heiße, staubig-rote Einöde mitten im Busch? Lena verschränkte unruhig die Hände auf ihrem Schoß und bemerkte selbst in ihrem benommenen Zustand, dass ihr Nagellack abgeblättert war.

Verdammt.

»Ja, nach Cape Lambert, um genau zu sein«, fuhr ihr Chef Ivan fort.

Konzentrier dich.

»Ah, okay.« Lena strich sich den cremefarbenen Rock glatt und sah Ivan mit einem, wie sie hoffte, klugen und interessierten Gesichtsausdruck an. »Ich habe von dem Projekt gehört, das wir dort laufen haben. Hört sich ziemlich groß an.«

Das stimmte. Es war eines der größten Projekte, das Barnes Incorporated in diesem Jahr angenommen hatte. Eigentlich sollte Lena sich geehrt fühlen, dafür ausgewählt worden zu sein. Doch das tat sie nicht.

Nicht einmal ein bisschen.

Das Outback würdigte man am Australia Day, oder vielleicht bei einem Besuch im Perth Museum. Aber dort leben? Niemals. Sie gehörte in die Stadt. Sie mochte die Clubs. Und sie liebte Shopping.

Konnte sie ihre Fähigkeiten nicht hier unter Beweis stellen?

Ivan schob die Unterlagen auf seinem Schreibtisch zu einem ordentlichen Stapel zusammen. »Wir glauben, dass so eine Erfahrung deine Kenntnisse über Baustellen erweitern wird, vor allem, wo du gerade von der Uni kommst. Das gehört zu den unerlässlichen Voraussetzungen für einen guten Ingenieur. Würde dich die Stelle interessieren?«

Lena kribbelte es am ganzen Körper, als ihr die Bedeutung dieser Frage bewusst wurde.

Es war ein Test. Er wollte wissen, ob sie es mit ihrer Karriere ernst meinte.

»Ja. Ja, sie würde mich schon interessieren.«

Um Gottes willen, sei überzeugender.

Sie räusperte sich und warf ihre dunkelblonde Mähne zurück. »Es ist mir sehr wichtig, hier mein Bestes zu geben, Ivan.«

»Freut mich zu hören.«

O Gott. Der Tonfall. Lena hörte nicht zum ersten Mal diese ganz bestimmte Mischung aus Herablassung und Sarkasmus in der Stimme eines Gegenübers. Im Grunde passierte ihr das oft. Schon an ihrem ersten Tag hier, als sie in ihrem roten Kostüm erschienen war, das ihr immer Glück brachte. Und in der ersten Besprechung, als sie ihr türkisfarbenes Smartphone auf den Tisch neben ihr Notizbuch legte. Wo lag das Problem bei Ingenieuren und Mode? Hatte sie etwa an der Uni die Regel nicht mitbekommen, die bunte Farben und hochwertige Accessoires untersagte?

Lena stöhnte innerlich. Sie hatte vieles in den vier Jahren an der Uni nicht mitbekommen. Erst im dritten

Jahr hatte sie überhaupt verstanden, dass sie zum Studieren da war und nicht zum Feiern. Eigentlich waren ihre Eltern daran schuld, was schickten sie sie auch auf eine strenge Privatschule für Mädchen? Kein Wunder, dass sie sich einfach mal gehen lassen wollte, als sie da raus war. Sie fuhr sich mit der Zunge über die Lippen. »Und … äh … wie lange soll ich dort bleiben?«

»Erst einmal für drei Monate.«

Erst einmal!

Lena schluckte. Sie hatte von anderen gehört, die dorthin versetzt worden waren. Sie kamen nie mehr zurück. Das Outback war wie das Bermudadreieck. Es verschluckte einen, und schon bald wussten die Leute in der Stadt nicht mehr, wo man lebte oder was aus einem geworden war. Sie würde all ihre Freunde zurücklassen. Die Partys würden ohne sie steigen. Niemand, der von seinem Cocktail aufsah, um zu fragen, wo sie steckte. Niemand, der zur Tür schaute, um zu sehen, ob sie hereingekommen war. Die triste Szene vor ihrem inneren Auge schwenkte auf sie selbst, wie sie in verdreckter Kleidung unter einem Eukalyptusbaum saß und sich gegen die tropische Hitze Luft zufächelte. Ihre Haare bis zur Unkenntlichkeit zerzaust und vom heißen Klima aufgebauscht. Unbewusst zog Lena an ein paar Strähnen hinter ihrem Ohr.

»Alles in Ordnung?«

»Ja, ja, sicher.« Doch ihre Kehle war wie zugeschnürt, als sie Ivans Gesicht wieder deutlich vor sich erkannte. Sie wusste, dass sie nicht ablehnen konnte. Das hier war der Moment, in dem alle damit rechneten, dass sie versagte, das Handtuch warf, sich als ungeeignet für den von ihr gewählten Beruf erwies.

Aber ich schaffe das! Ihre Entschlossenheit stärkte ihr den Rücken, und sie setzte sich aufrechter hin. Sie musste zu viel beweisen – mehr als die anderen Ingenieure, die keine Röcke und Haarspängchen trugen. Sie konnte ebenso gut sein wie sie, und das war ihre Chance, es ihnen zu zeigen. Also verzog sie ihre Lippen zu einem entzückenden Lipgloss-Lächeln.

»Wann soll ich anfangen?«

»Sofort. Lass dir von Megan einen Flug buchen.« Lena biss sich auf die Lippe. Wie sie Ivans unbarmherzige und geringschätzige Art hasste. Sie versuchte, noch etwas Zeit herauszuschlagen.

»Könnte ich noch ein paar Tage bekommen, um ein paar Sachen zu regeln?« Der Ausverkauf bei Myer Stocktale war noch nicht vorbei, und sie wollte sich vor ihrer Abreise auch noch einmal mit all ihren Freunden treffen – vielleicht sogar eine ihrer legendären Partys in ihrem Lieblingsclub schmeißen.

Ivan sah sie skeptisch an. »Okay, dann am Montag.«

An seinen zusammengepressten Lippen erkannte sie, dass sie ihr Glück nicht weiter herausfordern sollte. »Perfekt.«

Mit weichen Knien ging sie zurück zu ihrem Schreibtisch. Sie musste sich an der Tischplatte festhalten, als sie sich auf ihren Stuhl sinken ließ.

Was habe ich getan?

Sie griff nach ihrer Maus, und der Barnes-Inc.-Bildschirmschoner verschwand von ihrem Monitor. Eine neue Nachricht von Robyn wartete auf sie.

Re: Heute Abend essen bei Il Ciao?

Lena nahm ihr Handy und tippte den Namen ihrer besten Freundin ein.

»Hi. Hast du meine Mail bekommen?«

»Ja, hab ich. Heute Abend geht klar«, erklärte Lena schnell und sah sich um, ob einer ihrer Kollegen in Hörweite war. Niemand war zu sehen, aber sie senkte ihre Stimme trotzdem.

»Es ist etwas Furchtbares passiert.«

Robyn stockte der Atem. »Du hast deinen roten Samtmantel ruiniert.«

Lena rollte mit den Augen. »So schlimm ist es nicht.«

Kurze Stille und dann noch ein hörbarer Atemzug. »O mein Gott. *Sie haben es herausgefunden.*«

»Fast.« Lena biss im Versuch, die aufkommende Panik in Schach zu halten, die Zähne zusammen. »Sie *werden* es herausfinden.«

»Wie? Wann? Hast du es vermasselt?«

»Nein.« Lena schloss die Augen. »Wenn überhaupt, dann sind sie von mir beeindruckt, glaube ich. Ich meine, es sieht so aus. Sie schicken mich nach Pilbara.«

Robyn schnaubte. »Worum machst du dir dann Sorgen?«

»Hast du nicht zugehört? Sie schicken mich nach *Pilbara*, Robyn – in das Outback, ans Ende der Welt!«

Der Ernst der Situation dämmerte Robyn endlich, und sie klang atemlos. »O mein Gott. Du hast recht. Da draußen gehst du doch ein. Sag ihnen, dass du nicht gehst.«

»Das kann ich nicht.« Lena warf wieder einen Blick über die Trennwand ihres Arbeitsplatzes, um mögliche Mithörer zu ertappen. »Das gehört zu meiner Initiation. Sie wollen herausfinden, wo meine Grenzen liegen. Ich muss ihnen beweisen, dass ich das kann. Ich muss ihnen zeigen, dass ich eine gute Ingenieurin bin.«

»Oh, bitte! Wir wissen doch, dass du das bist.«

»Nein, das wissen wir nicht.« Lena hielt sich das Telefon so dicht an den Mund, dass ihre Lippen es berührten. »Verstehst du nicht, Robyn? Vielleicht ist es genau das Richtige.«

»Kein Leben, aber dafür einen tropischen Zyklon?« Robyns Stimme klang streng. »Das glaube ich kaum.«

»Da ist noch keine Saison für Zyklone.«

»Ist doch egal. Geh einfach nicht.«

»Ich muss aber.«

»Lena, das musst du nicht«, beharrte Robyn. »Niemand außer dir, mir und der intellektuell Gestörte wissen, was an der Uni passiert ist. Und seien wir mal ehrlich, er wird's bestimmt niemandem erzählen.«

»Dadurch wird es noch nicht wieder geradegebogen«, protestierte Lena. »Aber vielleicht durch das hier.«

Robyn seufzte resigniert. »Na gut, aber wenn du nach Pilbara gehst, dann nimm bloß nicht deinen roten Samtmantel mit.«

Der Flug nach Karratha war relativ kurz, und Lena vertrieb sich die Zeit mit einer Zeitschrift und Artikeln wie »Zehn Wege, um deinen Kleiderschrank für den Sommer aufzupeppen« und »Betrügt er dich? Finde es heraus«. Irgendwie musste sie sich von der Tatsache ablenken, dass sie für drei Monate oder länger auf dem Weg zu einer Baustelle war, nur um zu beweisen, dass der intellektuell Gestörte unrecht hatte: »Du bist eine wunderschöne Frau, Lena ... Aber die Welt da draußen wird nicht so leicht auf dich hereinfallen wie ich.«

Sie sah noch immer sein wütendes Gesicht vor sich, als er das zu ihr gesagt hatte. Die gerunzelte Stirn, die sie so gern glattgeküsst hatte – zu Anfang, als er für sie noch auf einem Podest stand.

Er war genau zum richtigen Zeitpunkt in ihr Leben getreten. So klug und engagiert und gut in allem, worin sie selbst gut sein wollte. Er hatte ihr auch geholfen, sehr sogar. Das hatte sie nie in Frage gestellt, und sie würde ihm dafür wahrscheinlich auf ewig dankbar sein. Doch die Menschen ändern sich. Sie werden erwachsen. Zumindest war sie erwachsen geworden.

Sie wurde aus ihren Gedanken gerissen, als die Räder auf dem Rollfeld aufkamen, und warf einen Blick aus dem ovalen Fenster. Es gab nicht viel zu sehen. Der Flughafen von Karratha war klein im Vergleich zu dem in Perth: nur ein einstöckiges Terminalgebäude auf dem Lande, umgeben von niedrigem Gebüsch. Sie verzog das Gesicht. Und diese Stadt wurde hier draußen als Großstadt gehandelt! Hier sollte sie abgeholt werden, hatte ihr Chef gesagt, und dass sie am Rande einer viel kleineren Stadt namens Wickham wohnen würde.

Der Mann, der bereits auf sie wartete, war ähnlich enttäuschend: klein, glatzköpfig, stämmig und definitiv schlecht gelaunt. Mit dem Firmenlogo über der Brusttasche seines blauen Hemdes war er eindeutig als Barnes-Inc.-Angestellter zu identifizieren. Er trug eine Hose aus dem Army-Shop. Lenas Stimmung sank noch tiefer. *Diese Uniform ist hoffentlich optional.*

Sie atmete tief ein und ging mit ausgestreckter Hand auf den Mann zu. Sie wollte einen freundlichen und begeisterten Eindruck vermitteln. Erste Eindrücke machten sich immer bezahlt, und ihrer sollte gut sein.

»Sie warten wahrscheinlich auf mich. Ich bin Lena Todd.«

Gute drei Sekunden stand sie dort in ihrer Begrüßungshaltung erstarrt, während der Mann sie einfach nur ansah, als hätte sie Soße im Gesicht. Schweißperlen bildeten sich in ihrem Nacken, als sie sich zu fragen begann, ob das tatsächlich der Fall war. Sie zog die Hand zurück und hob sie an die Nase.

Erst in dem Moment sprach der Mann.

»Ich bin Mike Hopkins.«

»Freut mich.« Sie streckte erneut die Hand aus.

Dieses Mal jedoch drehte er sich einfach um und ging zum Gepäckband. Lena eilte ihm hinterher. Sie bildete es sich nicht ein – der Mann war tatsächlich absichtlich unhöflich.

Na toll. Was ist jetzt mit mir nicht in Ordnung?

Sie straffte die Schultern und ließ ihren ganzen Charme spielen. »Ganz schön heiß hier, oder? Ich meine, dafür, dass bald Winter ist.« Sie lief nun neben ihm, strich sich mit einer manikürten Hand über die Stirn und strahlte ihn mit ihrem gewinnendsten Lächeln an.

Mike schnaubte. »Das ist gar nichts. Und wenn Sie sich jetzt schon beschweren, kommen Sie nicht weit.« Er blieb abrupt stehen, als sie das Gepäckband erreichten.

»Oh, ich beschwere mich gar nicht«, versicherte sie ihm. »Ich liebe die Wärme. Sie nicht auch?«

Er ignorierte ihre Bemerkung. »Wie sieht Ihre Tasche aus?«

»Taschen«, berichtigte sie ihn. »Ich habe drei.«

»Drei!«

»Drei rote.« Sie nickte. Rot war ihre Glücksfarbe. Sie besaß fast nur rote Sachen.

»Das kann nicht Ihr Ernst sein.«

Das Lächeln schwand von Lenas Gesicht. Wenn er darauf bestand, unhöflich zu sein, dann musste sie an ihn auch nicht ihren kostbaren Charme vergeuden. »Warum nicht?« Sie stemmte die Hände in die Hüften.

»Ihre Frage bestätigt nur meine Vermutung«, entgegnete er.

Kevins Stimme schlich sich unerwünscht in ihren Kopf: *»Ich habe dir doch gesagt, dass du nicht für diesen Beruf gemacht bist. Aber du wolltest es ja nicht hören.«* Sexistischer Müll. Mike konnte sie allerdings sofort durchschauen: Er war aus der Steinzeit. Ihr Beobachtungsobjekt ergriff die Gelegenheit, um sich zum Gepäckband zu drehen und die rote Tasche darauf zu schnappen.

»Gehört die Ihnen?«

Lena sah ihn herausfordernd an. »Ja.«

Wenige Sekunden später hatte Mike auch ihren Schminkkoffer auf den Trolley geladen und die Schultertasche in der Hand. Sie wollte danach greifen, doch Mike wich ihr aus. Wütend lief sie ihm hinterher, als er davonmarschierte, und zog fest an der Tasche. Sie war ohne weiteres dazu in der Lage, ihr Gepäck selbst zu tragen. Sie hatte zwar viele Klamotten, aber sie war keine Prinzessin. Er starrte sie an, überließ ihr jedoch ihre Tasche.

»Was ist überhaupt alles da drin?«, wollte er wissen, als sie sich dem Ausgang näherten. »Haben Sie auch Ihren Freund eingepackt?« Als sie den Mund für eine Entgegnung öffnete, hielt er sie mit erhobener Hand auf. Dann kam der *Tonfall*. »Nein, sagen Sie's nicht. Ich weiß schon Bescheid.«

Lena wusste, dass ihre Hoffnung, der *Tonfall* würde

ihr nicht bis nach Karratha folgen, optimistisch gewesen war, doch es erschütterte sie, ihn bereits so früh zu hören. Törichterweise hatte sie gehofft, dass zumindest die erste Person, der sie begegnete, ihr eine Chance geben würde. Es war ihre Enttäuschung, die sie platzen ließ. »Sie sind ganz schön unhöflich.«

Nachdem sie ihr Schwert gezückt hatte, wartete Lena mit angehaltenem Atem auf Mikes Gegenschlag. Doch der sah sie nur halb schmunzelnd, halb abfällig grinsend an und verließ das Flughafengebäude.

Sie spürte Wut in sich aufsteigen. Lena riss sich zusammen und atmete tief durch, bis ihr Puls sich bis auf unter *wutentbrannt* senkte (wenn auch immer noch gerade über *verärgert*). Mike benahm sich zweifellos absichtlich und ohne Grund boshaft. Sie hatten sich doch gerade erst kennengelernt. Wie konnte sie ihn jetzt schon beleidigt haben?

Das Fahrzeug, zu dem Mike sie führte, war ein mit rotem Staub bedeckter Pick-up-Zweisitzer. Man konnte gerade noch erkennen, dass er ursprünglich einmal weiß gewesen war.

»Sind alle Autos hier draußen so schmutzig?«, fragte sie.

Mike sah sie verächtlich an. »Sie haben noch nicht gesehen, was Schmutz bedeutet.« Er hielt inne. »Wir laden erst Ihre Sachen im Camp ab, und dann bring ich Sie zur Baustelle.«

Lena schluckte. »Äh … Camp? Sie meinen aber keine Zelte, oder?«

Sein Lächeln war definitiv böse. »Nein.«

»Oh, gut. Man hat mir eine eigene Unterkunft zugesichert.«

Sein Grinsen wurde breiter. »Sie bekommen Ihre eigene Unterkunft schon.«

Sie betrachtete ihn mit zusammengekniffenen Augen, doch er sagte nichts weiter, sondern konzentrierte sich darauf, den Wagen zu starten. Der Pick-up gurgelte und spuckte, bevor er dröhnend ansprang, beinahe, als würde er erst einmal den roten Staub abhusten. Schon bald erreichten sie die Hauptstraße. Mike stellte die Musiklautstärke gerade so ein, dass sie nicht reden mussten. Lena war eigentlich ganz froh darüber und widmete sich dem Ausblick aus dem Fenster.

Das war also das Outback.

Rau, gnadenlos und scheinbar Ödland.

Lena war viel zu sehr Städterin, um die karge, rote Ebene inspirierend zu finden. Die Landschaft neben der Straße bestand nur aus Büschen; es gab keine Bäume. Und das Grün war nicht üppig. Es war ein trockenes, verdorrtes Grün – die Farbe von Armeeuniformen. Die Erde am Straßenrand war rot und steinig. Das einzig Schöne waren die Sonnenstrahlen: hell und von keiner einzigen grauen Wolke getrübt.

Lena war enttäuscht, dass die Straße vom Flughafen sie nicht durch Karratha hindurchfuhrte. Wickham war angeblich viel kleiner, und ein Anhaltspunkt wäre schön gewesen.

Der erste Blick, den Lena auf das »Camp« erhaschte, war ein ziemlicher Schock, auch wenn Mikes offensichtliches Vergnügen angesichts ihres Entsetzens sie davon abhielt, das laut auszusprechen.

Sie beschloss, Mike Hopkins nicht zu mögen, und verzog keine Miene. Sie würde ihm nicht den Gefallen tun, ihn ihre Verunsicherung spüren zu lassen.

Ich finde das hier vollkommen in Ordnung.

»Das hier« war eine Ansammlung identischer weißer Kästen auf unkrautübersäter, steiniger Erde. Hunderte dieser Kästen bildeten ordentlich nebeneinander aufgereiht ein riesiges Rechteck. Lena kannte diese Art von Containern – von Festivals. Ihr wurde mulmig. Ihrer Erfahrung nach dienten sie als Toilettenwagen oder Erste-Hilfe-Stelle, nicht als Schlafzimmer. Mike parkte den Pick-up und stieg ächzend aus. Er ging zur offenen Ladefläche, um Lenas Taschen abzuladen, doch sie sprang ebenfalls aus dem Wagen und schnappte sich zwei Taschen, bevor er sie erwischte. Mike zuckte nur mit den Schultern, nahm die dritte Tasche und bedeutete ihr, ihm zu folgen.

Sie betraten das Labyrinth aus Kästen, und der Schotter knirschte unter ihren Füßen. Lena sah sich vergeblich nach irgendeinem Lebenszeichen um, doch die leeren, schäbigen Hütten erstreckten sich, so weit das Auge reichte. Als sie an eine T-Kreuzung kamen, zog Mike einen Schlüssel aus der Hosentasche und sah den Anhänger genauer an.

»Sie haben Nummer E32«, sagte er und gab ihr den Schlüssel. Dann bog er links ab auf einen der grob angelegten Pfade, die sich durch das Labyrinth schlugen. Lena folgte ihm und versuchte, sich jede Abbiegung einzuprägen.

Mike blieb stehen. »Das ist er: Ihr Dongar.«

Dongar?

Lena betrachtete das Gebilde vor ihr, das kaum mehr war als ein Gartenschuppen auf Stümpfen, und fand die Bezeichnung recht angemessen. Unter Mikes selbstgefälligem Grinsen stieg sie die zwei Zementblöcke zu ihrer Haustür hinauf. Sie drehte den Schlüssel im Schloss und stieß die Tür auf. Ein Schwall heißer Luft zischte heraus, so dass Lena für einen Moment die Luft wegblieb. Sie machte sich auf alles gefasst und ging hinein.

Der Kasten war kleiner als ein durchschnittliches Schlafzimmer für eine Person und bis obenhin vollgestopft mit nicht zueinanderpassenden Möbelstücken. Lena schaltete die nachlässig am Fenster angebrachte Klimaanlage ein und trat dann für eine Bestandsaufnahme einen Schritt zurück, während das Gerät lautstark zum Leben erwachte.

Die Rigipsplatten waren mit einer hässlichen Tapete beklebt, mit der Lena nicht einmal eine Schublade ausgekleidet hätte. Das Fenster über der Klimaanlage war mit einem Gitter versehen, das dem Raum die Atmosphäre einer Zelle verlieh. Ein schmales Bett stand auf der einen Seite, an seinem Fußende ein ebenso schmaler hoher Schrank. Auf der anderen Seite gab es einen kleinen Schreibtisch und einen Plastikstuhl. In der Ecke neben der Eingangstür stand ein kleiner Kühlschrank. Der einzige nicht vollgestellte Streifen war nur einen halben Meter breit. Und leider wurde dieser kleine Bereich nun komplett von Lenas Gepäckstücken eingenommen. Eins war sicher: Auf gar keinen Fall würde ihre Kleidung in den Schrank passen.

Hinter Lena ertönte ein Kichern. »Soll ich Ihnen die hier auch reinbringen oder einfach hier draußen stehen lassen?«

Sie wirbelte herum und streckte die Hände aus. »Ich nehme sie.«

»Sie sollten sich beeilen«, wies Mike sie an, als er

ihre Tasche vor ihren Füßen ablud. »Es gibt noch viel zu tun heute Nachmittag.«

Lena verstaute die Tasche im Schrank, ging hinaus und schloss die Tür hinter sich. Sie folgte Mike erneut durch das Labyrinth und bemühte sich, sich den Weg einzuprägen, während sie sich durch die Dongars schlängelten.

»Wie viele Leute wohnen hier?«, fragte sie schließlich.

»Ungefähr dreihundertfünfzig, mal mehr, mal weniger.« Er hielt inne. »Ihre Einrichtungen sind direkt vor Block E. Es gibt für die Damen nur eine Toilette und ein Bad.«

»Warum?«

»Es gibt hier nur vier Damen«, erklärte Mike. »Sie sind dann die fünfte.«

Lena fiel die Kinnlade herunter. Sie war daran gewöhnt, am Arbeitsplatz einer Minderheit anzugehören. Aber fünf von dreihundertfünfzig? Auf jede Frau siebzig Männer! Sie biss sich auf die Lippe. Der Unterschied war um einiges größer als im Hauptsitz – abgesehen davon, dass sie dort all dem problemlos entfliehen konnte, wenn sie nach der Arbeit auf die Straße hinausging. Jetzt aber *lebte* sie hier in diesem Camp.

Es gab keinen Ausweg.

O verdammt.

Mike schien ihre Bestürzung nicht zu bemerken. »Ich werde Ihnen Ethel vorstellen«, fuhr er fort und ging weiter. »Sie leitet das Camp. Sie war die erste Frau hier.«

Der endlose Schotterweg wurde breiter und führte sie zu einem größeren, dunkelbraunen Backsteingebäude am Rande der Dongar-Ebene – das einzige feststehende Gebäude auf dem ganzen Gelände. Sie betraten einen kleinen Raum mit einem langen weißen Tresen. Es war ganz offensichtlich ein Büro, und doch erinnerte es Lena an ein Krankenhaus. Die Einrichtung war weiß und aus Plastik. Eine Frau saß hinter dem Tresen und sah auf, als sie hereinkamen, telefonierte aber weiter. Sie hatte fürchterliche Haare, fürchterliches Make-up und entsetzlich gelbe Zähne.

»Es tut mir leid, aber es gehört nicht zu unseren Dienstleistungen, zu versuchen, Brüder nebeneinander unterzubringen«, sagte sie gerade. »Ja, mir ist bewusst, dass der Dongar neben Ihrem frei ist, aber wir reservieren keine Dongars, schon gar nicht für zwei Wochen. Das ist hier kein Motel.«

Offensichtlich war Ethel weder tolerant noch flexibel. Ihre halbgeschlossenen Augen fixierten Lena unablässig, während sie sprach. Offensichtlich ein vorsätzliches Manöver, um Lena einzuschüchtern. Sie straffte also ihre Schultern und richtete sich auf, war ihr doch so gar nicht danach, bei diesem Spiel zu verlieren.

Ethel legte grußlos auf und zog zwei ungeduldige und jämmerlich nachgezogene Augenbrauen zur Begrüßung hoch. Unbeeindruckt trat Lena an den Tresen.

»Hallo. Ich bin Lena Todd. Ich bin gerade angekommen …«

»Ich weiß, wer Sie sind«, unterbrach Ethel sie kühl. »Sie sehen viel schlimmer aus, als ich erwartet hatte.«

Gereizt und immer noch gekränkt von Mikes Beleidigungen, platzte es aus Lena heraus: »Sie auch.« Diese impulsive Entgegnung schien Ethel zu amüsieren. Lena kam in den Genuss, einen ersten kurzen Blick auf etwas zu erhaschen, das ein Lächeln hätte sein können, aber mehr wie eine Mischung aus unterdrückten Blähungen und Spott aussah.

Mike unterbrach sie, und dieses Mal war es Lena egal. »Ich habe ihr gerade ihren Dongar gezeigt.«

»Verstehe.« Ethel schwang sich in ihrem Stuhl zu den Regalen hinter ihr herum und nahm ein paar Formulare aus den Fächern. »Frühstück von fünf bis sieben, Abendessen von achtzehn dreißig bis zwanzig Uhr. Kommen Sie nicht außerhalb dieser Zeiten, dann ist die Kantine geschlossen, und Sie bekommen nichts zu essen. Ein Lunchpaket, das Sie zur Arbeit mitnehmen können, gibt's beim Frühstück. Die Tür hier rechts führt zur Kantine, die Tür links zu den Tischtennisplatten und Billardtischen. Neben dem Parkplatz gibt's einen Fitnessraum.« Sie knallte die Formulare auf den Tresen. »Füllen Sie die hier aus, und geben Sie an, wen wir im Notfall benachrichtigen sollen. Auf den anderen hier finden Sie einen Stadtplan, einen Plan vom Camp und ein Formular für die Fernsehausleihe.«

Lena nickte, und Ethel legte ihr einen Stift hin, lehnte sich zurück und begann, sich die Nägel zu feilen.

Lena warf einen Blick auf das Fernseher-Formular. »In den Dongars gibt es doch gar keinen Platz für einen Fernseher.«

Die Nagelfeile hielt in der Bewegung inne, und ohne dass der Kopf sich hob, schossen Ethels Augen nach oben. »Haben Sie ein Problem mit der Unterkunft?«

Lena beschloss, ehrlich zu sein. »Sie ist nur etwas kleiner, als ich erwartet hatte.«

Ethel schnaubte. »Und es gibt auch keine wohlriechende Seife oder Schokolade auf dem Kopfkissen. Willkommen in der Wirklichkeit, Schätzchen.«

Lena diskutierte nicht weiter und fing mit dem Personalformular an – sie konnte sich ohnehin nicht vorstellen, dass sie die begrenzte Auswahl an Kanälen, die das Outback zu bieten hatte, sehen wollte. Und außerdem musste sie sich beeilen: Sie musste direkt ins Büro gehen, damit sie sich überzeugen konnte, dass sie nicht umsonst aus Perth fortgegangen war – dass sie hier an diesem gottverlassenen Ort tatsächlich die Gelegenheit bekam, ihre Fähigkeiten unter Beweis zu stellen. Dass Pilbara, trotz aller Makel, ihr etwas darüber beibringen würde, was es bedeutete, eine gute Ingenieurin zu sein. Eine Bauingenieurin, die ihren Job verstand.

Sie sah auf die Uhr. Halb fünf. Wenn sie sofort ins Büro ging, dann konnte sie die anderen Mitarbeiter treffen, bevor sie Feierabend machten. Sie wandte sich zu Mike. »Sollen wir zur Baustelle fahren?«

Er musterte sie. »Wollen Sie sich vorher umziehen?«

Für eine halbe Stunde wollte sie sich nicht die Mühe machen. Ihre Khakishorts und die Bluse waren leger, aber ordentlich. »Nein, das passt schon.«

Ethel und Mike warfen sich einen Blick zu. Lena konnte diesen Blick nicht deuten, hatte aber keine Zeit, sich darüber Gedanken zu machen. Sie sehnte sich nach guten Nachrichten, bevor der Tag vorbei war. Sie musste ins Büro, bevor sie die Beherrschung verlor und darum flehte, zum nächsten Flieger nach Hause zurück zum Flughafen gebracht zu werden.

Das Baustellenbüro von Cape Lambert lag etwa zwei Kilometer von der Hauptstraße entfernt am Ende einer einsamen Schotterstraße, die direkt an den Strand mündete. Als das Meer in ihr Blickfeld rückte, fiel Lena als Erstes auf, dass es so gar nicht dem Meer, wie sie es kannte, ähnelte. Sie hatte noch nie einen roten Sandstrand gesehen. Das intensive Rot verblasste erst dort, wo es mit dem Wasser in Berührung kam, zu einer hellgelben Färbung. Überall lagen schwarze kantige Steine. An dieser Art von Küste würde sie nicht barfuß entlangschlendern wollen. Gegenüber der Wasserlinie standen drei riesige Büro-Dongars. Einer war beschriftet mit einem staubüberzogenen *Barnes Inc.* Im Hintergrund konnte Lena die gewaltigen Eisenerzdepots, Baumaschinen und die restliche Hafenanlage sehen. Mike fuhr neben einige andere Pick-ups, die vor einem der Büro-Dongars parkten. Sie stiegen beide aus, und Lena hielt kurz den Atem an, bevor sie ihrem Schicksal entgegenschritt.

Sie hatte auf keinen Fall einen großen Auftritt hinlegen wollen, doch in dem Moment, in dem sie den Dongar betrat, hielten alle in ihrem Tun inne und starrten sie an. Sie bekam eine Gänsehaut und wusste nicht so recht, was sie tun sollte. In dem Raum waren nur Männer, bis auf zwei Frauen, die an einem Kopierer beschäftigt waren. Sie trugen die gleiche Uniform wie Mike.

Plötzlich erschienen ihr ihre eigentlich vollkommen respektablen Shorts unangemessen kurz und ihre smarte Bürobluse viel zu eng geschnitten und viel zu rosa. Zahlreiche Augenpaare scannten sie von Kopf bis Fuß.

»Da steck mich doch ins Irrenhaus«, kommentierte ein glatzköpfiger Herr, der ihr am nächsten saß. Er stand auf und hielt ihr die Hand hin. »Ich bin John Lewis. Und wer mögen Sie wohl sein?«

Erleichtert lächelte Lena ihn an und schüttelte ihm die Hand. »Lena. Lena Todd. Ich bin die neue Ingenieurin.«

»Die neue *Ingenieurin.*« Der *Tonfall* war unverkennbar. Erneut verfluchte sie ihr Outfit.

»Ich bringe Sie am besten zu Carl«, sagte Mike, sichtlich erfreut über die ganze Situation. »Kommen Sie.«

Lena warf John Lewis ein schwaches Lächeln zu und folgte Mike durch das Chaos. Der Büro-Dongar sah von außen geräumig aus, aber das täuschte. Er war in einzelne Nischen unterteilt und bis obenhin mit billigen Möbeln und Computern vollgestopft, die von einer roten Staubschicht bedeckt waren. Die Barnes-Inc.-Belegschaft sah Lena nach.

In einer Ecke versteckt gab es eine Küche. Sie war so schmutzig, als wäre sie seit Monaten nicht mehr geputzt worden. Sowohl der Mülleimer als auch das Spülbecken quollen über, und die Arbeitsfläche war rot und schwarz und von Tausenden von Fingerabdrücken übersät. Gerade, als die »Warum-gerade-ich?«-Fragen sich bemerkbar machen wollten, dirigierte Mike Lena zu einem Büro. Es war das einzige im Gebäude, das richtige Wände und eine Tür hatte, die sich öffnen und schließen ließ. Lena war begierig darauf, den Bauleiter kennenzulernen. Vielleicht würde jemand Erfahrenes wie Carl Curtis etwas Vernunft in ihre Anwesenheit hier bringen. Sie steckte vorsichtig den Kopf durch den Türspalt.

»Was zum Teufel willst du?«

Zuerst dachte sie, er würde mit ihr sprechen, und sprang beinahe zurück. Doch dann winkte er ihr grimmig zu, und ihr wurde klar, dass er telefonierte.

»Nein, ich habe keinen verdammten zusätzlichen Kranführer parat.« Er deutete auf den Stuhl vor seinem Schreibtisch. »Greg, du hast zwölf verdammte Typen da draußen, verflucht. Was zum Teufel machen die denn?«

Lena setzte sich und schluckte. Sie sah sich um: unordentlicher Schreibtisch, überquellende Bücherregale und ein quietschender Tischventilator. Der Mann hinterm Schreibtisch sah aus, als wäre er Anfang vierzig, und konnte dringend eine Rasur vertragen.

»Das ist mir scheißegal, Greg. Einer der verdammten Idioten kann doch wohl einen Scheißkran bedienen!« Er wartete. »Keine Sorge, Greg. Ich zieh mir einfach einen verfluchten Kranführer aus meinem verdammten Arsch!« WUMS.

Er fuhr sich mit zwei gigantischen Pranken durch seine dunkelbraunen Haare und rollte die massigen Schultern. »Was kann ich für Sie tun?«

Lena lächelte und versuchte, einen fröhlichen Ton anzuschlagen. »Ich bin Ihre neue Ingenieurin.«

Er sah sie flüchtig an. »Scheiße.«

»Entschuldigung?«

»Entschuldigen Sie sich lieber nicht bei mir«, warnte er sie, »denn ich werde mich auf keinen Fall bei Ihnen entschuldigen. Außerdem wird Ihnen das, was ich Ihnen gleich sage, wahrscheinlich nicht gefallen.«

Daran hatte sie keinen Zweifel, doch sie zog eine Augenbraue hoch. Das ließ sie hoffentlich aussehen, als stünde sie komplett über den Dingen. Carl grinste nur. »Sie denken wohl, dieser Blick lässt Sie haushoch überlegen wirken, junge Dame. Ich muss aber leider Ihre Seifenblase aus der Stadt zum Platzen bringen.

Den Typen hier draußen ist das egal. Sie sind denen egal. Ich bin denen egal. Und die Arbeit hier ist denen auch egal. Das hier ist Pilbara. Und Pilbara stellt seine eigenen Regeln auf.«

Lena verschränkte die Arme und seufzte. »Bisher scheint mir Pilbara vor allem nur unhöfliche Leute aufzustellen.«

Carl lachte kurz heftig auf. »Schon ein bisschen was abbekommen, was?«

Sie nickte. Carl war auf sehr vielen Ebenen beleidigend, aber aus irgendeinem unerklärlichen Grund gefiel ihr seine schroffe Art viel besser als Mikes unterschwellige Kommentare.

»Wie alt sind Sie?«, fragte er.

»Dreiundzwanzig.«

»Also quasi gerade frisch von der Uni«, überlegte er.

Was soll das denn heißen? Ihre Nerven gingen mit ihr durch. »Ich arbeite mittlerweile seit sechs Monaten, und bisher gab es noch keine Beschwerden, danke der Nachfrage.« Zu spät bemerkte sie, dass sie zu heftig protestiert hatte.

»Regen Sie sich mal nur nicht auf«, gab Carl zurück. »Darum ging es mir nicht. Bloß weil Sie schlau sind, heißt das noch nicht, dass man es Ihnen nicht schwermachen wird.«

Lenas Verstand klinkte sich bei der ersten Hälfte dieses letzten Satzes ein. Carl fand sie schlau. Ihr Herz vollführte einen hoffnungsvollen Hüpfer. Hatte jemand etwas über sie erzählt? War sie empfohlen worden?

»Die Leute in Perth meinten, Sie wären noch ziemlich grün hinter den Ohren.« Er rieb sich über die Stirn. »Unternehmen Sie also nichts, ohne es vorher mit mir abzusprechen. Ich habe keine Zeit aufzupassen, dass Sie keine Scheiße bauen.«

»Ich habe nicht vor, Sch… Mist zu bauen.« Lena richtete sich auf. »Sie haben kein Recht, mich zu verurteilen. Ich habe noch nicht für Sie gearbeitet. Sie …«

Carl nickte ungeduldig und hob eine Hand, um sie zum Schweigen zu bringen. »Ja, ja, ja. Mir sind Ihre Gefühle etc. pp. vollkommen bewusst. Aber was zum Henker suchen Sie denn hier, wenn Sie eigentlich im Elfenbeinturm thronen und bewundert werden wollen?«

Lena biss die Zähne zusammen. »Ich bin hier, um Erfahrungen als Ingenieurin zu sammeln. Erfahrungen, die ich in der Stadt nicht machen könnte.«

Ich bin hier, um zu beweisen, dass ich mir meinen Abschluss verdient habe.

Carl kratzte sich am Kopf. »Na, wenn es das ist, was Sie suchen, dann hol mich der Teufel, wenn Sie's in Pilbara nicht finden. Aber tun Sie uns allen einen Gefallen: Besorgen Sie sich Arbeitskleidung und Stiefel – mit Stahlkappen. Binden Sie Ihre Haare zusammen und …« – er wedelte in hilfloser Resignation mit der Hand in ihre Richtung – »ich nehme mal an, an dem Rest können wir nichts ändern.«

Die Erkenntnis, dass Mode in Pilbara verpönt war, war zwar deprimierend, doch Lena war vernünftig genug, um ein möglicherweise einleuchtendes Argument für das Arbeitsoutfit zu erkennen. Sie könnte es nicht ertragen, die ganze Zeit von allen angestarrt zu werden. Sie wollte sich einfügen. Und außerdem sah es ganz so aus, als wäre die Uniform hier die einzige Kleidung, die robust genug war, um die Geißelung zu überstehen.

»Ich werde sehen, was ich tun kann«, antwortete sie barsch.

Carl zog eine Schublade auf, nahm eine Mappe heraus und schob sie Lena zu. »Damit können Sie schon mal anfangen.«

»Was ist das?« Lena schlug die Mappe auf.

»Wir sind dabei, eine Tabelle für alle Stahlteilmarkierungen in den Zeichnungen zu erstellen. Die Zeichnungsordner sind im Schrank neben dem Eingang.«

»Sie wollen, dass ich Daten eingebe? Kann das nicht eine Sekretärin übernehmen?«

»Fürs Erste sollen Sie das machen.« Das Telefon klingelte, und Carl griff nach dem Hörer, bevor Lena auch nur ein weiteres Wort hervorbringen konnte. Er drehte sich in seinem Stuhl, so dass er ihr den Rücken zuwandte, und begann zu reden.

»Komm mir bloß nicht so. Die Teile sollten schon vor zwei Tagen da sein. Ich lass mich nicht hinhalten, weil irgendein Idiot ...«

Lena wartete nicht ab, um herauszufinden, was der Idiot getan hatte. Sie hielt den Atem an und stand auf. Ehrlich gesagt war sie sehr enttäuscht von Carl Curtis und seinen Sprachproblemen. Alles entwickelte sich genau so, wie sie es befürchtet hatte. Obwohl sie nicht die ganze Wahrheit über Lena kannten, befand das Pilbara-Barnes-Inc.-Team sie für nutzlos. Wenn sie wollte, dass diese Versetzung ihre Lage verbesserte, würde sie um jede Gelegenheit kämpfen müssen. Und zwar hart.

Beinahe spürte sie, wie Kevins Blicke sich ihr in den Hinterkopf bohrten. Ein Schauer lief ihr über den Rücken, während sie versuchte, die Erinnerungen an ihn zu verdrängen. *»Wie kann ich an jemanden glauben,* *der mehr Energie in die Ausstattung seines Kleiderschranks investiert als in sein Studium?« Niemand verlangt mehr von* dir, *an mich zu glauben, Kevin.*

Lena verließ das Büro und stellte fest, dass Mike sich nicht die Mühe gemacht hatte, auf sie zu warten.

»Na wunderbar«, murmelte sie. »Und jetzt?«

Jemand hinter dem Küchentresen beobachtete sie – ein hochgewachsener junger Mann mit breiten Schultern, schmalen Hüften und markantem Gesicht. Er trug das übliche Hemd, Jeans, eine orange-gelb reflektierende Weste und ein Paar abgetragene Stahlkappenstiefel. Das Ganze wurde abgerundet durch eine Schicht Staub und Schweiß. Und trotzdem hatte er etwas Anziehendes an sich. Cowboys. Selbst stinkend und schmutzig waren sie sexy.

»Guten Tag«, begrüßte ihn Lena.

»Hey.« Der Mann neigte den Kopf, und kleine Krähenfüße zeigten sich um seine lachenden Augen.

Ermutigt durch seine freundliche Ausstrahlung, ging Lena ein paar Schritte auf ihn zu. »Ich habe gerade erst hier angefangen und weiß nicht, wo ich als Nächstes hin soll. Mike, der Typ, der mich hergebracht hat, scheint verschwunden zu sein.«

Der Mann grinste, und Lenas Selbstbewusstsein stieg noch ein Level. Er hatte makellose weiße Zähne und einen schönen Mund. Sie lächelte ihn mit ungehemmter Begeisterung an.

»Mike lässt sich gern mal ablenken.« Er hielt ihr eine Hand hin. »Ich bin Gavin, der verantwortliche Ingenieur für die Pfahlgründung. Wir haben schon gehört, dass Sie hier anfangen würden.«

»Wirklich?«

»Ja. Glauben Sie mir«, er sah sich im Raum um, »wir können hier jemanden wie Sie gebrauchen.«

»Danke«, brachte Lena mit einer Mischung aus Ungläubigkeit und Erleichterung hervor. »Ich werde mein Bestes geben. Ich will hier wirklich etwas bewirken. Und ich bin froh, dass nicht alle so ungewillt sind, mir tatsächlich eine Chance zu geben.«

»Machen Sie Witze?« Gavin schüttelte den Kopf. »Sie schickt der Himmel. Hören Sie, wenn Mike gerade nicht da ist, kann ich Ihnen sicher ein paar Tipps geben.« Er sah auf ihre kurzen Hosen. »Aber haben Sie vielleicht was anderes zum Anziehen?«

Lena seufzte. »Keine Sorge. Ich habe schon mit Carl über die Uniform gesprochen … Mehr oder weniger.«

»Ah, okay.« Gavin nickte. »Gut, wenn Sie sich umgezogen haben, fangen Sie am besten in der Küche an. Wie Sie sehen«, er deutete auf die vollgestellte Spüle, »ist es hier am dringendsten. Wir hatten noch keine anständige Putzhilfe, seit das Projekt angelaufen ist. Der Dreck ist Monate alt. Ich glaube, im Stahlcontainer hinterm Büro gibt's Wischlappen und Putzmittel.«

Seine Worte ließen in weniger als einer Sekunde die ganze Freude aus Lenas Lächeln verschwinden.

»Was haben Sie gesagt?«

»Ich habe keine Ahnung, ob es auch einen Staubsauger gibt«, fuhr Gavin unbeirrt fort. »Aber ich bin ziemlich sicher, dass da draußen auch ein paar Besen stehen. Mann, ist das super, dass hier mal saubergemacht wird.« Er zwinkerte Lena zu. »Wie gesagt, Sie schickt der Himmel.«

Kapitel 2

Nach diesem desaströsen ersten Tag wollte Lena den Abend nur noch allein mit einer Tasse Tee verbringen. Sie musste sich erst einmal wieder sammeln, vielleicht Robyn anrufen und ein bisschen herumjammern. Doch das Schicksal machte ihr einen Strich durch die Rechnung. Erstens gab es im Camp keinen Handyempfang. Und zweitens war sie mit dreihundertfünfzig Männern zum Abendessen verabredet, die seit Monaten keine neue Frau mehr vor Ort zu Gesicht bekommen hatten. Es würde schwierig werden, sich im Hintergrund zu halten. Als Frau auf der Baustelle war man so etwas wie ein Star. Jeder kannte sie, auch wenn sie niemanden kannte. Sie war gerade mal seit zwei Stunden hier, doch die Neuigkeit hatte sich wie ein Lauffeuer ausgebreitet. Als sie in die Kantine kam, begrüßten manche sie schon mit Namen.

Die Kantine erinnerte sie an ein Ferienlager. Klapptische und Plastikstühle standen in Reih und Glied über den ganzen Raum verteilt. Zwei Köche gaben das Essen aus.

Sobald Lena Gavin entdeckte, ging sie schnurstracks auf ihn zu. Trotz ihres Missverständnisses war er der Einzige, den sie im Raum wiedererkannte. Es machte sie nervös, dass die Männer von den anderen Tischen ihr anzüglich hinterhergrinsten. Also besser zum kleineren Übel.

»Ich muss schon zugeben«, sagte Gavin, als sie sich neben ihn setzte, »dass ich nach heute Nachmittag angenommen hätte, ich wäre die letzte Person, neben der du sitzen wollen würdest.«

Lena entspannte sich ein wenig unter seinem entschuldigenden Lächeln. Er sah schließlich immer noch gut aus, und nett war er außerdem.

»Schon in Ordnung«, seufzte sie.

»Fangen wir noch mal von vorne an?« Er streckte ihr die Hand hin.

»Klar.« Lena nickte und griff seine Hand. Sie konnte dringend einen Freund auf der Baustelle gebrauchen, und wenn er sich anbot, dann würde sie ihn bestimmt nicht abwimmeln. Sie vermisste Robyn, und es waren noch nicht einmal vierundzwanzig Stunden vergangen.

»Hey, Gav«, unterbrach sie einer der jungen Männer an ihrem Tisch, »willst du sie jetzt ganz für dich in Beschlag nehmen oder was?« Er – beziehungsweise fast der ganze Tisch – zwinkerte ihr zu.

Gavin sah grinsend in die erwartungsvolle Runde. »Leute, das ist Lena. Lena, das hier sind die Jungs vom Schwimmkran.«

Die Jungs waren freundlich, derb und durch und durch sexistisch. Auf einer Party in der Stadt hätte Lena die Aufmerksamkeit vielleicht genossen. Hier aber musste sie mit diesen Leuten zusammenarbeiten, und so verbrachte sie die nächsten zwei Stunden damit, ständig Grenzen zu ziehen. Wenn die Jungs sie nur nicht immer wieder überschreiten würden.

Ihre Erfahrungen vom Vortag hatten Lena zumindest gelehrt, sich am nächsten Tag weniger auffällig zu kleiden. Sie hatte keine Lust, immer im Schatten ihres Frauseins zu stehen. Sie wollte als Ingenieurin ernst genommen werden – unabhängig von ihrem Geschlecht. Das Hemd, das Mike ihr gab, war Größe S, saß aber locker, und sie raffte es zusammen, damit es ihre Taille nicht zu sehr betonte. Wenn auch unter ihrem ältesten und schlabberigsten Paar Cargohosen nicht viel Taille auszumachen war. Es würde genügen müssen, bis sich Lena ein Paar eigene, unvorteilhafte Armeehosen besorgen konnte. Sie band ihre Haare in einem besonders langweiligen Pferdeschwanz zusammen – zu tief, um zu wippen, aber zu hoch, um elegant auszusehen. Dann zog sie die Haare noch einmal durch das Haarband, um ihre Locken zu verstecken.

Es schmerzte sie zwar, doch sie verzichtete auf Make-up. Ernsthafte Zeiten verlangten ein ernstzunehmendes Gesicht, und so beschränkte sie sich auf ihren Lippenpflegestift und eine Feuchtigkeitscreme mit Lichtschutzfaktor 15. Als sie fertig war, lächelte sie sich im Spiegel an: schlicht, altbacken und eines zweiten Blicks gänzlich unwürdig.

Lena war so von ihrem drastischen äußerlichen Wandel eingenommen, dass sie ihre Mitfahrgelegenheit auf die Baustelle mit dem Bauleitungsteam verpasste. Gavin hatte ihr erzählt, dass sie jeden Morgen um Viertel vor sechs in einer Pick-up-Kolonne fuhren. Sie würde einen der Shuttlebusse für die Arbeiter nehmen müssen – sie begannen ihre Touren um Viertel nach sechs, und um halb sieben war beinahe das ganze Camp leer.

Kaum sah sie den Bus, bereute sie ihre Trödelei.

Es war wie in der Highschool. Die Männer lehnten

sich aus den Fenstern und frotzelten herum, saßen an den Rädern und frühstückten oder lehnten an der hinteren Tür, wo sie noch eine Zigarette rauchten, bevor der Tag begann. Als sie Lena entdeckten, schwenkte ihr Interesse um.

»Oho, Lena fährt bei *uns* mit.«

Die Männer, die an der Tür lehnten, richteten sich auf, die Raucher warfen ihre Kippen auf den Boden und traten sie aus. Dann drängelten sich alle, um vor ihr in den Bus zu steigen.

Ihr Mut sank. Der Mauerblümchenlook hatte nicht funktioniert. Als sie näher kam, fragte sie sich, ob es überhaupt einen Unterschied gemacht hatte. Alle redeten über sie, als wäre sie gar nicht da.

»Sie setzt sich bestimmt nicht neben dich. Du stinkst wie ein Schwein.«

»Meinst du, du wärst besser, Kumpel? Deine Achseln riecht man bis in die hinterste Reihe.«

Lena erschauderte, als sie den Fuß auf die erste Stufe stellte. Der Fahrer grinste sie an.

»Sieh an, wir haben wohl einen Ehrengast heute Morgen.«

»Hi«, sagte sie leise. »Haben Sie noch Platz?«

»Haben wir noch Platz, Jungs?«

Es ertönte ein Chor aus »Klar, verdammt!«, und Lena hörte ein Durcheinander aus hin und her rutschenden Körpern, Geschubse und Gerempel, Ächzen und noch mehr Flüchen.

»Steh nicht rum«, forderte der Fahrer sie auf. »Steig ein.«

Lena kletterte die Stufen hoch und stand dann am vorderen Ende des Gangs.

Denk dran, du machst das alles für deine Karriere.

Sie inspizierte die Lage. Genaugenommen war der Bus voll. Es gab nur ein paar freie Sitze, weil einige Männer ihre Kumpel zu Boden geschubst oder an die Fensterscheiben gedrängt hatten.

Ein Mann mit starkem schottischem Akzent brüllte seinen Sitznachbarn an: »Hoch mit dir. Siehst du nicht, dass die Lady einen Platz braucht? Hierher, Schätzchen, hier ist noch Platz.«

Lena wäre am liebsten im Erdboden versunken. Sie setzte sich stumm auf den nächstbesten Platz und versuchte, jeglichen Blickkontakt mit dem Typen neben ihr zu vermeiden, der sie anzüglich anstarrte. Der Fahrer startete gerade den Motor, als ein Nachzügler in den Bus sprang. Erneut brach Chaos aus. Die Männer trampelten mit den Füßen und schleuderten ihm Beschimpfungen entgegen.

»Verpiss dich, Idiot! Du siehst doch, dass der Bus voll ist. Raus mit dir!«

Die für Lena freigehaltenen Plätze füllten sich, als sich die Männer wieder breitmachten.

»Leckt mich doch!«, rief der Nachzügler und zeigte ihnen den Finger, bevor er sich umdrehte und aus dem Bus sprang, um auf den nächsten zu warten. Die Männer lachten ihn aus, und Lenas Sitznachbar stieß ihr mit dem Ellenbogen in die Seite.

»Keine Sorge, Schätzchen, ich pass auf dich auf.«

Lena lächelte schwach, und er grinste so breit, dass sie meinte, seine Zähne müssten gleich herausspringen.

Sie schwor bei ihrer Lieblingshandtasche, nie wieder die Fahrgemeinschaft der Bauleitung zu verpassen.

An ihrem sechsten Tag auf der Baustelle wurde Lena klar, dass es in ihrem Leben letztendlich nur noch zwei Möglichkeiten gab: Friss oder stirb.

»Was ist jetzt schon wieder los?«, wollte Robyn wissen, als Lena zum wiederholten Male einen Notruf von ihrem staubigen Arbeitsplatz nach Perth startete.

»Niemand hier hört mir zu. Meine Meinung zählt weniger als die der neuen Putzkraft – und die schiebt nur den roten Staub von einer Ecke in die andere.«

»Vielleicht sollte sie lieber einen Staubsauger als einen Besen benutzen.«

»Robyn, *konzentrier dich.*«

»Okay, okay.« Ihre beste Freundin klang eingeschnappt. »Aber ich weiß wirklich nicht, was ich noch sagen soll.«

Lena seufzte. Sie konnte Robyn keinen Vorwurf machen. Sie rief bereits zum dritten Mal innerhalb von drei Stunden an – und das war nur einen Anruf von ihrem täglichen Durchschnitt entfernt. Sie wusste, dass sie anstrengend war, konnte aber nichts daran ändern. Jedes Mal, wenn sie Robyns Stimme hörte, fühlte es sich an, als bekäme sie ein Stückchen von Perth zurück. Das war wie Balsam für ihre geschundene Seele.

Sie hatte einfach solches Heimweh.

Und sie war wütend.

Die Dateneingabe, die Carl ihr aufgetragen hatte, betäubte ihr Gehirn – und das war nicht das Einzige, was ein wenig Workout vertragen konnte. Ihre Arme und Beine schmerzten davon, tagein, tagaus zwölf Stunden lang auf demselben quietschenden Stuhl zu sitzen. Robyn hatte ihr geraten, sich zu beschweren, aber wen würde das interessieren? Carl war nie da.

Gavin war unzuverlässig. Und der *Tonfall* verfolgte sie überallhin.

Lena wusste, dass sie alle für die Niete hielten, mit der sie sich jetzt abfinden mussten. Vorarbeiter, Maler, Schweißer, Stahl- und Gerüstbauer – ganz gleich, um wen es sich handelte. Sie hatten kein Vertrauen in sie. Sie war wie das Kind, das niemand babysitten wollte.

Eine Last.

Die beiden Frauen im Büro, mit denen sie sich hatte anfreunden wollen, waren höflich, aber nicht sonderlich interessiert. Sie waren vor Ort angestellt worden, wohnten nicht im Camp und hatten bereits ein festes Netzwerk aus Familie und Freunden.

Mit Robyn zu sprechen war wie ein Aufatmen.

»Robyn, du musst mir helfen.«

»*Ich* muss gar nichts«, wehrte Robyn ab. »*Du* musst eine Entscheidung treffen. Entweder die Strafe akzeptieren oder nach Hause fahren.«

»Du weißt, dass ich nicht nach Hause fahren kann.«

»Warum denn nicht? Das wäre viel einfacher ...«

»Ich will dieses Mal nicht den einfachen Weg gehen«, fuhr Lena ihr ins Wort. Sie umklammerte die Telefonschnur, als Kevin mit vor Verwirrung gerunzelter Stirn vor ihrem inneren Auge erschien. *»Aber ich dachte, du wolltest genau das.«*

»Lena? Lena? Bist du noch da?«

Lena blinzelte. »Tut mir leid, Robyn.«

»Nein, mir tut es leid. Ich wollte damit nichts andeuten. Ich wollte nur ...«

Lena biss sich auf die Lippe. »Ich weiß, was du sagen wolltest. Aber ich kann nicht nach Hause fahren. Wenn ich in Pilbara versage, dann gibt das Kevin recht.«

»Du kannst nicht versagen, wenn du gar nicht die Möglichkeit dazu hattest.« Lenas Freundin sog scharf den Atem ein und fügte dann hinzu: »Hör zu, wenn du so stur sein willst, dann kannst du es auch ebenso gut komplett durchziehen.«

Lena richtete sich hoffnungsvoll auf. »Was meinst du damit, es komplett durchziehen?«

»Ich meine rebellieren.«

Lena runzelte die Stirn. »Wie bitte?«

»Rebellieren«, wiederholte Robyn. »Oder nach Hause fahren. Entweder – oder. Ruf mich erst wieder an, wenn du eine Entscheidung getroffen hast.«

»Aber ...«

Sie hörte Papier rascheln. »Ich muss Schluss machen, Süße. Die Chefin will mit mir reden, und sie sieht nicht gerade erfreut aus.«

Lena hörte sich das Freizeichen noch zehn Sekunden lang an, bevor sie langsam den Hörer auflegte.

Rebellieren.

Wie sollte sie das anstellen? Streiken? Eine lange Mittagspause machen? Sie schnaubte. Das wäre wahrscheinlich für sie selbst die größte Tortur. Sie aß meistens an ihrem Schreibtisch zu Mittag – es gab kein Café um die Ecke oder ein Bistro gegenüber. Die Bänke draußen waren auch nicht gerade einladend. Der angenehmste Ort war drinnen, wo die Luft kühl war und kein Staub und keine Fliegen in ihrem Essen landeten.

Wenn sie einen Pick-up stahl und hinunter zum Strand fuhr, würde das eventuell schon etwas mehr Aufsehen erregen. Nicht weil sie weg war, sondern das Auto. Carl und Gavin waren ständig unterwegs zu irgendeiner Krise – es war für ihren Tagesablauf unerlässlich, einen Wagen vor Ort zu haben.

Ihre Gegenwart war jedoch nicht unerlässlich.

Warum haben sie mich überhaupt eingestellt?

Ihre Hände ballten sich zu Fäusten. Es spielte keine Rolle, was sie für Gründe hatten: Lenas eigene Absichten zählten. Sie war nach Pilbara gekommen, um echte Baustellenarbeit zu sehen, und bisher hatte sie nur die vier Wände eines verdreckten Büros zu Gesicht bekommen und dazu stündlich Einheiten sexueller Belästigung.

Sie wollte das Projekt sehen. Das richtige Projekt.

Den Schiffsanleger.

Sie hatte gehört, wie einige Männer ihn auch die Landungsbrücke nannten, weil er so gewaltig war: Zweieinhalb Kilometer erstreckte er sich bis aufs Meer. Darauf verlief ein Förderband, das Eisenerz zu den gigantischen Schiffen transportierte, die am Ende anlegten. Barnes Inc. war damit beauftragt worden, den Anleger sowohl zu verlängern als auch zu verbreitern.

Lena trommelte unruhig mit den Fingern auf der Tischplatte. Sie kaute auf ihrer Unterlippe, während sie über das Dilemma nachdachte, in dem sie steckte. *Vielleicht fahre ich einfach allein hin. Wer sollte mich denn schon aufhalten?*

Bevor sie es sich anders überlegen konnte, stand sie auf, ging in die Küche und schlüpfte aus der Hintertür, als sie sicher war, dass niemand hinsah. Sie schnappte sich einen Schutzhelm, eine Warnweste und eine Sicherheitsbrille aus einem offenstehenden Stahlcontainer, der gleichzeitig als Vorratslager hinter dem Büro-Dongar diente, und sah sich dann nach einem Transportmittel um. Sie wusste, dass vorne ein Bus wartete, sie sah ihn immer dort stehen. Er fuhr stündlich vom Baustellenbüro ab, um Botengänge zum Anleger zu erledigen und Männer dorthin zu bringen. Lena ging zum geparkten Fahrzeug hinüber, fest entschlossen, mitzufahren.

Sie war darauf gefasst, einigem Widerstand zu begegnen, und war daher überrascht, als sie eine Fahrerin mit einladendem Lächeln hinter dem Steuer entdeckte.

»Hi, hallo.«

Lena fiel die Kinnlade herunter. »Äh … hi.«

Die Frau hatte kurze rote Haare und war um die dreißig. Ihre Augen funkelten, als könnte sie Lenas Gedanken erraten.

»Was ist?« Ihre Mundwinkel zuckten. »Hast du ein Problem mit einem weiblichen Busfahrer?«

Lena setzte einen Fuß auf die Stufe und legte die Hand aufs Geländer. »Solange du kein Problem mit einem weiblichen Ingenieur hast.«

Die Busfahrerin grinste sie auffordernd an. »In Ordnung, steig ein.«

Lena war sich jetzt schon sicher, dass sie beste Freundinnen werden würden. »Ich heiße Lena«, erklärte sie, als sie einstieg.

»Ich weiß. Hab schon von dir gehört. So was macht hier schnell die Runde.«

Lena verdrehte die Augen. »Wem sagst du das!«

Die Frau hielt ihr die Hand hin. »Ich bin Sharon. Die zurechnungsfähigste Person, die dir heute begegnen wird. Bist du bereit?«

Lena nahm ihre Hand und grinste. »Und wie! Schon seit sechs Tagen.«

»Zu Befehl, Frau Ingenieurin.« Sharon salutierte frech, und Lena setzte sich in den ansonsten leeren Bus.

»Momentan fahren wohl nicht viele raus«, bemerkte Lena.

»Sind schon alle da«, entgegnete Sharon über die Schulter. »Großer Tag heute: Der erste Pfahl wird aufgestellt. Pass ein bisschen auf. Es sind alle etwas übermütig.«

»Danke für den Hinweis.« Sharon fuhr los und sie schwiegen, bis Lena ihren ersten Blick auf die Landungsbrücke erhaschte.

»Wow«, hauchte sie.

Der Schiffsanleger war einfach überwältigend. Lena wusste natürlich, wie lang er war, doch nichts hatte sie auf diesen ehrfurchtgebietenden Anblick vorbereitet. Sie fühlte sich wie ein Pharao vor den Pyramiden. Ein Schauer lief ihr durch den Körper.

Von der Küste aus konnte sie das Ende nicht erkennen. Der Anleger lief einfach immer weiter, bis er am Horizont verschwand. Da er mindestens fünf Etagen über dem Meeresspiegel stand, mussten sie zunächst eine steile Böschung hinauffahren, um an den Anfang zu kommen. Der Anleger ruhte auf riesigen weißen, zylindrischen Pfählen, die schräg zueinander versetzt in einem Abstand von ungefähr dreißig Metern standen.

Die Entfernung zwischen den Pfählen schien in der Ferne immer kleiner zu werden, und das Bauwerk erstreckte sich vor Lena wie ein riesiger Tausendfüßler. Sie hörte das Summen des Förderbands, bevor sie es sah. Es bewegte sich beinahe so schnell wie der Bus und transportierte Unmengen von rotem, feuchtem Eisenerz auf seinem schwarzen, verwitterten Band. Alles andere – die Straße, die Stahlgerüste, die das Förderband trugen – war rotgefärbt. Das Eisenerz drang in alle Ecken und Winkel.

Deswegen bin ich Ingenieurin geworden.

Um das hier zu spüren.

Die Aufregung erinnerte Lena an ihren ersten Tag an der Uni, die neuen Themen, die Freude erster Entdeckungen, diese Neugierde, mehr zu erfahren. Es war ein Gefühl aus der Zeit, als Kevin ihren Glauben an ihre Berufswahl und ihr Selbstvertrauen noch nicht zerstört hatte.

Das will ich wieder spüren.

Genau das.

Lena hörte Sharon lachen. Erst da bemerkte sie, dass sie die Nase an die Scheibe gepresst hatte.

»Brauchst du ein Taschentuch?«, erkundigte sich Sharon.

Lena lief rot an und wischte die verschmierte Scheibe mit ihrem Ärmel ab. »So etwas habe ich noch nie gesehen. Zumindest nicht aus der Nähe.«

»Keine Sorge, mich überwältigt es auch fast jeden Tag aufs Neue.«

Sie brauchten mehr als zehn Minuten, um das Ende des Anlegers zu erreichen. Genug Zeit für Lena, um den Anblick, die Geräusche und die Gerüche in sich aufzunehmen. Die Fahrbahn war schmal. Linker Hand befand sich nur ein halber Meter zwischen dem Bus und dem Abgrund zum Meer. Rechter Hand war etwa genauso viel Platz zwischen ihnen und dem Förderband. Es gab keine Leitplanken, Sharon musste sich also konzentrieren. Lena geriet in Panik, als ein Auto auf sie zukam, doch Sharon wich in eine Haltebucht aus. An diesen Stellen wurde die Fahrbahn etwas breiter, so dass zwei Autos an der Seite halten konnten, um ein entgegenkommendes Fahrzeug vorbeizulassen.

»Die Autos, die runterfahren, haben Vorfahrt«, erklärte Sharon, »aber meistens hält derjenige an, der am nächsten an der Bucht ist, und lässt den anderen vorbei.«

Am Ende der Seebrücke herrschte das reinste Chaos. Wo keine Baumaschinen oder Baustoffe abgestellt waren, standen Männer. Es gab kaum ausreichend Platz für fünf Autos. Sharon setzte den Bus in die letzte freie Lücke.

»Ich warte hier eine Viertelstunde«, informierte Sharon Lena. »Danach siehst du mich erst in einer Stunde wieder für die nächste Rückfahrt.«

»In Ordnung.« Lena nickte. »So lange brauche ich vermutlich ohnehin.«

Eine Viertelstunde würde bestimmt nicht für ihre Erkundungstour ausreichen. So eng es hier auch war, es war eine Menge los am Ende des Anlegers.

Neben den Autos war ein provisorisches Büro eingerichtet worden – noch ein verdreckter weißer Dongar, der aussah, als hätte man ihn dort am Straßenrand einfach abgestellt. Daneben stand ein ähnlich provisorischer Toilettenwagen. Dahinter endete der Anleger. Hier war ein Geländer aufgestellt worden – *wurde auch Zeit* –, und ein paar Männer standen davor und sahen aufgeregt aufs Wasser.

Auf dem Meer befand sich ein Kahn, ungefähr so groß wie ein Wohnhaus. Nur dass er nicht auf dem Wasser schwamm. Unter ihm ragten drei enorme Stelen hervor, die ihn über den Wellen schweben ließen – eine Szene wie aus *Krieg der Welten*. Auf einer Seite des Kahns war der Kommandoraum, und auf der anderen hielt eine gigantische Klaue einen langen zylinderförmigen Pfahl, dessen Ende die Wasseroberfläche berührte. Ein Kran auf dem Deck des Kahns setzte gerade einen anderen Zylinder auf den Pfahl. Lena nahm an, dass er den Pfahl in den Meeresboden treiben sollte. Der Kranführer musste extrem vorsichtig rangieren, da der Pfahl sich ständig bewegte. Ein äußerst kniffliges Manöver.

Die Männer auf dem Anleger gaben den Männern auf dem dreibeinigen Kahn Anweisungen per Handzeichen und mit Funkgeräten. Und Lena begriff plötzlich, dass sie hier nichts verloren hatte. Sie hielt sich im Hintergrund, damit niemand sie bemerkte. Das stellte sich allerdings als schwierig heraus, war sie doch die einzige Frau in einem Fünf-Kilometer-Radius.

»Hallo Fräulein, haben Sie sich verlaufen?«

Lena wandte den Kopf und entdeckte rechts neben sich einen Mann, der sie mit einem spitzbübischen Gesichtsausdruck musterte. Er war klein, blond und sonnenverbrannt und tippte sich an den Schutzhelm. »Wie kommt es, dass ein nettes Mädel wie du in so einem Saftladen landet?«

Lena lachte. »Aus dem gleichen Grund, aus dem du hier bist.«

»Ach ja«, seufzte er. »Geld macht einfach süchtig. Je mehr man davon hat, umso mehr will man haben.« Er hielt ihr die Hand hin. Sie war so rot wie die Kleidung, die er trug, also schüttelte Lena sie nur kurz.

»Ich heiße Leg.«

»Hi, Leg«, wiederholte Lena. »Ich bin Lena.«

»Hi, Lena, freut mich.«

Ein weiterer Mann gesellte sich zu ihnen. Seine Haare und seine großen Augen waren ebenso braun wie seine Haut. Mit wiegenden Schritten kam er auf sie zu. Lena bemerkte das Gurtzeug, das er trug, und verstand, dass er ein Höhenarbeiter sein musste – was auch seinen wiegenden Gang erklärte. »Das hier ist Radar.« Leg deutete mit dem Daumen auf seinen Kumpel.

»Tagchen«, begrüßte sie Radar.

»Ist dein Nachname wirklich Radar?«, erkundigte sich Lena, während er ihr nachdrücklich die Hand schüttelte.

»Nee.«

Leg grinste. »Radar hat sich seinen Namen als Klatschmaul der Baustelle verdient. Es gibt nichts, was er nicht weiß. Spürt es sozusagen mit seinem Radar auf.«

Radar feuerte sofort seine ersten Fragen ab. »Also, bist du Single? Hast du einen Freund, bist du verheiratet?«

Leg stieß ihn missbilligend an, und Lena lachte. »Er verliert keine Zeit, was?«, grummelte Leg.

»Stimmt«, lachte sie.

»Du hast meine Fragen noch nicht beantwortet.« Radar blieb hartnäckig.

»Ich bin schon vergeben«, gab Lena in einem Ton zurück, der nach unbestreitbarer Tatsache klingen sollte. Sie war plötzlich froh darüber, das Klatschmaul von Cape Lambert getroffen zu haben. Es war am besten, wenn die Männer gleich von Anfang an genau wussten, wo sie stand. »Ich will hier Baustellenerfahrungen sammeln, sonst nichts.«

»Und das wirst du bestimmt auch.« Radar zwinkerte

ihr zu, und sie war sich sicher, dass sie nicht über die gleiche Art von Erfahrungen sprachen.

Leg versetzte ihm einen Klaps auf den Hinterkopf. »Sei nett zu ihr. Siehst du nicht, dass sie eine Dame ist? Tut mir leid, Lady, aber Radar wird dafür sorgen, dass bei Einbruch der Dunkelheit das ganze Camp weiß, dass du Single bist.«

Lena seufzte. »Dann gehe ich wohl besser, bevor er noch mehr aus mir herausbekommt.«

»Wohin denn?« Er vollführte einen Satz zur Seite, als sie sich umdrehte.

Lena wandte sich langsam wieder um. »Ich schaue mich nur mal um. Ich bin schließlich die neue Bauingenieurin.«

In übertriebener Ehrfurcht trat Leg einen Schritt zurück. »Ooh, eine Ingenieurin. Bitte meine demütigsten Entschuldigungen anzunehmen. Es war nicht meine Absicht, Ihre göttliche Allmächtigkeit in Frage zu stellen.«

Lena konnte sich ein Kichern nicht verkneifen.

»Madame Ingenieurin.« Radar deutete eine gespielte Verbeugung an. »Und was wissen Sie über den Bau eines Schiffsanlegers?«

Natürlich gar nichts. Selbst wenn Lena die Legitimität ihres Abschlusses nicht in Frage gestellt hätte, wäre sie immer noch Berufsanfängerin. Und das bedeutete in der Regel zweierlei: null Erfahrung und eine Menge zu lernen.

Das wusste sie.

Und das wussten auch die anderen beiden.

Aber sie würde den Teufel tun und das offen zugeben, um geradewegs in die ihr gestellte Falle zu tappen. Und so sagte sie mit mehr Selbstvertrauen, als sie eigentlich verspürte: »Genug, um hier zu sein. Ich wollte mir gerade ansehen, was ihr hier so treibt …«

»Und uns vielleicht ein paar Tipps geben.« Leg zog spöttisch die Augenbrauen hoch und sah dann Radar an, der leise lachte und sich an die Nase tippte. Lena musste sich zusammenreißen, um nicht ihre frechen Köpfe aneinanderzuschlagen. Doch sie beherrschte sich.

»Ich kann euch wohl keine Tipps geben, wenn ich noch gar nicht gesehen habe, woran ihr gerade arbeitet.«

Glücklicherweise lenkten die beiden ein und führten sie an das provisorische Geländer am Ende des Anlegers.

»Sobald die Ramme draufsitzt«, erklärte Leg, »wird heute der erste Pfahl gerammt.«

Aha. Der andere Pfahl musste die Ramme sein, genau wie Lena es sich gedacht hatte. Ihr wurde ganz kribbelig vor Aufregung. Das würde sie miterleben. Sie hatte die richtige Entscheidung getroffen. Pilbara könnte ihr all das zurückgeben, was sie verloren hatte.

Energie.

Selbstbewusstsein.

Unschuld.

Sie hörte Schritte hinter sich, und noch eine Männerstimme gesellte sich zu ihnen an der Leitplanke.

»Wie ist der aktuelle Stand?«

Leg und Radar warfen einen Blick hinter Lena auf den Neuankömmling, und sie sah, wie das Grinsen auf ihren Gesichtern verschwand. Neugierig drehte sie sich um.

Als Erstes fiel ihr an dem Neuling auf, dass er keine Barnes-Inc.-Uniform trug. Als Zweites, dass er groß und breitschultrig war und umwerfend gut aussah. Seine Gesichtszüge wirkten, als hätte sie ein Bildhauermeister gemeißelt. Er wandte seinen dunkelhaarigen Kopf zu ihr um und sah ihr in die Augen. Dreihundertfünfzig Arbeiter hin oder her – er wusste, dass sie brandneu hier war.

Und aus irgendeinem unerfindlichen Grund war er nicht darüber erfreut.

»Wer sind Sie?« Seine attraktiven Augen durchschnitten mit einem Blick die Luft zwischen ihnen, und Lena spürte ein Kribbeln im Bauch.

»Ich … Ich heiße Lena.«

Er musterte sie ungerührt von Kopf bis Fuß, bevor er sich wieder an Leg und Radar wandte, die unruhig hinter ihr von einem Fuß auf den anderen traten. Als er sie ansah, erstarrten sie augenblicklich.

»Was hat sie auf der Landungsbrücke zu suchen?«

Lenas euphorische Stimmung drohte zu kippen. »Äh … entschuldigen Sie«, meldete sie sich zu Wort. »Ich kann für mich selbst sprechen.«

Doch der Neuankömmling redete weiter mit Leg, der sich alles andere als hilfreich anstellte. »Sie können hier nicht einfach Ihre Bürokräfte zum Herumschnüffeln mit rausbringen; das ist zu gefährlich ohne Sicherheitseinführung. Und außerdem«, fügte er mit einem wütenden Blick auf Lena hinzu, »ist das hier keine verdammte Touristenattraktion.«

All ihre Freude verschwand mit einem Schlag. »Wie können Sie es wagen, solche Vermutungen über mich anzustellen?«

Er zog eine seiner schwarzen Augenbrauen hoch. »Hatten Sie eine Sicherheitseinführung?«

Lena errötete. »Nein, aber …«

»Dann schlage ich vor, Sie warten dort drüben auf den Bus. Sie sollten nicht hier sein.«

»Aber ich …«, setzte sie an, wurde jedoch vom lautesten Knall unterbrochen, den sie jemals gehört hatte. Der Anleger unter ihren Füßen erzitterte leicht, und sie hörte, wie eine Welle gegen die Pfähle unter ihr schlug. Als Lena ein wenig ins Wanken geriet, packte der Fremde sie an den Schultern. Noch ein lauter Knall ertönte vom Schwimmkran. Lena legte sich die Hände über die Ohren.

»Du meine Güte«, murmelte sie.

»Sie dummes Mädchen.« Er ließ ihre Schultern los, nahm eine kleine Plastiktüte aus seiner Hosentasche und hielt sie Lena vor die Nase. Es handelte sich um Ohrstöpsel. Gerade, als sie die Hände von den Ohren nahm, um nach den Ohrstöpseln zu greifen, knallte es wieder über ihrem Kopf. Schnell riss sie die Verpackung auf und stopfte sich die Stöpsel in die Ohren. Sie sah sich um und bemerkte erst jetzt, dass jeder welche trug.

KNALL!

Lena konnte die Ramme immer noch laut und deutlich hören, aber die Ohrstöpsel nahmen ihr die Schärfe.

Nun, da ihr Wohlbefinden wieder hergestellt war, nahm die Neugier überhand. Sie starrte auf die Ramme. Es war offensichtlich, wie sie funktionierte: Drinnen bewegte sich ein schweres Gewicht auf und ab. Als Lena über das Geländer unten auf den Pfahl sah, entdeckte sie Fische an der Wasseroberfläche. Gelähmt von der

Vibration trieben sie mit den Bäuchen nach oben um den Pfahl herum.

Leider konnte Lenas Faszination sie nicht unsichtbar machen. Jemand tippte ihr auf die Schulter, und als sie sich umdrehte, starrte Mr Groß, Dunkel und Unausstehlich sie immer noch an. Und neben ihm stand noch jemand. Carl Curtis.

Lenas Boss hatte sich ausgerechnet diesen Augenblick ausgesucht, um erreichbar zu sein. Sie erblasste vor Scham, als er sie zu sich heranwinkte und zurück zum Bus begleitete. Sharon wollte gerade losfahren. Lenas Puls hämmerte in ihren Schläfen.

So viel also dazu, rebellieren zu wollen.

So viel also dazu, sich Respekt verschaffen zu wollen.

Sie hatte lediglich Leg, Radar und dem smarten Besserwisser mit den Ohrstöpseln demonstriert, wie man sich in der Öffentlichkeit blamierte.

»Wir sehen uns im Büro.« Carl schickte sie fort und ging. Lenas Hände ballten sich zu Fäusten, als sie ihm nachsah, und sie verfluchte ihn und den Fremden, der ihn zu ihr geführt hatte. Aber sie gehorchte. Es war eine Sache, irgendjemandem zu widersprechen, aber sie konnte wohl ihrem Boss schlecht sagen, er solle sich zum Teufel scheren. Egal, wie gern sie das wollte.

»Das ging aber schnell«, bemerkte Sharon, als Lena in den Bus stieg. »Ich dachte, du wolltest eine Stunde bleiben.«

»Das dachte ich auch.« Lena zog eine Grimasse. »Ist was dazwischengekommen.« Wie immer, wenn sie gerade dachte, sie würde weiterkommen. Es verlangte ihr ihre komplette Willenskraft ab, nicht einfach loszuschreien. Sie wandte sich schnell ab und sah aus dem Fenster.

»Hey«, hörte sie Sharon sagen, »wenn sie es dir schwermachen ...«

»Nein, nein.« Lena bemühte sich, ihre Stimme gleichmäßig und neutral klingen zu lassen. »Alles in Ordnung, Sharon, wirklich.«

Sie brauchte die restliche Fahrt zum Büro, um sich davon zu überzeugen. Nicht, dass es ihr dadurch gelang, besonders viel Arbeit zu erledigen, als sie dort ankam. Sie war viel zu sehr damit beschäftigt, die Minuten zu zählen, bis Carl zurückkam, um sie anzubrüllen.

Sie wusste schon in dem Moment, als er das Büro betrat, dass er es war, denn sie spürte einen heißen Windzug im Nacken, dem lautes Türenknallen und stampfende Schritte folgten.

»Todd, in mein Büro. Sofort!«

Alle im Raum hörten es. Alle Blicke folgten ihr, wie sie zu Carls Tür ging. Natürlich taten sie so, als bemerkten sie nichts. Sie raschelten lautstark mit ihren Papieren, als sie an ihren Schreibtischen vorbeiging, und gaben vor, tief in ihre Arbeit versunken zu sein.

Von wegen. Sie genossen Lenas Demütigung. Wahrscheinlich hatten sie schon darauf hingefiebert.

Wie sie so vor Carls Schreibtisch stand, fühlte sie sich in das Büro ihres Schuldirektors zurückversetzt. Nur dass sie dieses Mal nicht mit Nachsitzen rechnen musste, sondern mit einem Rauswurf. Rational betrachtet, hätte das nicht schlimm sein müssen. Sie sollte froh sein, dass sie kurz davorstand, von dem Ort verwiesen zu werden, der für sie die Hölle auf Erden repräsentierte. Aber abzufahren würde bedeuten, dass sie versagt hatte. Und das durfte einfach nicht passieren.

Carls Worte holten sie aus ihren Gedankengängen zurück. »Was zum Teufel hast du da draußen gesucht?« Mit den Händen in die Hüften gestemmt stand er hinter seinem Schreibtisch.

Lena suchte fieberhaft nach einer Ausrede und entschied, dass sie ihm nun ebenso gut die Wahrheit sagen konnte. Was hatte sie schon zu verlieren? »Ich musste mal rauskommen.«

»Was soll der Scheiß?«

Carl nahm seinen Helm ab und warf ihn auf den Schreibtisch. Auf seiner verschwitzten Stirn prangte ein riesiger Abdruck des Plastikbands im Schutzhelm, der Lena für einen Moment ablenkte. Sie musste sich ein Lachen verkneifen.

»Findest du das etwa lustig?«, fragte Carl barsch.

Sie bemühte sich um eine ernsthafte Miene. »Nein.«

»Weißt du nicht, dass du nicht ohne eine verdammte Sicherheitseinführung auf die Baustelle rausdarfst?«

In Lenas Gehirn gab es so etwas wie einen Kurzschluss. Carl hatte sie sechs Tage am Stück in seinem *verdammten* Büro mit einer Aufgabe sitzen lassen, die wahrscheinlich selbst ein Affe mit verbundenen Augen erledigen konnte. Sie verschränkte die Arme. »Nein, Carl, das wusste ich nicht. Wie auch? Du hast dir nicht die Mühe gemacht, es mir zu sagen. Niemand hat das.«

»Versuch jetzt nicht, mir die Schuld zuzuschieben.« Carl zeigte mit dem Finger auf sie. »Du hättest nicht da draußen sein sollen, und das weißt du verdammt noch mal ganz genau.«

Sie starrte ihn an. Ihr Ärger wuchs wie ein Heißluftballon, den man gerade füllte. »Bei allem *Respekt*, Carl«, begann sie, »da draußen ist mein Platz! Ich wurde als Bauingenieurin aus Perth hierher geschickt. Und statt einer Ingenieurin war ich in den letzten sechs Tagen nichts anderes als eine Gefangene in diesem Büro. Wenn ich hier eine Einführung benötige, dann hättest du sie mir an meinem ersten Tag geben müssen. Also ja, ich gebe dir die Schuld.«

»Gefangene, von wegen.« Carl verdrehte die Augen. »Du musst ja nicht gleich so verflucht melodramatisch werden.« Er schob seinen Stuhl zurück und ließ sich darauf fallen. Die Bewegung ließ einige lose Papiere hochwehen, die langsam wieder auf ihren Platz segelten.

Lena stützte sich mit den Händen an der Tischkante ab und lehnte sich nach vorne. »Ich kann das so nicht mehr, Carl. Ich kann nicht hier sitzen und tagein, tagaus mit deiner Datenbank spielen. Dafür bin ich …«, sie stockte, »überqualifiziert.«

Carl schien die Veränderung in Lenas Tonfall nicht zu bemerken. Sein Blick ging kurz zu ihr. »Verdammt. Warum hast du mir das dann nicht gesagt, bevor du auf deinen beschissenen Rundgang gegangen bist?«

»Ich versuche seit Tagen, dich zu fassen zu bekommen, aber du bist nie hier.« Ihr Mut kehrte zurück, und sie hob die Hände. »Und außerdem ist das doch selbstverständlich. Warum kommt denn ein Ingenieur aus Perth hierher?«

Carl schnaubte. »Du vergisst, dass du außerdem jung, weiblich und verdammt unerfahren bist.«

»Glaub mir«, entgegnete Lena durch zusammengebissene Zähne, »das kann ich gar nicht vergessen.«

Und sie machte auf dem Absatz kehrt und ging auf die Tür zu. Auf keinen Fall würde sie vor Carl zusammenbrechen. Offensichtlich hatte es keinen Zweck, mit ihm zu reden. Sie konnte ebenso gut zurück zu ihrem Dongar gehen und packen, anstatt hier noch mehr Zeit zu verschwenden. Wenn sie schon nach Perth zurückgeschickt wurde, dann lieber früher als später.

»Moment, Todd.« Carls Stimme erklang scharf hinter ihr. »Wir sind noch nicht fertig.«

Lena blieb stehen, drehte sich aber nicht um.

»Du willst, dass ich meinen Fehler zugebe. In Ordnung. Ich hab's vermasselt. Ich hätte dich zur Sicherheitseinführung schicken sollen.«

Lena drehte sich langsam um. Seine Kapitulation kam so unerwartet, dass sie ihm nicht traute. Sie suchte nach einem Anzeichen von Spott in seinem Gesicht.

»Setz dich, und dann können wir uns überlegen, was wir mit dir machen sollen.«

Lena konnte es immer noch nicht glauben. Sie stand sprachlos da. Männer gaben *niemals* zu, dass sie einen Fehler gemacht hatten – zumindest nicht ihrer Erfahrung nach. In Pilbara konnte es doch wohl nicht so anders ablaufen, oder?

Carl grinste. »Verdammt, Todd, setz dich. Ich bekomme noch eine Nackenstarre.«

Ein kleines Teufelchen flüsterte Lena ins Ohr, die Grenzen seines Wohlwollens auszutesten. »Fluchst du immer so viel?«

»Wovon zum Henker redest du? Ich fluche nie.« Carl senkte den Blick und studierte seinen Daumennagel.

Lena lachte, zum Teil aus Belustigung, aber vor allem

vor Erleichterung, und ging zurück zu Carls Schreibtisch.

Er sah sie wieder an. »Wenn du dir eine dämliche Entschuldigung für meine Ausdrucksweise erhofft hast, hast du dir den Falschen ausgesucht. Männer ändern sich nicht, und schon gar nicht für eine Frau mit Identitätskrise.«

»Entschuldigung?«

»Angenommen«, grummelte Carl. »Und jetzt setz dich endlich, verdammt noch mal.«

Grinsend ließ sich Lena auf den Stuhl ihm gegenüber sinken. »Okay, ich höre.«

»Hast du heute viel gesehen da draußen?«

»Nicht wirklich«, begann sie. »Ich habe gesehen, wie sie den ersten Pfahl reingeschlagen haben, aber du hast mich wegbeordert, bevor sie fertig waren.«

»Pfähle werden *gerammt*, nicht geschlagen, Todd.«

Lenas Gesicht glühte. »Ja, klar. Natürlich.«

Carls Mundwinkel zuckte verdächtig, bevor er fortfuhr. »Bei den Pfählen haben wir momentan genügend Leute. Gavin kümmert sich darum, da brauche ich also keinen Ingenieur.«

Er stützte die verschränkten Arme auf der Tischplatte ab. »Dich könnte ich gebrauchen, um den Anleger für das zweite Förderband zu verbreitern.«

»Was?« Lenas Mund wurde ganz trocken. Sie hatte mit Verantwortung gerechnet, aber nicht in so einem Ausmaß.

»Du bekommst es doch nicht mit der Angst zu tun, Todd?«

»Nein.« Sie schüttelte den Kopf, auch wenn ihre Handflächen feucht wurden.

Carl drehte sich auf seinem Stuhl herum und tippte auf dem Kalender hinter ihm auf Oktober. »Du hast fünf Monate. Enttäusch mich nicht.«

Adrenalin schoss Lena durchs Herz und bis in die Schläfen. Hatte sie gerade ihr eigenes Grab ausgehoben und war freiwillig hineingesprungen?

»Allerdings«, fügte Carl noch ernst hinzu, »kommst du mir nicht wieder auf die Baustelle, bis du eine verdammte Sicherheitseinführung bekommen hast. Du kannst dir nicht vorstellen, wie viele verfluchte Ausreden ich mir heute Morgen aus dem Arsch zaubern musste, weil dieser Hohlkopf dich da herumwatscheln sehen hat.«

Das verwirrte Lena einen Moment lang. »Ausreden?«, gab sie zurück. »Für wen denn? Doch nicht etwa für den Typen, den ich auf der Landungsbrücke getroffen habe. Der hatte nicht mal eine Uniform an.«

»Er hatte keine Uniform an«, erklärte Carl ihr in einem Ton, als spräche er mit einem Kleinkind, »weil er der verdammte Bauherr ist.«

Kapitel 3

»Ich bin zwar kein Gynäkologe, aber wenn dir etwas fehlt, kann ich mir das mal anschauen.« Der Kerl prostete ihr mit seiner Bierflasche zu. Sein Kumpel beugte sich vor und zwinkerte Lena so langsam zu, dass ihr ein Schauer über den Rücken lief.

»Du kannst dich natürlich auch gern an mich wenden.«

Sie drehte sich um und ging weiter. Raues Gelächter folgte ihr den Schotterweg hinunter.

Das Schlimmste am Camp waren wirklich die Feierabenddrinks. Punkt sechs, wenn alle für ein Schwätzchen, Dosenbier und Wein aus dem Tetrapak zurück zu ihren Dongars gingen. Sie versammelten sich zu fünft oder sechst auf den Betonstufen vor ihren Sardinenbüchsen und tauschten in der Regel ihre Stiefel und Arbeitshosen gegen Flipflops und Shorts aus. Lena hätte sich zu jedem dieser Grüppchen dazugesellen können, wenn sie denn gewollt hätte. Die Einladungen flogen ihr täglich lautstark über das Gelände zu. Aber ihr gefiel es nicht, wie manche der Typen sich verhielten, wenn sie sich betranken. Sie fanden sich vielleicht mutig. Lena empfand ihre Bemerkungen eher als anzüglich. Außerdem war sie keine große Biertrinkerin. Für sie war es nur Plörre. Selbst in ihren Zeiten als

Party-Girl war sie nie auf den Geschmack gekommen. In ihrem dritten Studienjahr hatte sie Kevin kennengelernt, und auch er trank lieber Wein. Sie hatte das damals als eine weitere wunderbare Gemeinsamkeit empfunden. Im Rückblick wurde ihr jedoch klar, dass sie bloß verzweifelt nach Rechtfertigungen für ihre Beziehung gesucht hatte. Es war nur ein verdammtes Getränk, sonst nichts.

Lena beschleunigte ihre Schritte. Einen Vorteil hatte die Happy Hour: Während die Jungs sich mit ihrem Bier beschäftigten, war der Fitnessraum in der Regel leer. Das wollte Lena ausnutzen. Ethel hatte ihr den Tipp gegeben. Die derbe Camp-Verwalterin schlug allmählich einen anderen Ton an. Seitdem sie Lenas wenn auch nur mäßig erfolgreiche Bemühungen mit ihrer Uniform gesehen hatte, bedachte sie sie mit einer Spur von Respekt. Jedes Mal, wenn Lena ihr begegnete, wartete sie mit einem neuen Hinweis auf.

»Heute Abend gibt's Steak, geh am besten früh in die Kantine.« Oder: »Die Waschmaschinen in Block C sind nagelneu.« Oder: »Auf dem Parkplatz gibt's Handyempfang.« Diese Tipps äußerte sie stets in barschem Tonfall, als würden sie ihr gegen ihren Willen entlockt. Sie wartete nie auf eine Antwort, sondern ging einfach weiter, als wäre sie besorgt, jemand könne sie zusammen sehen. Für Lena war der Fitnessraum ein Lebensretter. Sie brauchte noch etwas anderes als nur ihre Arbeit. Und der Fitnessraum war eine willkommene Abwechslung zu ihrem engen Dongar.

Die Geräte waren alt und der Raum klein, doch sie hatte ihn ganz für sich allein und konnte tun und lassen, was sie wollte. An den letzten drei Abenden hatte sie dort den Stress ihrer neu erworbenen Verantwortung abbauen können.

Ihr ganzer Stolz. Und ihr Verderben.

Hoffentlich war sie dafür bereit.

Carl hatte recht gehabt. Lena war so grün hinter den Ohren wie ein Golfplatz. Und sie wusste einfach nicht, wie sie das ändern sollte. Die letzten beiden Tage hatte sie damit verbracht, in alten Akten und Korrespondenz mehr über ihre Aufgabe herauszufinden. Sie hatte jedoch lediglich herausgefunden, wie viel sie nicht wusste. Es gab so viele Fragen und niemanden, der sie beantworten konnte.

Nicht dass sie alles auf dem Silbertablett präsentiert bekommen wollte. Die Gefahren, die das barg, kannte sie nur zu gut. Aber der eine oder andere Hinweis wäre schön. Carl hatte nie Zeit für sie, war immer zu beschäftigt damit, irgendwo einen Brand zu löschen. Sie musste sich die notwendigen Voraussetzungen für diese Aufgabe selbst aneignen, und Zweifel stürmten auf sie ein.

Schaffe ich das? Schaffe ich das wirklich*?*

Woher weiß ich, dass ich es richtig mache? Muss ich warten, bis ein Teil des Anlegers zusammenbricht, um es herauszufinden?

Manchmal lähmte sie die Angst geradezu, und im nächsten Moment war sie wieder voller Tatendrang. Sie musste es einfach weiter versuchen – und beten und hoffen, dass sie die richtigen Entscheidungen traf.

Eine andere Sorge nagte ebenfalls ständig an ihr: es wieder vor Dan Hullog zu vermasseln. Dem Bauherrn. Jedes Mal, wenn Lena an ihre erste Begegnung dachte, erschauerte sie. Hätte sie *beabsichtigt*, ihm zu zeigen, wie wenig vertrauenswürdig sie war, sie hätte es nicht besser angehen können.

»Mach dir keinen Kopf«, hatte Sharon sie zu beruhigen versucht. »Der ist es nicht wert, ihn beeindrucken zu wollen.«

Aber Sharon konnte sie nicht verstehen. Sie wusste nicht, was auf dem Spiel stand. Sharon, so befand Lena, hatte die gleiche Einstellung wie jeder andere von Barnes Inc. Es war wie eine Religion für sie, ein fanatischer Glaube, dem alle Mitarbeiter folgten. Das Projekt war in zwei Teams unterteilt: *Wir und die anderen.*

Dan Hullog war der Anführer des Gegners, der Erzfeind des Barnes-Inc.-Projekts. Wäre Lena loyal gegenüber ihren Kollegen, würde sie ihn schon aus Prinzip hassen.

Barnes Inc. und TCN konnten sich nicht ausstehen. Die TCN-Mitarbeiter arbeiteten in einer kleineren Ansammlung von Büro-Dongars auf der anderen Seite der Baustelle in der Nähe des Schiffsanlegers. Wie weißbäuchige Seeadler beäugten sie die Barnes-Inc.-Leute auf Schritt und Tritt.

»Pedantische Hunde«, nannte Leg sie. »Können eine Mutter nicht von einem Bolzen unterscheiden und wollen uns erzählen, wie wir unsere Arbeit zu machen haben.«

Sharon fuhr oft die Post zwischen den beiden Büros auf ihren Bustouren hin und her und war eine der wenigen vom Barnes-Inc.-Personal, die die feindlichen Linien tatsächlich überschritten hatte. »Sie sind viel ordentlicher als wir«, erzählte sie Lena, als wäre das ein Beweis dafür, dass sie etwas geheim hielten. »Man würde nicht meinen, dass es sich um ein Baustellenbüro handelt, so sauber wie der Boden bei Bulldog ist.«

Bulldog – so nannten die Barnes-Inc.-Leute Dan Hullog. Anscheinend ließ er nichts los, was er einmal zwischen die Zähne bekommen hatte – ein Perfektionist mit unerreichbaren Maßstäben. Er hatte offenbar einen extrem kritischen Blick und einen Hang dazu, noch die winzigsten Fehler zu entdecken.

Als würde Lena sich durch diese Information besser fühlen.

Sie war überrascht, zu erfahren, dass er im Camp lebte. Carl wohnte in einem richtigen Haus in Wickham, so dass Lena nie Gefahr lief, ihm auf dem Weg zu den Duschen zu begegnen. Dafür war sie dankbar. Es war gut, nach Feierabend ein wenig Abstand zu ihrem Boss zu haben, und zumindest hatte Carl den Anstand, seinen Angestellten diesen Abstand zu gewähren.

Nicht so Bulldog.

Er lebte mitten unter seinen und Carls Angestellten. Die Jungs von Barnes Inc. behaupteten, er wolle stets alles mitbekommen, um jegliche Form von Aufstand oder Faulheit gleich im Keim zu ersticken. Er wolle sie auf Trab halten, Tag und Nacht.

»Macht seine Wäsche jeden Montag um halb sieben im Wäsche-Dongar sieben«, warnte Radar sie eines Tages. »Alle wissen, dass man diesen Ort dann meiden sollte, wenn du verstehst, was ich meine.«

Trotz der Tipps, wie sie ihm ausweichen konnte, sah Lena Dan beim Frühstück am Tag nach ihrem Zusammenstoß auf der Baustelle und auch beim Abendessen. Er nahm sie nicht zur Kenntnis, und sie ignorierte ihn ebenfalls, kam aber nicht umhin, mehr über ihn zu erfahren, als ihr lieb war. Im Camp waren Einzelheiten über das Privatleben von Dan und seinen Mitarbeitern nicht nur zugänglich, sondern äußerst begehrt. Tratsch war der einzige Zeitvertreib im Camp. Man konnte nicht mal eben ins Kino gehen und sich einen Film anschauen. Arbeiter auf Montage bekamen ihre Seifenopern und Dramen auf der Arbeit präsentiert.

Es ging das Gerücht um, dass Bulldog ein Geheimnis hatte.

Lena verdrehte darüber nur die Augen. *Ein Geheimnis? Was hatte das zu bedeuten, und warum war es ein Verbrechen?*

Sie konnte wirklich als Letzte mit dem Finger auf andere zeigen. Wenn Barnes Inc. über sie Bescheid wüsste, würden sie sie auf der Stelle feuern: keine Kündigung, keine weiteren Fragen. Wie konnte sie also über einen Mann urteilen, der sich bedeckt hielt? Gar nicht. Davon einmal abgesehen, war sie natürlich trotzdem genauso neugierig wie die anderen und stellte Spekulationen an. Sie horchte auf, wenn sein Name am Essenstisch erwähnt wurde, und verfolgte die Geschichten über sein exzentrisches Benehmen mit ungebremstem Interesse.

Wenn sie Sharon nicht in der Kantine entdeckte, saß Lena in der Regel bei Leg und Radar. Die beiden waren die Einzigen, die sich ohne irgendwelche Absichten für sie interessierten, auch wenn sie da nicht ganz sicher sein konnte. Leg flirtete unerhört offensiv. Lena fand allerdings im Laufe mehrerer gemeinsamer Abendessen heraus, dass er verheiratet war und eine fünf Monate alte Tochter hatte. Es schien also unwahrscheinlich, dass er auf Frauensuche war.

»Fällt dir das nicht schwer?«, fragte sie ihn einmal. »Dass du deine Familie nur zehn Wochen im Jahr siehst?«

Aber Leg grinste nur. »Dadurch wissen sie umso besser, was sie an mir haben.«

Leg hatte recht, was Radar betraf. Er hatte am Tagesende immer etwas zu berichten. Manchmal ging es um einen der Gerüstbauer oder der Jungs vom Schwimmkran, aber meistens um Bulldog.

»Hab gehört, dass er seinen Urlaub nicht nimmt«, erzählte er ihnen am Ende der Woche.

»Er nimmt seinen Urlaub nicht«, spottete Sharon. »Der dreht doch durch.«

Lena nickte. »Das Einzige, was mich durchhalten lässt, ist das Licht am Ende des Tunnels. Wenn ich nicht wüsste, dass ich nach fünf Wochen eine Woche freihabe, würde ich wahnsinnig werden.«

»Das geht ja den meisten so«, stimmte Radar ihr zu. »Bulldog ist ein Workaholic, oder vielleicht gibt's auch niemanden, der zu Hause auf ihn wartet.«

»Hat er denn keine Familie?« Schon als Lena es fragte, konnte sie es sich nicht vorstellen. Frau und Kinder, Brüder und Schwestern, Weihnachten im Kreise der Familie mit Mutters Auflauf passten einfach nicht zu Bulldogs nüchternem Auftreten.

Radar senkte die Stimme, als würde er ihnen etwas höchst Vertrauliches mitteilen. »Er ist nicht verheiratet. Aber ich glaube, es gibt eine Frau in seinem Leben.«

Lena konnte nicht anders, ihre Neugier war geweckt. »Er hat eine Freundin?«

Radar blieb unbestimmt. »Wär möglich. Er telefoniert anscheinend ständig mit jemandem in Perth, zumindest behaupten das meine Quellen.«

Sharon verdrehte die Augen. »Gott, kannst du dir das vorstellen? Sich mit ihm zu verabreden, meine ich. ›Ich hol dich um acht ab, um neun gibt's Abendessen und um zehn dann Sex. Morgen früh gehe ich dann alles noch mal durch und melde mich bezüglich einer möglichen Wiederholung bei dir.‹«

Leg kicherte. »›Und wenn du erfolgreich bist, bekommst du zum Auftrag noch eine Auflistung mit den erforderlichen Verbesserungen.‹«

Radar lachte. »Wenn das mal nicht wahr ist.«

»Wo wir schon mal beim Privatleben sind, was macht ihr denn am Sonntag?«, fragte Lena in die Runde.

Alle zwei Wochen hatten die Barnes-Inc.-Angestellten einen freien Sonntag. Für Lena war es in drei Tagen das erste Mal, und sie zählte bereits die Minuten.

Leg und Radar zuckten die Achseln. »Nichts.«

»Kommt schon, Leute.« Sie forschte in ihren Gesichtern nach einem Anzeichen von Begeisterung. »Was macht man hier zum Spaß in seiner Freizeit?«

»Spaß?«, witzelte Sharon. »Was soll das denn sein?«

Lena gab nicht nach. »Mal ernsthaft. Habt ihr nichts vor?«

»Was meinst du denn, wo wir hier sind?«, erwiderte Leg. »New York?«

»Ich habe was vor«, sagte Radar. »Mir was zu trinken, ein paar hübsche Heftchen und eine Zeitung besorgen und mich damit für ein paar Stunden in den Schatten unterm Eukalyptusbaum hinter der Kantine setzen.«

»Noch mehr trinken.« Lena betrachtete ihn kritisch. »Bist du nicht mittlerweile schon zum Alkoholiker geworden?«

Radar grunzte eher zufrieden als reumütig. »Ich arbeite dran.«

Lena schloss die Augen und malte sich den perfekten freien Tag aus – einen Ausverkauf bei Georgette's und danach einen Caesar Salad und einen Latte macchiato bei Dome mit Robyn. Doch sie musste mit dem arbeiten, was ihr zur Verfügung stand. Sie öffnete die Augen und sah Sharon an. »Was machst du normalerweise?«

Sharon wirkte unschlüssig. »Lesen, schlafen ...«

»Das ist doch nicht dein Ernst.« Lena lehnte sich in ihrem Plastikstuhl zurück und verschränkte die Arme vor der Brust. Ihr Sturkopf machte sich wieder bemerkbar. »Ich weigere mich, hier im Camp zu bleiben«, protestierte sie. »Ich muss hier raus. Kommt schon, Leute. Es muss doch eine Möglichkeit geben, diesen verdammten Dongars zu entfliehen. Was machen denn die Leute im Ort?«

»Na ja«, sagte Radar langsam, »man könnte angeln. Pilbara ist das reinste Angelparadies.«

»Hm.« Lena dachte darüber nach. Angeln lag nur gerade so über Trinken. Sie war generell kein großer Freund davon, mit ihrem Essen zu spielen. Sie gehörte eher in die Kategorie, die nur Dinge aß, die bereits tot waren, wenn sie sie zum ersten Mal sah. Allein schon der Gedanke daran, einen schleimigen, sich windenden Fisch vom Haken zu nehmen und ihm den Kopf abzuschlagen, bevor sie ihn ausnahm, verursachte ihr eine Gänsehaut.

»Sonst noch etwas?« Sie sah Radar mit nur wenig Hoffnung auf eine positive Antwort an.

»Nee, das ist alles.«

Lena seufzte und sah zu Sharon hinüber.

»Also, ich bin dabei, wenn du ein Auto auftreiben kannst.«

Sie hatte keine Wahl. Entweder das hier oder nichts. »Na schön.« Lena blies sich den Pony aus der Stirn. »Gehen wir angeln.«

Die Sicherheitseinführung, für die Carl Lena angemeldet hatte, dauerte fast den ganzen nächsten Tag und langweilte sie zu Tode. Sie war auch enttäuscht, dass das Ganze in einem kleinen Gemeindehaus in Wickham stattfand und nicht im Büro des Bauherrn; sie hatte auf eine Gelegenheit gehofft, das verbotene Gebäude zu begutachten. Dieses unnatürliche Bedürfnis machte ihr deutlich, dass Pilbara sie langsam in seine Gewalt bekam. Allerdings war sie noch nicht dem Wahnsinn verfallen so wie Gavin. Er kam zur gleichen Zeit wie Lena zurück ins Büro.

Sie sah ihn rot vor Hitze und Wut aus dem Baustellenbus springen.

»Du errätst nie, was sie jetzt getan haben.«

»Wer?«

»Wer wohl?«

Der Bauherr. »Was haben sie jetzt schon wieder gemacht?«

»Sie haben eine verdammte Fahne vor ihrem Dongar gehisst.«

»Eine Flagge?«

»Ein riesiges blaues Ding mit ihrem Logo drauf.« Gavin wischte sich den Schweiß von der Stirn. »Meine Männer sind stinksauer.«

Lena lachte. »Es ist doch nur eine Flagge.«

»Wohl eher eine verdammte Beleidigung«, empörte

sich Gavin. »Die Jungs meinen, wir sollten warten, bis es dunkel ist, das Ding runterholen und stattdessen eine von Barnes Inc. hissen.«

Lena sah ihn zweifelnd an. »Das soll wohl ein Witz sein, oder?«

Gavin blieb stumm.

»Gavin«, setzte sie langsam an. »Das könnt ihr nicht machen.«

Er zögerte. »Du hast recht. Das reicht nicht. Wir brauchen eine größere Flagge, wenn wir ein Zeichen setzen wollen.«

»Das meinst du nicht ernst.«

»Wir brauchen mindestens ein 200er Stahlrohr für den Mast.« Gavin hastete bereits an ihr vorbei. »Ich rede mal mit Tony.« Tony war einer der Vorarbeiter auf dem Werksgelände und verantwortlich für die Stahlteile, die auf die Baustelle geliefert wurden; er lagerte sie und leitete sie dorthin weiter, wo sie gebraucht wurden.

Lena sah Gavin nach, als er zu Tonys Büro-Dongar hinübermarschierte. Er hatte ihre Anwesenheit bereits vergessen. Kopfschüttelnd ging sie in den Haupt-Dongar, um Carl zu suchen. Sie wollte ihn nach einem Pick-up für Sonntag fragen und nach einigen anderen Dingen.

»Guten Tag, Carl.«

Er sah von seinem Bildschirm auf, als sie in sein Büro trat. »Seit wann?«

Lena lächelte. »Schlechter Tag heute?«

»Der schlimmste. Wie war die Einführung?«

»Langweilig.«

Carl zeigte kein besonderes Mitgefühl. »Bulldog mag es ausführlich. Was kann ich für dich tun?«

»Ich bin so weit fertig mit meinen Recherchen und würde jetzt gern wissen, wie weit wir schon sind und wo ich weitermachen soll.«

»Da redest du am besten mit Mike drüber.«

Lenas Mut sank. »Mike Hopkins?«

»Er ist verantwortlich für den Schlitten. Er wird dein Vorarbeiter sein.«

Lenas Optimismus wandelte sich in Bestürzung.

Diese Neuigkeit hätte nicht unwillkommener sein können. Als Erstes kam ihr Mikes verächtliches Grinsen in den Sinn, als er am Flughafen ihr Gepäck entgegengenommen hatte.

Das Letzte, was sie jetzt gebrauchen konnte, war ein Mitarbeiter, der absolut kein Vertrauen in ihre Fähigkeiten hatte. Sie brauchte einen Verbündeten. Jemanden, der gewillt war, mit ihr zusammenzuarbeiten und ihre Vorschläge zu respektieren. Und das würde Mike Hopkins nicht tun. Viel eher würde er ihr die Dinge so schwermachen wie nur möglich.

»Carl«, setzte Lena an, doch das Telefon klingelte, und er nahm den Hörer ab.

»Was? Scheiße! Nein! Wer hat dir gesagt, dass du den verdammten Eric den Kran fahren lassen sollst? Du weißt doch, dass er zu nichts zu gebrauchen ist. Ich? Du spinnst wohl. Ich hab dir einen Scheißdreck erzählt.«

Er sah Lena an, schüttelte den Kopf und winkte sie hinaus. Ihre Fragen hatten ganz offensichtlich keine Priorität. Zerknirscht verließ sie das Büro. Es blieb ihr nichts anderes übrig, als in die Höhle des Löwen zu gehen.

Sie sah auf die Uhr. Es gab noch einen letzten Shuttle für heute, gerade richtig, um rauszufahren und mit Mike zu sprechen. Vielleicht war er ja doch einsichtig.

Lena zog also Helm, Schutzbrille und Warnweste an und nahm den Bus zur Baustelle. Der Schlitten befand sich etwa fünfhundert Meter den Anleger hinunter. Lena sah ihn, sobald der Bus hinauffuhr, ein riesiges Stahlgerüst, das über dem Förderband aufragte. Lena sah die Männer darauf arbeiten, während das Förderband normal weiterlief. Auf dem Gerüst stand ein kleiner Fünf-Tonnen-Kran, mit dem sie gerade über die Seite einen Träger hochhoben, den sie an den Hauptträgern unter dem Anleger anbringen wollten. Es war der erste Ausleger von den vielen, die die Landungsbrücke verbreitern sollten.

Lena wurde erst klar, warum sie es Schlitten nannten, als sie nahe genug war, um die Kufen zu erkennen, auf denen das Gerüst stand. »Ach so.« Sie nickte verstehend. »Es kann weiterrutschen.«

»Genau«, bestätigte Sharon. »Die gesamte Konstruktion wird mit einer Winde über den Anleger gezogen.«

Sharon ließ sie unten an dem Gerüst aussteigen und winkte ihr lächelnd zu. Lena rückte Helm und Weste zurecht und ging hinüber zur Leiter, die seitlich am Gerüst lehnte. Einige Augenblicke später stand sie auf dem Riffelblech.

»Hier kommt Ärger«, begrüßte sie ein kleiner Mann mit einem Gesicht, das an eine Maus denken ließ.

»Hi«, gab sie zurück.

»Mike«, rief er über die Schulter. »Scheint, als hätten wir einen Ingenieur an Bord: *Madame* Ingenieurin.«

Mike drehte sich um und sah sie kurz an. Er gab irgendetwas zwischen einem Schnauben und Grunzen von sich und drehte sich wieder Richtung Ozean.

»Lena!«

Ein Kopf erschien auf der anderen Seite des Gerüsts. »Radar.« Lena lächelte. »Du hast mir gar nicht erzählt, dass du zum Schlitten versetzt wurdest.«

Radar sah schelmisch zu Mike hinüber. »Und damit die Überraschung verderben? Niemals.« Er schwang sich auf das Gerüst hinauf.

»Man sagt«, teilte Radar Lenas Begleitung mit, »dass Lena hier unsere neue Anführerin ist.« Erneut sah er mit einem Grinsen über die Schulter. »Mikes neuer *Boss*. Stimmt doch, Mike, oder?«

Lena knirschte mit den Zähnen. Natürlich musste Radar noch Salz in die Wunde streuen. Sie funkelte ihn wütend an und formte mit den Lippen die Worte »Hör auf«, während Mike weiter stumm Wache hielt.

Er drehte sich nicht um, und so ging Lena zu ihm hinüber.

»Mike«, begann sie, »hat Carl mit dir darüber gesprochen, dass ich jetzt für den Aufbau hier zuständig bin? Ich dachte mir, wir sprechen uns ab …«

»Da gibt's nichts zu besprechen«, unterbrach Mike sie schroff, ohne sie eines Blickes zu würdigen. »Wie du siehst, habe ich hier alles unter Kontrolle.«

»Ich glaube nicht, dass Carl mir das zugewiesen hätte, wenn er der Meinung wäre, es gäbe hier nichts für mich zu tun.« Lena sprach mit fester Stimme, um ihre aufsteigende Wut zu unterdrücken. Sie musste nur ruhig bleiben. Ruhig und sachlich.

»Vielleicht wollte er dich nur eine Weile loswerden und hat dich deswegen mir angedreht.«

Ungläubig sah Lena ihn an. »Du hast Nerven, Mike. Ich verstehe einfach nicht, was ich getan habe, dass du mich so behandelst.«

»Weißt du, wie lange ich schon in dieser Branche arbeite?«

»Äh, nein.« Lena wich zurück. »Zehn Jahre?«

»Fünfzehn«, blaffte er. »Das Letzte, was ich brauche, bist du.«

Er sah weg. Der Umstand, dass sie eine Frau war, war eindeutig nicht sein einziges Problem. Wie sollte sie jemals Erfahrungen sammeln, wenn sie dauernd gegen irgendjemanden ankämpfen musste?

»Hör zu, Mike«, setzte sie erneut an, aber er ignorierte sie. »Mike«, versuchte sie es noch einmal. Vergeblich.

Lena folgte seinem Blick aufs Wasser. Sie wurde immer wütender. Doch plötzlich verpuffte ihre Wut. »Wow!«

Ungefähr fünfhundert Meter von der Seebrücke entfernt tollten zwei Wale im Wasser herum. Ihre enormen schwarzen Körper glitten an die Wasseroberfläche und wieder ins Wasser zurück wie zwei Inseln, die auftauchten und wieder verschwanden. Hin und wieder kam eine riesige Schwanzflosse zum Vorschein, stellte sich auf und schlug dann mit ebenso viel Wucht wie die Ramme auf die Wasseroberfläche. Einer der Wale blies eine Fontäne aus seinem Blasloch, bevor sein schwarzer Leib wieder in den Wellen verschwand. Noch nie hatte Lena etwas erlebt, das sie derart ehrfürchtig werden ließ.

Radar kam zu ihnen herüber. »Die haben uns schon den ganzen Vormittag Gesellschaft geleistet«, erklärte er Lena. »Ich glaube, sie wissen, dass wir was vorhaben.«

»Nur schade, dass sie da falschliegen«, fuhr Mike dazwischen. »Wir haben den Ausleger noch nicht angeschweißt und werden damit auch nicht weit kommen, wenn du weiter hier rumstehst und Löcher in die Luft starrst. Rüber mit dir.«

Widerwillig löste Lena ihren Blick von den Walen. »Mike …« Doch er ließ sie nicht ausreden.

»Wenn du mich entschuldigen würdest, ich habe heute noch zwei Ausleger anzubringen, und wenn du keine Ratschläge hast, wie das effizienter vonstattengehen könnte, halt dich da raus.« Er ließ sie stehen und ging auf die andere Seite des Gerüsts. Frustriert sah Lena ihm dabei zu, wie er sich über das Geländer lehnte und den Männern unten weitere Befehle zubrüllte.

Sie war abgewiesen worden. Klar und deutlich.

Und sie hatte keine Chance, wieder an Boden zu gewinnen. Sie hatte keine Ratschläge, die Mikes Arbeit effizienter machen könnten. Sie hatte gehofft, dass sie gemeinsam daran arbeiten könnten. Aber sie würde auf keinen Fall um ein Bündnis betteln. Das käme einem Geständnis gleich, dass er mit seinen Vermutungen über sie recht hatte.

Du wirst ihm das Gegenteil beweisen, und wenn es dich umbringt.

Sie brauchte lediglich etwas Zeit, um sich neu zu formieren.

An diesem Abend konnte Lena es kaum erwarten, in den Fitnessraum zu kommen. Vielleicht würde es Raum für neue Ideen schaffen, wenn sie alles ausschwitzte. Sie brauchte entweder einen Plan oder ein Wunder, um Mike zur Zusammenarbeit zu bewegen. Da Ersteres erreichbarer war als die zweite Option, musste sie auf irgendeine glorreiche Idee auf dem Laufband hoffen. Bedauerlich nur, dass ihr Zufluchtsort nicht mehr unberührt war, als sie schließlich dort ankam.

Dan Hullog war auf dem Laufband.

Lena blieb in der Tür stehen, und die Haare in ihrem Nacken stellten sich auf.

Na toll.

Sie spielte kurz mit dem Gedanken, umzukehren, doch dann sah er auf, und ihre Blicke trafen sich in der Spiegelwand. Er sah sie kühl und wissend an. Wenn sie ihre Würde bewahren wollte, musste sie bleiben.

Sie ging hinüber zum Gerät für die Oberarmmuskulatur und setzte sich auf den abgewetzten Vinylsitz. Dan beachtete sie nicht weiter. Doch obwohl Lena entschlossen war, es ihm gleichzutun, wurde ihr Blick immer wieder von seinem breiten Rücken angezogen. Vielleicht, weil er in seiner kurzen Sporthose und dem schweißgetränkten Muskelshirt nicht wie ein Bauherr aussah.

Breite Schultern. Muskulöse Oberarme. Kräftige Waden.

Lena schluckte. Er war wirklich unglaublich attraktiv.

Mehr denn je schien Bulldog ein passender Name für ihn.

Plötzlich piepte das Laufband und kam zum Stehen. Lena riss ihren Blick los und stemmte ihre Gewichte so unnatürlich schnell, dass ihr ein Muskel im rechten Arm bedeutete, aufzuhören. Sie legte die Gewichte ab, als ihr eine Hitze in die Wangen schoss, die nicht vom Training herrührte. Hatte Dan bemerkt, wie sie ihn gemustert hatte? Sie gab sich innerlich eine Ohrfeige.

Man hätte annehmen können, dass sie nach allem, was an der Uni vorgefallen war, einen automatischen Schalter hatte, der immer umgelegt wurde, sobald sie sich vom falschen Typ Mann angezogen fühlte. Doch anscheinend war dem nicht so. Sie wappnete sich innerlich. Es kam nicht in Frage, sich in den Bauherrn zu verknallen.

Den Blick fest auf den Boden gerichtet, bemühte sie sich, ihren rasenden Puls zu beruhigen.

Ein Paar weißer Turnschuhe trat in ihr Blickfeld.

O verdammt.

Würde er einen Kommentar dazu abgeben? Ihre Hände zitterten. Sie sah zu ihm auf und bemerkte zum ersten Mal die Farbe seiner Augen – ein dunkles Ozeanblau.

»Carl hat mir gesagt, dass er Sie auf den Schlitten angesetzt hat.«

Lena konnte wieder atmen. »Ja, das stimmt.« Sie nickte und versuchte, seinen Gesichtsausdruck zu deuten, jedoch ohne Erfolg. Jetzt wusste er also, dass sie Ingenieurin war. Vielleicht war er auf sie zugegangen, um sich für sein Verhalten auf der Landungsbrücke zu entschuldigen. Ihr Herz vollführte einen Satz. Genau, das musste es sein.

»Sie müssen schneller machen.«

Oder vielleicht auch nicht.

»Wie bitte?«

»Sie sind zu langsam.«

Lena war verwirrt. »Mit den Hanteln?«

»Nein.« Er warf sich ungeduldig sein weißes Handtuch über die muskulöse Schulter. »Mit dem Schlitten.«

»Oh.« Sie konnte es nicht fassen. Er maßregelte sie schon wieder. Wie hatte sie nur etwas anderes erwarten können? Da wäre es ihr unter diesen Umständen fast lieber gewesen, er hätte ihre Blicke bemerkt.

»Sie liegen zehn Prozent hinter dem Zeitplan zurück.«

»Verstehe.« Ihre Gedanken überschlugen sich, als sie sich daran zu erinnern versuchte, ob Carl erwähnt hatte, wie viel sie pro Tag schaffen sollte. Doch ihre mentale Datenbank war leer.

»Bei diesem Tempo sind wir Weihnachten noch hier«, fuhr Bulldog fort.

Lena biss sich auf die Lippe. Verfluchter Mike. Sie ging jede Wette ein, dass er das wusste. Er würde sich förmlich in ihrer Demütigung suhlen, wenn er sie jetzt sehen könnte.

»Haben Sie gehört, was ich gerade gesagt habe?« Der *Tonfall* schwang in seiner Stimme mit, und Lena konnte nicht anders, als ihn anzufahren.

»Natürlich habe ich Sie gehört, verdammt. Aber Sie sehen doch wohl, dass ich gerade nicht im Dienst bin. Ich habe nicht damit gerechnet, damit noch im Fitnessraum behelligt zu werden.«

Einen Moment lang schwieg er, scheinbar verblüfft über ihre harsche Antwort. Lena überkam sofort das unangenehme Gefühl, dass niemand zuvor so mit ihm gesprochen hatte. Nicht einmal Carl. Innerlich verfluchte sie ihren Ausbruch. Lautete die oberste Faustregel nicht, der Bauherr hat immer recht?

Verdammt.

»Entschuldigen Sie«, bot sie schroff an. »Schlechter Tag heute.«

»Wäre es Ihnen lieber, ich hätte Sie um ein formelles Treffen gebeten, um mit Ihnen darüber zu reden?«

Lena konnte sich nicht beherrschen. Sie sah ihn verächtlich an. »Sie meinen wohl eher, um mich runterzuputzen.«

»Oh, dafür sind Sie aber nicht ausreichend aufgeputzt, oder?«

Während Lena einzuordnen versuchte, was er meinte, wanderte sein Blick über ihr enges Sportshirt, die kurzen Radlerhosen und ihre nackten Beine. Dann wurde ihr alles klar. Ihre relativ zurückhaltende Trainingskleidung war auf einmal unangemessen. Etwas zog sich in ihrer Brust zusammen, als er seine langsame Inspizierung scheinbar endlos fortführte.

Das passiert gerade nicht wirklich.

Nicht schon wieder. Sie musste dem ein Ende bereiten.

»Ich muss doch sehr bitten«, brachte sie schließlich heraus.

Seine Mundwinkel zuckten. »Wie Sie mir ...«

Lena lief es eiskalt den Rücken hinab.

Mist.

Er hatte also doch ihre Blicke registriert. Sofort wurde ihr wieder heiß, und sie lief rosarot an. Sie konnte ihm nicht in die Augen sehen.

»Wenn Sie glauben, dass Sie dem hier nicht gewachsen sind, sollten Sie einfach Carl bitten, Sie nach Hause zu schicken. Das wird Ihnen niemand verübeln.«

Lena erstarrte. Eine unglaubliche Wut überkam sie, und sie stand mit einem Ruck auf. Sie stemmte die Hände in die Hüften und funkelte Bulldog an. »Machen Sie sich keine Sorgen wegen des Schlittens«, brachte sie hervor. »Ich werde ihn für Sie beschleunigen. Und jetzt entschuldigen Sie mich bitte.«

Sie wollte an ihm vorbeigehen, doch er stellte sich ihr in den Weg. Sie wandte den Kopf, um ihm ins Gesicht zu sehen, musste jedoch zu ihm aufschauen und wappnete sich, um sich nicht durch seine Größe einschüchtern zu lassen.

»Sie sollten wirklich nicht so leicht bekleidet herumlaufen. Hier läuft das alles ein bisschen anders.«

Lena wurde nun völlig von ihrer Wut ergriffen. »Ich glaube nicht, dass es Sie etwas angeht, wie ich mich anziehe.«

Er wich zurück, und seine Miene verdunkelte sich. »Ich mache mir nur Gedanken um Ihre Sicherheit.«

»Dafür haben Sie wohl eine Schwäche, was?«

Bildete sie es sich nur ein, oder war er eben tatsächlich zusammengezuckt? Bei Bulldog konnte man nie wissen. Er war ebenso gut zu entschlüsseln wie die Karte in einem japanischen Restaurant. »Nur damit Sie es wissen«, fügte sie hinzu, um ihren Angriff abzumildern – wenn es denn einer gewesen war –, »normalerweise ist hier zur Feierabendbierzeit niemand. Deswegen habe ich das Gefühl, ich kann anziehen, was ich will, ohne dass mich jemand schräg anmacht.«

»Die Männer werden es herausfinden.« Er zuckte die Schultern und strich sich die dunklen, feuchten Haare aus der Stirn. »Das ist nur eine Frage der Zeit.« Und mit diesen kryptischen Worten drehte er sich um und ging hinaus. Vor Wut kochend, blieb Lena allein zurück.

Es war wirklich unerträglich, wie herrisch und arrogant er sich aufführte. Und dennoch musste es nun Lenas oberste Priorität sein, ihn zufriedenzustellen. Sie musste seinen unerreichbaren Maßstäben entsprechen, um ihren Wert unter Beweis zu stellen. Sie setzte sich wieder an das Gerät und stemmte weiter Gewichte. Während sie sich vornahm, am nächsten Morgen als Erstes Carl festzunageln, bemerkte sie kaum, wie die Stange hoch und nieder sank. Sie musste sich um das Vorankommen kümmern. Rauskriegen, wie viel sie aufholen mussten. Bulldog würde seine zusätzlichen zehn Prozent bekommen, und wenn sie das umbrachte.

Bleib einfach professionell.

Lena biss sich auf die Lippe und schmeckte Blut und Schweiß. Aber sie stemmte weiter. Die Anstrengung half ihr, sich auf ihre Gefühle zu konzentrieren. Sie gab sich keinen Illusionen hin. Aus irgendeinem wahnsinnigen Grund fühlte sie sich von diesem Idioten angezogen. Und diese Gefühle musste sie ordentlich verpacken und durfte sie nie wieder hervorholen. Keuchend ließ sie die Gewichte los, stand auf und wischte sich den Schweiß von der Stirn. Dieses Mal wusste sie zumindest, in welche Falle sie möglicherweise tappen konnte.

An der Uni hatte sie keine Ahnung gehabt. Es war in ihrem sechsten Semester gewesen. Die Klausuren standen kurz bevor, und sie quälte sich. Nein, das war eine Untertreibung. Sie war verzweifelt. Wenn sie noch einen Schein nicht bekam, musste sie das komplette Jahr wiederholen. Ihr ausschweifender Lebensstil hatte dazu geführt, dass sie zu viele Tutorien verpasste, zu oft verkatert Referate hielt und ihre Hausarbeiten sehr, sehr spät abgab. Sie stand unter Druck und war angespannt, und der Versuch, mit Kommilitonen darüber zu reden, hatte wenig geholfen. Es gab zu viel nachzuholen. Ihr Stundenplan war der reinste Horror. So lieferte sie sich schließlich auf Gnade und Ungnade ihren Dozenten aus. Die meisten zeigten kaum Mitgefühl, sondern rieten ihr, die Podcasts ihrer Vorlesungen anzusehen, erinnerten sie daran, auf welche Kapitel aus den Lehrbüchern sie sich konzentrieren sollte, wünschten ihr aber im Großen und Ganzen lediglich viel Glück. Der Einzige, der ihr wirklich half, war ihr Baustatik-Dozent, Professor Whiteman.

Es war relativ unkompliziert gewesen, ihn anzusprechen, während er seinen Laptop einpackte und den Beamer ausschaltete. Sie fühlte sich sofort aufgehoben, als er sie freundlich anlächelte. Und als sie ihm gestelzt ihre Fragen stellte, war er geduldig und nett.

»Keine Sorge, Sie werden es verstehen«, beruhigte er sie. »Das bekommen wir schon hin.« Er schloss den Reißverschluss von seiner Laptoptasche und legte die Unterarme rechts und links neben den Griff. Ein gutmütiger Ausdruck ließ kleine Fältchen an seinen Augen auftauchen. »Warum kommen Sie nicht morgen Abend bei mir im Büro vorbei? Ich habe etwas Zeit, dann können wir es noch einmal durchgehen ... ganz in Ruhe.«

Sie war so dankbar gewesen. Und so erleichtert. »Das wäre wunderbar, Professor Whiteman. Vielen Dank.«

»Überhaupt kein Problem. Dann bis morgen. Und bitte, nennen Sie mich Kevin.«

Kapitel 4

Als Lena am nächsten Morgen zur Arbeit kam, sah sie sofort die Flagge, die jemand neben der Auffahrt zum Büro-Dongar gehisst hatte. Sie wusste nicht, wie es Gavins Leuten so schnell gelungen war, eine Barnes-Inc.-Flagge aufzutreiben, aber es handelte sich definitiv um ein echtes Exemplar. Der Fahnenmast war natürlich keine normale Fahnenstange, sondern ein Stahlwinkel, der anscheinend nicht gebraucht wurde. Die Flagge selbst war so befestigt, dass man sie nicht wieder einholen konnte. Eine klare Ansage. Lena schüttelte den Kopf, als sie an dem Ungetüm vorbeiging. Es war mit Sicherheit doppelt so groß wie sein Gegenstück bei TCN.

Gavin stürzte sich auf sie, als sie eintrat, und sah sie so hoffnungsvoll an wie ein Hund, der darauf wartete, dass man ihm einen Knochen zuwarf.

»Und«, wollte er wissen, »wie findest du sie?«

»Wie finde ich was?« Sie gab Unwissenheit vor.

»Die Flagge.«

»Welche Flagge?«, entgegnete sie. »Hab keine gesehen.«

»Was?«

»Gavin, das sollte ein Witz sein.« Sie verdrehte die Augen. »Man müsste schon halb blind sein, um sie nicht zu sehen, so riesig, wie sie ist.«

»Ja, das will ich wohl meinen.« Er wedelte mit seinem Stift vor ihrem Gesicht herum und ging zurück an seinen Schreibtisch.

Mit einem Seufzer stellte Lena ihren Rucksack an ihrem Schreibtisch ab und machte sich auf die Suche nach Carl. Wie üblich telefonierte er.

»Das ist mir scheißegal! Unternimm was dagegen! Ich hab hier 'nen verdammten Fahnenmast vorm Fenster stehen, der gerader ist als eure verfluchten Pfeilerköpfe.« Er knallte den Hörer aufs Telefon und starrte Lena wütend an. »Was willst du?«

»Tut mir leid, dass ich unterbreche«, setzte sie an. »Ich wollte nur wissen, wie mein Zeitplan aussieht.«

»Dein *was*?«

O-oh. Wunder Punkt.

Carl stand auf und winkte sie mit dem Zeigefinger zu sich heran. »Komm mit.«

Lena schluckte und folgte ihm nervös. Er brachte sie zu Harry, einem dünnen Typen mit fettigen Haaren und einer Neigung zu Akne. Sie hatte ihn bereits gesehen, aber noch nicht mit ihm gesprochen. Er gehörte eher zur stillen Sorte und blieb für sich.

»Harry kümmert sich um die Bauzeitenpläne hier«, informierte Carl sie. »Jede verfluchte Aufgabe hat ein Datum. Stimmt's, Harry?«

Harry nickte schüchtern, was Lena dazu bewegte, ihm ein aufmunterndes Lächeln zu schenken.

Carl sprach unbeirrt weiter. »Wie weit hängen wir bei der Pfahlgründung hinterher?«

»Fünf Prozent.«

»Stahlträgerherstellung?«

»Drei Prozent.«

»Gerüstaufbau?«

»Fünf Prozent.«

»Werkstoffprüfung?«

»Zehn Prozent.«

»Auslegermontage?«

»Zehn Prozent.«

»Okay, okay!« Lena hielt die Hände hoch. »Ich hab's schon verstanden, wir sind im Verzug.«

»Im Verzug?« Carl fletschte geradezu die Zähne. »Wären wir ein Footballteam, dann wohl die verdammten Dockers.«

Aus dem Augenwinkel verfolgte Lena, wie Harry mit dem Ellenbogen hastig einen Untersetzer mit Wappen und Farben des Teams aus Fremantle in einer Schublade verschwinden ließ.

Sie biss sich auf die Lippe, um nicht loszulachen. Carl bemerkte jedoch nichts und konzentrierte sich weiter auf sie.

»Was deinen Zeitplan betrifft: so bald wie möglich, der Termin besser gestern als heute und dein Tempo am besten Lichtgeschwindigkeit. Und erwarte verdammt noch mal nicht von mir, dass ich dir irgendwelche beschissenen Konzepte erkläre, für die man nur ein bisschen gesunden Menschenverstand braucht. Beeil dich einfach.«

»Carl«, rief eine der Sekretärinnen vom anderen Ende des Büros. »Telefon für dich.«

»Verdammt.«

Lena sah ihm erleichtert nach, als er in seinem Büro verschwand. »Das war knapp«, sagte sie zu Harry.

»D-das kannst du laut sagen«, stotterte er.

»Jedenfalls danke.« Mit schlurfenden Schritten ging sie zurück zu ihrem Schreibtisch.

Was soll ich jetzt bloß machen? Carl war wirklich gar keine Hilfe.

»Wenn … wenn ich etwas vorschlagen darf?« Harry bemühte sich vorsichtig um ihre Aufmerksamkeit.

Zu diesem Zeitpunkt war Lena dringend auf Hilfe angewiesen, egal, woher sie kam. Sie drehte sich ohne zu zögern um. »Ja, gern.«

Harry öffnete einen dicken schwarzen Ordner und ließ flink einen Finger über die bunten Trennblätter gleiten, bis er die gesuchte Registerkarte fand. Er klappte den Ordner dort auf und drehte ihn um, so dass Lena das Dokument lesen konnte. »Das hier war der ursprüngliche Plan für die Auslegermontage.«

Lena sah vor sich ein Säulendiagramm, das mit Daten an der horizontalen Achse sowie Projektabschnitten an der vertikalen Achse versehen war.

Ihr stockte der Atem. »Laut dem hier müssten wir vier Ausleger pro Tag anbringen.«

»Wie viele schafft ihr denn momentan?«, erkundigte sich Harry.

»Zwei.«

»Ich würde sagen, das ist steigerungsfähig.«

»Aber wie?«, fragte Lena, mehr sich selbst als Harry. »Mike ist einfach so … *Grrr*!«

Selbst wenn ihr eine Lösung einfallen sollte, bezweifelte sie, dass Mike ihr zustimmen würde.

»Ich … ich weiß.«

Lenas Blick fiel wieder auf Harry. Er trommelte nervös mit den Händen auf der Tischplatte herum, als würde er etwas sagen wollen, sich aber nicht trauen.

Was weiß er, was ich nicht weiß?

»Hüll dich jetzt bloß nicht in Schweigen, Harry«, warnte sie ihn. »Spuck's aus. Ich beiß auch nicht.«

Sein Adamsapfel hüpfte auf und ab. »Ich höre manchmal, wie sich die Jungs nach der Arbeit über Mike aufregen.« Er senkte die Stimme. »Sie finden, dass er Scheuklappen trägt und keinen ihrer Vorschläge anhört. Vielleicht ...«

Ein Lichtblick! »Schon okay, Harry. Ich weiß genau, was du mir sagen willst. Im Grunde«, Lenas Grinsen wurde immer breiter, »weiß ich gar nicht, warum ich nicht schon eher darauf gekommen bin.«

Sie rieb sich die Hände und marschierte an ihren Schreibtisch zurück. Mike war ein Hindernis, und der einzige Weg, mit Hindernissen umzugehen, war, sie zu umgehen. Was machte sie schließlich, wenn ihre Schuhe nicht zu einem neuen Outfit passten?

Richtig, sie kaufte sich ein neues Paar. Ja, es stimmte, sie hatte wahrscheinlich zu viele Schuhe. Aber darum ging es nicht. Es ging darum, dass Mike zu nichts passte. Sie musste aufhören, ihn in ihre Pläne integrieren zu wollen, wenn sie doch ohne ihn viel besser dran war.

Ihre Aufregung trieb sie an. Sie rollte ihre Skizzen zusammen und ging nach draußen. Dort lehnte Sharon am Bus, knabberte an einem Apfel und wartete darauf, dass sie wieder losfahren musste. Sie warf das Kerngehäuse in einen Mülleimer, als sie Lena entdeckte, und stieg ein. »Ich vermute mal, dass du mitfährst.«

»Darauf kannst du Gift nehmen.«

Sharon startete den Motor, als Lena einstieg. Wieder mal unternahmen sie die Fahrt zur Landungsbrücke allein. Lena setzte sich direkt hinter den Fahrersitz, und Sharon fuhr auf die staubige Baustellenstraße.

»Also«, Sharon sah sie im Rückspiegel an, »ich habe ein paar interessante Gerüchte über dich gehört.«

»Tatsächlich?« Lena bemühte sich um eine unschuldige Miene, als ihr Bulldogs unglaubliche Wadenmuskeln in den Sinn kamen. Sie schlug die Augen nieder. Sharon konnte unmöglich etwas von ihrem Zusammenstoß mit Dan im Fitnessraum gehört haben. Oder etwa doch? Davon wusste niemand.

Nicht einmal Radar.

Natürlich war Sharon nicht gerade außen vor, wenn es um Klatsch und Tratsch ging. Als Busfahrerin befand sie sich meistens mittendrin in den Baustellen-Dramen. Die Jungs schienen zu vergessen, dass sie da war, wenn sie im Bus saßen. Sie bekam das eine oder andere private Gespräch mit, ohne sich überhaupt darum zu bemühen, sehr zu Radars professioneller Empörung.

»Mann, du siehst aber schuldbewusst aus.«

Sharons Stimme riss sie wieder in die Gegenwart, und Lena spürte, wie ihre Wangen glühten. »Wirklich?« Sogar ihr kam ihre Stimme unnatürlich hoch vor. Stumm verfluchte sie sich und versuchte, ihre Nerven zu beschwichtigen, jedoch ohne sonderlichen Erfolg.

»Mit dem Gesicht würde ich mich nicht in der Öffentlichkeit blicken lassen«, fuhr Sharon fort. »Dann reden die Jungs noch mehr als ohnehin schon.«

Lena fuhr sich mit der Zunge über die Lippen. »Die können sich doch nicht wirklich für mein langweiliges Leben interessieren.«

»Machst du Witze?« Sharon prustete. »Nach Bulldog

bist du diejenige, über die am meisten auf der Baustelle getratscht wird.«

Lena horchte auf, alle Peinlichkeit vergessen. »Bist du sicher?«

»Natürlich. Aber das muss dir doch klar sein.«

»Na ja, nicht so richtig«, erwiderte Lena ein wenig verdutzt. »Ich meine, es ist natürlich eine Neuheit, dass ich eine Frau bin, aber ich dachte, dass sie mittlerweile darüber hinweg wären.«

»Noch lange nicht. Du hast einige Verehrer.«

»Du doch auch«, warf Lena ein. »Die Chancen stehen schließlich gut für uns.«

»Mh-hm«, entgegnete Sharon unbestimmt.

»Was erzählen sie sich denn?«, hakte Lena nach und trommelte mit den Fingern auf ihrem Oberschenkel. »Du kannst das nicht einfach andeuten und mir dann nichts erzählen.«

Sharon grinste. »Na ja, sagen wir nur so viel, einige deiner Verehrer sind ziemlich sauer, weil du kein Interesse an ihnen gezeigt hast.«

»Sie sind eben nicht mein Typ.« *Genau, in diese Kategorie schaffen es nur diejenigen, die absolut tabu sind.*

»Das verstehen sie ja auch langsam«, erklärte Sharon. Lena sah auf und sah im Rückspiegel das schelmische Funkeln in den Augen ihrer Freundin. Sharon verschwieg etwas.

»Was sagen sie denn nun?« Ihre Stimme klang resigniert.

»Na ja, nicht alle behaupten das. Aber eine Gruppe von Männern, die bei Tony arbeiten, haben eine Theorie.«

»Was für eine Theorie?«

»Sie schließen Wetten darüber ab, ob du für die andere Mannschaft spielst.«

»Für die andere …?« Plötzlich verstand Lena. *»Ernsthaft?«*

»Also, ein paar der Typen scheinen zu glauben, dass du und Ethel … dass ihr was laufen habt.«

»Ich und Ethel?« Lena stockte der Atem.

»Du weißt aber schon, dass sie lesbisch ist, oder?«

Lena klappte die Kinnlade herunter. »Das gibt's doch nicht.« Sie dachte an die vergangene Woche und stöhnte. »Es ist wegen der Tipps, stimmt's? Sie glauben, dass wir zusammen sind, weil sie so nett zu mir ist.«

»Sieh doch mal«, argumentierte Sharon, »Ethel ist zu niemandem nett. Ich muss zugeben, dass sogar ich etwas misstrauisch war.«

»Das glaube ich jetzt nicht!«, protestierte Lena.

»Okay«, Sharon lächelte, »vielleicht nicht. Aber mal ernsthaft, wenn es nicht Ethel ist, dann musst du doch auf irgendjemand anderen ein Auge geworfen haben, bei dieser großen Auswahl.«

Zu Lenas großer Verärgerung trat das geheimnisvolle Antlitz Bulldogs wieder vor ihrem inneren Auge in Erscheinung, und ihre Stimme klang etwas gequält.

»Nein, da gibt's niemanden.«

»Okay, raus mit der Sprache.«

»Worüber?«

»Lena«, gab Sharon mit der Geduld einer unendlich Weisen zurück, »ich habe vorhin schon deinen schuldbewussten Blick gesehen, und jetzt siehst du schon wieder so aus. Du kannst mir nicht ewig etwas vormachen.«

»Vormachen?« Lena suchte nach Ausflüchten. »Ich mache dir doch nichts vor.«

Und trotzdem hielt sie den Blick gesenkt. Wenn sie ehrlich war, war sie eine Expertin darin, anderen etwas vorzumachen. An der Uni hatte sie quasi darin eine Prüfung abgelegt. Es war wirklich beschämend.

Nach einigen Augenblicken konzentrierte Sharon sich wieder auf die Berge von Eisenerz, die sich um sie herum türmten, und Lena war erleichtert, dass sie nicht weiter ausgefragt wurde. Doch sie freute sich zu früh.

»Was ist mit Gavin?« Sharon klang nur ein kleines bisschen zu unbeteiligt.

»Gavin?« Lena rümpfte die Nase.

»Was denn?«, protestierte Sharon. Sie sah Lena im Rückspiegel an. »Er sieht gut aus, ist nett, klug und …«

»Er ist Gavin.«

»Er ist ein guter Ingenieur. Alle bewundern ihn und er …«

»… ist ungefähr so reif wie ein Zehnjähriger«, beendete Lena den Satz für sie. »Hast du die Flagge gesehen, die er gehisst hat?«

»Ja.« Sharon kicherte. »Ich find's irgendwie süß.«

»Irgendwie süß?« Lena hielt sich die Hand vor den Mund, als sie verstand. »*Du* magst ihn.«

»Quatsch.«

»Und ob.«

Sharon wurde rot. »Okay, ich geb's zu.«

Lena setzte sich eifrig auf. Sie grinste dämlich über das ganze Gesicht.

»Und verabredest du dich mal mit ihm?«

Sharon riss erschrocken die Augen auf. »Damit das

gesamte Camp unsere Romanze wie *Reich und Schön* verfolgen kann? Wohl eher nicht.«

Lena lachte. »Dann hör auf, mich über mein Liebesleben auszufragen.«

»Hey.« Sharon hob kurz die Hände und legte sie dann wieder aufs Steuer. »Es geht mich nichts an, was zwischen dir und Ethel läuft.«

Lena versetzte ihr einen Klaps mit ihren zusammengerollten Entwürfen.

Der Bus fuhr um eine Kurve, und die TCN-Gebäude kamen in Sicht. Lena sah Bulldog draußen telefonieren, und alles in ihr spannte sich an. Sie fragte sich, mit wem er wohl sprach. Etwa mit der Freundin, auf die Radar angespielt hatte? Mit Sicherheit war es ein privates Gespräch, da er es nicht im Büro führte.

Es geht dich nichts an. Hör auf, deine Gedanken auf ihn zu verschwenden.

Sie riss ihren Blick von Bulldog los und konzentrierte sich stattdessen auf die Gebäude hinter ihm. Jemand hatte auf einem der Dongars an jeder Ecke zwei kleinere Flaggen angebracht.

O weh! Wie alt sind sie denn? Fünf? Heute Abend gibt es wohl Ärger in Wickham.

Der Bus rollte auf die Seebrücke, und sie genoss die salzige Seeluft, während sie über das Meer fuhren. Lena atmete tief durch, und mit jedem Atemzug nahm ihre Aufregung zu. Zwei Minuten später hielt Sharon neben dem Schlitten und wünschte ihr viel Glück.

Als sie die Leiter hinaufkletterte, sah sie sich um. Es war ein grandioser Morgen. Die Sonne schien, aber nicht mit voller Wucht. Eine sanfte Brise kitzelte sie im Nacken, und der Klang träger Wellen war Balsam für ihre Nerven. Wenn es einen guten Grund für die Arbeit auf einer Baustelle gab, dann dies.

Allerdings war es das Einzige.

Lena hatte nicht erwartet, dass Mike sie begrüßen würde, und so war es auch. Stattdessen kehrte er ihr den Rücken zu und sah über das Geländer, während unter ihnen die Männer arbeiteten. Dieses Mal waren allerdings keine Wale zu sehen. Keine Ablenkung. Keine Ausreden.

»Mike«, begann Lena mit fester Stimme. »Wir müssen reden.«

Wie vorherzusehen war, grummelte er nur.

»Ich meine es ernst«, fuhr Lena fort. »Ich habe vor ein paar Tagen mit Dan Hullog gesprochen ...«

Das weckte seine Aufmerksamkeit. »Du hast ohne mich mit Bulldog gesprochen?« Endlich sah er sie an.

Okay, das sind jetzt vielleicht nicht die idealen Voraussetzungen, aber zumindest redet er mit mir. »Es war kein Meeting«, erklärte sie. »Wir haben im Fitnessraum über die Ausleger gesprochen.«

»Im Fitnessraum?« Mike gab sich keine Mühe, seine Geringschätzung zu verbergen. »Soso.«

»Fitnessraum?« Ein Kopf erschien neben dem Gerüst. Es war der kleine Mann mit dem Mausgesicht, mit dem sie bei ihrem ersten Besuch hier gesprochen hatte. Radar hatte ihr später erzählt, dass sein Spitzname Fieldmouse war.

»Was hör ich da?« In Sekundenschnelle war er über das Geländer geklettert und wickelte ein Seil über den Arm, während er auf sie zukam. »Du gehst in den Fitnessraum?«

»Manchmal«, erwiderte Lena abgelenkt.

»Wann?«

»Spielt das eine Rolle?«, entgegnete sie genervt. Sie wandte sich wieder an Mike. »Es sieht folgendermaßen aus: Wir liegen zehn Prozent zurück und müssen uns etwas ranhalten.«

»Als ob das Neuigkeiten wären.« Mike grinste überheblich.

Lena straffte die Schultern und bemühte sich, ihre Stimme autoritär klingen zu lassen. »Mike, ich bin nicht hergekommen, um mit dir zu streiten. Ich will dich warnen.«

»Tatsächlich.«

»Wenn du nicht mit mir zusammenarbeitest, regle ich das ohne dich.« Sie hielt den Atem an.

Mike warf den Kopf zurück und lachte. Lena sah ihn nur an. Im Grunde war sie froh, die Bestätigung zu bekommen, dass er sie im Stich ließ. Mit Mike als Straßensperre würde sie niemals ihre Fähigkeiten unter Beweis stellen können.

Als er fertig war mit Lachen und sie immer noch nichts sagte, drehte er sich um, kletterte die Leiter hinunter und stellte sich unten neben den Schlitten.

Gott sei Dank.

Fieldmouse wickelte weiter sein Seil auf und sah Lena mitfühlend an.

»Keine Sorge.« Lena lächelte. »Ich habe einen Plan.«

Er grinste zurück. »Mike ist einer von der alten Schule, Madame I. Er nimmt nicht gerne Befehle von Frauen an.«

»Und ich schlag mich nicht gern mit unhöflichen Männern herum«, erwiderte sie. »Erzähl mir mal, wie die Dinge hier in letzter Zeit laufen.«

»Langsam.« Fieldmouse nickte.

»Wie lange braucht ihr, um einen Ausleger anzubringen?«

»Fünf Stunden.«

»Das ist in der Tat langsam.« Lena rieb sich über das Kinn. »Was dauert am längsten dabei?«

»Das Versetzen«, sagte Fieldmouse ohne zu zögern.

»Versetzen? Das Weiterziehen, meinst du?«

»So ungefähr.« Fieldmouse sah zum Himmel, während er die Frage überdachte. »Das Verschieben der Zugangsplattform dauert am längsten.«

»Die Zugangsplattform unter den Trägern?«, hakte Lena nach.

»Genau die.«

Lena konnte die Plattform nicht sehen, da sie sich unter dem Anleger befand, aber sie wusste, dass sie mit hängenden Streben an den Hauptträgern befestigt war. Darauf standen die Männer, wenn sie die Verlängerungsbalken, die sogenannten Ausleger, an den Hauptträgern anschweißten. Außer der Plattform befand sich nichts unter dem Anleger bis auf die Pfähle, die fünfzehn Meter darunter ins Wasser tauchten.

»Gut, fang von vorne an«, forderte Lena ihn auf. »Lass uns den Ablauf durchgehen, wie die Ausleger momentan angebracht werden.«

»Als Erstes warten wir darauf, dass ein Laster einen vom Werksgelände herbringt«, erklärte Fieldmouse. »Der Laster hält neben dem Schlitten, und Radar und ich heben den Ausleger mit dem Kran von der Ladefläche über das Gerüst und positionieren ihn.«

»Und dann schweißen die Männer auf der Plattform ihn an«, beendete Lena den Gedankengang für ihn.

»Genau. Das dauert ungefähr eine Stunde.«

Eine Stunde? Das ist alles?

»Und danach macht ihr euch bereit zum Verschieben«, sagte sie laut. »Der Schlitten wird mit der Winde zum nächsten Abschnitt weitergezogen. Wie versetzt ihr die Plattform?«

Fieldmouse verzog das Gesicht. »Wir müssen sie losmachen und mit dem Kran auf den Schlitten manövrieren. Während der Schlitten gezogen wird, bleibt sie dort. Danach müssen wir sie mit dem Kran wieder anbringen, und das dauert, das ist knifflig.«

Und obendrein noch gefährlich, darauf ging Lena jede Wette ein. Hier lag der Haken. Wodurch konnte sie den Vorgang beschleunigen, ohne den Männern einfach zu sagen, dass sie schneller machen sollten – was wiederum nur unnötigen Stress und Arbeitsunfälle auslösen würde?

»Hör zu, Fieldmouse«, bat Lena, »kannst du den anderen Jungs, die auf dem Schlitten arbeiten, etwas ausrichten?«

»Klar«, willigte er ein.

»Sag ihnen, dass ich sie alle heute sehen will.«

»Alle auf einmal?« Fieldmouse sah sie zweifelnd an.

»Einen nach dem anderen«, stellte sie richtig. »Sag ihnen, dass sie im Laufe des Tages, wenn sie gerade nicht so viel zu tun haben, zu mir ins Büro kommen sollen. Und wenn Mike sich darüber aufregt, kannst du ihm sagen, dass das Anweisungen von mir sind.«

Lena ging ans Geländer und sah auf Mike hinunter. Sie überlegte kurz, ob sie es ihm selbst mitteilen sollte. Doch er rief den Männern auf der Plattform gerade Instruktionen zu, und sie vermutete, dass er sie ohnehin wegschicken würde.

Sie wandte sich wieder Fieldmouse zu. »Würdest du dich noch ein bisschen weiter mit mir unterhalten, wo er gerade abgelenkt ist? Ich würde mir gern anhören, was du von der momentanen Nutzung der Winde für den Schlitten hältst.«

»Kein Problem«, antwortete Fieldmouse. Er freute sich offensichtlich darüber, überhaupt gefragt zu werden. Das sagte er ihr und gab ihr noch eine ganze Reihe anderer Informationen. Lena machte sich wie wild Notizen, bis sich Sharon mit dem Bus näherte. Sie sah auf die Uhr. Sie war seit einer Stunde auf dem Anleger, und Sharon drehte schon ihre nächste Runde. Da der Bus nur in eine Richtung fuhr, würde Lena bis ans Ende mitfahren müssen, bevor sie zurück zum Büro fahren konnte. Doch das machte ihr nichts aus. Seit ihrem letzten Besuch waren drei weitere Pfähle gerammt worden, und das würde sie sich gern ansehen. Sie winkte Sharon heran.

Als sie das Ende des Anlegers erreichten, bemerkten Sharon, Lena und die Männer im Bus, dass bei den mobilen Toiletten Aufruhr herrschte. Eine kleine Menschenansammlung stand um eine der großen blauen Kunststoffkabinen herum, deren Tür weit offen stand. Wegen der vielen Männer, die davor standen und johlten, konnte Lena allerdings nicht erkennen, was darin los war. Sharon parkte den Bus an seinem üblichen Halteplatz, und sie stiegen aus und drängten sich durch die Menge.

Lena traute ihren Augen nicht.

Vor der Kloschüssel kniete Leg mit hochgekrempelten Ärmeln und seinem rechten Arm bis zum Ellenbogen darin versenkt. Es fehlte nicht viel, und sein Kopf würde ebenfalls darin verschwinden.

Lena unterdrückte einen Würgereiz. »Leg, was zum Teufel machst du da?«

Doch er hörte sie nicht.

Sharon stieß einen der amüsierten Zuschauer neben sich an. »Was ist hier los?«

»Er hat seinen Ehering im Klo versenkt.«

»O nein«, stöhnte Lena. Sie wusste, dass Leg seinen Ring an einem schwarzen Band um den Hals trug. Er war aus Weißgold und Gelbgold und ziemlich hübsch. Auf der Innenseite war der Name seiner Frau eingraviert. Leg hatte Lena erklärt, dass seine Hände im Laufe des Tages so schmutzig wurden, dass er ihn nur ungern an seinem Finger trug, was sie gut nachvollziehen konnte.

»Wie um Himmels willen hat er ihn denn verloren?«, fragte sich Lena laut.

Der Mann neben ihr lachte auf. »Das Band hat sich gelöst, während er gearbeitet hat, aber er hat's nicht gemerkt. Und als er dann aufs Klo gegangen ist und sein Hemd aus der Hose gezogen hat, ist der Ring rausgehüpft und geradewegs in die Schüssel.«

»Leg, hör auf.« Lena hielt sich die Nase zu und trat einen Schritt vor. »Deine Frau wird dir verzeihen.«

Dieses Mal hörte er sie, sah auf und grinste sie an. »Keine Sorge, Madame I., ich musste schon in Schlimmeres reingreifen.«

Gerade in diesem Moment kam Gavin mit einem Paar großer, rosafarbener Gummihandschuhe aus dem Büro-Dongar nebenan gesprungen. Er sprintete auf die Versammlung zu, doch es war zu spät.

»Hab ihn!«, rief Leg und zog seine doch ziemlich dunkel überzogene Hand aus der Schüssel.

Nicht nur Lena trat einen großen Schritt zurück, als er seine Trophäe hochhielt. Man konnte den Ring kaum erkennen – es sah eher aus, als hielte Leg Matsch in der Hand.

»Scheiße«, fluchte Gavin und hielt sich die Nase zu.

Bei Gavins unglücklicher Wortwahl ging ein Lachen durch die Menge. Er wedelte mit den Handschuhen vor seinem sturen Mitarbeiter herum. »Du hättest ruhig warten können.«

Leg senkte die Hand und drehte sich heftig zu Gavin um. »Und die Würde meiner Frau beschmutzen? Für nichts auf der Welt hätte ich diesen Ring auch nur eine Sekunde länger als nötig in diesem Ding gelassen.«

Auch wenn Legs Aktion Lena mit Grauen erfüllte, konnte sie doch nicht anders, als wehmütig über die Gefühle zu sinnieren, die dahintersteckten. Würde sie jemals einen Mann kennenlernen, der alles für sie tun würde? Wirklich *alles*? Das schien ihr wie ein unerreichbarer Traum.

Sie beugte sich zu Sharon hinüber. »Wie romantisch«, flüsterte sie.

Da Lena nicht gemerkt hatte, wie laut sie gesprochen hatte, war sie überrascht, als Gavins Blick von Leg zu ihr herüberschoss. »Der Typ hier hat gerade seine Hand in einen Haufen Scheiße gesteckt, und du findest das romantisch?«

»Na ja, irgendwie schon …«

»Frauen«, stöhnte der Mann neben ihr. »Kein Wunder, dass wir es ihnen nie recht machen können.«

»Da wär ich mir nicht so sicher.« Gavin krempelte halb im Spaß seinen Ärmel hoch und machte Anstalten, sich zu Leg vor der geschändeten Toilette zu gesellen. »Ich bin zu allem bereit.«

Übermütige Beifallsrufe wurden laut. »Los, Gavin!«

Lena packte ihn am Arm und hielt ihn zurück. »Wag es ja nicht!«

Er sah sie verschmitzt an und seufzte. »Das sagst du jetzt.«

Sie ließ sofort seinen Arm los und stieß ihn von sich fort. »Steck dir deine Hand sonst wo hin.«

Die Männer lachten laut auf und schlugen sich auf die Oberschenkel. »Ohoho! Die Miezekatze hat Krallen.«

Gavin lachte, wandte sich aber wieder an seine Männer. »Okay, Leute, die Vorstellung ist vorbei, zurück an die Arbeit!«

Widerwillig zerstreuten sie sich.

Lena seufzte erleichtert auf. Als sie sich umdrehte, bemerkte sie Sharons forschenden Blick.

»Was ist?«, fragte sie.

Sharon kniff leicht die Augen zusammen. »Er hat mit dir geflirtet.«

Lena runzelte die Stirn. Sie fand, dass Gavin sich in erster Linie wie ein Volltrottel verhalten hatte. Sie legte Sharon beruhigend die Hand auf die Schulter. »Nein, hat er nicht. Er hat nur rumgewitzelt. Gavin eben.«

»Sicher?«

»Ganz sicher.«

»Ich weiß nicht.«

»Komm schon, das war so was wie ein Klowitz, wortwörtlich.« Lena zog ihre Hand zurück. »Außerdem weißt du doch, dass ich mich nicht für ihn interessiere. Wie gesagt, so erwachsen wie ein Zehnjähriger.«

Sharons Miene hellte sich etwas auf. »Hey«, protestierte sie, »manche stehen eben auf jungenhaften Charme.«

Eine Viertelstunde später war der Bus wieder voll mit Männern, die zurück aufs Festland wollten. Unter ihnen auch Leg, der nach Hause und unter die Dusche geschickt wurde. Es saß keiner neben ihm.

Als sie am Büro ankamen, setzte sich Lena an ihren Schreibtisch und wartete darauf, dass die Männer von der Baustelle ihrer Anweisung Folge leisteten.

Radar war der Erste, der auftauchte, und er freute sich wie ein Schneekönig. Lena wurde bewusst, dass sie nicht die Einzige war, die von Mike tyrannisiert wurde. Seine Männer brannten geradezu darauf, seine Macht zu untergraben. Sie wollten ebenso wie sie ein Mitspracherecht.

Radar und Lena redeten über eine Stunde. Ein wenig davon war Gejammer, aber der Rest ziemlich nützlich. Lena schrieb alles mit. Als der nächste der Jungs zu ihr kam, verfuhr sie ebenso. Am Feierabend hatte sie ein ganzes Notizbuch voller Ideen und Vorschläge, von denen einige von ihr selbst stammten, nachdem sie die Fakten untersucht hatte. Ihr Selbstvertrauen nahm zu: Zum ersten Mal hatte sie ein Problem allein gelöst. Kein Boss, der sie anleitete, und kein Kevin, der sie rettete. Das hier waren hundert Prozent Lena Todd, und es fühlte sich verdammt gut an.

Am nächsten Tag war Sonntag – der große freie Tag. Nach zwei Wochen ordentlicher Schufterei würden die meisten der Barnes-Inc.-Angestellten einfach nur ihre wohlverdiente Ruhe genießen. Lena verfluchte die Tatsache, dass sie sich nicht darauf eingelassen hatte. Sie und ihre Angelcrew brachen stattdessen im Morgengrauen auf.

Was habe ich mir nur dabei gedacht?

Sie hätte wissen müssen, wie erschöpft sie sein würde. Aber nein, sie hatte unbedingt beweisen wollen, dass es mehr im Leben gab als nur die Arbeit.

Ihre engsten Berührungspunkte mit einer Angelrute waren bisher die Abendessen am Hafen in Fremantle gewesen, wo sie die hartnäckigsten Angler am Ende eines fünf Meter langen Stegs mit Eimer und Angel sitzen sah. Beneidet hatte sie sie nie. Nie hatte sie gedacht: *Hach, wie aufregend, das würde ich auch gern mal machen.*

Aber hier war sie nun einmal in Wickham, lebte in einer Kiste, war stets mit rotem Staub gepudert, wurde wie ein Sexobjekt behandelt und von ihren Mitarbeitern missachtet.

Was ist da schon ein schleimiger Fisch? Wenn überhaupt, dann ist das eine Stufe aufwärts.

Natürlich war der eigentliche Plan, den sie sich mit Radar, Leg und Sharon ausgedacht hatte, etwas eskaliert. Das hatte angefangen, als sie Carl um einen Pickup bat.

»Was zum Teufel soll das denn?« Er sah sie ungläubig an. »Glaubst du, ich leite hier einen kostenlosen Shuttle-Service?«

Sein lautstarker Protest lockte ein paar Schaulustige in sein Büro, unter anderem Gavin.

»Was hör ich da von einem Angelausflug?«

»Jetzt sieh mal, was du angerichtet hast!« Carl deutete anklagend auf Lena. »Als Nächstes fragst du noch nach einem verdammten Barbecue zum Mitnehmen.«

»Hey, weißt du was?« Lenas Miene hellte sich auf. »Daran hab ich noch gar nicht gedacht.«

Sie spürte Gavins Hand auf ihrer Schulter. »Lass es lieber«, warnte er sie, als Carls Miene immer düsterer wurde.

Lena schluckte. »In Ordnung.«

»Außerdem«, fügte Gavin hinzu, »können wir Fisch zu Mittag essen.«

»Genau«, stimmte einer der Bauzeichner zu, der hinter Gavin hereingekommen war.

»Wir sollten auch Harry fragen«, schlug Lena vor. »Er ist so still und würde nie etwas sagen, aber ich bin mir sicher, dass er gern mitkommen würde.«

»Verdammt!«, rief Carl. Lena erschrak und sah ihn wieder an. »Wessen verdammtes Büro ist das hier eigentlich?«

Lena fuhr zusammen. »Entschuldige, Carl, ich ...«

»Scheiß drauf.« Er winkte ab. »Nimm einfach den Bus. Sieht so aus, als könntest du ihn gebrauchen.«

Lenas Stimmung hellte sich wieder auf. »Willst du auch mitkommen?«

Carl sah sie mit zusammengekniffenen Augen an. »Versuchst du mit Absicht, mir die Laune zu vermiesen?«

»Nein, ich ...«

»Bulldog sitzt mir im Nacken, und ich muss morgen arbeiten. Aber vielen Dank auch. Und jetzt raus mit euch, alle Mann, und lasst mich verdammt noch mal in Ruhe.«

Sie verschwanden aus seinem Büro.

Schließlich waren sie ungefähr zu zwölft, und auch Harry, der sich tatsächlich sehr über die Einladung freute, war mit von der Partie. Lena hatte es den Experten überlassen, ein Ziel auszusuchen, und einer der pfiffigen Bauzeichner hatte Cleaverville auserkoren. Es lag ungefähr eine halbe Stunde Fahrt vom Camp entfernt und war angeblich ein erstklassiger Ort zum Angeln.

»Wow, wir sind so viele«, sagte Lena zu Sharon, »meinst du, es gibt überhaupt genug Fische für alle?«

»Wo wir hinfahren, auf jeden Fall«, versicherte Gavin ihnen, als er an ihnen vorbeiging, um in den Bus zu steigen.

Anscheinend war Gavin ein Angelprofi. Das erzählte er zumindest allen im Bus auf der Fahrt an die Küste. Sharon hörte den Geschichten über seine vergangenen Triumphe gebannt zu, doch Lena war nur halb bei der Sache. Es war ihr ziemlich egal, was sein letzter Fang auf die Waage gebracht hatte, aber Sharon zuliebe warf sie hin und wieder zustimmende Kommentare ein.

»Du bist ja ein totaler Angelfan«, bemerkte sie schließlich, als er mit der nächsten Geschichte anfing.

»Was meinst du, warum ich diesen Job hier angenommen habe«, sagte er lächelnd, »wenn nicht wegen des Drumherums?«

»Drumherum?«, wiederholte Lena ungläubig. *»Alles klar.«*

Sie wartete ab, bis er sich abgewandt hatte. »Bist du dir bei diesem Kerl wirklich sicher?«

»Pssst«, mahnte sie Sharon. Sie war rot angelaufen.

Lena seufzte.

Gavin hatte nichts gehört; sie hatte bewusst ihre

Stimme gesenkt. Es war merkwürdig, die selbstsichere Sharon so still und schüchtern zu erleben. Eigentlich fand Lena es langsam etwas frustrierend. Sie war froh, als die Busfahrt endlich vorbei war.

Cleaverville war wunderschön.

Lena war auf solche Eindrücke nicht vorbereitet gewesen. Doch als sie sich dem Ufer näherten, wurde der rote Sand brauner und steiniger. Am Strand sah es aus, als hätte jemand Pralinen und dunkle Schokostreusel in allen Größen verstreut. Im kristallklaren Wasser waren die scharfen Kanten der Steine rund und glattpoliert.

Ein paar Meter weiter vom Ufer entfernt, wo sanfte Wellen Lena über die Füße schlugen, standen kleine Mangroven in Grüppchen zusammen im Wasser. Es war seltsam, dass das Land so unfruchtbar war und im Wasser die Pflanzen nur so erblühten. Eine Weile stand Lena einfach nur da und nahm diesen Kontrast ehrfürchtig in sich auf.

Hinter ihr legten die anderen ihre Ausrüstung ab, packten ihre Köder aus und bereiteten ihre Angeln vor. Sharon und Lena hatten keine eigene Angel und hofften, sich von Gavin oder Leg etwas leihen zu können.

Lena drehte sich um und sah Leg mit einem Schnorchel.

»Ich hoffe, du hast deinen Ehering abgenommen«, zog sie ihn auf. »Den willst du ja nicht noch einmal verlieren.«

Er grinste sie an, sagte aber nichts. Als er den Strand hinunterging, wandte sich Lena wieder an Sharon. »Jetzt ist deine Chance«, flüsterte sie.

»Meine Chance wofür?«

»Um Gavin anzusprechen.«

»Lena.«

»Frag ihn, ob wir eine Angel leihen können oder so.« Sie stieß ihre Freundin an. »Na los.«

Sharon hob das Kinn, straffte die Schultern und ging hinüber zu Gavin, der sich auf einen Fels gesetzt und sein Angelzeug vor sich ausgebreitet hatte.

»Äh ... Hey Gavin.«

»Hi Sharon.«

»Schöner Tag heute.«

»Ja.«

»Ähm.«

»Womit kann ich helfen?«

»Hm.«

Oh, um Gottes willen.

Lena ging hinüber.

»Können wir eine Angel von dir leihen?«

Gavin sah auf und grinste. »Eine Angel nicht, aber ich habe noch ein paar Spulen übrig.« Er holte zwei rote Plastikrollen mit Angelschnur aus seiner Tasche.

»Danke«, sagte Lena. Sie sah sich die Rolle an und entdeckte einen kleinen Haken am Ende der Schnur.

»Hier.« Gavin nahm die Rolle wieder an sich. »Ich helfe euch mit den Ködern.«

Er öffnete wieder seine Tasche, und Sharon und Lena sahen zu, wie er einen großen Plastikbehälter herausholte.

»Würmer?« Lena verzog das Gesicht.

Gavin lachte. »Nein, Shrimps.« Er öffnete die Dose, und der Geruch frisch gehackter Köder stieg Lena in die Nase. Sie hielt den Atem an, während Gavin einen kleinen Shrimp auf ihren Haken aufspießte.

»Warum hilfst du Sharon nicht auch?«, schlug sie

vor, als Gavin ihr die Spule reichte. »Ich gehe schon mal ins Wasser.«

»Du musst etwas hineinwaten – mindestens bis zu den Knien«, erklärte Gavin. »Und dann die Schnur auswerfen.«

Sie nickte. Es juckte ihr in den Fingern, ins Wasser zu kommen. Oder vielmehr an den Waden, die von Sandfliegen attackiert wurden. Bereits zum dritten Mal wünschte sie sich, sie hätte Insektenspray dabei.

Sie warf einen Blick über die Schulter zurück auf Sharon, die Gavin schüchtern ihre Rolle reichte. Lena hoffte, Sharon würde noch ein wenig länger bei Gavin bleiben. Sie gaben zusammen ein gutes Bild ab.

Sharon dabei behilflich zu sein, ihr Glück zu finden, war eine willkommene Abwechslung für Lena. Sharon hatte es verdient. Die Busfahrerin war die einzige Person, die das Leben im Camp erträglich machte. Wenn Lena sich dafür irgendwie erkenntlich zeigen konnte, dann tat sie das nur zu gern. Überzeugt, das Richtige getan zu haben, indem sie die beiden allein ließ, biss sie in den sauren Apfel und warf die Schnur aus. Wo sie schon hier war, konnte sie es ebenso gut ausprobieren.

Eine halbe Stunde später jedoch, als immer noch nichts angebissen hatte, fand sie es immer schwieriger, sich davon zu überzeugen, dass sie sich amüsierte. Die Sonne brannte in ihrem Nacken, und Lena ahnte, dass sie sich einen Sonnenbrand holen würde.

Ist Angeln immer so heiß und langweilig?

»Bei mir hat was angebissen! Bei mir hat was angebissen!«, rief Sharon plötzlich, und Lena sah triumphierend zu, wie Gavin sofort an ihre Seite eilte. Zumindest war der Tag kein kompletter Reinfall gewesen.

Die beiden lachten, während sie versuchten, den wild zappelnden Fisch am Ende von Sharons Schnur zu schnappen.

Da spürte auch Lena, wie etwas leicht an ihrer Schnur zog. Es fühlte sich dieses Mal nicht wie ein Stein an. Wie aufregend. Vielleicht hatte sich all das Warten doch gelohnt. Eifrig holte sie ihre Leine ein. Und schrie auf.

»Was ist los?« Lena hörte, wie Sharon und Gavin platschend durchs Wasser zu ihr eilten.

Lena deutete auf das Ende ihrer Angelschnur, wo eine weiße Qualle in den seichten Wellen trieb. Ihr durchsichtiger Körper zog sich zusammen und öffnete sich wieder. Lena erschauerte. Sie konnte ihren Blick nicht von der Qualle lösen. Sie wollte mitbekommen, falls sie sich näherte.

Gavin lachte. »Ich dachte schon, du hättest eine Seeschlange gesehen.«

Lenas Blick heftete sich auf ihn. »Was?!«

Er watete zu ihr und legte ihr mitfühlend einen Arm um die Schultern. »Keine Sorge«, sagte er leise, »ich beschütze dich.«

»Schon klar.« Sie befreite sich von seinem Arm und drehte sich zu Sharon um. »Ich glaube, ich habe keine Lust mehr auf Angeln. Ich geh raus.«

Als sie sich zum Gehen umwandte, hörte sie Sharons Stimme. »Die Sandfliegen werden dich auffressen.«

Lena sah zurück zu Gavin. »Hast du zufällig ein Handtuch, auf das ich mich setzen kann oder das ich mir um die Beine wickeln kann?«

Gavin errötete leicht und kratzte sich hinterm Ohr. »So was Ähnliches.«

»Wie meinst du das?«

»Wirst du schon sehen. Sieh in meinem Rucksack nach.«

Sharon und Gavin begleiteten sie ans Ufer. Lena öffnete Gavins Tasche und zog ein großes gefaltetes Stück Stoff hervor, das sich wie ein Tischtuch anfühlte, bis sie es ans Tageslicht gebracht hatte. Ihr stockte der Atem.

»Gavin, das ist eine TCN-Flagge.«

»Äh, ja.«

»Was soll das heißen, ›äh, ja‹?«, entgegnete Lena aufgebracht. »*Gavin*, wie konntest du nur?«

»Das war ich nicht«, verteidigte er sich. »Meine Jungs haben sie letzte Nacht abgenommen und mir heute Morgen als Geschenk überreicht.«

»Und du hast sie dann zu deinem Angelzeug gepackt?«

»Ich war gerade auf dem Weg zum Bus, als sie sie mir gegeben haben.«

Lena sah ihn fassungslos an. »Carl reißt dir den Kopf ab.«

»Nicht, wenn er nichts davon erfährt.« Gavin sah sie herausfordernd an.

»Wir sagen nichts.« Sharons Blick war eindringlich.

»Na schön«, gab Lena nach. »Aber was nehme ich jetzt für meine Beine?«

Gavin zuckte entschuldigend die Achseln. »Ich habe kein Handtuch dabei. Entweder du nimmst die Flagge oder gar nichts.«

Nachdem sie ihre Leinen mit neuen Ködern versehen hatten, wateten Sharon und Gavin wieder ins Wasser. Lena blieb unentschlossen zurück. Es ging ihr gegen den Strich, aber nach einer Viertelstunde wusste sie sich nicht mehr anders zu helfen. Sie wickelte die Flagge um ihre Beine und setzte sich auf einen Felsen. Nur leider nützte das nicht besonders viel. Die Sandfliegen stachen sie in die Knöchel und labten sich an ihren Füßen. Schließlich entschied sie sich für einen Spaziergang. Vielleicht würden sie aufhören, sie als kostenloses Buffet zu betrachten, wenn sie sich bewegte.

Sie schirmte sich die Augen mit der Hand ab und sah zu den anderen. Gavin hatte offenbar etwas Großes gefangen. Seine Angelrute bog sich, und Sharon lief zu ihm, um ihm zu helfen. Die restlichen Ausflügler standen über den Strand verstreut und schienen allesamt in ihre Beschäftigung vertieft. Niemand würde sie vermissen. Sie wickelte sich die Flagge wie einen Sarong über ihre Shorts und machte sich auf den Weg.

Mittlerweile juckten ihre Beine wie verrückt, und der Schweiß lief ihr den Rücken hinunter. Alles fühlte sich klebrig an, und sie war gereizt.

Verdammter Angelausflug. Nie wieder.

Sie kletterte kreuz und quer über die Steine, schnitt sich dabei die Fußsohlen auf und fluchte noch mehr. Schon bald hatte sie die anderen weit hinter sich gelassen, doch sie fand immer noch keinen Schutz vor der Sonne oder den Insekten. Sie ließ den Blick über das Wasser schweifen. Es war sehr flach und klar hier, und es glitzerte im Sonnenlicht.

Was würde ich für ein Bad geben …

Lena sah zurück am Ufer entlang. Die anderen waren nur noch kleine Punkte in der Ferne.

Wer würde es bemerken, oder überhaupt beachten, wenn sie hier in Unterwäsche ein kleines Bad im Schutz der Mangroven nahm? Sie konnte sich mit der Flagge abtrocknen. Sie wusste, dass es riskant war, doch mittlerweile hätte sie sich aus ihrer eigenen Haut geschält, nur um dem Juckreiz und der Hitze zu entfliehen.

Sie warf noch einen letzten Blick um sich, um sicherzugehen, dass niemand in der Nähe war, und zog dann Hose und T-Shirt aus. Ihre Unterwäsche war im Grunde gar nicht so schlimm; sie besaß einen Bikini, der definitiv mehr Haut zeigte. Das Problem war die Spitze. Wenn jemand sie sah, würde er sofort erkennen, dass sie keine Badesachen trug. Sie legte ihre Kleidung auf einen Stein und lief ins Wasser. Die Flagge hängte sie an einen Mangrovenast, damit sie sie schnell erreichen konnte. Und dann ließ sie sich genüsslich langsam bis zum Hals ins Wasser sinken und setzte sich auf die glattpolierten Steine am Grund.

Es war himmlisch.

Ihre Haut schien förmlich zu zischen, als sie im Wasser abkühlte. Die Wellen strichen darüber wie eine kühlende Lotion, und selbst der Juckreiz klang ab. Lena tauchte auch kurz den Kopf unter und fühlte sich augenblicklich wie neugeboren. Lange saß sie so vom Wasser umhüllt da und spürte, wie sich die Verspannungen in ihren Muskeln lösten.

Sie seufzte. *Frieden.*

Es verging mindestens eine halbe Stunde, bevor Lena beschloss, dass es Zeit wurde, zu den anderen zurückzukehren. Vor allem auch, weil sie auf gar keinen Fall wollte, dass sie nach ihr suchten. Sie stand auf, griff nach der Flagge und wickelte sich darin ein. Sie verknotete sie über ihrer Brust, hob den Saum an, damit er nicht ins Wasser tauchte, und ging zurück ans Ufer zu ihren Anziehsachen.

»Moment mal, Lena.«

Sie erstarrte. Das konnte unmöglich wahr sein!

Sie schloss die Augen und sandte ein stummes Stoßgebet gen Himmel. *Bitte, Gott, mach, dass das nicht wahr ist.* Die unheimliche Stille hinter ihr schien darauf hinzuweisen, dass ihr Gebet erhört worden war.

Langsam drehte sie sich um.

Wie in Zeitlupe entfaltete sich die Szene vor ihren Augen: Ein Mann tauchte hinter den Mangroven auf. Er trug zwar eine Schwimmbrille, doch die dunkle, samtige Stimme ließ keinen Zweifel daran aufkommen, wer er war, ganz zu schweigen von seinem gut gebauten und ach so bekannten Oberkörper, der verführerisch in der Sonne glänzte.

Bulldog schob sich die Schwimmbrille aus dem Gesicht, und Lena stockte der Atem, als seine durchdringenden blauen Augen zum Vorschein kamen. Er zog verwundert die Augenbrauen hoch und fegte damit die letzten Überbleibsel ihres Mutes fort.

»Ich glaube, die Flagge da gehört mir.«

Kapitel 5

»Was machen Sie denn hier?«, zischte Lena. Krampfhaft hielt sie die verknotete Flagge an ihrer Brust fest.

»Schnorcheln.«

Lena sah in die entgegengesetzte Richtung der Barnes-Inc.-Leute den Strand entlang und entdeckte einige hundert Meter vom Ufer entfernt einen TCN-Wagen.

»Ja, natürlich«, murmelte sie.

Der Zufall war so unglücklich, dass man fast meinen konnte, Bulldog hätte es geplant.

Lena blickte gen Himmel, um zu sehen, ob Gott ihr wohl helfen würde. Doch die tief dröhnende Stimme kam nicht von oben.

»Würden Sie wohl die Güte haben, mir zu erklären, warum Sie meine Flagge tragen?«

Lena seufzte innerlich und sah ihn an. Die Anspannung schnürte ihr fast die Kehle zu. *Verdammter Gavin mit seinem pubertären Gehabe.* Sie wollte ihm keinen Ärger einhandeln, aber sie konnte auch Bulldog nicht auf ewig hinhalten.

»Nun?«, forderte er sie erneut auf.

»Ich brauchte ein Handtuch, und die Flagge bot sich gerade an.«

Er lachte kurz laut auf. »Sie sind wirklich ein Original, wissen Sie das?« Er schüttelte den Kopf. »Das ist Diebesgut, was Sie da tragen. Wenn meine Männer entdecken, dass die Flagge weg ist, gibt's eine Menge Ärger.«

»Es tut mir leid.«

»Ach, tun Sie doch nicht so«, gab er zurück. »Sie können sich glücklich schätzen, wenn ich Sie dafür nicht feuern lasse.«

Lena wurde kurz schwarz vor Augen, als Panik sie ergriff.

Noch nicht. Bitte, noch nicht.

»Mir ist klar, dass es danach aussieht, aber ich habe Ihre Flagge nicht gestohlen«, platzte sie heraus. Sie hoffte, dass ihre Stimme nicht zu verzweifelt klang.

»Wer war es dann?«

»Das … das weiß ich nicht«, antwortete sie wenig überzeugend.

»Und das soll ich Ihnen abnehmen?«

»Es stimmt«, beharrte sie. Genaugenommen war es ja auch so. Sie wusste wirklich nicht, welcher von Gavins Männern die Flagge geklaut hatte.

»Wen schützen Sie?« Bulldog watete näher an Lena heran. In der Sonne funkelnde Wassertropfen perlten auf seiner Brust herab. Lena lief trotz der Hitze ein Schauer über den Rücken.

»Niemanden.«

»Mit wem sind Sie hier?« Er sah sich um, als würde er noch jemanden hinter den Mangroven vermuten.

»Mit niemandem«, beharrte sie erneut, nur um gleich darauf ungeschickterweise ihre Antwort umzuformulieren. »Na ja, eigentlich mit ein paar Leuten von Barnes Inc. Wir sind zum Angeln hier.«

»Klar.« Sein Sarkasmus traf sie wie ein Peitschenhieb. Er schob sich die nassen Haare aus der Stirn. Das Wasser glitzerte, als es an seinem Hals hinunterlief. Lena wurde sich mit einem Kribbeln im Bauch der Situation bewusst. *Warum müssen die Gutaussehenden immer solche Idioten sein?* Sie befeuchtete sich die trockenen Lippen. »Ehrlich, meine Freunde sind auch hier. Ein bisschen weiter den Strand hinunter. Ich bin nur spazieren gegangen.«

»Und baden.« Sein Gesichtsausdruck war unergründlich. Machte er sich etwa wieder über sie lustig?

Lena sah ihn einen Augenblick lang schweigend an, während sie versuchte, sich nicht vom sachten Heben und Senken seines Brustkorbs fesseln zu lassen. Seit wann war Atmen so sexy? Sie hatte noch nie eine so heftige und unwiderstehliche Anziehungskraft verspürt. Nicht einmal bei Kevin. Sie verscheuchte den gefährlichen Gedanken und sah ihn herausfordernd an. »Ja, und? Mir war nach Schwimmen. Es ist heiß, und ich hatte kein Insektenspray. Die Sandfliegen haben sich nur so auf mich gestürzt. Ich musste …« Sie brach ab.

Warum zur Hölle rechtfertige ich mich vor ihm? »Hören Sie«, schlug sie eine neue Richtung ein, »ich will keinen Ärger anzetteln …«

»Dann bringen Sie umgehend die Flagge in mein Büro«, unterbrach er sie in belehrendem Ton. »Wenn Sie Glück haben, werden sich die Männer dann nicht zu einem Vergeltungsschlag anstacheln lassen, für den ich auch unter keinen Umständen die Verantwortung übernehmen würde. Die schiere Dreistigkeit der Barnes-Inc.-Angestellten macht mich sprachlos. Ich kann nicht fassen …«

Den Rest hörte Lena nicht mehr richtig. Ohne Zweifel war es eine Tirade gegen ihr Unternehmen, ihre Kollegen und ihren eigenen Mangel an Professionalität. Und ja, vielleicht war sie in diesem Fall auch etwas … ein bisschen …

Okay, sie benahm sich gerade *sehr* unprofessionell, aber er würde sie ohnehin feuern lassen, warum sollte sie sich also seinen Vortrag anhören? Davon hatte sie definitiv schon genug gehabt. Genug Vorträge von Carl, genug Beschimpfungen von Mike, und ganz bestimmt genug davon, wie ihr Privatleben ausgebreitet wurde, als wäre es der Spielstand vom letzten Match.

Sie hatte mehr als genug.

»Sie wollen diese Flagge also wiederhaben?«, fragte sie. Verärgert marschierte sie auf ihn zu. »Schön. Ich gebe Ihnen Ihre verdammte Flagge. Ist das hier *umgehend* genug für Sie?«

Sie riss sich die Flagge vom Leib und warf sie ihm zu. Sein Schnorchel fiel ins Wasser, als er beide Hände hob, um sie zu fangen. Lena wartete nicht ab, um ihm dabei zuzusehen, sondern drehte sich um, ging an den Strand zurück – so würdevoll wie eben möglich in triefend nasser Unterwäsche – und betete zu Gott, dass sich ihr Hintern unter dem eng anliegenden Stoff nicht zu sehr abzeichnete.

Auf jeden Fall hatte sie ihn zum Schweigen gebracht. Lena hörte nichts als Vogelgezwitscher und das sanfte Rauschen der Wellen. Ihre Fußsohlen trafen auf trockene Steine, und sie ging schnell das Ufer hinauf. Sie bückte sich nach ihrem T-Shirt, zog es über und stieg in ihre Shorts. Ihre nassen Haare drehte sie zu einem Knoten zusammen. Bulldog war so still, dass

Lena sich nicht einmal mehr sicher war, ob er noch da war.

Schließlich drehte sie sich um. Ihr Herz flatterte wie verrückt. An solche Manöver war sie nicht gewöhnt.

Er war natürlich noch da. Wie versteinert stand er bis zu den Knien in den seichten Wellen und hielt die Flagge noch so, wie er sie gefangen hatte. Das einzige Lebenszeichen waren seine Augen. Große, blaue, glühende Augen, die Lenas Knie weich werden ließen. Obwohl sie mittlerweile angezogen war, fühlte sie sich noch immer halbnackt. Sie wollte ihr Kinn anheben, doch auf halber Strecke zu *selbstbewusst* hatte sie gezögert. »Zufrieden?«, erkundigte sie sich.

Nur ein Muskel in seinem Kiefer schien zu arbeiten, während Bulldog die Flagge aufrollte und sich um den Hals legte. Er hob seinen Schnorchel mit einem Gesichtsausdruck auf, der eher feindselig als besänftigt aussah. Dann drehte er sich ohne ein Wort um und verschwand in den Mangroven.

Lena holte tief Luft und rang nach Atem, während ihr Puls sich zu beruhigen versuchte.

Gott sei Dank.

Auf wackligen Beinen machte sie sich so schnell es auf den Steinen ging auf den Rückweg.

»Du siehst aus, als hättest du noch eine Qualle gesehen«, bemerkte Sharon lachend, als Lena wieder bei ihnen ankam. »Oder war es diesmal eine Seeschlange?«

»Schlimmer«, brachte sie atemlos hervor. »Bulldog ist weiter oben am Strand. Er hat mich mit der Flagge gesehen.«

Gavin ließ seine Angel fallen. »Ach du Scheiße.«

»Das ist noch nicht alles.« Lena fasste sich an die

Stirn. »Ich kann von Glück reden, wenn ich morgen früh noch einen Job habe. Er hat angedeutet, mich feuern zu lassen.«

Jetzt, da der Zusammenstoß vorüber war, wurde Lena der Ernst der Lage erst richtig bewusst. Sie würde ihren Job verlieren. Sie hatte versagt. Ihre Zeit in Pilbara war schon vorbei.

Ihre Panik musste ihr anzusehen sein, denn Gavin kam herüber und umarmte sie kurz. Sie war nicht in der Lage, die Umarmung zu erwidern.

»Quatsch. Falls es so weit kommen sollte, dann bekenne ich mich schuldig.« Er schüttelte den Kopf. »Als ob ich zulassen würde, dass du die Verantwortung dafür übernimmst.«

»Und wo ist die Flagge jetzt?«, fragte Sharon.

Obwohl ihre Karriere im Eimer war und sie wichtigere Dinge zu überdenken hatte, kroch doch ein wenig Röte auf Lenas Wangen. »Ich habe sie ihm zurückgegeben.«

Sharon betrachtete sie misstrauisch. »Verstehe.«

Lena wich ihrem Blick aus und sah, dass die anderen sich etwas weiter vom Ufer entfernt um zwei tragbare Barbecues versammelt hatten. Gavin bückte sich nach seinem Eimer und seiner Angel. »Kommt«, forderte er sie entschlossen auf. »Wir können jetzt eh nichts daran ändern. Lasst uns zu den anderen gehen.«

Sie gesellten sich also zu den Barbecues, wo insgesamt dreizehn Fische zum Grillen bereitlagen. Es war köstlich. Nur schade, dass Lena in Gedanken so sehr damit beschäftigt war, was Bulldog ihr am nächsten Tag wohl antun mochte.

Später, bevor Leg und Radar beim Abendessen zu

ihnen stießen, wollte Sharon die ganze Geschichte über Lenas Spaziergang an der Küste in Cleaverville hören. Sie hatte keine Sekunde lang geglaubt, dass Lena am Strand die ganze Wahrheit erzählt hatte.

»Erst einmal«, gab Sharon zu bedenken, »warst du ganz nass, als du zurückkamst.« Sie kniff die Augen zusammen. »Warst du nackt baden?«

»Nein.« Lena ließ ihre Gabel fallen.

»Was dann?«

Resigniert beichtete Lena alles, und Sharon pfiff leise. »Welche Farbe hatte deine Unterwäsche?«

»Das ist deine erste Frage dazu?« Lena blieb vor Fassungslosigkeit der Mund offen stehen.

»Sag schon.« Sharon rutschte auf ihrem Stuhl herum. »Welche Farbe?«

»Rot.«

Sharon juchzte und klopfte Lena auf die Schulter. »Du ungezogenes Mädchen.«

»Nicht so laut.« Lena sah sich um, als mehrere Köpfe sich zu ihnen umdrehten.

Sharon kicherte. »Tut mir leid, Süße, aber was hast du dir dabei gedacht?«

»Anscheinend habe ich überhaupt nicht gedacht«, gab Lena mürrisch zurück. Heute Nacht würde sie nicht gut schlafen.

Und so war es – alle paar Stunden wachte sie von Alpträumen geplagt auf, in denen sie in Unterwäsche gefeuert wurde. In roter Unterwäsche. Vielleicht war es nicht mehr ihre Glücksfarbe. Jedenfalls war sie am nächsten Morgen alles andere als erholt. Die Urlaubsstimmung vom Vortag war nur noch eine ferne Erinnerung. Sobald sie um sechs Uhr morgens das Baustellenbüro betrat, spürte sie, wie sich der Stress des kommenden Tages schwer auf ihre Schultern legte.

Dies ist der Tag, an dem ich gefeuert werde.

Doch die erste Stunde verstrich. Und die zweite verging ebenso ereignislos.

Carl kam nicht an ihren Platz gestürmt, um zu fragen, warum sie die TCN-Flagge gestohlen hatte. Er war zu sehr damit beschäftigt, den neuen Ingenieur zu begrüßen. Lance sollte für die Fahrbahn zuständig sein. Anscheinend waren die beiden alte Freunde, und Carl fuhr sofort mit ihm los, um ihm die Baustelle zu zeigen.

Sharon hatte Lance bereits getroffen und war außerordentlich unbeeindruckt. »Er ist ein Fische-Typ«, berichtete sie Lena bei erster Gelegenheit.

»Vom Sternzeichen?«

»Nein.« Sharon schüttelte den Kopf. »Seine erste Frage, als ich ihn heute Morgen vom Flughafen abgeholt habe, war ›Und wo gehst du angeln?‹.«

Lena grinste. »Was hast du geantwortet?«

»Ich habe ihm die Wahrheit gesagt. Gar nicht. Ich glaube, da bin ich sofort in seiner Achtung gesunken.«

Lena nahm die Information zur Kenntnis, machte sich jedoch nicht weiter Gedanken darüber. Sie hätte letztendlich nicht viel mit Lance zu tun. Gavin würde mehr mit ihm zusammenarbeiten müssen, da die Fahrbahn auf seine Pfähle kam.

Und sowieso waren die Möglichkeit, dass sie diesen Job nicht mehr besonders lange hatte, und die Frage, wie sie einen neuen bekommen würde, dringendere Sorgen. Welches Unternehmen würde die Minuspunkte ignorieren, mit denen Bulldog ihren Namen versehen würde?

Lena Todd.

Statikerin.

Berüchtigte Flaggendiebin.

Stellt gern unangemessene rote Unterwäsche zur Schau.

Unglaublich langsam bei der Montage von Auslegern.

Um neun Uhr war Lena nervlich so am Ende, dass sie beinahe vom Stuhl fiel, als Gavin hinter ihrem Bildschirm auftauchte und sie ansprach.

»Irgendwas wegen der Flagge gehört?«

Sie legte sich eine Hand auf die Brust. »Hast du mich erschreckt.«

»Tut mir leid, ich ...«

Er brach ab, als sie schwere Schritte hinter sich hörten.

»Wer von euch hat Bulldog ans Bein gepinkelt?«, wollte Carl wissen.

Gavin und Lena sahen sich an. Jetzt kam es.

Gavin ergriff als Erster das Wort. »Äh ... Wieso fragst du, Carl?«

»Was bei dem mittlerweile an Anweisungen rauskommt, ist noch schlimmer als Dünnpfiff nach Chili con Carne.«

Lena erschauderte angesichts dieser Analogie, und sie fand immer noch nicht ihre Stimme wieder. Glücklicherweise war Gavin nicht so außer Gefecht gesetzt. »Worum geht es denn diesmal?«

»Also, erst einmal will er noch härter durchgreifen bei der verfluchten PSA. Meint, wir wären zu nachlässig.« Carl schnaubte ungehalten. »Von wegen.«

Gavin und Lena sahen sich erneut an. PSA war die

persönliche Schutzausrüstung und beinhaltete alles, was sie auf der Baustelle tragen mussten – Helm, Warnweste, Stahlkappenschuhe und Schutzbrille. Das hatte nichts mit Bulldogs Flagge zu tun. Würde er sie etwa nicht hochgehen lassen? Nettes Wortspiel, doch leider war ihnen nicht nach Witzen zumute. »Okay«, setzte Carl an. »Was habt ihr zwei angestellt?«

»Nichts«, beteuerte Lena.

Carl drohte mit dem Zeigefinger. »Verarsch mich nicht, Todd. Ihr wollt hoffentlich nicht irgendeinen Arbeitsunfall vertuschen.« Er sah Gavin an. »Habt ihr euch an die Sicherheitsvorschriften gehalten?«

»Ganz vorschriftsmäßig, Carl«, versicherte Gavin ihm unbeschwert. Lena vermutete langsam, dass Gavin Nerven aus Stahl haben musste.

»Das dachte ich mir.« Carl nickte mit erneut bestätigter Geringschätzung für seinen sich ewig einmischenden Bauherrn. »Na ja, so oder so gibt es ab jetzt Kontrollen, wenn ihr auf die Baustelle fahrt. Denkt also dran, eure verdammte Sicherheitskleidung zu tragen.«

Bevor Lena angesichts dieser eher harmlosen Anordnung erleichtert aufatmen konnte, fügte Carl noch etwas hinzu. »Ach ja, wir sollen von jetzt an eine andere Sonnencreme benutzen. Da ist Insektenschutzmittel mit drin. Das Zeug kommt nächste Woche. Jeder bekommt eine Flasche.«

»In Ordnung.« Gavin sah unbeteiligt aus.

Lena sah nach unten und hielt ihre Hände unter dem Tisch. Sie war sicher, man müsste ihren hämmernden Puls am Handgelenk entdecken. Wieder und wieder sagte sie sich den gleichen Satz vor. *Das hat nichts mit dir zu tun. Das hat nichts mit dir zu tun. Das hat nichts mit dir zu tun.*

»Todd.«

»Ja?«, quiekte sie.

»Sieh zu, dass es auch läuft.«

Lenas Nicken fiel vielleicht einen Tick zu begeistert aus. »Natürlich.«

Zum Glück bemerkte Carl nichts. »Dann ist ja alles klar.« Er stampfte abschließend noch einmal mit seinen Stiefeln auf. »Ich muss los zu einer beschissenen Werksgeländeüberprüfung. Bin dann per Funk erreichbar.« Er schob das Funkgerät auf seiner Schulter zurecht. »Wenn also jemand nach mir fragt, könnt ihr ihn ruhig kaltmachen.« Und mit dieser herzlichen Anweisung verließ er das Büro.

Gavin rieb sich die Hände wie ein Dieb, der gerade mit der Juwelenkette entwischt war. »Scheint, als würde Bulldog ausnahmsweise mal den Mund halten.«

Lena nickte. »Sieht so aus.«

»Ich frage mich, wieso.«

Lena umklammerte fest ihre Hände unter dem Tisch. Sie wollte nicht darüber nachdenken, wollte nicht zu sehr hinterfragen, weshalb sie auf so wunderbare Weise verschont geblieben war. Eines Tages würde sie keine zweite Chance mehr bekommen. Sie musste es auskosten, solange das Schicksal ihr wohlgesonnen war.

»Wer weiß?«, entgegnete sie so gleichgültig sie konnte. »Wer weiß schon, weshalb Bulldog irgendetwas tut?«

Gavin schnaubte. »Das kannst du laut sagen.«

Den Rest des Vormittags stürzte Lena sich in ihre Arbeit. Das war gerade noch mal gutgegangen. Am Nachmittag war sie bereit, die Kontrolle über den Schlitten wieder zu übernehmen.

»Du siehst aber sehr zufrieden mit dir aus«, kommentierte Sharon, als Lena in den Bus stieg. Lena sah den Gang hinunter und entdeckte nur wenige Männer auf den Sitzen. Sie saßen ganz hinten, und so konnte sie ungestört mit Sharon reden.

»Bulldog hat die Flagge nicht erwähnt«, erklärte sie leise, aber vergnügt. »*Und* ich habe mir etwas Großartiges für den Schlitten ausgedacht.«

»Tatsächlich? Bulldog hat nichts gesagt?« Sharon zog eine Augenbraue hoch. »Hat das wohl irgendetwas mit dem zu tun, was er gestern zu sehen bekommen hat?«

Lena setzte sich eilig auf den Sitz hinter Sharon. »Ich habe keine Ahnung, und es ist mir auch egal. Jedenfalls kann ich mit meiner Arbeit weitermachen, und das passt mir sehr gut in den Kram.« Die Gelegenheit, ihre Fähigkeiten unter Beweis zu stellen, war ihr beinahe durch die Lappen gegangen. Diese zweite Chance würde sie nicht ungenutzt lassen. Sie wechselte das Thema zu etwas weit Angenehmerem.

»Wie sieht es denn bei dir und Gavin aus?«, flüsterte sie. »Ist irgendetwas passiert, als ich euch beide gestern beim Angeln allein gelassen habe?«

Sharon errötete und ließ den Motor an. »Wir haben nur geredet.«

»Reden ist gut.« Lena sah sie durchdringend an. »Und er gefällt dir immer noch?«

Sharon sah sehnsüchtig aus. »Sogar noch besser.«

Lena lächelte. »Wir müssen uns einen Plan ausdenken, wie wir euch zwei zusammenbringen können.«

Sie tippte sich mit dem Finger ans Kinn. »Überlass mir das einfach.«

»Was ist mit dir?«, fragte Sharon über die Schulter. »Wann kann ich dir dabei helfen, den Typen zu schnappen, den du da irgendwo in deinem Köpfchen versteckt hältst?«

»Lass es einfach gut sein, Sharon.« Lena zog eine Grimasse und sah weg. »Ich bin nicht auf der Suche.«

»Ich wollte dich nicht verärgern.« Lena konnte Sharons Blick im Rückspiegel spüren, und nach ein paar Sekunden fügte Sharon noch hinzu: »Dir hat jemand ganz schön weh getan, oder?«

Lena erschrak, beschloss aber, es nicht zu leugnen. Schließlich redete sie hier mit Sharon, nicht mit Radar. »Ich bin jedenfalls nicht besonders scharf darauf, mich mit irgendjemandem zu verabreden.«

»So schlimm, hm?«

»Sagen wir nur, dass es dazu noch ein unerwünschtes Abschiedsgeschenk gab.«

Sharon rümpfte die Nase. »Herpes?«

»Nein, wie *eklig*.« Lena war zerrissen zwischen Abscheu und Belustigung.

»Entschuldige.« Sharon warf ihr einen Blick zu. »Ich wohne schon zu lange im Camp. Aber mal ernsthaft, wegen einer schmerzhaften Trennung kannst du doch nicht den Männern für immer abgeschworen haben.«

»Nicht allen Männern«, stimmte Lena zu. »Nur denjenigen, mit denen ich zusammenarbeite.«

»Aha, verstehe.« Trotz Sharons Bemühung, verständnisvoll zu klingen, bezweifelte Lena das stark. Was würde Sharon wohl dazu sagen, wenn sie ihr erzählte, dass sie immer noch mit den Nachwirkungen ihrer letzten Beziehung zu kämpfen hatte? Auf keinen Fall würde sie sich noch einmal so verletzbar machen.

Der Bus erreichte die Schranke am Eingang zur Landungsbrücke, und Lena konnte sich anderen Angelegenheiten zuwenden. Normalerweise standen die Schranken offen, und der Bus fuhr einfach hindurch. Heute jedoch waren sie verschlossen, und Lena vermutete, dass sie Bulldogs neue Gesetze nun am eigenen Leib erfahren würden. Ein TCN-Pförtner stieg ein.

»PSA-Prüfung«, kündigte er an.

Sharon rollte mit den Augen, bedeutete ihm aber, fortzufahren. Er neigte überheblich den Kopf und überzeugte sich, dass alle ihre Ausrüstung dabeihatten, bevor er wieder ausstieg. Dann öffnete er die Schranke, und Sharon fuhr weiter. Sie ließ Lena wie immer am Schlitten aussteigen, und Lena kletterte hinauf. Sie ging auf Mike zu, der sie grimmig anstarrte.

»Hi Mike.«

»Du störst mich bei der Arbeit«, tadelte er sie ohne Einleitung.

»Ich wollte dich nur über die neue Zugangsplattform informieren.«

»Was? Seit wann …«

»Seitdem ich mir das überlegt habe«, erklärte sie ihm. »Das wird auf jeden Fall den Arbeitsprozess hier beschleunigen. Ich habe mit allen aus dem Team gesprochen …«

»Mit mir nicht«, erwiderte er hitzig.

»Du wolltest nicht mit mir sprechen«, konterte Lena. »Deswegen habe ich wie angekündigt ohne dich weitergemacht. Mir ist aufgefallen, dass es so langsam vorangeht, weil die momentane Zugangsplattform jedes Mal versetzt werden muss. Also habe ich eine neue Plattform entworfen, die ohne den Kran versetzt werden kann.«

»Wie bitte?«

Lena schlug ihre Mappe auf und nahm einen Entwurf heraus. Sie zeigte Mike die betreffenden Bereiche. »Diese Plattform hat Räder, die über die unteren Flansche des Hauptträgers laufen. So können die Männer sie weiterziehen.«

Lena klappte die Mappe zu, bevor Mike sich die Zeichnung genauer ansehen konnte. »Ich setze ein detailliertes Dokument auf, wie man diese Plattform anbringt und einsetzt, und ich werde es morgen auch dem Bauherrn vorstellen.«

»Aber ...«

»Wenn der Bauherr zustimmt, was er mit höchster Wahrscheinlichkeit tun wird, da er sich ja über das Tempo beschwert hat, erwarte ich von dir, dass du ein paar Männer zur Verfügung stellst, um sie zu konstruieren. Aber solange sie noch nicht fertig ist, macht ihr weiter wie bisher.«

»Habe ich kein Mitspracherecht bei dieser neuen Plattform?«

Lena runzelte die Stirn. »Das habe ich dir letzte Woche angeboten. Du hast nur gesagt, ich würde dich bei der Arbeit unterbrechen. Seitdem hat sich nicht viel geändert.«

»Das war, bevor ich wusste, was du vorhast. Du hast nie etwas davon gesagt, mich und meine Männer einfach übergehen zu wollen.«

»Du wirst feststellen«, erwiderte Lena ungehalten, »dass deine Männer sich sehr auf die neue Plattform freuen. Aber bitte, falls es irgendwelche Beschwerden gibt, schick sie zu mir.«

»Fieldmouse«, bellte Mike quer übers Gerüst. »Weißt du irgendetwas über diese neue Plattform?«

»Ja, Sir.« Fieldmouse nahm Haltung an. »Madame I. hat das alles letzte Woche mit uns besprochen. Wir fanden alle, dass sie uns vieles einfacher machen würde, weil ...«

»Oh, das reicht«, winkte Mike ab. »Möglicherweise«, er zeigte mit dem Finger auf Lena, »hast du nicht so viel Glück dabei, Bulldog zur Zustimmung zu bewegen. Ist sie sicher?«

»Natürlich ist sie sicher«, antwortete Lena.

Mike verzog das Gesicht zu einem abfälligen Grinsen. »Du hast sie selbst entworfen, stimmt's?«

»Ja.«

Er warf den Kopf in den Nacken, als ob ihr Eingeständnis Bände sprechen würde, und ging ans Geländer. Die Stille unter ihnen war ohrenbetäubend. Lena wusste, dass die Jungs unten zugehört hatten. Mit einem Mal überkam sie ein ungutes Gefühl. War sie bei Mike zu weit gegangen? War sie sich zu sicher bei ihrem Entwurf? Einem Entwurf, den niemand überprüft hatte ... Ungebeten dröhnte ihr Kevins verächtliche Stimme in den Ohren.

»Sieh den Tatsachen doch ins Auge, Lena. Ohne meine Hilfe hättest du es nie geschafft.«

»Hör zu«, wandte sie sich etwas weniger hart nochmals an Mike. »Ich muss unter dem Anleger noch ein paar Fotos machen. Der Entwurf für das Verbindungsstück ist noch nicht ganz fertig. Wenn du noch irgendwelche Vorschläge hast, dann kann ich bestimmt ...«

»Mach einfach deine verdammten Fotos.« Mike starrte weiter auf das Wasser und tat ihr Friedensangebot ab.

Lena ließ es auf sich beruhen. Er war ein hoffnungsloser Fall. Sie bemerkte, dass die Wale wieder da waren. Vielleicht tröstete ihre sanftmütige Kraft ihn. Er konnte jedenfalls nicht behaupten, sie hätte ihm keine zweite Chance gegeben.

Lena stieg die Leiter auf der anderen Seite des Gerüsts hinunter, so dass sie auf dem Steg auf der Wasserseite des Förderbands stand. Als sie unter den Anleger schaute, begrüßten sie drei Arbeiter mit erhobenem Daumen. Mit den dreien gab es auf der Plattform keinen Platz mehr für sie. Sie lachte. »Okay, ihr müsst raufkommen«, rief sie ihnen zu. »Ich muss da runter, um ein paar Fotos zu schießen.« Sie deutete auf den Fotoapparat, den sie sich um den Hals gehängt hatte, und die Männer kletterten auf den Steg.

»Ach, wir dachten, Sie kommen uns besuchen, um sich bei uns für unseren Einsatz zu bedanken, Madame L.«

Lena merkte, dass die Männer zu Späßen aufgelegt waren, und so bemühte sie sich um einen professionellen Tonfall. Sie wollte sie nicht noch ermutigen. »Eure Vorschläge waren sehr hilfreich, und wie ihr wahrscheinlich gehört habt, werden wir sie einbringen.«

»Das ist alles?«, beschwerte sich der große Dünne. »Sie reden nie mit uns.« Sein Spitzname war Bic, wie der Kugelschreiber.

Sein Kollege zwinkerte Lena zu und tippte sich mit einer schmutzigen Hand an den Helm. »Wir haben gehört, dass Sie am Sonntag angeln waren. Warum haben Sie uns denn nicht eingeladen?«

»Ich wusste nicht, dass ihr Interesse gehabt hättet.« Sie versuchte, ihn behutsam abblitzen zu lassen. »So, wenn ich dann …«

Aber sie waren natürlich noch nicht fertig mit ihrer Stichelei. Lena fragte sich, ob Mike oben zuhörte und dabei jede Sekunde ihrer Frustration genoss.

Und das, wo ich gerade gehofft hatte, dass diese Männer mich als Ingenieurin wahrnehmen würden und nicht mehr als Spielzeug für alle.

»Natürlich hätten wir Interesse«, protestierte Bic. »Stimmt doch, Jungs?«

Die beiden anderen nickten enthusiastisch, und Lena seufzte. »Kommt Leute, ich muss jetzt die Bilder machen. Ich habe noch eine Menge zu tun heute.« Der Steg war zu schmal, um an ihnen vorbeizukommen, ohne sie dabei zu berühren. Und sie legten es darauf an.

»Knipsen Sie ruhig«, forderten sie sie grinsend auf. »Wir haben nichts dagegen.«

Dann fing das Posieren an. Erst ließen sie ihren Bizeps spielen, und dann plusterten sie sich regelrecht auf, um nicht vorhandene Brustmuskeln zu präsentieren.

Ach Gott.

Sie würden Lena nicht vorbeilassen. Sie musste sich schon etwas einfallen lassen, um an ihre Fotos zu kommen. »Wisst ihr was?« Sie hielt den Fotoapparat hoch. »Ich sollte eigentlich ein Gruppenfoto von euch machen. Warum stellt ihr euch nicht oben auf, und ich fotografiere euch zusammen?«

Die drei strahlten vor Freude.

»Wirklich?«

»Ja, wieso nicht?«

Es war, als hätte sie gerade jedem von ihnen hundert Dollar in die Hand gedrückt. Sie gluckten vor Stolz und kletterten die Leiter empor. Lena unterdrückte ein Lachen, als sie ihnen folgte.

Fieldmouse und Radar kamen vom Kran herunter, ebenso begeistert, zeigen zu können, was sie zu bieten hatten. Mike sah sie nur entsetzt an. »Du verwandelst diese Baustelle in eine verdammte Freak-Show«, beschuldigte er sie.

Lena, die mittlerweile ganz angetan von ihrer Idee war, sah ihn stirnrunzelnd an. »Es könnte doch nett sein, eine Erinnerung daran zu haben. Ihr widmet dem Schlitten schließlich mindestens ein Jahr eures Lebens.«

Mike japste förmlich nach Luft. »Bist du verrückt? Das ist hier doch kein Kaffeeklatsch mit deinen Freundinnen.«

Was für ein Spielverderber.

Lena beachtete ihn einfach nicht, während die Männer ihre Posen einnahmen und sich amüsierten. Sie umringten den Kran wie eine Requisite. Wahrscheinlich fanden sie, er würde ihre Männlichkeit betonen. Lena fand Gefallen daran, sie zu fotografieren.

Mike tat so, als müsse er würgen. »Ihr macht das ganze Projekt lächerlich.«

Lena ignorierte ihn weiter. Sie war zu sehr damit beschäftigt, Anweisungen von den Männern entgegenzunehmen, welche Teile des Anlegers und des Schlittens sie noch festhalten sollte. Das war alles andere als lächerlich. Die Männer waren stolz auf ihr Projekt, stolz auf ihre Rolle, und sie wollten, dass es dokumentiert wurde, um ein wenig damit angeben zu können.

Die Männer fragten sie, ob sie die Fotos bekommen würden. Lena gab ihnen ihre Entwürfe, so dass sie ihre E-Mail-Adressen auf den Rückseiten notieren konnten. Sie versprach, ihnen die Bilder zu schicken.

»Danke.« Bic trat von einem Fuß auf den anderen. »Es wär schön, sie nach Hause schicken zu können. Sie wissen schon, für meine Frau und die Kinder. Ist manchmal nicht so leicht, zu erklären, was wir hier überhaupt machen.«

»Klar«, stimmte Lena ihm lächelnd zu. Sie war froh, dass die Männer endlich das Rumalbern ließen. »Also dann. Wenn es euch nichts ausmacht, gehe ich dann nach unten auf die Plattform und mache die Bilder, für die ich eigentlich hergekommen bin.«

Dieses Mal ließen sie sie vorbei.

Als Lena an diesem Abend für ihre Stunde Einsamkeit in den Fitnessraum ging, fand sie dort zwanzig trainierende Typen vor. Eine ziemliche Meisterleistung in Anbetracht der Tatsache, dass es nur neun Geräte und ein paar Matten gab. Die Hälfte der Sporttreibenden stand bloß herum und stemmte Hanteln.

Als die Tür hinter ihr zufiel, richteten sich alle Augen augenblicklich auf sie und musterten die Konturen ihres T-Shirts und ihre Radlerhose. Mit zusammengebissenen Zähnen legte sie sich ihr Handtuch um den Hals und wartete darauf, dass ein Gerät frei wurde. Ein Mann sprang sofort auf und polierte es so überschwänglich mit seinem Handtuch, als wäre es ein Turnierpferd.

»Brauchst du Hilfe bei der Einstellung, Schätzchen?«, erkundigte er sich.

»Nein danke.« Lena stellte es von dreißig auf zehn Kilo um und setzte sich. Sie vermied Augenkontakt aus Angst, er könne es als Einladung zum Bleiben missverstehen. Er blieb jedoch so oder so und fing an, ihr von der Größe seines Bizeps zu erzählen und wie sehr dieses Fitnessgerät ihm beim Aufbau geholfen hatte.

In diesem Augenblick begriff sie, dass es nun offiziell war: Ihre ruhigen Abende im Fitnessraum waren passé. Ihre Stunde Einsamkeit ... vorbei. *Aber wie haben sie es herausgefunden?* Sie war so vorsichtig gewesen. Niemand wusste von ihren Ausflügen in den Fitnessraum außer Ethel und Bulldog. Hatte Bulldog die Katze aus dem Sack gelassen, um sie für die Flagge zu bestrafen? Das war selbst für ihn zu ungehobelt. Zwanzig Minuten später hatte sich Lenas Frustration nur noch verstärkt. Sie hatte bereits ein Date ausgeschlagen, fünf unangemessene Komplimente abgewehrt und ein Angebot für einen Personal Trainer abgelehnt. Sie beschloss zu gehen. Fitness war zwar wichtig, doch geistige Gesundheit und Privatsphäre ebenso. Aber wie sich herausstellte, oder wie es ihr Pech eben wollte, war es damit nicht getan.

Vor dem Fitnessraum hatte jemand auf einer kleinen Rasenfläche einen Picknicktisch und Bänke aus der Kantine aufgestellt. Als Lena herauskam, saßen mindestens zehn Männer um den Tisch, tranken und lachten lauthals. Die meisten hatten ihre Arbeitskleidung ausgezogen und trugen Muskelshirts und Shorts ohne Schuhe, bis auf das eine oder andere Paar Flipflops.

»Na, so was, da kommt Madame Ingenieurin«, rief

einer von ihnen. »Wollen Sie sich nicht zu uns setzen? Wir haben schon auf Sie gewartet.«

Sein Kumpel öffnete die Kühlbox neben dem Tisch und präsentierte den Inhalt mit einer Handbewegung wie in einer Werbesendung.

Lena hielt ihr Handtuch noch fester. »Nein danke.«

»Ach, komm schon, Baby.«

»Was ist denn? Ist dir keiner hier gutaussehend genug?«

Sie blieb stehen und sah die Männer ungläubig an. Es war nicht so, dass es sich um lauter junge Hengste handelte. Einige von ihnen waren mindestens fünfzig, andere waren bierbäuchige Mittdreißiger, und dann waren da noch die Männer mit ledriger Haut um die vierzig, die schon vor zehn Jahren aus der Sonne hätten gehen sollen. Die Hälfte war vermutlich verheiratet oder geschieden, oder beides, und hatte Familie in Perth. Warum jagten sie ihr hinterher? Und als würde eine Glocke in ihrem Kopf läuten, wurde es ihr plötzlich klar.

Sie war ein Zeitvertreib.

Es hatte nichts mit ihr zu tun. Die Flirterei war nicht ernst gemeint. Sie war einfach nur eine Abwechslung – eine Art Unterhaltung, ein Wettkampf. An irgendeinem Punkt war sie zu einem Spielzeug geworden, und das gefiel ihr ganz und gar nicht.

Instinktiv stemmte sie die Hände in die Hüften und ließ ihren Blick über die Männer schweifen wie eine Lehrerin vor ungezogenen Neuntklässlern. Ihre Stimmung war den Männern nicht entgangen, denn sie setzten sich allesamt aufrecht hin, und manche versteckten ihre nackten Füße unter der Bank.

»Schämt ihr euch nicht?«, wollte sie wissen. »Kann ich nicht einmal in Ruhe in den Fitnessraum gehen?«

»Ach kommen Sie, Madame I., wir machen nur Spaß.« Einer der Männer breitete herzlich die Arme aus. »In der Stadt herrscht ein Mangel an hübschen Mädels, und als uns die Jungs vom Schlitten erzählt haben, dass …«

Lena horchte auf. »Vom Schlitten?«

»Ja, Fieldmouse und die anderen haben erzählt, dass Sie den Fitnessraum benutzen, und sie haben von Ethel erfahren, um wie viel Uhr, und …«

»Die Jungs vom Schlitten«, wiederholte sie. Jetzt erst erinnerte sie sich daran, dass sie möglicherweise Fieldmouse gegenüber etwas von ihren Besuchen im Fitnessraum erwähnt hatte, als sie gerade mit Mike sprach. »Diese Ratten!«

Sie schüttelte den Kopf und ging weiter, ohne auf die Proteste der Männer auf den Picknickbänken zu achten. Ihre Wut hatte sich bereits auf ein neues Ziel gerichtet. Als ihre Gedanken sich sortierten, offenbarte sich ihr eine neue Erkenntnis.

Bisher hatte ihr Umgang mit Belästigung daraus bestanden, sich taub zu stellen oder denjenigen höflich, aber bestimmt abzuweisen. Doch das Verhalten der Männer wurde immer unerträglicher.

Sie musste härter durchgreifen.

Lena hatte am eigenen Leib erfahren, dass es einem nur Ärger einbrachte, andere gewähren zu lassen, wenn sie falsche Annahmen über einen anstellten. Es war an der Zeit, den Jungs vom Schlitten zu zeigen, wer der Boss war. Unwillkürlich musste sie grinsen. Was, wenn sie …? Nein, das konnte sie nicht. Die Leute aus der

Personalabteilung von Barnes Inc. in Perth würden allesamt Herzinfarkte erleiden, wenn sie das herausfanden. Ach, zum Teufel damit! Es war ja schön und gut, wenn ein Großstadtfuzzi aus der Personalabteilung jemanden wegen sexueller Belästigung anzeigte. Nur wie sollte sie dann Erfahrungen sammeln? Wie würde sie dann ihr Gewissen beruhigen und sich ihren Abschluss wirklich verdienen können?

Ihr Entschluss nahm Konturen an. Sie würde das auf ihre Weise regeln.

Frohen Mutes sah sie auf die Uhr. Sechs Uhr dreißig, das war noch etwas zu früh für die Kantine. Sie würde stattdessen eine Wäsche anschmeißen. Sie zog sich eine Jogginghose über ihre knappe Radlerhose, schnappte sich ihren Beutel mit Schmutzwäsche und machte sich auf den Weg zur nächstgelegenen Waschmaschine in Dongar sieben. Sie war schon beinahe angekommen, als ihr einfiel, dass Montag war und Bulldog ebenfalls seine Wäsche erledigen würde. Sie machte kehrt, um zu einem anderen Wäsche-Dongar am anderen Ende des Camps zu gehen. Doch Schuldgefühle überkamen sie. Musste sie wirklich so kleinlich sein? Der Mann war zwar arroganter, als gut für ihn war, doch bislang war er der Einzige, der ihr ungefragt eine zweite Chance gegeben hatte.

Wenn überhaupt, dann sollte sie sich bei ihm bedanken. Schließlich hatte er sie nicht rausschmeißen lassen. Sonst säße sie jetzt im Flieger, und ihre Karriere läge in Trümmern. Sie straffte also die Schultern, hob den Kopf und ging zurück zu Dongar sieben.

Jemand musste hier Größe zeigen, und dieses Mal würde sie diejenige sein.

Kapitel 6

Sie betrat Dongar Nummer sieben, eine längliche, rechteckige Kiste mit zehn Waschmaschinen und fünf Trocknern, von denen einer leise summte. Bulldog wartete auf einer Bank darauf, dass seine Wäsche trocknete, und Lena verlangsamte ihre Schritte.

War das wirklich eine gute Idee?

Er sah von seiner Zeitschrift auf, als sie in der Tür zögerte. Der Duft nach Duschgel strömte Lena in die Nase. Bulldogs nasse schwarze Haare wellten sich attraktiv über seinen Ohren. Sein Freizeithemd war kragenlos und brachte seine breiten Schultern zur Geltung.

»Äh … Hi«, begann Lena. Sie hoffte, dass sie nicht zu nervös klang.

»Hi«, gab er zurück. Im Gegensatz zu ihr klang er halb genervt, halb resigniert. Jedenfalls lächelte er nicht. Stattdessen legte er einen Fuß lässig auf ein Knie und wandte sich wieder seiner Zeitschrift zu. Es war nur allzu deutlich, dass er ihr keine Beachtung schenken wollte. Merkwürdigerweise bestärkte das Lena nur in ihrer Entschlossenheit, und sie führte das Gespräch unbeirrt weiter.

»Viel zu tun?«

Er hob den Blick, jedoch nicht den Kopf. »Immer.« Seine zuckenden Mundwinkel verrieten ihr, dass er wusste, was sie im Schilde führte, und dass es ihn amüsierte. Sie ließen ihn auch menschlicher aussehen. Menschlicher und unerwarteterweise zugänglicher. Dadurch ermutigt, steuerte Lena auf die Waschmaschine direkt neben ihm zu und öffnete den Deckel.

»Ich bin froh, dass ich Sie hier treffe.« Sie versuchte, ihre Stimme so gelassen wie möglich klingen zu lassen. »Ich wollte mich dafür bedanken, dass Sie die Flagge nicht erwähnt haben.«

Schweigen.

Sie warf ihm einen kurzen Blick zu, während sie ihre Wäsche aus dem Beutel in die Maschine verfrachtete. Er hatte sich wieder seiner Zeitschrift zugewandt, nickte jedoch, als er ihren Blick auf sich spürte.

»Ich will damit sagen, dass Sie recht hatten. Sie hätten mich feuern lassen können, was furchtbar für mich gewesen wäre. Ganz zu schweigen von der Demütigung.«

Er nickte erneut, ohne aufzublicken.

»Ich bin wirklich froh, dass Sie das nicht getan haben. Die Arbeit hier bedeutet mir sehr viel. Ich bin noch ziemlich am Anfang, wie Sie sich vielleicht denken können, und ich möchte gute Arbeit leisten. Erfahrungen sammeln, wenn Sie verstehen, was ich meine.«

Er nickte ein drittes Mal.

Lena biss sich auf die Lippe. »Was lesen Sie da?«

Er schlug die Zeitschrift zu. »Reden Sie immer so viel?«

»Sie finden das viel? Ich …« Lena brach ab, als sich etwas aus dem Bündel Wäsche löste, das sie gerade in die Maschine stopfen wollte. Ein rotes Kleidungsstück, das ihm nur schwerlich unbekannt sein dürfte, lag nun auf dem braunen Stiefel drapiert, den er auf seinem Knie abgelegt hatte. Sie starrten beide eine verblüffte Sekunde lang darauf, während Lena sich wünschte, im Erdboden zu versinken. »Äh … das ist mein, äh … mein …«

Man sieht doch, was es ist, du Idiot. Sag es nicht! Lena schloss ihren offenstehenden Mund.

Ihr Herz schlug ihr gegen die Rippen, als Bulldog sich vorbeugte, einen langen Finger unter die Spitze schob und den BH von seinem Stiefel hob.

»Man kann Ihnen also die Sprache verschlagen.« Seine blauen Augen brannten sich in ihre. »Gut zu wissen.«

Sie schnappte sich ihren BH aus seiner Hand.

»Danke.«

Er lehnte sich wieder zurück, wandte sich jedoch nicht wieder seiner Zeitschrift zu, wie Lena es sich nun erhoffte. Sie stopfte schnell den Rest ihrer Klamotten in die Maschine, schüttete etwas Waschmittel dazu und schloss den Deckel mit einem dumpfen Knall.

»Ich hatte recht mit dem Fitnessraum, oder?«

Es überraschte sie, dass er sich plötzlich in eine Unterhaltung einklinkte, die er eigentlich nicht gewollt hatte. Sie drehte sich um. »Wie bitte?«

Er sah zur Wanduhr. »Es ist halb sieben, und Sie sind nicht dort. Ist wohl etwas zu voll geworden für Sie, was?«

Sie kniff die Lippen zusammen. »So ähnlich.« Sein Lächeln war etwas zu selbstgefällig, und so ging sie zum Angriff über.

»Was ist mit Ihnen? Sie habe ich in letzter Zeit auch nicht dort gesehen.«

Er zog eine schwarze Augenbraue hoch. »Haben Sie nach mir Ausschau gehalten?«

Okay, vielleicht nicht der wohlüberlegteste Angriff in Sachen Schlagfertigkeit. »Natürlich nicht«, antwortete sie etwas zu energisch. Sie hielt inne, um einen anderen Ton anzuschlagen. »Nur eine zufällige Beobachtung.«

Bulldog schlug seine Zeitschrift wieder auf und blätterte sie zielstrebig durch, als suche er etwas Bestimmtes. »Genaugenommen«, erwähnte er wie beiläufig, »habe ich mit Laufen angefangen. Tut gut, manchmal aus dem Camp rauszukommen.«

»Warum nehmen Sie dann nicht Ihren Urlaub? Ich habe gehört, dass Sie drauf verzichten.« Die Frage sprudelte aus ihr heraus, bevor sie es verhindern konnte. Beschämt starrte sie zu Boden. Ebenso gut hätte sie gerade zugeben können, dass jede seiner Bewegungen sie faszinierte. *Verdammt.*

Da sie mit einer Zurechtweisung gerechnet hatte, oder damit, ein weiteres Mal als vermeintliche Stalkerin aufgezogen zu werden, überraschte sie seine Antwort umso mehr. »Hier werde ich gebraucht. Zu Hause nicht.«

Die letzten Worte klangen, als hätte man sie von ihm erzwungen, und Lena wusste sofort, dass sie sich am Rande seines ›Geheimnisses‹ bewegte. Die Frage war nur, ob sie es ignorieren oder weiter nachhaken sollte. Sie wusste, wie sorgsam sie ihre eigene Vergangenheit verbarg. Doch ihre unverbesserliche Neugier gewann.

»Reden Sie von Ihrer Familie? Warum sollten sie Sie nicht brauchen?«

»Habe ich brauchen gesagt?«, sann er nach. »Ich hätte wollen sagen müssen.«

»Sie wollen Sie nicht?« Sie schüttelte den Kopf. »Sie übertreiben bestimmt.«

»Das würden Sie nicht verstehen.«

»Vielleicht, wenn Sie ...«

Sein feindlicher Gesichtsausdruck schnitt ihr das Wort ab. »Versuchen Sie nicht, mich geradezubiegen, *Madame Ingenieurin*. Ich bin nicht einer der Schwachköpfe aus dem Camp, die Sie einen auf gut Freund machen lassen, um Sie herumzukriegen.«

Es beunruhigte sie, dass er so scharfzüngig ihren Baustellen-Spitznamen benutzte. Bisher hatte ihr diese pompöse Bezeichnung nichts ausgemacht. Wenn sie sich schon mit etwas abfinden musste, dann eben damit. Das war besser als Pott oder Schrott, die sich so schön auf ihren Nachnamen reimten. Wie Bulldog es aussprach, klang es allerdings so großspurig, als würde sie sich wie jemand Besseres fühlen.

»Ich versuche gar nicht, Sie geradezubiegen, was auch immer das heißen soll. Warum sagen Sie das?«

Bulldog antwortete nicht. Und als wollte er ihren Versuch, etwas aus ihm herauszubekommen, ebenfalls vereiteln, stoppte der Trockner und piepte. Bulldog rollte seine Zeitschrift zusammen und stand auf, um seine Wäsche herauszuholen. Ohne darüber nachzudenken, legte Lena ihm die Hand auf den Unterarm, um ihn aufzuhalten.

»Warten Sie. Sie können mich nicht einfach beschuldigen und dann verschwinden. Sie haben ganz offensichtlich ein Problem mit mir, und ich würde gern wissen, was es ist.«

Er sah auf ihre Hand herunter, und Lena zog sie so schnell zurück, als hätte sie sich verbrannt. Er nahm seine Hemden aus dem Trockner und verstaute sie in einem Wäschesack.

»Ich habe Sie etwas gefragt«, beharrte Lena. Ihre Verzweiflung übertrumpfte ihre Angst.

Doch als er sich zu ihr umdrehte, wich sie angesichts seines wutentbrannten Gesichtsausdrucks einen Schritt zurück.

Das war wohl die falsche Forderung.

»Mein Problem ist Folgendes«, begann er mit tödlich leiser Stimme. »Sie sind die unerfahrenste Person hier auf der Baustelle, scheinen sich dessen aber nicht bewusst zu sein. Sie wollen, dass man Sie ernst nimmt, aber Sie organisieren Angelausflüge, stehlen Flaggen und spazieren in Ihrer Unterwäsche herum. Sie haben keine Lebenserfahrung, handeln unüberlegt und sind nicht dazu in der Lage, einmal über den Tellerrand hinauszuschauen. Sie sind naiv, stur und leichtsinnig. Und der einzige Grund, warum Sie es bisher so leicht hatten, ist Ihr verdammtes gutes Aussehen.«

Lena sah ihn ungläubig an. »Hey, halten Sie sich bloß nicht zurück.«

Das war wirklich die umfassendste Beleidigung, die sie jemals zu hören bekommen hatte. Aber was sagte man doch gleich über Bulldog? Er war Perfektionist. Ganz offensichtlich galt das für alle Lebensbereiche.

Er presste die Lippen aufeinander. »Sie halten das wohl für sehr witzig, genau wie alles andere. Wann verstehen Sie endlich, dass man nicht mit einem bloßen Lächeln durchs Leben kommt? So funktioniert das nicht. Vor allem nicht hier draußen. Sie werden damit auf die Nase fliegen, und Sie werden es nicht kommen sehen.«

Er schien fertig zu sein, und Lena fand, dass sie nun

an der Reihe war. Irgendwo in ihrem Gehirn leuchtete zwar ein Warnsignal auf, doch sie war zu entsetzt über seinen Vortrag, um sich daran zu erinnern, dass der Bauherr immer recht hatte.

»Haben Sie vielen Dank für diese aufschlussreiche Analyse meiner Person. Aber Sie sind ja auch nicht gerade Mr Perfect. Klar, Sie haben tonnenweise Erfahrung, aber keinerlei Einfühlungsvermögen. Sie wollen, dass Ihre Männer Sie respektieren, aber stattdessen haben die ständig Angst, dass Sie ihnen auflauern. Sie sind tyrannisch und unausstehlich, und Sie können sich in niemand anderen hineinversetzen. Und außerdem, nur um das hier klarzustellen, ich hatte es niemals leicht!«

Er öffnete den Mund und schloss ihn dann wieder.

Lena fuhr fort. »Wenn Sie mich so unmöglich finden, warum haben Sie Carl dann nicht einfach von der Flagge erzählt? Das hätte mich so schnell wie nur möglich von dieser Baustelle und aus Ihrem Leben befördert.«

»Es wundert mich«, sagte er mit glühenden Augen, »dass Sie das mit Ihrem *Einfühlungsvermögen* noch nicht selbst herausgefunden haben.«

Und mit dieser rätselhaften Bemerkung warf er sich seine Tasche über die Schulter und ging.

Bulldog und seine entsetzliche Persönlichkeitseinschätzung beschäftigten Lena noch den ganzen Abend.

Was fiel ihm ein, zu verurteilen, wie sie ihre Freizeit verbrachte? Wie konnte er es wagen, zu behaupten, sie würde nur dank ihres Aussehens weiterkommen? Wie konnte er sie einfach in eine Schublade stecken, die er mit ›naiv‹ beschriftet hatte?

Er kannte sie doch nicht einmal.

Zumindest hatte Kevin, von seinen sämtlichen Makeln einmal abgesehen, nur in Bezug auf eine Sache voreilige Schlüsse gezogen. Bulldog hatte schon ein komplettes Buch über ihre Defizite verfasst und fügte immer noch Kapitel hinzu.

Sicher zurück in ihrem Dongar und in ihrem rosafarbenen Schlafanzug unter die Decke in ihrem noch unvertrauten Bett gekuschelt, hatte sie genügend Muße, um über die Tücken des Frauseins in ihrem Beruf nachzudenken.

Dachten tatsächlich alle Männer, dass sie niemals in die Bauindustrie passen würde, nur weil sie eine Frau war? Stahl war doch bloß Eisen mit einer Prise Kohlenstoff, um Himmels willen. Da hatte Lippenstift schon eine kompliziertere chemische Struktur. Und was Beton anging – also *bitte*. Jeder, der als Kind im Sandkasten mit Förmchen gespielt hatte, wusste doch Bescheid.

Je mehr sie darüber nachdachte, umso wütender wurde sie. Normalerweise verbannte sie Kevins Worte aus ihren Gedanken. Jetzt aber wollte sie sich genauer daran erinnern. Gab es irgendwo einen Hinweis darauf, wie sie sich die Anerkennung ihrer Kollegen verdienen konnte? Sie übersprang schnell die guten Zeiten mit Kevin, und auch ihre wachsende Distanziertheit ihm gegenüber bis zu ihrem letzten Gespräch. Es war ungefähr sechs Wochen nach ihrer letzten Prüfung gewesen. Sie hatten gemeinsam zu Abend gegessen und tranken einen anscheinend ganz besonderen Brandy bei Kevin zu Hause. Lena nahm gerade all ihren Mut zusammen, um ihm mitzuteilen, was sie fühlte – oder nicht fühlte. Seit fast einem Monat stimmte es zwischen ihnen nicht mehr.

Sie freute sich auf die Zukunft und hatte unzählige Pläne, die Kevin jedoch beinahe durchweg kritisch beäugte. Er freute sich, dass sie sich auf ihre erste Stelle bewarb, machte sich aber gleichzeitig Gedanken über die Unternehmen, die sie ausgewählt hatte. Als sie vorschlug, vielleicht ein Jahr Auszeit zu nehmen, um durch Europa zu reisen, war er auch darüber nicht sonderlich glücklich gewesen. Sie hatten sich deswegen nicht gestritten, doch Lena erkannte, was bei Kevins Bedenken mitschwang. Er wollte, dass alles blieb, wie es war, während ihr klar war, dass sie Veränderung brauchte.

Sie hatte sich eigentlich genau überlegt, was sie an diesem Abend sagen wollte. Doch sie war so frustriert und nervös, dass sie einfach damit herausplatzte. »Kevin, ich will Schluss machen.«

Er riss sich die silbern gerahmte Brille vom Gesicht und sah sie mit seinen dunkelbraunen Augen sowohl besorgt als auch skeptisch an.

»Was hast du gesagt?«

Sie beugte sich vor und suchte Halt an einem Sofakissen. »Es tut mir leid. So sollte es eigentlich nicht herauskommen.«

Er beachtete ihre Entschuldigung nicht. »Woher kommt dieser Sinneswandel? Das verstehe ich nicht.«

Lena wusste nicht, wie sie anfangen sollte. Kevin deutete ihr Schweigen als Unentschlossenheit und erhob sich mit einem nachsichtigen Lächeln. »Lena, wenn es ein Problem gibt, können wir darüber reden. Es gemeinsam lösen.«

Er legte seine Brille ab, kam zu ihr und legte ihr seine warmen Hände auf die Schultern. »Wir haben es fast geschafft. In ein paar Tagen kommen die Prüfungsergebnisse, und du hast deinen Abschluss. Dann haben diese heimlichen Treffen ein Ende.«

»Ich weiß, und …«

»Wir sollten feiern«, beharrte er angespannt. »Wir müssen uns jetzt nicht mehr verstecken, Lena.«

»Das ist es ja gar nicht.« Lena wandte den Blick ab. Wenn sie ihn noch liebte, wäre es ihr egal, vor wem sie es verheimlichen müsste. Aber das war der Haken.

Sie liebte ihn nicht mehr.

Wie brachte man jemandem bei, dass man sich entliebt hatte? Nicht, weil derjenige ein schlechter Mensch war oder etwas falsch gemacht hatte, sondern einfach, weil man nicht mehr die gleiche Lebenseinstellung teilte. Lena wollte Kevin nicht verletzen – er war gut zu ihr gewesen.

Sie stand ebenfalls auf, ging ihm aber aus dem Weg, stellte sich vor das Bücherregal und überflog die Titel auf der Suche nach Inspiration. Schließlich fand sie ihre Stimme wieder.

»Kevin, als wir uns kennengelernt haben, war das Beste an unserer Beziehung, dass wir sie geheim halten mussten. Es war so aufregend und gefährlich und sexy. Und du …«, sie wandte sich zu ihm um und deutete mit feierlicher Geste auf ihn, »… bist ein wunderbarer Mann. So großzügig und selbstbewusst wie keiner der Männer in meinem Alter. Das hat mich unglaublich zu dir hingezogen. Aber jetzt …« Sie brach ab, als Kevins Mund sich schmerzerfüllt verzog.

»Willst du mir damit sagen, dass du mir entwachsen bist?«

»Du bedeutest mir immer noch sehr viel«, erklärte sie. »Ich … ich liebe dich einfach nicht.«

»Aha, jetzt verstehe ich.« Er klang plötzlich bitter. »Warum du bis jetzt damit gewartet hast, es mir zu sagen.«

»Ich weiß nicht, was du meinst.«

»Du hast mich gebraucht, um deinen Abschluss zu schaffen. Und jetzt bin ich entbehrlich geworden.«

»Das kannst du nicht wirklich glauben, Kevin«, entgegnete Lena aufgebracht.

Er zog skeptisch die Augenbrauen hoch. »Willst du mir etwa weismachen, du hättest nicht gemerkt, wie du auf wundersame Weise alle Fächer bestanden hast, die ich unterrichte?«

Was zum …? Mit so einer Bemerkung hatte sie nicht gerechnet. Es durchlief sie heiß wie ein Fieberschub. »Wovon redest du?«

Kevin gab sich nun gleichgültig. »Von den Vorzügen, einen Freund zu haben, der die Hausarbeiten und Klausuren von einem zensiert, natürlich. Sieh den Tatsachen doch ins Auge, Lena. Ohne meine Hilfe hättest du es nie geschafft.«

Lena schnürte sich die Kehle zusammen. »Was meinst du damit, ohne deine Hilfe?«

Kevins Miene verhärtete sich. »Natürlich, dass ich dich nachsichtig benotet habe.«

Ihr wurde übel. »Kevin, ich habe dich *nie* darum gebeten, meine Noten zu manipulieren, und das würde ich auch niemals tun.«

»Aber davon sind wir doch immer ausgegangen, Lena, immer!«, warf er ihr vor.

»Wie? Wann?«

Er sah sie höhnisch an. »Wie oft hast du mir denn von deinen Ängsten erzählt, durchzufallen? Du …«

»Damit du mich unterstützt«, rief sie. »Damit du mich beruhigst!«

»Ich habe dir immer wieder gesagt, dass es nicht der richtige Beruf für dich ist, aber du wolltest ja nichts davon hören. Also habe ich es einfacher für dich gemacht. Das wolltest du doch.«

»Niemals.« Ihre Stimme bebte. »Ich habe jede Klausur in gutem Glauben mitgeschrieben. Das solltest du wissen, du hast mir schließlich beim Lernen geholfen. Du hast mir immer geholfen.«

»Ja, das habe ich.« Er klang jetzt grausam. »Allerdings wusste ich nicht, dass du mich nur dafür benutzt hast.«

»Das kann einfach nicht wahr sein.« Lenas Lippen zitterten, als sie Kevin ratlos ansah. »Vielleicht nach dem sechsten Semester, aber dieses letzte Jahr habe ich verdammt hart gearbeitet.«

»Offensichtlich nicht hart genug.« Seine Worte trafen sie wie eine Ohrfeige. Einen Augenblick lang konnte Lena nicht sprechen.

»Du bist eine wunderschöne Frau, Lena. Ich war ein Idiot, so ein Idiot.« Sein Blick brannte sich in ihre Augen. »Aber die Welt da draußen wird nicht so leicht auf dich hereinfallen wie ich.«

Lena richtete sich auf. Sie hatte die Hände zu Fäusten geballt, und Schweiß brach ihr im Nacken aus. »Ich wollte nur, dass du an mich glaubst, Kevin. Das war alles.«

»Wie kann ich an jemanden glauben, der mehr Energie in die Ausstattung seines Kleiderschranks investiert als in das zentrale Thema seines Studiums?«

Sie riss die Augen auf und konterte so heftig sie konnte gegen diesen höhnischen Seitenhieb. »Das war nur ein Thema, Kevin, in einem Seminar vor über einem Jahr. Du weißt, dass ich mich geändert habe. Unsere Beziehung war echt für mich, keine Verschwörung. Du verdrehst die Tatsachen in deinem verqueren Kopf.«

»Keine Sorge.« Er wandte sich ab. »Ich sag niemandem etwas davon. Dein Abschluss ist vollkommen unversehrt.«

Doch da hatte er falschgelegen.

Ihr Abschluss war nicht unversehrt.

Er hatte ihr danach nichts mehr bedeutet, absolut nichts mehr.

Kapitel 7

Der nächste Tag brachte einen neuen Vorsatz mit sich – Lena nahm sich vor, nicht mehr an Kevin und Bulldog zu denken. Es half nicht, sich in Selbstmitleid zu suhlen.

Lena freute sich, Lance am nächsten Morgen endlich kennenzulernen. Er stand am Drucker und sah lustig aus mit seiner schmalen Gestalt, den langen braunen Haaren, die schon beinahe zu Rastas wurden, und einem Mund, der viel zu groß für sein Gesicht war.

»Freut mich!« Er streckte ihr die Hand entgegen und hüpfte von einem Fuß auf den anderen, eine Eigenart, die er für den Rest der Unterhaltung beibehielt.

»Mich auch.«

Er schüttelte ihr energisch die Hand. »Madame I., stimmt's? Die Jungs haben mir erzählt, dass du auch nicht angelst.«

Sie konnte nicht anders, als darüber zu schmunzeln, dass er bereits ihre Angelreferenzen eingeholt hatte. »Ich fürchte nicht.«

Er rieb sich die Hände. »Kein Problem. Ich arbeite sowieso am besten allein.« Mit diesen mysteriösen Worten ließ er sie allein. Kopfschüttelnd wandte Lena sich dem Drucker und der ersten Aufgabe zu, die sie sich für diesen Tag vorgenommen hatte.

Sie wollte den Jungs vom Schlitten eine Lektion erteilen.

Nur wenige Minuten zuvor hatte sie die Fotos, die sie auf dem Gerüst geschossen hatte, auf ihrem Computer geöffnet und das beste ausgesucht. Das hatte sie dann auf A4-Format vergrößert und eine große Unterschrift hinzugefügt. Nun nahm sie das Mini-Poster in Farbe aus dem Drucker und ging aus dem Büro nach nebenan in den Pausen-Dongar.

Jeden Tag hatten die Männer die Möglichkeit, in ihrer Pause mit dem Bus hierherzufahren. Es war der einzige Bereich, der klimatisiert war. An heißen Tagen füllte er sich also ziemlich schnell. Den meisten Platz nahmen acht weiße Klapptische ein. In der Ecke bei der Tür befand sich eine kleine Küche mit Getränkekühlschrank, Kaffeespender und Spüle. An der fensterlosen Wand hing eine Pinnwand.

Da weder Mittags- noch Teepause war, traf Lena nur Sharon an, als sie eintrat. Sie bestückte den Kühlschrank gerade mit frischer Milch.

»Was hast du da?« Die Busfahrerin lächelte Lena zu.

»Vergeltung.«

Sharon sah neugierig aus. »Tatsächlich?«

»Du hast wahrscheinlich nicht mitbekommen, was gestern Abend im Fitnessraum passiert ist?«

Sharon verneinte.

»Die Jungs vom Schlitten haben allen erzählt, dass ich immer um sechs dort bin.« Lena ging hinüber zum Schwarzen Brett und klemmte das Poster über einen Barnes-Inc.-Kalender.

Sharon hielt sich die Hand vor den Mund. »Oh, das ist unbezahlbar! Wie hast du …«

»Sie haben mich gestern auf dem Gerüst aufgezogen.«

Lena trat einen Schritt zurück, um ihr Werk zu begutachten. Fünf Männer, Knie gebeugt, Fäuste geballt und Oberarme angespannt, wie sie verführerisch in die Linse sahen. Und in schwarzen Großbuchstaben darunter: MITARBEITER DES MONATS – MAI.

»Was meinst du?«, fragte Lena. »Wird ihnen das eine Lehre sein?«

Sharon gluckste. »Eine, die sie niemals vergessen werden.«

Zurück im Büro und in Sicherheit, machte sich Lena auf die Suche nach Carl. Ihr Plan für die neue Zugangsplattform war fertig. Sie brauchte nur noch die Zustimmung des Bauherrn, und das bedeutete ein Treffen mit Bulldog. Sie fand Carl an Gavins Arbeitsplatz.

»Was soll das heißen, sie sind verzogen? Ruf die verdammten Idioten an, und sag ihnen, sie sollen sie wieder geradebiegen.«

Gavin fuhr sich hektisch durch die Haare. »Sie behaupten, die Träger wären nicht verzogen gewesen, als sie sie vom Werksgelände losgeschickt haben.«

»Scheiße. Wenn du denen das abnimmst, dann treiben sie ihre Spielchen mit dir!«

Lena steckte den Kopf über die Trennwand, und Gavin sah erleichtert zu ihr auf. »Hey Lena.«

Sie schenkte ihm ein Grinsen und betrachtete dann Carls grübelnde Miene. Es schien kein guter Zeitpunkt zu sein, um ihn nach etwas zu fragen, aber sie hatte keine andere Wahl. Er war schließlich nie zu fassen.

»Ähm, Carl«, setzte sie an, »ich müsste mich mal mit

Bulldog treffen. Ich habe ein neues Konzept, das ich ihm zeigen will. Es geht um die Beschleunigung der Auslegermontage.«

»Scheiße.« Carl sah interessiert aus, doch sein Ton war vorwurfsvoll. »Meinst du nicht, das solltest du erst mal mir zeigen?«

»Tut mir leid«, sagte Lena. »Du bist nur immer so beschäftigt und …«

»Todd, lass den Scheiß und komm auf den Punkt.«

Lena beschrieb ihm schnell ihre Idee für die neue Plattform.

»Das könnte funktionieren«, räumte er schließlich ein. »Hast du einen Entwurf?«

»Ja.«

Carl sah auf die Uhr. »Gavin, Fish und ich treffen Bulldog heute um elf. Du solltest mitkommen.«

Lena rümpfte die Nase. »Fish?«

Carl schien ihre Verwirrung nicht zu verstehen, doch Gavin griff glücklicherweise ein. »So nennen die Jungs Lance. Passt zu ihm, wenn du mich fragst.«

»Ach so.« Lena widersprach dem nicht, war aber mehr an dem bevorstehenden Treffen interessiert. »Kommt Bulldog hierher?«

»Scheiße, nein!« Carl war entsetzt angesichts der Vorstellung, seinen Feind in den heiligen Hallen zu treffen. Oder vielmehr ihn den chaotischen, staubigen Dschungel sehen zu lassen.

»Wir fahren zu ihm«, erklärte Gavin. »Machen wir immer so.« Er sah sich im Büro um. »Ist sicherer.«

»Na schön«, stimmte Lena zu. Es wäre eine gute Gelegenheit, sich das feindliche Gebiet anzuschauen. Doch eigentlich war ihre Aufregung albern. Was würde sie denn schon dort tun? Den Wert der Einrichtung schätzen und mit den Möbeln bei Barnes Inc. vergleichen? Telefonate der Mitarbeiter belauschen, um sie dabei zu ertappen, wie sie aus Unkenntnis etwas falsch machten? Den Kaffee probieren, nur um sich darin zu bestätigen, dass ihrer besser schmeckte? Sie rieb sich über die Stirn.

Ich verbringe eindeutig zu viel Zeit mit den Jungs vom Schlitten. Sie schmunzelte in sich hinein. Zumindest würde Radar vor Neid platzen.

Sie ging zurück an ihren Computer und verbrachte die nächsten Stunden damit, nach potentiellen Stahllieferanten für ihre Plattform zu suchen und sich bei Tony zu versichern, dass sie genügend Platz hatten, um sie zu bauen. Sie wollte bis zum Treffen alle Fakten griffbereit haben. Jedes Gespräch, das sie bisher mit Bulldog geführt hatte, war eine Übung in Peinlichkeit gewesen. Heute wollte sie ihn beeindrucken.

Wenn das überhaupt möglich war.

Kurz vor elf rief Fish an. Er war noch in Karratha bei einem Treffen mit einem Lieferanten und schaffte es nicht rechtzeitig zu dem Meeting mit Bulldog. Carl war nicht gerade erfreut, doch es ließ sich nichts daran ändern; sie würden ohne ihn fahren müssen. So quetschten sich Gavin, Lena und Carl wie geplant in Carls Pick-up und fuhren zu den TCN-Büros. Lena genoss den Luxus, ausnahmsweise einmal nicht im Bus zur Baustelle zu fahren.

Der Empfang in den TCN-Dongars bestand aus einem einfachen Tresen, hinter dem eine missmutige Frau saß. Lena hatte sie und noch eine weibliche TCN-Angestellte bereits im Camp gesehen. Die beiden wirkten allerdings so feindselig, dass Lena und Sharon noch nie mit ihnen gesprochen hatten.

Erwartungsgemäß ignorierte die Dame sie erst einmal eine Weile, schob ein paar Papiere hin und her und sortierte ihre Stifte, bevor sie Carl in sein immer düsterer werdendes Gesicht sah.

»Kann ich Ihnen helfen?«

Carl lehnte sich an den Tresen. »Wir wollen Bu… Dan Hullog sprechen.«

Mit ihren grauen Augen warf sie einen unfreundlichen Blick auf Carls Ellenbogen, der eine ihrer Mappen berührte, und schnappte sie so hastig, als würde nur der leichteste Kontakt eine Ansteckung verursachen. Carl richtete sich entrüstet auf, nahm seinen Arm vom Tresen und sah sie widerwillig an.

»Können Sie Bulldog einfach sagen, dass wir da sind?«

»Sie meinen Mr Hullog.«

»Verdammt, ja.«

Ihre Miene verhärtete sich. »Haben Sie einen Termin?«

Carl sah aus, als würde er jeden Moment explodieren, also schritt Lena ein. »Ja, haben wir.«

Die Empfangsdame sah auf ihr Telefon, auf dem ein Lämpchen aufleuchtete. »Er telefoniert gerade.« Sie klang triumphierend. »Da müssen Sie wohl warten.«

Lena wusste, dass sich die beiden nicht leiden konnten, aber das hier war einfach nur lächerlich.

Da sie ja zum Teil auch auf Erkundungsmission hier war, musterte Lena das Büro, das sich hinter dem Empfang befand. Es gab keine Trennwände, so dass sie selbst von der Eingangstür aus alle Arbeitsplätze einsehen konnten. Jetzt bemerkte Lena auch, mit welchem Interesse ihre Ankunft bedacht wurde.

Es war allerdings alles andere als freundliches Interesse.

Die Empfangsdame musste Lenas Blick bemerkt haben, denn sie stand unvermittelt auf. »Möchten Sie sich nicht in unseren Konferenzraum setzen?« Sie zeigte auf den abgetrennten Bereich zu ihrer Linken.

»Warum nicht?«, entgegnete Carl.

Die Empfangsdame schloss die Tür, als die drei sich um den großen rechteckigen Tisch setzten. Lena legte ihre Unterlagen auf einen ordentlichen Stapel und stützte ihre Arme darauf ab.

»Was ist deren Problem?«, flüsterte sie den anderen zu.

Carl schnaubte. »Kleine Schwänze.«

Lena musste husten.

In dem Moment kam Bulldog herein. Einen Augenblick lang befürchtete Lena, er hätte womöglich Carls Kommentar gehört. Er ließ sich jedoch nichts anmerken. Genaugenommen ließ er sich überhaupt keine Gefühlsregung anmerken, sondern streckte einfach nur Carl die Hand hin, der sich mürrisch erhob und sie schüttelte.

»Es tut mir leid, dass Sie warten mussten.«

In diesen wenigen Sekunden, in denen Bulldog beschäftigt war, erlaubte sich Lena, ihn zu begutachten. Er sah anders aus. Vielleicht, weil er bei ihren letzten beiden Begegnungen Freizeitkleidung getragen hatte. Sein Gesicht war verschlossener, das Funkeln in seinen Augen etwas härter, sein Kiefer etwas verspannter. Und er war unrasiert.

Bulldog rasierte sich immer.

»Kein Problem«, log Carl. Dann schüttelte Bulldog Gavin die Hand und schließlich auch Lena.

Sie versuchte, nicht zu viel in diese kurze Berührung hineinzuinterpretieren, analysierte aber dennoch jede einzelne Millisekunde. Seine Hand war warm und der Händedruck fest und kontrolliert. Doch seine Augen waren kühl. Zu kühl.

Wahrscheinlich hat er mir meine Beleidigungen im Wäsche-Dongar nicht verziehen.

Bulldogs Mund verzog sich zu etwas, das man nicht unbedingt als Lächeln bezeichnen konnte, und Lena spürte erneut, wie sehr seine Zurechtweisung sie getroffen hatte. Sie entzog ihm abrupt ihre Hand und setzte sich.

Carl und Gavin warfen ihr einen verwirrten Blick zu, bevor sie sich ebenfalls setzten. Bulldog tat es ihnen gleich und legte einen schwarzen Kalender sowie einige Datenblätter vor sich auf den Tisch. Lenas Taktlosigkeit hatte ihn nicht im Geringsten aus der Fassung gebracht. Er kam direkt zum Geschäftlichen, ganz der Bauherr, ganz der Boss. Obwohl sie beide leitende Positionen innehatten, würde der arme Carl niemals mit Bulldogs Präsenz mithalten können. Sie trugen das gleiche Ausmaß an Macht und Verantwortung, doch Bulldog beherrschte den Raum.

»Ich wusste nicht, dass Ms Todd zu uns stoßen würde.« Er sah sie abschätzend und ein wenig anklagend an. »Gibt es einen Grund für Ihre Anwesenheit?«

»Ich habe einen Vorschlag für den Schlitten, der …«

»Ja, Mike sagte das bereits.«

Lena hielt inne. »Mike?«

»Ja.« Bulldog verschränkte die Arme vor der Brust.

»Er war zufällig zur gleichen Zeit wie ich heute Morgen hinten auf der Landungsbrücke.«

Zufällig? Lena verarbeitete diese Information verärgert. Mike arbeitete auf dem Schlitten, er war niemals *zufällig* hinten auf der Landungsbrücke.

»Nun ja, ich weiß nicht, was er Ihnen erzählt hat«, setzte sie erneut an, »aber mein Konzept könnte das Tempo anziehen …«

»Nicht, wenn Sie Männer vom Schlitten wegbeordern.«

»Wie bitte?«

»Mike sagte mir, dass Ihr Plan beinhaltet, Männer vom Schlitten abzuziehen, um die neue Plattform zu bauen. Das wird den Vorgang verlangsamen.«

Es war eindeutig. Mike hatte ihren Plan sabotiert. Bulldogs Misstrauen dem Vorhaben gegenüber war so offensichtlich wie seine stur zusammengekniffenen Lippen. Mike hatte ihn zweifellos mit so vielen negativen Aspekten der Plattform wie möglich gefüttert.

Lena bemühte sich, ihre Stimme ruhig und sachlich klingen zu lassen. »Der Bau wird uns vorübergehend etwas verlangsamen, aber langfristig gesehen werden wir dadurch schneller sein.«

»*Wenn* die Männer sich schnell in Ihr neues System einarbeiten. Das verlangt allerdings eine gute Führung.«

Was will er damit sagen? Dass ich keine Führungsqualitäten habe?

Bulldog erklärte sich jedoch nicht weiter, sondern starrte sie nur an. Lena befeuchtete sich die Lippen und nahm ihren Entwurf aus der Mappe. »Das ist mir klar. Ich habe hier eine Zeichnung meines Entwurfs. Wenn Sie …«

»Ihr Entwurf?« Bulldog strich sich mit seinen langen Fingern über den Zweitagebart, und das Geräusch leicht kratzender Stoppeln ließ Bilder von weißen Laken, strahlendem Sonnenschein und heißem Kaffee vor Lenas innerem Auge aufflackern.

Verdammt! Wo kommt das denn her?

Als Bulldog die Hand ausstreckte, lenkte Lena ihre Aufmerksamkeit mit äußerster Anstrengung wieder ins Büro.

»Lassen Sie mal sehen.«

Erleichtert reichte sie ihm ihre Zeichnung. Endlich kam sie voran.

»Es sieht zu leicht aus.«

Oder auch nicht.

Lena hob selbstsicher das Kinn. »Ich habe es extra so entworfen. Wir brauchen etwas, das die Männer selbst bewegen können.«

»Ja, aber sind die Bauteile auch solide genug?« Er kratzte sich erneut am Kinn, und wieder lenkte das kratzende Geräusch Lena ab. Ihr stellten sich die Haare im Nacken auf, und sie verpasste beinahe seine nächste Frage.

»Welche Streckgrenze verwenden Sie?«

»Hm? Ich meine, 450 MPa.«

Er legte die Stirn in Falten. »Das müssen Sie auf jeden Fall näher spezifizieren. Würde es auch mit 250 oder 350 MPa funktionieren?«

»Ich bin nicht sicher.«

»Na, dann sollten Sie das wohl herausfinden.« Er klang ungeduldig und wandte sich an Carl.

»Wurde der Entwurf geprüft?«

»Ich hatte noch nicht die Zeit, es durchzugehen«, erwiderte Carl. »Aber ich bin überzeugt, dass Lena ...«

Bulldog schnitt ihm das Wort ab. »Lena hat gerade erst ihren Abschluss gemacht. Ich will, dass jemand amtlich Zugelassenes sich das noch ansieht.«

Würde denn *niemals* jemand an sie glauben? Die Aussichtslosigkeit ihrer Lage ließ Lena ein wenig boshafter als nötig aufbrausen. »Es geht hier nur um eine einfache Plattform, nicht um das Empire State Building.«

Bulldogs blaue Augen bohrten sich in ihre. Lena spürte die Wucht wie einen Blitzschlag. »Jede Konstruktion in diesem Projekt ist wichtig, ganz besonders, wenn es um die sichere Arbeitsumgebung unserer Männer geht.«

Seine Stimme war so eindringlich, dass Lena glaubte, er hätte ihr den Brustkorb aufgerissen und ihr Herz gepackt.

Carl blieb jedoch ungerührt. »Wir haben aber keinen beschissenen amtlich zugelassenen Konstrukteur vor Ort, verdammt. Wenn Sie wollen, dass außer mir noch jemand drüberguckt, dann müssen wir es in die Stadt schicken. Das würde mindestens zwei verdammte Wochen dauern. Wollen Sie wirklich so ein beschissenes Trara um eine kleine Plattform machen?«

Eine gewichtige Pause entstand, als Bulldog von Carl zu Lena sah und wieder zu Carl. Wieder war jeglicher Ausdruck aus seinem Gesicht gewichen. Schließlich sprach er, doch es ging nicht ums Projekt.

»Carl, könnten Sie bitte auf Ihre Ausdrucksweise achten?« Ohne zu lächeln sah er Lena wieder an. »Es sind *Damen* anwesend«, fügte er zögernd hinzu, als ob der Wahrheitsgehalt dieser Aussage fraglich war.

Na wunderbar.

Er hätte ebenso gut Dynamit anzünden können. Niemand kritisierte, wie Carl redete. Das tat man einfach nicht. Jeder nahm hin, dass ›Scheiße‹ und ›verdammt‹ zu seinem Wortschatz gehörten, und kümmerte sich nicht weiter darum. Carl war vermutlich gar nicht in der Lage, damit aufzuhören, selbst wenn er es versuchte.

Lena warf einen Blick auf ihren Boss, um die Wirkung von Bulldogs Worten zu sehen. Es war beinahe komisch. Es fehlte nur noch, dass ihm Dampfwölkchen aus den Ohren kamen, um das Bild unterdrückter Wut zu vervollständigen, das er abgab. Bulldog hatte sich gerade einen Feind fürs Leben geschaffen.

Während Carls Miene sich von wütend zu gequält wandelte, wurde Lena bewusst, dass nur die von der Barnes-Inc.-Geschäftsführung hochgehaltene Maxime ihn von einer Entgegnung abhielt: Der Bauherr hat immer recht. Sie hielt den Atem an.

»Entschuldige, Lena«, presste er schließlich hervor.

»Oh, das ist nicht nötig …«, wehrte Lena hastig ab, doch Bulldog unterbrach sie.

»Die Männer werden zwölf Stunden täglich auf der Plattform arbeiten und vielleicht mit schweren Gerätschaften darauf hantieren. Ich muss die Kapazitäten dieser Plattform kennen.«

»Ich erstelle gern eine formelle Leistungsbeschreibung mit Details zu maximalen Betriebslasten in unterschiedlichen Szenarien«, schlug Lena vor.

Bulldog sah sie wieder mit diesem mysteriösen Blick an. Seine langen gebräunten Finger trommelten ungeduldig auf die Tischplatte, als würde er jeden einzelnen ihrer Nerven damit drangsalieren. »Also gut«, lenkte er ein. »Aber ich will Carls Unterschrift darauf und eine Kopie der Berechnungen, bevor gebaut wird. Ich überprüfe das dann selbst.«

»In Ordnung«, stimmte Lena steif zu, und Carl nickte. Sie nahm ihren Entwurf entgegen und legte ihn zurück in ihre Mappe. So viel also zu ihrem Vorhaben, ihn zu beeindrucken. Warum musste er ihr immer das Gefühl geben, sie wäre eine Last, die er nicht loswurde?

Draußen vor dem Fenster fuhr ein Lastwagen vorbei, doch sein lautes Rumpeln konnte die aufgeladene Stimmung im Raum auch nicht entschärfen.

Bulldog legte die Hände auf der Tischplatte übereinander, als würde er Kraft für eine weitere Attacke sammeln. »Ich gehe davon aus, dass Sie sich alle des eigentlichen Grunds bewusst sind, weshalb ich Sie heute Morgen hierher gebeten habe.«

Ach tatsächlich?

Lena fühlte sich überrumpelt. Carl hatte sie nicht informiert. Sie war davon ausgegangen, dass *sie* das Treffen einberufen hatten. Dem war offensichtlich nicht so.

Carl schlug sein Notizbuch auf. »Ich nehme an, dass Sie den aktuellen Fortschritt des Projekts besprechen wollen.«

»Welchen Fortschritt?«, gab Bulldog zurück. »Es gibt überhaupt keinen. Wenn ich es nicht besser wüsste, würde ich sogar behaupten, dass Sie Rückschritte machen.«

Lena zuckte zusammen. Bulldog sah zu Gavin, der sich auf seinem Stuhl wand.

»Die Pfahlgründung liegt fünfzehn Prozent hinter dem Schlitten zurück.«

»Die Ramme hat letzte Woche den Geist aufgegeben. Das haben wir aber aufgeholt«, versuchte Gavin ihn zu beruhigen.

»Nicht ganz«, widersprach Bulldog. »Wo ist der neue Ingenieur? Ich dachte, er würde bei unserem Treffen dabei sein.«

»Er wurde in der Stadt bei einem Lieferanten aufgehalten.«

»Tritt also noch auf der Stelle, wie ich sehe.« Entnervt wandte er sich wieder an Carl, der sich am Hemdkragen zupfte. »Was ist mit den Trägern?«

»Sind noch nicht angekommen.«

»Sie müssten aber mittlerweile auf dem Werksgelände sein.«

»Sie kommen.« Carl setzte sich aufrechter hin. »Spätestens Ende der Woche.«

»Am Ende der Woche«, Bulldogs Augen funkelten bedrohlich, »werden Sie dort ebenfalls mit zwanzig Prozent im Verzug sein. Das ist nicht hinnehmbar.«

Carls Hände ballten sich unter dem Tisch zu Fäusten. Lena konnte sehen, dass es ihn eine unglaubliche Anstrengung kostete, nicht zu fluchen. Sie schritt ein, um ein wenig Zeit zu gewinnen.

»Es hat schon Verbesserungen gegeben, aber es wird etwas dauern, bis wir komplett aufholen. Sie können nicht erwarten, dass das von einem Tag auf den anderen vonstattengeht.«

»Doch, das kann ich, um genau zu sein«, wetterte er los.

»Und wie sollen wir dieses besch… Wunder bewerkstelligen?«, wollte Carl wissen.

»Sie können Nachtschichten einlegen.«

Lena und ihre Kollegen hielten die Luft an. Aus Carl brach es heraus: »So ein Scheiß!«

Bulldogs Augen verengten sich zu schmalen Schlitzen, bis Carl sich schließlich knapp an Lena wandte. »Entschuldige.«

Sie schluckte und verkniff sich einen Kommentar. Carl holte tief Luft und sah wieder zu Bulldog. »Eine Nachtschicht ist eine enorm teure Angelegenheit. Besonders, wenn Sie uns nicht für die dafür notwendige Logistik entschädigen wollen.«

»Ich habe einen Anspruch auf eine fristgerechte Fertigstellung dieses Bauvorhabens«, beharrte Bulldog auf seiner Ansicht. »Und Sie haben die Verpflichtung, den Vertrag zu erfüllen.« Er sah ihn herausfordernd an. »Sie sind am Zug.«

Carls Beherrschung geriet etwas ins Wanken. »Nun, da habe ich wohl keine beschissene Wahl, was?«, stellte er fest. »Tut mir leid, Lena«, fügte er hinzu, ohne sie überhaupt anzusehen.

Als Bulldog das weder bestätigte noch abstritt, schien sich Carls Wut nur zu steigern. »Wir können nicht einfach mir nichts, dir nichts eine beschissene Nachtschicht einlegen, wo die verdammte halbe Stadt sowieso schon auf dieser verfluchten Baustelle arbeitet. Tut mir leid, Lena. Wo sollen wir denn verdammte Arbeitskräfte für eine Nachtschicht herholen? Tut mir leid, Lena. Mit dieser beschissenen Idee verschwende ich nur verdammte Zeit, die ich nicht habe. Tut mir *leid*, Lena. Und lassen Sie mich Ihnen eins sagen, man kann verdammt noch mal nicht alles im Dunkeln machen, verflucht! Die Beleuchtung wird ein verdammtes Vermögen kosten! Scheiße! Selbst Sie sollten das wissen, verdammt!« Er hielt inne, um Luft zu holen. Dann wandte er sich an Lena, doch sie hielt abwehrend eine Hand hoch und bemühte sich, das Grinsen aus ihrem Gesicht zu verbannen.

»Ich weiß«, kam sie ihm zuvor, »es tut dir leid.«

»Und zwar mehr, als du dir verdammt noch mal vorstellen kannst«, knurrte er sie an.

Lena biss sich auf die Lippe, um nicht laut loszulachen.

»Das ist aber die Lösung, die wir verlangen«, sagte Bulldog. »Es ist bald Zyklonsaison, und wir müssen so gut es geht den Kurs halten. Wenn Sie dieser Aufforderung nicht nachkommen, dann werden Sie uns für Verzögerungen entschädigen müssen.« Er stand auf. »Wenn Sie mich entschuldigen würden.«

Und dann verließ er ohne weiteren Kommentar das Büro und ließ die drei taumelnd unter den Nachwirkungen der Bombe zurück, die er gerade gezündet hatte.

»Ich kann gar nicht glauben, wie schlecht das Meeting gelaufen ist«, sagte Lena und griff nach ihren Unterlagen.

»Das war kein Meeting, das war eine Standpauke«, sagte Gavin resigniert.

»Wir können das noch hinbekommen, wir müssen uns nur ein paar kluge Schachzüge überlegen«, sagte Lena mit einer Zuversicht, die sie nicht verspürte.

»Nachtschicht. So ein Scheiß!«, fluchte Carl.

Lena bemerkte, wie die Empfangsdame den Hals reckte, um zu sehen, was sie noch im Konferenzraum taten. »Kommt«, sagte sie, »wir sollten gehen. Wir können nicht ausgerechnet hier unsere Strategie besprechen.«

Carl schien sich plötzlich daran zu erinnern, wo er sich befand. »Scheiße, nein!«

Es war ungefähr halb eins, als Lena, Carl und Gavin wieder im Büro ankamen, gerade rechtzeitig, um einige Stahl- und Gerüstbauer aus dem Pausenraum kommen zu sehen.

»Hey, Fabio, kriege ich ein Autogramm von dir?«

Die Männer pfiffen und johlten, nur dass sie diesmal weder Lena noch Sharon damit meinten. Lena sah sich den Tumult mit Genugtuung an. Bic und Fieldmouse versuchten, den Männern zu entkommen, die ihnen auf dem Weg zum Bus auf den Rücken klopften und durchs Haar wuschelten.

»Zeig mal, was du draufhast, Baby!«

Fieldmouse warf Lena einen gequälten Blick zu, als er an ihr vorbeihastete, und sah dabei mehr denn je wie ein nervöses Nagetier aus. Er sprang in den Bus und eilte bis zur letzten Sitzreihe. Lena kicherte.

»Hätte nie gedacht, dass Sie so ein falsches Spiel mit uns treiben würden, Madame I.«, warf Bic ihr vor, während er eine Hand an seinem Allerwertesten abwehrte. Von allen Seiten flogen ihm schmatzend Luftküsse zu.

»Fabio legt's wirklich drauf an, Madame I.!«

Die Zwischenrufe und das Gelächter steigerten sich noch.

»Ich wollte mich nur bedanken«, erklärte Lena mit gesenkter Stimme, so dass nur Bic sie hören konnte. »Dafür, dass ihr allen vom Fitnessraum erzählt habt.«

Er lief rot an, wies aber sofort jede Schuld von sich. »Das war nicht meine Idee. Das war …«

»Mir ist egal, wessen Idee es war«, schnitt Lena ihm das Wort ab. »Tut mir so etwas bloß nie wieder an.«

»Schon gut, schon gut«, beschwichtigte er sie und stieg in den Bus. Seine lauten Bewunderer folgten ihm. Sharon zwinkerte Lena zu und schloss die Bustür, um ihre Ladung zurück zur Baustelle zu fahren.

»Verdammt, die Jungs spuren ja richtig vor dir«, bemerkte Carl. »Kannst du nicht auch so ein Wunder bei Bulldog bewirken?«

Lena spürte Hitze in ihrem Nacken aufsteigen, doch zum Glück hatte Carl sich bereits umgedreht, und so bemerkte er nichts. Gavin schloss sich ihr an, als sie zum Büro ging. »Wenn die Jungs es dir schwermachen, kann ich auch gern mal ein Wörtchen mit ihnen reden«, bot er ihr leicht verlegen an.

»Ich bezweifle, dass das etwas ändern würde.« Lena zuckte die Achseln. »Lass mich das mal auf meine Art regeln.«

»Geht klar, Madame I.« Gavin grinste. »Sag mal, was machst du denn am Freitag?«

»Freitag?« Lena blickte sehnsüchtig gen Horizont. »Das Gleiche wie jeden Tag. Arbeiten. Heimweh haben. Von einer staubfreien Umgebung träumen.«

»Ein paar meiner Männer wollten nach der Arbeit in Point Samson was trinken gehen. Ganz gute Idee, find ich. Willst du nicht mitkommen?«

Ihr erster Gedanke war Sharon. Das war genau das Szenario, auf das sie gewartet hatten. Alkohol, Mondlicht, eine Gelegenheit für Sharon und Gavin, sich näherzukommen.

»Klar«, sagte Lena. »Ich sag Sharon Bescheid, wir sind dabei.«

»Sharon?« Er verstummte. »Ja, klar. Natürlich.«
Sie sah ihm hinterher und rieb sich die Hände.
Perfekt!

Ganz oben auf Lenas Liste für den nächsten Tag stand Mike. Sie würde ihm gründlich die Meinung sagen. Um acht Uhr ließ Sharon sie am Schlitten aussteigen. Mike stand an seinem üblichen Platz, die Hände hinterm Rücken verschränkt, den Blick aufs Meer gerichtet. Lena hatte sich schon öfter gefragt, woran er in diesen Momenten wohl dachte. Er wirkte so einsam. Nicht viele auf der Baustelle mochten ihn. Plötzlich drehte er sich um und funkelte sie an. Jegliches Mitgefühl verflüchtigte sich. Er wusste offensichtlich, weshalb sie hier war, und es tat ihm kein bisschen leid.

Lena presste die Lippen zusammen. »Ich weiß, was du getan hast, Mike.«

»Ich habe keinen Schimmer, wovon du sprichst.«

»Stell dich ruhig dumm. Ich wollte dir nur mitteilen, dass dein Plan nach hinten losgegangen ist.« Sie ging freudestrahlend auf ihn zu. »Wir werden nicht nur die Plattform bauen, sondern Carl wird mir auch noch ein paar zusätzliche Männer zur Verfügung stellen, damit wir keine Zeit verlieren.«

Mike sah noch grimmiger aus als sonst.

»Dank deiner zeitlich sehr gelegen gekommenen Anmerkungen«, fuhr Lena fort, »hat Carl entschieden, dass ich noch einen Subunternehmer beauftragen kann.« Das stimmte. Sie hatte am Abend zuvor noch mit Carl darüber gesprochen.

Mike war unbeeindruckt. »Genau, dank *meiner* Anmerkungen, nicht deiner.«

Ihr fiel die Kinnlade herunter. Sie konnte nicht fassen, dass er tatsächlich versuchte, die Lorbeeren für den Erfolg ihrer Idee einzuheimsen. »Das ist nicht dein Ernst, oder?«

Er zog eine Augenbraue hoch. »Du hast es doch selbst gesagt.«

Wenn es nicht gegen die Unternehmenspolitik gewesen wäre, Gewalt anzuwenden, so hätte Lena ihm an dieser Stelle eine verpasst. Während sie stattdessen ihre gewaltfreien Optionen abwog, hallte ein Ruf über ihre Köpfe hinweg.

»Känguru!«

Känguru? Was zum –? Wale konnte sie ja nachvollziehen. Aber das hier war absurd.

Lena sah von Mike zu Fieldmouse, der auf und ab sprang und Richtung Festland zeigte.

Wie auf Kommando begann das Funkgerät an Mikes Schulter zu piepen. »Mike! Da kommt ein großer Roter direkt auf euch zu.«

Mike und Lena rannten zum Geländer, an dem auch Fieldmouse stand, und sahen den Anleger hinunter. Und tatsächlich, da war es. Ein rotes Riesenkänguru hüpfte erstaunlich schnell auf sie zu. Sein mindestens einen Meter langer Schwanz flog hinter ihm auf und ab, während es auf sie zupreschte. Obwohl es noch gut fünfhundert Meter entfernt war, konnte Lena erkennen, dass es bestimmt zwei Meter groß war – und seine Sprünge waren beinahe ebenso hoch.

»Verdammt«, sagte Mike.

»Mist«, sagte Fieldmouse.

»Ach du Scheiße«, sagte Lena.

Kapitel 8

Lena hörte den Krach, als die Männer die Leitern hochkletterten, hielt den Blick jedoch auf das Känguru gerichtet. Dasselbe taten Mike und Fieldmouse.

Bic war als Erster bei ihnen. »Was sollen wir machen?«

Radar folgte dicht hinter ihm. »Was, wenn es in das Förderband springt?«

Vor Lenas innerem Auge blitzten bereits blutige Eingeweide und zersplitternde Knochen auf. Auf einmal schien das beständige Summen des Förderbands unter ihnen wie eine Vorahnung des bevorstehenden Untergangs.

Lenas Mund wurde trocken. »So dumm kann es doch nicht sein.«

»Kängurus sind aber dumm.« Radar klammerte sich ans Geländer. »Sollten wir den Notschalter drücken und das Band stoppen?«

»Noch nicht«, entschied Mike. »Wenn wir das Band anhalten, obwohl es nicht nötig gewesen wäre, bringt die Firma uns um. Es dauert Stunden, um es wieder in Gang zu bringen. Das würde den gesamten Verschiffungsplan durcheinanderbringen.«

Er nahm sein Funkgerät und funkte Gavins rechte Hand am Ende der Seebrücke an. »Charlie, da kommt ein Känguru zu euch gesprungen. Ein großes. Ende.«

Es rauschte, und dann ertönte knackend eine Stimme. »Was zum Teufel?«

Mike sprach erneut ins Funkgerät. »Ein Känguru ist auf der Landungsbrücke. Es ist in ungefähr zehn Minuten hinten bei euch. Ende.«

»Das kann doch nicht …« Die Verbindung knisterte und verstummte dann für einen Augenblick. »Okay, wir können es sehen.«

Die Schlittencrew konnte es jetzt auch besser erkennen. Kängurus, und zwar auch die roten, waren hauptsächlich nachtaktiv, doch Lena vermutete, dass dieses hier sich erschreckt haben musste. Es sah panisch aus, was für keinen von ihnen Gutes verhieß. Verärgerte Kängurus hatten schon mit einem einzigen Tritt ihrer kräftigen Beine Menschen das Leben gekostet. Es war kein Tier, dem man zu nahe kommen sollte, wenn es verängstigt oder verärgert war. Lena kaute hektisch auf ihrer Unterlippe. Es gab nicht gerade viel Platz am Ende des Anlegers. Dort stand alles und jeder nah beieinander. »Können wir es nicht aufhalten, bevor es bis ans Ende springt?«, fragte sie die Männer neben sich.

»Sei nicht albern«, sagte Mike. »Was willst du denn machen? Ihm sagen, dass es umkehren soll?«

Lena hielt die Luft an. Sie wollte es nicht zugeben, aber ausnahmsweise hatte er recht. Sie konnten nichts unternehmen, außer abzuwarten. Wie ein Echo ihrer Gedanken drangen ihr nun die Geräusche großer Füße auf Teer an die Ohren. Das zunächst schwache Klopfen wurde lauter. Das Känguru würde schon bald am Schlitten vorbeihüpfen. Steifbeinig traten die Männer vom Geländer zurück. Das Känguru musste sie jedoch bemerkt haben, denn es blieb stehen.

»Mist, verdammter«, murmelte Fieldmouse.

Das Tier wackelte mit den Ohren, als hätte es ihn gehört, und richtete sich vollständig auf. Seine Vorderbeine hielt es vor seiner breiten, sich hebenden und senkenden Brust.

Lena schluckte. *Abgefahren! Es ist riesig.* Sie hätte nicht dankbarer sein können, hier oben zu stehen und nicht unten auf der Straße neben ihm.

Das Känguru starrte mit großen schwarzen Augen zu ihnen hoch und hatte die Nase in den Wind gestreckt, um sie zu wittern. Das Geräusch des Förderbands schien noch lauter in Lenas Ohren zu werden, als das Tier den Blick auf das Eisenerz senkte, das an ihm vorbeitransportiert wurde. Lena blieb die Luft im Halse stecken. Das stetige Rumpeln der Anlage schien es zu hypnotisieren. Es duckte sich wieder und lehnte sich vor. Seine Beine machten sich zum Sprung bereit wie eine gespannte Feder. Lena klebte die Zunge am Gaumen. Es würde springen.

Ohne zu überlegen, riss sich Lena ihren Helm vom Kopf und warf ihn wie eine Frisbeescheibe über die Straße. Er flog über das Känguru hinweg und fiel auf der anderen Seite ins Wasser. Das Känguru warf den Kopf hoch und sah ihm hinterher. Mit einem plötzlichen Ruck drehte es sich um und sprang ihm nach. Im nächsten Augenblick war es fort. Lena konnte hören, wie es auf das Wasser klatschte.

Sie zuckte zusammen. Das hatte bestimmt weh getan. Sie befanden sich schließlich achtzehn Meter über dem Wasser. »O Mann!«

Der Aufprall brachte die Männer in Bewegung.

»Verdammt noch mal, Madame I. hat das Känguru ertränkt.«

»Ich habe das Känguru nicht ertränkt«, protestierte Lena, folgte ihnen jedoch, als sie die Leiter hinunterkletterten und an den Rand der Fahrbahn gingen, um zu sehen, was aus dem Tier geworden war. Wenn sie ehrlich war, wusste Lena nicht genau, was sie beabsichtigt hatte, als sie ihren Helm geworfen hatte. Sie war einem Impuls gefolgt, so wie man reflexartig das Bein bewegte, wenn einem der Arzt an einer bestimmten Stelle aufs Knie klopfte. Sie hatte nur sehr wenig nachgedacht. Vor allem aber hatte sie nicht damit gerechnet, dass das Känguru mit ihrem Helm Fangen spielen würde.

Radar hatte recht. Kängurus waren dumm.

Mike stellte sich neben sie. Er konnte sich einen Seitenhieb nicht verkneifen. »Das war das Dämlichste, was ich je gesehen habe.«

Lena schnitt betreten eine Grimasse. Da konnte sie ihm nicht widersprechen.

»Wahnsinn!« Radar deutete auf eine Stelle irgendwo im Wasser. »Es lebt noch!«

Lena und der Rest der Truppe folgten mit dem Blick seinem Finger und entdeckten das arme Tier. Es kämpfte, um sich über Wasser zu halten.

»Ja, aber es hat keine Ahnung, wo es hinsoll«, sagte Bic resigniert. »Es ist eineinhalb Kilometer draußen auf dem Meer. Das sieht nicht gut aus. Kängurus sind nicht die besten Schwimmer.«

Lena erschauderte. Vielleicht hatte sie es doch ertränkt. Sie wurde von Schuldgefühlen ergriffen. Obwohl sie froh war, in Sicherheit zu sein, wollte sie doch nicht das Tier auf dem Gewissen haben. Sie würde niemals mit Absicht wild lebendes Getier in Gefahr bringen.

Erzähl das mal dem ertrinkenden Känguru, das sich in den Wogen schaukeln lässt.

Sie schluckte. »Das wollte ich nicht.«

Bic lachte. »Entweder das Känguru oder wir. Sieh mal, es hat auch schon herausgefunden, wo es Richtung Ufer geht.«

Und tatsächlich paddelte das Känguru Richtung Festland, wenn auch etwas kraftlos.

Fieldmouse sah ebenfalls von seiner Betrachtung der Wellen hoch. »Hundert Dollar, dass er's schafft.«

»Hundertfünfzig«, forderte Bic ihn heraus.

Fieldmouse streckte die Hand aus. »Abgemacht.«

Das Funkgerät auf Mikes Schulter knisterte.

»Hat das Känguru gerade Selbstmord begangen? Ende.«

Mit einem wütenden Blick auf Lena nahm Mike das Funkgerät und drückte den Knopf. »Es ist vom Anleger gesprungen. Ende.«

Man hörte ein dunkles Glucksen. »Mensch Mike, ich wusste ja, dass es bei euch am Schlitten ziemlich schlecht aussieht. Aber dass es so zum Fürchten ist, war mir nicht klar. Ende.«

»Ach, hör doch auf. Ende.«

Erneut vernahm man Gelächter. Mike schaltete das Funkgerät ab. »Okay, Jungs, zurück an die Arbeit.« Er bedachte Lena erneut mit einem verächtlichen Blick. »Pass lieber auf, dass Bulldog dich nicht ohne Helm erwischt.«

Von dem Vorfall noch etwas aufgewühlt, beschloss Lena, auf der Straße zu warten und nicht auf dem Gerüst bei den Männern. Sie waren in Stichellaune und nannten sie nun die Kängurujägerin. Unter anderem. Ihr war ein bisschen übel. Sie hatte schließlich gerade das Leben eines nationalen Wahrzeichens in Gefahr gebracht.

Eine Viertelstunde später kam der Bus. Die Tür öffnete sich, und Lena sah erleichtert in Sharons freundliches Gesicht. »Hey.«

»Selber hey.« Sharon grinste sie an. »Alle hingen wie gebannt an ihren Funkgeräten. Was höre ich da von einem Känguru, das du mit deinem Helm zu enthaupten versucht hast?«

»So war das nicht«, protestierte Lena und setzte sich auf die Bank hinter Sharon. Sie versuchte, das Grölen der Männer weiter hinten zu ignorieren.

»Weiter so, Madame I.!«

Ja, ja, ja. Ist ja gut.

Der Bus war gerade auf dem Hinweg, sie würde also noch die ganze Runde bis zum Ende der Landungsbrücke mitfahren müssen. Sie seufzte. Das war das Letzte, worauf sie jetzt Lust hatte.

»Es war furchtbar«, erklärte sie Sharon. Sie erzählte ihr die ganze Geschichte. Als sie Gavins Mannschaft erreichten, versuchte Sharon immer noch erfolglos, Lena darüber hinwegzutrösten, das Känguru in ein Wassergrab befördert zu haben.

»Lena!«, begrüßte Gavin sie freudig und winkte ihr zu, als sie mit Sharon ausstieg. »Gut gemacht.«

Lena stöhnte und sprach den ersten Gedanken aus, der ihr in den Sinn kam. »Ich brauche einen Drink.«

»Na, dann kommt doch Point Samson genau richtig.« Gavin grinste. »Du, ich, Sharon und ein paar Kumpel von mir morgen Abend im Pub.« Sein Blick blieb einen Augenblick länger an Sharon hängen, und die kurze Pause, die entstand, munterte Lena wieder auf. Zwischen den beiden tat sich etwas.

Sie sah weg, um ihr Entzücken zu verbergen. »Ja, hört sich gut an.«

Als hätten die Männer um sie herum ein Echolot für die Worte ›Drink‹, ›Point Samson‹ und ›morgen Abend‹, erklang hinter ihnen ein Ruf.

»Drinks in Point Samson morgen Abend!«

Gavins Kopf schnellte herum. »Was? Nein. Ich meinte ...«

Doch der Lauscher hatte die Nachricht bereits verkündet, und wie eine Stille Post verbreitete sie sich über die gesamte Baustelle, bevor sie den Männern auf dem Schwimmkran zugerufen wurde.

»Drinks in Point Samson!«

»Wann?«

»Morgen Abend! War Gavs Vorschlag.«

Lena legte den Kopf schief und sah Gavin und Sharon entschuldigend an. »Sieht so aus, als würde es doch kein ruhiger Abend werden.«

Gavin legte die Stirn in Falten. »Verdammt.«

Sie nickte zustimmend. Wenn er morgen den ersten Schritt bei Sharon machen wollte, konnte er kein großes Publikum gebrauchen. Lena beschloss, dass sie die Aufmerksamkeit der anderen so gut es ging von den beiden ablenken würde.

Als der Trubel sich legte, sah sie Bulldog mit einem Klemmbrett unterm Arm und grimmiger Miene über den Anleger kommen. Er trug ein hellblaues Hemd mit TCN-Logo und brachte es auch noch fertig, in diesem faden Kleidungsstück sexy auszusehen. Lena war allerdings noch verletzt von seiner letzten Beleidigungstirade, und wenn er ihr jetzt einen Vortrag hielt, weil sie keinen Helm trug, konnte sie für nichts garantieren.

Bulldog kam auf sie zu, und seine Arroganz und Konzentration auf Lena schienen Gavin und Sharon beiseitezufegen. Ihr lief ein Schauer über den Rücken, als sich ihre Blicke trafen.

»Kann ich Sie kurz sprechen?«

»Wenn es jetzt um meinen Helm geht …«, begann Lena.

»Es geht nicht um Ihren Helm«, gab er leichthin zurück, »sondern um die Zugangsplattform.« Er deutete auf den kleinen Büro-Dongar am Rande des Anlegers und drehte sich um. Ganz offensichtlich erwartete er, dass sie ihm folgte. Es kostete Lena ihre ganze Selbstbeherrschung, nicht mit dem Fuß aufzustampfen und sich zu weigern. Sharon sah sie mitfühlend an, und mit einem innerlichen Seufzen gab Lena sich geschlagen. Sie wollte sich schließlich professionell benehmen, nicht kindisch.

Der Dongar wurde hauptsächlich von Gavin und Fish als Aufbewahrungsort benutzt. Dort befanden sich sowohl die Zeichnungen und Daten, die sie griffbereit benötigten, als auch ein Kühlschrank, eine Spüle und ein Klapptisch für die gelegentliche Teepause.

Bulldog schloss die Tür hinter ihnen und drehte sich zu Lena um.

»Ich habe mitbekommen, was auf dem Schlitten passiert ist. Geht es Ihnen gut?«

Ist das sein Ernst?

»Wie bitte?« Lena suchte nach Anzeichen von Spott, fand aber keine.

»Geht es Ihnen gut?« Er sah gar nicht zynisch aus, eher ernst. Lenas Sinne schärften sich, als sein männlicher Geruch nach Aftershave sie einhüllte. Das Problem bei den Dongars war, dass sie meistens nicht besonders gut belüftet waren – was auch immer man hineintat, breitete seinen Gestank darin aus. Nicht, dass Bulldog gestunken hätte. Lena atmete seinen Duft ein, bevor ihr bewusst wurde, dass er noch auf ihre Antwort wartete.

»Äh … ja. Klar, mir geht's gut. Also, das Känguru ist ja gesprungen, bevor es irgendeinen Schaden anrichten konnte.«

Bulldog nickte, nahm seinen Helm ab und legte ihn auf den Tisch. Er fuhr sich mit den Händen durch seine dunklen Haare, und Lena folgte ihnen sehnsüchtig mit dem Blick. »Man glaubt, man sei auf alles vorbereitet, und dann passiert so etwas«, sagte er.

Lena wandte den Blick von seinen Haaren ab und sah ihn besorgt an. »Sie hätten es nicht verhindern können, Dan. Machen Sie sich keinen Kopf.«

Sein Blick schnellte zu ihr herüber. *Dan?* Die Spannung zwischen ihnen verstärkte sich, bis er erneut das Wort ergriff.

»Es liegt in meiner Verantwortung, für ein sicheres Arbeitsumfeld zu sorgen.«

»Jetzt ist es ja vorbei.« Sie zuckte die Schultern. »Und ich glaube nicht, dass die Chancen besonders hoch sind, dass so etwas zweimal passiert.«

»Ich verstehe einfach nicht, wie das Vieh durch die Schranken gekommen ist.«

Lena konnte nicht anders, ihr Sinn für das Absurde war geweckt. »Aber wirklich«, stimmte sie zu, »es hätte doch die PSA-Prüfung gar nicht bestanden.«

Beinahe unmerklich verzogen sich seine Lippen, bis daraus ein Lächeln wurde. Und nicht einfach irgendein Lächeln, sondern ein breites Grinsen mit weißen Zähnen und allem Drum und Dran. Es brachte sein ganzes Gesicht zum Strahlen und verschlug ihr den Atem. Damit hatte sie nicht gerechnet.

»Stimmt.« Er fuhr sich noch einmal durchs Haar. »Auf gar keinen Fall.«

Ein grimmig dreinschauender Bulldog brachte sie bereits vollkommen durcheinander, aber ein lächelnder Dan, das war einfach zu viel für sie. Sie starrte ihn entgeistert an. Doch so schnell es aufgetaucht war, war das Lächeln auch schon wieder verschwunden.

»Ich hätte wissen müssen, dass Sie meine Sorge amüsant finden würden.« Er hielt inne und trommelte mit den Fingern auf der Tischplatte. »Ich wollte mit Ihnen reden, weil Carl mir heute Morgen Ihre Unterlagen und Berechnungen gegeben hat. Ich wollte Ihnen grünes Licht für die Zugangsplattform geben.«

»Danke.« Lena hoffte, dass ihr gleichgültiger Tonfall angemessen die Tatsache kaschierte, dass sie innerlich einen Freudentanz aufführte.

»Sie müssen sich aber dabei ranhalten. Das soll nicht wie alles andere hinter dem Zeitplan zurückbleiben.«

»Natürlich.«

Er wandte sich zum Gehen, zögerte und drehte sich wieder um. »Hören Sie, neulich Abend wurden ein paar Dinge gesagt und …« Diesmal war er derjenige, der ihr nicht in die Augen sehen konnte. Wollte er sich etwa entschuldigen?

Sie verschränkte die Arme. *Aha, klingt vielversprechend.* »Ja, das stimmt.«

»Ich wollte Ihnen nur sagen, dass ich Carl nichts von der Flagge erzählt habe, weil ich ebenso wenig möchte, dass Sie versagen, auch wenn Sie mir das vielleicht nicht glauben. Sie erinnern mich an meinen Bruder Mark.«

Lenas Neugier war geweckt. »Ist er Ingenieur?«

Bulldog antwortete nicht sofort. »Er war einer.«

»Okay.« Lena nickte und wartete auf mehr Informationen, doch Bulldogs Miene blieb undurchdringlich. Vermutlich war das die beste Entschuldigung, die sie von ihm bekommen würde.

»Na ja, ich war wohl auch ein bisschen streng mit Ihnen«, ging sie einen Schritt auf ihn zu. »Sie sind ja auch keine völlige Niete, was Ihre Führungsqualitäten angeht.«

»Ist das eine Entschuldigung?«

Ihr blieb angesichts seiner Dreistigkeit der Mund offen stehen, und sie bedachte ihn mit ihrem besten ›Das hätten Sie wohl gern‹-Ausdruck aus ihrem Repertoire. »Nein.«

Sein Mundwinkel zuckte, als er seinen Helm nahm und zwischen seinen Händen drehte. »Wann fahren Sie zum Büro zurück?«

»Ich wollte mir anschauen, wie es mit den Pfählen und der Fahrbahn vorangeht, während ich auf den nächsten Bus warte«, erklärte sie ihm.

»Okay, ich bin mit meinem Pick-up da und fahre jetzt zurück. Sie sollten meinen Helm nehmen.« Ohne ihre Zustimmung abzuwarten setzte er ihr den Helm auf. Dabei streiften seine Hände ihre Wangen. Plötzlich standen sie zu dicht voreinander, und Lena schnürte sich erwartungsvoll die Brust zusammen, als sie zu ihm aufsah.

»Oh«, stieß sie atemlos hervor. »Ist schon in Ordnung. Das ist wirklich nicht nötig.« Sie senkte den Kopf und wollte den Helm abnehmen, doch Bulldog legte ihr eine warme Hand unters Kinn und zwang ihren Kopf sanft wieder nach oben.

»Passen Sie auf sich auf.«

Lena wusste nicht, ob sie über diesen Befehl empört oder gerührt sein sollte. Während sie noch darüber nachdachte, verließ er das Büro, und ihr blieb ein warmes Kribbeln am Kinn.

Wieder auf dem Anleger, sah Lena eine Zeitlang der Pfahlgründung zu, bis Sharon ihr mitteilte, dass der Bus zurück aufs Festland fuhr.

Sharons Blick fiel auf das TCN-Logo auf Lenas Helm, und sie sah sie fragend an. »Willst du mir vielleicht was sagen?«

»Eigentlich nicht.«

»Komm schon, Lena. Du trägst seinen Helm? Ganz zu schweigen davon, dass er dich bereits in deiner Unterwäsche gesehen hat.«

»Schhhh!« Sie folgte Sharon zum Bus. Carl und Gavin unterhielten sich gerade davor, als sie ankamen. Carls Blick fiel ebenfalls auf ihren Helm.

»Bulldog konnte dich also keine verdammten fünf Sekunden lang ohne Helm herumlaufen lassen.« Er zuckte die Achseln. »Na ja, meinetwegen. Wir können auch wirklich nicht noch mehr Ärger gebrauchen. Ich habe mir mal näher angesehen, wie das mit der Nachtschicht aussehen würde. Ein verdammter Alptraum.« Er seufzte und sah Gavin an, der nickte, und ihm schien plötzlich ein Gedanke zu kommen. »Hey, organisierst du nicht irgendeine große Party morgen in Point Samson?«

Gavin sah erschrocken auf. »Nein, es ist eigentlich …« Er seufzte resigniert. »Willst du mitkommen?«

Carl sah Sharon an. »Seid ihr Mädels auch dabei?«

»Klar«, bestätigte Sharon nervös. Lena hatte ihr bereits von dem Plan erzählt, und sie freute sich darauf, wenn sie auch etwas unsicher war.

»Verdammt, ich kann echt einen Abend auf der Piste gebrauchen.« Carl seufzte und sah dann Lena an, als ein weiterer Gedanke seine Miene erhellte. »Verflucht, da fällt mir was ein. Wenn alle mitkommen …«

»Es kommen nicht alle mit«, fuhr Gavin hastig dazwischen. »Zumindest sollten eigentlich nicht alle mitkommen. Ich …«

Doch Carl hörte gar nicht zu; er rieb sich nachdenklich das Kinn. »Es wird immer schlimmer mit der ganzen Scheiße zwischen uns und dem Bauherrn. Vielleicht sage ich Bulldog, er soll seinen Leuten davon erzählen. Ach, scheiß drauf, wir laden sie einfach ein. Sozusagen als Friedensangebot. Die Beziehungen verbessern und so. Ich schmeiß auch ein paar Runden.« Er klopfte Gavin auf den Rücken. »Gut gemacht, Kumpel. Die beste Idee seit langem.«

Gavin schluckte. »Aber …«

Carl war schon auf dem Weg. »Ich überlass dir die Planung«, rief er ihm noch über die Schulter zu.

Der Freitag verging ohne Zwischenfälle. Lena bemerkte, dass alle bereits zu aufgedreht wegen Gavins großer Party waren, um noch irgendwelche Fragen aufzuwerfen. Sie wollten einfach nur ihre Arbeit hinter sich bringen, um sich dann zu amüsieren.

Es war erbärmlich, wie aufgeregt sie waren. Es war doch nur ein Pub. Aber alle freuten sich, als wäre Elvis für nur eine Show in der Stadt. Lena selbst war aus mehreren Gründen aufgeregt. Wie belanglos er auch sein mochte, war einer davon, dass sie endlich einmal etwas anderes anziehen konnte als ihre Sportsachen oder ihre Arbeitskleidung. Das war ein ganz besonderes Vergnügen, wo sie doch drei Koffer voll zur Auswahl hatte.

Point Samson war ein Fischerdorf etwa neun Kilometer nördlich von der Baustelle. Anscheinend war es dort touristischer als in Wickham, und es gab Sandstrände, an denen man das ganze Jahr über sicher schwimmen und schnorcheln konnte. Der zentrale Pub bereite angeblich die besten Knoblauchgarnelen in ganz Pilbara zu. Lena ging davon aus, dass es dort andere Frauen gab, die nicht auf der Baustelle arbeiteten – und die die Männer von ihr und Sharon ablenken würden. Es dürfte also okay sein, wenn sie sich etwas hübsch machte.

Sie entschied sich schließlich für ein rotes Trägershirt, das man am Rücken zuband und das ihre dunkelblaue Jeans wunderbar ergänzte. Dazu trug sie eine passende Kette mit rotem Anhänger und ließ ihre langen Wellen offen.

Carl hatte seinen Fünf-Sitzer-Pick-up unter der Voraussetzung zur Verfügung gestellt, dass Sharon oder Lena fuhren. Er selbst wollte trinken. Lena bot ihre

Dienste als Fahrerin an, da sie vermutete, dass Sharon sich eher als sie ein wenig Mut antrinken müsste, vor allem, wenn Gavin sie ansprechen sollte. Um halb sieben trafen sich die zwei Freundinnen mit Carl auf dem Parkplatz neben seinem Wagen.

Sharon sah phantastisch aus, und Lena sah an Carls überraschter Miene, dass er ebenfalls der Meinung war. Sie hatte offensichtlich ihren roten Bubikopf mit einem Lockenstab bearbeitet, und mit dem schwarzen Neckholder-Top, das sie trug, sah es großartig aus.

»Du siehst toll aus!« Lena strahlte sie an, und als Gavin kurz darauf zu ihnen stieß, durchforstete sie sofort sein Gesicht nach einer Reaktion. »Sieht Sharon nicht großartig aus, Gavin?«

Er warf einen Blick auf sie. »Ja.«

Sharon errötete. »Danke.«

Gavin wandte sich an Lena. »Du aber auch.«

Lena winkte ab. Er musste sich keine Gedanken machen, dass sie sich außen vor gelassen fühlte. Heute Abend ging es um ihn und Sharon.

»Verdammt, habe ich einen Durst.« Carl rieb sich die Hände. Er trug ein Hawaii-Hemd, sein ›Trinkhemd‹, wie er Lena später erklärte, und blaue Shorts. Sie hatte ihn nie zuvor so in Feierlaune gesehen. Gerade als sie fragen wollte, worauf sie noch warteten, tauchte Fish auf, ebenfalls in einem Hawaii-›Trinkhemd‹. Sie wusste, dass Fish und Carl etwas verband, aber bisher hatte sie nicht verstanden, was – Carl angelte nicht, und das war doch alles, was Fish interessierte. Während der Fahrt nach Point Samson alberten sie aber kumpelhaft herum, und Lena fand heraus, dass sie sich in einem Pub bei mehr als nur ein paar Drinks kennengelernt hatten. Und auf dem Weg zum nächsten Tatort hatten sie einige Feiergeschichten zu erzählen.

Als sie schließlich ankamen, sah Lena, dass es zwar ein paar Frauen im Pub gab, jedoch nicht annähernd genug, um die Unausgewogenheit auszugleichen. Entsetzt musste sie feststellen, dass sich die Hälfte der Baustellenarbeiter in die kleine Kneipe gezwängt hatte.

Im Großen und Ganzen war der Pub jedoch eine gute Location. Es gab eine riesige Terrasse mit Blick auf den Strand und einer langen Theke. Die meisten Gäste standen, da es hauptsächlich drinnen Tische gab, wo das Essen serviert wurde. Die Feier war bereits in vollem Gange. Einige der Männer hatten sich nicht die Mühe gemacht, sich umzuziehen, sondern waren direkt von der Arbeit hergekommen. Ein paar TCN-Angestellte standen etwas abseits in einer ruhigeren Runde beisammen, und Lena konnte nicht anders, als nach Dan Ausschau zu halten.

Er lehnte an der Wand und trug ein TCN-Hemd, war also wahrscheinlich ebenfalls direkt von der Arbeit hergefahren. Mit einem Bier in der Hand unterhielt er sich nicht nur mit einer, sondern gleich mit *zwei* Frauen. Lena stutzte. So viel Charme hätte sie Dan gar nicht zugetraut. Sie kniff allerdings sogleich stur die Augen zusammen. Es gab dafür noch keinen wirklichen Beweis. Die Frauen könnten Angestellte sein, die er gerade ausschimpfte, weil sie ihm ein Dokument zu spät eingereicht hatten. Die braunhaarige, die auch ziemlich gut aussah, warf gerade den Kopf zurück und lachte über etwas, das Dan gesagt hatte. Lena betrachtete die beiden verärgert.

Als spürte er, wie sich ein missbilligender Pfeil in

die Wand über ihm bohrte, sah Dan auf und ihr direkt in die Augen. Lena wurde heiß, und sie wandte ihren Blick ab. Wie peinlich. Sie musste all ihre Gedanken so weit wie möglich von Dan weglenken. In letzter Zeit schien sie sich weder auf ihren Körper noch auf ihren Verstand verlassen zu können, wenn er in der Nähe war. Dann verlor sie einfach jegliche Begabung für angebrachtes Benehmen.

Sie wandte sich also wieder Carl und Fish zu, die unbedingt loslegen wollten und direkt auf die Bar zusteuerten. Anscheinend waren Drinks vor dem Essen ein Muss. Das kam ihr ganz gelegen, denn sie wollte die Umgebung etwas genauer betrachten. Es gab ein paar lauschige Ecken auf der Terrasse, in die sich ein Pärchen bei dem Wunsch nach etwas Zweisamkeit zurückziehen konnte. Eine davon befand sich hinter einer Ansammlung großer Topfpflanzen ganz hinten links, die andere an einem abgeschiedenen Tisch auf der rechten Seite. Mit diesen beiden Orten im Kopf sah sich Lena nach Gavin um, der gerade von seinen Kumpels begrüßt wurde. Bevor sie sich versah, hatten sie ihn schon fortgezerrt. Sie schnalzte frustriert mit der Zunge. Wie sollte sie ihn und Sharon allein zusammenbringen?

Sharon lenkte Lenas Aufmerksamkeit auf sich, als sie ihr ein Glas vom weißen Hauswein in die Hand drückte.

»Woran denkst du gerade?«

Lena lächelte sie schelmisch an. »Das wüsstest du wohl gern.«

Sharon lachte und stieß mit Lena an. »Auf die guten Zeiten.«

»Auf die guten Zeiten.« Sie tranken einen Schluck.

Als sie den kühlen, würzigen Wein auf ihrer Zunge schmeckte, seufzte sie erleichtert. Letztendlich war es doch einfach schön, auszugehen und mit Freunden zu entspannen, und das alles vollkommen staubfrei.

»Weißt du, Sharon, ich weiß wirklich nicht, was ich ohne dich machen würde.«

Sharon zwinkerte ihr zu. »Geht mir genauso.«

Ein halbes Glas und eine Viertelstunde später waren sie bereits von mindestens fünf Männern angesprochen worden.

»Hallo die Damen.« Der glückliche Typ Nummer sechs wackelte mit den Augenbrauen, als er an ihnen vorbeiging. »Ich bin gleich bei euch.« Sharon verlagerte angespannt das Gewicht von einem Bein aufs andere.

»Geben die denn niemals auf?«, murmelte sie.

Ein Schweißer von Barnes Inc. an der Bar schien sie gehört zu haben, denn er drehte sich zu ihnen um. »Ja, bei Tim würde ich aufpassen.« Er deutete auf den Rücken von Nummer sechs. »Ein ganz schöner Frauenheld. Aber auf mich könnt ihr euch verlassen.« Er streckte seine Hand aus, und Lena und Sharon schüttelten sie widerwillig. »Ich bin Brad.«

Lena bemerkte aus dem Augenwinkel, dass Gavin zu ihnen herübersah. Die Kupplerin in ihr war sofort in Alarmbereitschaft. Eifersucht war ja ein enormer Antreiber. Sie beschloss, Sharon dazu zu ermuntern, noch etwas Öl ins Feuer zu gießen.

»Kann ich euch auf einen Drink einladen?«, fragte Brad gerade.

Lena stürzte den Rest ihres Weißweins hinunter und stellte das Glas auf der Bar ab. »Klar, Brad, warum nicht?«

Sharon sah Lena neugierig an. Lena nickte ihr beruhigend zu, und so stellte sie ebenfalls ihr leeres Glas auf die Theke. Hocherfreut machte sich Brad auf die Suche nach einem Kellner.

In dem Augenblick kam Tim zurück und gesellte sich grinsend zu ihnen. »Habe gerade gesehen, wie ihr mit Brad gesprochen habt. Dachte mir, ich warne euch lieber vor.« Er senkte die Stimme, als würde er ihnen ein Geheimnis verraten. »Er ist ein ziemlicher Aufreißer.« Er wippte auf seinen Ballen und hielt ihnen die Hand hin. »Aber auf mich könnt ihr euch verlassen, ich bin …«

»Tim«, beendete Lena seinen Satz. »Wissen wir schon.«

Er sah sie verwirrt an, als Brad mit den Getränken wieder zu ihnen stieß. Lena sah zu, wie die beiden sich musterten und dann plötzlich zu einem unausgesprochenen Waffenstillstand gelangten – sie würden teilen. Eine für jeden, vermutete Lena. Sie war zwischen Belustigung und Empörung hin- und hergerissen.

Es ging ungefähr eine Stunde lang so weiter. Lena und Sharon ließen sich auf noch ein paar Gläser Wein einladen, auch wenn Lena sie nicht trank, da sie ja fahren musste. Die Männer um sie herum wurden immer betrunkener. Lena bemerkte, dass Carl die anderen dabei anzuführen schien.

Das Essen war bald vergessen. Die Männer tranken immer weiter und hatten es offenbar nicht eilig, zum Essen hineinzugehen.

»Verdammt«, sagte Lena zu Sharon. »Ich glaube, die lassen alle das Abendessen ausfallen.«

Sharon nickte vage. »Es geht nichts über Alkohol auf

einen leeren Magen, wenn man sich richtig schnell besaufen will.«

»Willst du dann mit reinkommen und einen Happen essen?«, flüsterte ihr eine Stimme ins Ohr. Lena wirbelte herum.

Es war Gavin.

Warum fragt er mich?

Alarmglocken läuteten in ihrem Kopf, doch sie ignorierte sie. Das konnte nicht sein. Gavin und Sharon gaben doch das perfekte Paar ab! Alles andere war verboten.

»Weißt du was, das hört sich großartig an. Warum geht ihr zwei nicht schon mal vor und sucht uns einen Tisch?«

»Aber ...«

»Ich komm dann gleich nach.« Sie sah Sharon vielsagend an. »In Ordnung?«

»Bist du sicher?« Sharon sah etwas hilflos aus, und Lena legte ihr beruhigend eine Hand auf den Arm.

»Klar, haltet mir einfach einen Platz frei.«

Die beiden gingen nach drinnen, und Lena tat so, als würde sie zur Toilette gehen. Sie war hocherfreut über ihren Einfallsreichtum. Das war der ideale Plan. Sie würden hineingehen, Essen bestellen, sich unterhalten und nach einer Weile völlig vergessen, dass Lena nachkommen wollte.

Sie steuerte auf Carl und die anderen an der Bar zu. Der Mann war definitiv in seinem Element und unterhielt die Jungs mit seinem Repertoire schmutziger Witze. Er hatte Lena noch nicht bemerkt und wollte gerade die Pointe eines unglaublich vulgären Witzes preisgeben, als sie sich räusperte. Die Jungs lachten noch lauter, als sie ihn angrinste, und zwar mehr darüber, dass Carl sie entdeckte, als über das Ende seines Witzes.

»Komm schon, Carl, noch einen.« Fish schlug ihm auf den Rücken. »Ich weiß, dass du noch mehr auf Lager hast.«

Zu Lenas Überraschung lief Carl rot an und versteckte sich hinter seinem Bier. »Nein, nein. Mir wurden neulich schon die verdammten Leviten gelesen. Kein Scheiß, wenn Damen anwesend sind. Eine habe ich schon verscheucht.«

Seine Anspielung auf Dans Kommentar ließ Lena erstarren.

»Falls du Sharon meinst«, beruhigte sie ihn, »die ist nur reingegangen, um etwas zu essen. Du hast sie also gar nicht verscheucht.«

Doch Carl ließ sich nicht umstimmen, der Alkohol schien ihn starrköpfig zu machen. »Nein, nein«, lallte er. »Es ist an der Zeit, dass ich ein verfluchter Gentleman werde. Denke ich schon seit neulich drüber nach. War noch nie gut mit den verdammten Frauen. Wartet mal, ich hab auch ein paar anständige Witze für euch.«

Die Männer stöhnten laut auf und buhten ihn aus, doch Carl war fest entschlossen. Er hob sein Glas und rief ihnen lauthals Witze zu.

»Warum hat der Leprakranke einen Autounfall verursacht? Hat seinen Fuß auf dem Gaspedal vergessen. Warum haben Giraffen so einen langen Hals? Damit sie nicht den Kopf verlieren.«

Er hörte einfach nicht auf.

Lena hatte keine Ahnung, wo Carl sie alle ausgrub, aber es waren die schlechtesten Witze, die sie jemals gehört hatte. Glücklicherweise hatten die Männer genug Alkohol intus, um alles lustig zu finden. Das Gelächter wurde immer lauter, während ein schlechter Witz den nächsten jagte und sich alle an ihren Bieren verschluckten. Der Lärm zog mittlerweile auch die nüchternen Gäste an. Und so machte Carl immer weiter, bis ihm die Tränen kamen. Lena lachte ebenfalls so heftig, dass sie nicht mehr sprechen konnte, und als sie sicher war, dass sie unmöglich noch mehr lachen konnte, rief Carl: »Konfuzius spricht, wer seine Uhr in die Kloschüssel fallen lässt, dessen Uhr geht nicht falsch, sondern scheiße.«

Während sie sich noch den vor Lachen schmerzenden Bauch hielt, legte sich ihr ein Arm um die Schultern und zog sie an die Seite. Mit einem fröhlichen Schluckauf drehte sie sich um und erkannte Gavin.

»Gavin?« Sie wischte sich eine Träne aus dem Augenwinkel. »Was machst ...?«

»Kommst du nicht mit rein?«

Sie sah zurück zu Carl und den Jungs, die immer noch hysterisch lachten. »Ja, nein ... Ich dachte mir, ich lasse das Abendessen heute mal ausfallen.« Sie tätschelte ihm zerstreut den Arm. »Du und Sharon, esst ihr doch ohne mich.«

»Lena, ich muss dir was sagen.«

»Hm?« Sie bemerkte plötzlich, dass er sie zu den Topfpflanzen dirigiert hatte. Sie sah über seine Schulter und fragte sich, wo Sharon wohl steckte. »Was ist los?«

Und erst jetzt, als seine braunen Augen sie etwas zu durchdringend anschauten, begriff sie, was für einen furchtbaren Fehler sie begangen hatte. Doch es war zu spät. Er hatte ihr bereits die Hände auf die Wangen gelegt und beugte sich zu ihr herab.

Lena erstarrte vor Schreck, bis das Geräusch von auf dem Boden zersplitternden Glas sie aus ihrer Benommenheit riss.

Ihre Lippen lösten sich voneinander, und Lena trat einen großen Schritt zurück. Sie drehte sich hastig um, um sich den Schaden anzusehen. Eine Menge Leute starrten sie an.

Eine ganze Menge.

Ihr Gesicht glühte, als sie wie ein Vogel im Käfig von einem belustigten Gesicht ins andere sah. Fast alle waren verstummt, so beschäftigt waren sie mit allen möglichen Spekulationen. Doch all die anderen Gesichter verschwammen im Hintergrund, als eines plötzlich scharf umrissen in Lenas Blickfeld auftauchte.

Es war Sharon, und ihr Glas lag in Scherben zu ihren Füßen.

Kapitel 9

Sharons Gesicht war so rot angelaufen wie ihre Haare. Sie machte auf dem Absatz kehrt und stolperte durch die Menge. Lenas Kehle war wie zugeschnürt.

Mist.

»Lena, was ist los?« Eine zärtliche Hand auf ihrer Wange lenkte ihre Aufmerksamkeit wieder auf Gavin, der viel zu dicht vor ihr stand. Hastig trat sie zurück.

»Ich wünschte wirklich, du hättest das nicht getan.«

Er ließ seine Hand sinken, und seine Augen sahen so besorgt aus, wie er klang. »Warum?«

Ihre Antwort ging in den Jubelrufen unter, die um sie herum laut wurden. Die Betrunkenen und die Besoffenen erhoben die Gläser.

»Gut gemacht, Gav!«

Zweimal Mist.

Lena bemühte sich, ihre aufsteigende Panik in den Griff zu bekommen, während die Männer mit stichelnden Kommentaren auf sie einstürmten.

»Wussten wir's doch, dass da was zwischen euch im Busch ist!«

»Viel zu vertraut miteinander!«

Sie versuchte verzweifelt, irgendwo hinter den Männern Sharon zu entdecken, doch es war zwecklos. Hände streckten sich aus, um Gavin durch die Haare zu wuscheln, und schmutzige Finger wackelten ihr boshaft vor der Nase herum.

Sie schob sie beiseite, um etwas hinter ihnen sehen zu können.

»Ich muss Sharon finden«, sagte sie zu Gavin. Als er sie nicht hörte, verkündete sie es etwas lauter und an alle. »Ich muss Sharon finden!«

Doch sie beachteten Lena einfach nicht. Zu sehr waren sie damit beschäftigt, Gavin zu gratulieren, anzustoßen und über obszöne Witze zu lachen, deren Mittelpunkt ohne Zweifel sie darstellte. Mit einem frustrierten Stöhnen schob sie den Typ vor ihr zur Seite.

»Hey.« Er klang übertrieben beleidigt, doch das war ihr egal.

Endlich entkam sie der Menge. Sie holte tief Luft und landete gleich darauf mit dem Gesicht zuerst an einer harten, männlichen Brust.

»Wohl noch nie von der goldenen Regel gehört.«

Lena taumelte zurück und sah in Dans Gesicht. Er hatte die Lippen fest zusammengepresst. Seine Kiefermuskeln waren angespannt, und er starrte nicht gerade begeistert auf sie herab. Das Letzte, was sie jetzt gebrauchen konnte, war ein Rätsel. Was war nur mit diesen Menschen los? Aber sie konnte sich ihm nicht entziehen, und so blieb ihr nichts anderes übrig, als mitzuspielen.

»Was für eine Regel?«

»Finger weg von den Kollegen!« Er sprach jedes einzelne Wort langsam und deutlich aus, als würde er Dartpfeile auf eine Zielscheibe werfen. Lena durchfuhr ein Anflug von Wut. Die Tatsache, dass es sich um genau denselben Ratschlag handelte, den sie sich selbst seit ihrer Trennung von Kevin gab, verstimmte sie nur noch mehr. Und so ging sie mit schriller Stimme direkt in die Defensive, anstatt ihm zuzustimmen.

»Wie bitte?«

»Wie lange treffen Sie sich denn schon mit Gavin?«

»Ich wüsste nicht, was Sie das angeht.«

»Sie sind doch diejenige, die es auf einen öffentlichen Auftritt anlegt.«

Sie hob die Hand. »Für so etwas habe ich jetzt keine Zeit. Ich muss Sharon finden.«

Er deutete mit dem Kopf nach links. »Sie ist reingegangen. Zur Toilette, vermute ich mal.«

Lena seufzte, sie war froh, dass er sie nicht weiter provozierte. »Danke.«

»Sie haben ihr wohl den Freund weggeschnappt, was?«

Was?!

Seine spontane Bemerkung ließ sie erneut innehalten. »Nein. Nicht, dass ich mich vor Ihnen rechtfertigen müsste.«

Er sah sie nur unbeeindruckt an. »Denn wenn Sie ihr eine Nachricht übermitteln wollten«, er nippte an seinem Bier, »dann ist Ihnen das gelungen.«

Bevor sie etwas erwidern konnte, hatte er sich schon umgedreht. Lena kochte vor Wut. Wenn er sich schon so sehr für ihre Angelegenheiten interessierte, dann konnte er ihr wenigstens das letzte Wort überlassen. Das hatte ihr gerade noch an typisch taktlosem Bulldog-Verhalten gefehlt. Lena zügelte jedoch ihr Temperament. Später hatte sie noch genug Zeit, um mit ihm Tacheles zu reden. Jetzt musste sie erst einmal eine Freundschaft retten, und so steuerte sie auf die Toiletten zu.

Sie stieß die Tür auf und blieb unvermittelt stehen, als sie Sharon erblickte, die sich vor dem Spiegel über das Waschbecken beugte. Sie versuchte, mit einem Taschentuch ihren ruinierten Mascara abzutupfen. Er war offensichtlich von Tränen verschmiert. Ihre Blicke trafen sich kurz im Spiegel, bevor Sharon zurückwich und ihr zerknülltes Taschentuch in den Mülleimer pfefferte. Lena hoffte, dass sie sich zu ihr umdrehen würde, doch sie blickte mit in die Seiten gestemmten Händen stur auf die schmutzigen weißen Bodenfliesen.

Lena schloss leise hinter sich die Tür und ging näher auf Sharon zu. »Sharon …«

»Wag es ja nicht, mit mir zu reden«, fauchte ihre Freundin. »Es gibt keine Entschuldigung für dein Verhalten.«

Lena versuchte, ihre Stimme ruhig und besonnen klingen zu lassen. »Es war ein Missverständnis. Bevor ich überhaupt begriffen hatte, was los ist, hat er mich einfach geküsst.«

»Ich sehe da kein Missverständnis.«

Lena hatte Sharon noch nie so bitter erlebt, und es machte ihr Angst. Sharon sah sie immer noch nicht an, das war kein gutes Zeichen. Lena wusste, dass sie sich mehr Mühe geben musste, und suchte händeringend nach einem Anfang.

»Es hat mich genauso schockiert«, begann sie erneut. »Ich wollte nicht, dass er mich küsst.«

»Du hast ihn aber auch nicht gerade von dir gestoßen.« Sharons Stimme brach, als sie sich endlich umdrehte. »Wie konntest du ihn nur so ermutigen? Hast du mich angelogen? Oder hast du dir erst später überlegt, dass du ihn für dich haben wolltest?«

»Nein.« Lena war entsetzt. »So war es überhaupt nicht.«

»Wie denn dann? Hast du mich etwa nicht hintergangen und bloßgestellt?«

»Ich habe dich nicht bloßgestellt.«

»Ich habe mich total an ihn herangemacht, Lena«, fuhr Sharon sie an. »Als wir zum Essen reingegangen sind, habe ich mich ihm regelrecht an den Hals geschmissen.« Bitter presste sie die Worte zwischen den Zähnen hervor. »Du hast mein Selbstvertrauen aufgebaut, und ich dachte wirklich, ich hätte eine Chance. Dann noch der Wein …« Sie brach ab.

»Sharon, es tut mir so leid …«

»So hat es eben aber nicht ausgesehen.«

»So war es nicht …«

Aber Sharon ließ sie nicht ausreden. »Ich verstehe dich nicht, Lena. Warum tust du mir das an, vor allem, wo du doch den ganzen Mist darüber verzapft hast, wie toll Gavin und ich zusammenpassen würden?«

»Das war kein Mist. Das habe ich alles so gemeint.« Lena trat auf Sharon zu und legte ihr eine Hand auf die Schulter.

Doch Sharon schüttelte ihre Hand heftig ab. »Na, dann bist du also nur eine falsche Schlange.«

Lena taumelte zurück. Ihre Stimme war kaum ein Flüstern, als sie sie schließlich wiederfand. »Ich kann nicht glauben, dass du so wenig Vertrauen in unsere Freundschaft hast.«

»Welche Freundschaft?«, gab Sharon barsch zurück. »Freundinnen hintergehen sich nicht. Freundinnen legen sich nicht gegenseitig herein.«

»Willst du damit sagen, ich hätte das alles geplant?«

Lenas Mitgefühl verwandelte sich allmählich in Ärger. »Was um alles in der Welt hätte ich denn davon, dich so zu verletzen? Du bist die beste Freundin, die ich hier draußen habe, Sharon. Die Einzige, auf die ich mich verlassen kann.«

Sharon schnaubte verächtlich. »Das war einmal.«

»Sharon ...« Doch es gab nichts mehr zu sagen. Keinen anderen Weg, es zu erklären.

Sharon wischte neue Tränen fort. »Mir ging es gut, bevor du aufgetaucht bist. Ziemlich gut sogar«, korrigierte sie sich. »Musste mich nicht mit einem Stadtmädchen herumschlagen, das nur an sich denkt und immer bis zum Hals in Schwierigkeiten steckt.«

Ein Klumpen blieb Lena im Hals stecken. »Denkst du ... Denkst du tatsächlich so über mich?«

Sharon warf den Kopf zurück und richtete sich auf. »Ach komm schon, Lena, du bist doch ein wandelndes Katastrophengebiet, und das bestimmt nicht erst, seitdem du hier angekommen bist.«

Jegliches Blut entwich aus Lenas Gesicht, und ihre Lippen wurden taub. Sie war außerstande zu antworten. Außerstande, auch nur irgendetwas auf diesen Vorwurf zu erwidern. Sie wusste nun, dass genau das sie überallhin begleitete. Sharon war sichtlich zufrieden mit der Wirkung ihrer Worte, denn sie rückte den Riemen ihrer Umhängetasche auf der Schulter so selbstsicher zurecht wie jemand, der wusste, dass er sein Gegenüber stehenlassen würde. »Du und Gavin, ihr zwei habt einander verdient«, fügte sie noch hinzu.

Als Lena wieder zu sich kam, war Sharon gegangen, und nur die hin und her schwingende Toilettentür wies darauf hin, dass ihre Freundin eben noch hier gewesen war.

Lena brannten Tränen in den Augen, und der Anblick ihres Ausgeh-Outfits im Spiegel schien sie zu verhöhnen. Sie befand sich in einer schmutzigen Toilette in einem Pub voller Betrunkener, und ihre beste Freundin weit und breit hatte gerade mit ihr Schluss gemacht.

Sie fühlte sich, als hätte man ihr den Boden unter den Füßen weggerissen.

Wie hatte das passieren können? War ihre Freundschaft so zerbrechlich gewesen, dass sie von einem einzigen Fehler zerstört werden konnte – einem Fehler, der nicht einmal ihrer war? Ihr liefen nun Tränen über die Wangen. Sie machte sich nicht die Mühe, sie wegzuwischen. Stattdessen holte sie ein Haargummi aus ihrer Handtasche. Mit zitternden Händen band sie sich ihren üblichen plumpen Baustellen-Zopf. Es tröstete sie etwas, als würde sie ihre Maske wieder aufsetzen. Ihr Magen zog sich zusammen, als sie die Tür aufstieß und sich auf die Suche nach Carl machte. Sie wollte nur noch nach Hause. Aber fürs Erste müsste sie wohl mit dem Camp vorliebnehmen.

Lena fand Carl und Gavin auf der Terrasse. Sie hatten einige Schnäpse vor sich auf der Bar aufgereiht und wechselten sich damit ab, sie hinunterzukippen. Am anderen Ende der Theke stand Fish gerade an, um Bier zu bestellen, und fünf Männer warteten ziemlich ungeduldig neben ihm.

»Sharon ist schon mit dem Auto zurückgefahren«, erklärte Gavin zur Begrüßung. »Ihr ging's wohl nicht so gut, und Carl fand, es wäre eine gute Idee.«

»Das Mädel sah ziemlich aufgewühlt aus, wenn du

mich fragst.« Carl sah Lena für seinen Alkoholpegel viel zu wissend an. »Alles in Ordnung?«

Lena sah weg. »Klar, alles in Ordnung.«

Gavin redete einfach weiter, eindeutig war es dem Idioten egal, was mit Sharon los war. »Jedenfalls haben Carl, Fish und ich überlegt, dass wir uns was zum Übernachten hier in Point Samson suchen könnten. Dann müssten wir uns erst morgen früh darum kümmern, wie wir zurückkommen.«

Lena überkam ein beklemmendes Gefühl. »Und was soll ich dann machen?«

Gavin zog die Schultern hoch. »Wir dachten, du könntest auch hierbleiben.«

»Das kann doch wohl nicht dein Ernst sein.«

Eher würde sie zu Fuß zum Camp zurückgehen, als die ganze Nacht hier mit ihnen zu verbringen. Sie konnte sich gerade noch beherrschen, nicht laut loszuschreien.

Carl prostete ihr mit einem Schnaps zu. »In Point Samson gibt's ein paar ziemlich gute Hotels. Wenn das mal nicht besser ist, als in einem beschissenen Dongar zu schlafen.«

Das war Lena herzlich egal. Sie wollte einfach nur weg. Ihre Feierlaune war definitiv dahin, und die Müdigkeit kroch ihr in die von der emotionalen Tortur bereits geschwächten Knochen. Sie sah auf ihre Armbanduhr. Noch drei Stunden, bis der Pub zumachte und der Baustellenbus die Männer wieder abholen würde. Jegliches verbliebenes Mitgefühl für Sharon schwand. Wenn sie ihr das hier antun konnte, dann war sie kein Mitleid wert.

»Lena«, unterbrach Gavin ihr Grübeln, »stimmt etwas nicht?«

Sie drückte sich die Handflächen auf die Augen. »Nichts, was du wieder geradebiegen könntest.«

Er wischte sich die Hände an seiner Jeans ab und stand auf. »Äh ... kann ich mit dir reden?«

Er meinte natürlich unter vier Augen, aber darauf würde sie nicht noch einmal reinfallen. »Das halte ich für keine gute Idee.«

»Bitte.« Etwas in seiner Stimme ließ sie zögern.

Carl verdrehte die Augen und griff sich das nächste Schnapsglas von der Bar. »Dann mach ich mich mal vom Acker.« Halb gehend, halb wankend steuerte er auf Fish zu.

»Ich gebe dir fünf Sekunden«, sagte Lena, sobald Carl außer Hörweite war. Sie versuchte, nicht darüber nachzudenken, wie viele Leute sie wohl beobachteten und den Tratsch noch mehr anstachelten. Das Klappern von Gläsern und Tellern um sie herum ließ sie ungeduldig werden. Doch Gavin ließ sich Zeit.

»Wir haben uns geküsst.« Eine Furche bildete sich zwischen seinen Augenbrauen. »Meinst du nicht, darüber sollten wir reden?«

»Nicht *wir* haben *uns* geküsst, *du* hast *mich* geküsst, und ich habe den Kuss nicht erwidert. Es gibt nichts zu bereden.«

Zu ihrer Verärgerung trat er dichter auf sie zu und senkte die Stimme. »Das finde ich schon. Ich würde dich ja nicht küssen, wenn es mir nichts bedeuten würde. Dafür respektiere ich dich zu sehr.«

»Wenn du mich respektieren würdest, dann hättest du vorher um Erlaubnis gefragt.«

»Ich wollte den Augenblick nicht ruinieren.«

Sie starrte ihn ungläubig an. »Welchen Augenblick?

Du hast mich einfach weggezerrt. Ich hatte keine Ahnung, was auf mich zukam. Sonst hätte ich versucht, dich aufzuhalten.«

Er hustete und konnte ihr nicht in die Augen schauen. »Ich war noch nie so gut mit Frauen. Du weißt schon, die Zeichen richtig zu deuten und so. Ich wollte nicht … Ich habe einfach angenommen …« Er brach ab.

Bestimmt trat sie einen Schritt zurück. »Du nimmst viel einfach so an, Gavin. Ich dachte, du wärst besser als das hier. Verdammt, ich dachte, du wärst richtig für …«

Nun war es an ihm, sie anzustarren. »Richtig für was?«

Lena biss sich auf die Lippe und sah weg. Sie verfluchte sich innerlich für ihren Ausrutscher. »Nichts. Vergiss es.«

Glücklicherweise tat er das. Er brachte sein Anliegen jetzt von anderer Seite vor. »Ich war ganz offensichtlich zu voreilig. Vielleicht können wir noch mal von vorn anfangen? Es langsamer angehen?«

Lena seufzte. »Gavin, wir können gern befreundet sein. Aber alles andere kommt nicht in Frage.«

»Wieso nicht?«

Wenn er es so deutlich hören wollte, würde sie ihm das nicht verwehren. »Weil ich mich nicht zu dir hingezogen fühle.«

»Oh.«

Endlich schien er mit seinem Latein am Ende zu sein. Und als er sich unbeholfen mit einer Hand an den Nacken fasste, hatte sie beinahe Mitleid mit ihm.

Aber nur beinahe.

Er sah sie betreten an. »Das war deutlich.«

Lena zuckte die Achseln. »Ich würde mich ja entschuldigen, aber das hast du nicht verdient, finde ich.«

Er lachte kurz und hielt ihr die Hand hin. »Freunde?«

Lenas Wut legte sich wieder, und mit einem Seufzer schlug sie ein. »Freunde.«

»Und nun, wenn es dir nichts ausmacht«, sagte er mit einem jungenhaften Grinsen, »gebe ich mir mit Carl die Kante.«

Sie versuchte nicht, ihn aufzuhalten, sondern ging allein wieder nach drinnen. Da die meisten Feiernden sich draußen aufhielten, schien ihr das wenigstens eine Spur von Ruhe zu bieten.

Wenn sie ehrlich war, wusste sie nicht recht, was sie nun tun sollte. Sie steckte im Nirgendwo fest, ohne Auto, ohne Mitfahrgelegenheit und quasi ohne Freunde. Sie dachte kurz darüber nach, Leg und Radar zu suchen, doch die Chancen, dass sie nicht betrunken waren und sie gern fahren würden, standen hundert zu eins. Die andere Möglichkeit war der Bus. Bei der Vorstellung, bis Mitternacht auszuharren, um dann in einem Bus voller betrunkener Männer zurückzufahren, wurde ihr allerdings ganz schlecht. Sie setzte sich an einen freien Tisch und suchte nach einer Alternative. Jedoch ohne sonderlichen Erfolg.

Trampen: zu gefährlich.

Gehen: zu weit.

Taxi: gab es wahrscheinlich nicht.

Sie rieb sich die Augen, die sich allmählich mit Tränen füllten, und blinzelte heftig. Dann trommelte sie mit den Fingern auf der Tischplatte, um sich abzulenken.

So ein Mist.

»Ärger im Paradies?«

Die dunkle männliche Stimme zerrte an ihren blanken Nerven. Das hatte ihr gerade noch gefehlt – noch ein Vortrag über korrektes Benehmen am Arbeitsplatz. Warum konnte er sich da nicht raushalten?

Sie sah zu Dans breiten Schultern, markanten Wangenknochen und dunkel funkelnden Augen auf. »Als Paradies würde ich das nicht gerade bezeichnen.«

Er zog die rechte Augenbraue hoch. »Na ja, das überrascht mich nicht. Wir reden hier ja schließlich von Gavin, oder? Da hätten Sie sich schon jemand Besseren aussuchen können.«

Lena verlor die Beherrschung.

»Falls es Ihnen nicht bekannt ist, der Bauherr hat kein Mitspracherecht, mit wem sich die Angestellten des Bauunternehmers treffen. Ihre Meinung ist weder angebracht noch erforderlich. Und wenn ich gern eine Persönlichkeitsbeurteilung von Gavin hätte, was nicht der Fall ist, wären Sie der Letzte, den ich fragen würde. Also lassen Sie mich in Ruhe.«

Sie sah weg und starrte durch die an ihrem Tisch vorbeischlendernden Leute hindurch. Sie stützte das Kinn in ihrer Handfläche auf und drückte sich den kleinen Finger auf die Lippen, um sie nicht verräterisch zittern zu lassen.

Geh weg. Geh weg. Geh weg, skandierte sie innerlich. Sie hoffte, ihre geheimen telepathischen Überzeugungskünste würden Wirkung zeigen.

Fehlanzeige.

Der Schatten, den er auf den Tisch warf, bewegte sich nicht, und als die Stille sich in die Länge zog, sah sie wieder zu ihm auf.

»Um Gottes willen, *was wollen Sie denn?*«

Er zögerte, setzte sich dann aber ihr gegenüber und stellte den Teller, den er in der Hand hielt, zwischen ihnen auf den Tisch.

»Hunger?«

Sie war am Verhungern, doch das würde sie ihm bestimmt nicht sagen. »Nein danke.«

Seine Mundwinkel zuckten. »Probieren Sie schon. Die sind gut.«

Auf dem Teller lagen saftige Garnelen in cremiger Knoblauchsoße, und Lena lief das Wasser im Mund zusammen. Bevor sie sich zurückhalten konnte, hielt sie schon eine Gabel vom Tisch in der Hand und spießte eine Garnele auf. Dan sah ihr zu, wie sie sie in den Mund schob. Der zarte, buttrige Geschmack verwöhnte ihren Gaumen.

»O mein Gott«, stöhnte sie auf. Sie hielt sich eine Hand vor den Mund. »Die sind köstlich.«

Er nickte wissend, während sie die nächste Garnele aufspießte.

Lena stöhnte erneut begeistert auf. »Das sind die besten Knoblauchgarnelen, die ich je gegessen habe.«

»Bestimmt auch die frischesten.« Dan grinste. »Die waren vor vierundzwanzig Stunden wahrscheinlich noch im Wasser.«

»Die armen Dinger«, sagte Lena und nahm sich die nächste.

»Das ist das Großartige an Pilbara. Nirgendwo auf der Welt gibt es bessere Meeresfrüchte.« Er nahm seine Gabel und spießte ebenfalls eine Garnele auf. Lena sah ihm zu, wie er sie verspeiste. Was dachte er wohl? Seine dunklen Haare waren zerzaust, vermutlich vom

Wind auf der Terrasse. Es juckte ihr in den Fingern, die widerspenstigen Strähnen zu glätten oder ihm über die glatte Wange zu streichen.

»Sie haben sich rasiert.« Die Worte kamen ihr einfach so über die Lippen. Dan sah sie merkwürdig an, und sie wünschte sich, sie könnte sie rückgängig machen. »Bei unserem Meeting in Ihrem Büro hatten Sie sich nicht rasiert«, versuchte sie sich zu erklären.

»Wirklich?«

Sie hätte sich am liebsten unter dem Tisch einen Tritt verpasst. »Ich weiß nicht«, versuchte sie es nun unbestimmter. »Ich glaube.«

Er schob die nächste Garnele auf seine Gabel. »Wahrscheinlich hatte ich an dem Tag keine Zeit dafür.« Seine Miene verdüsterte sich, als würde er sich an etwas erinnern. Lenas Neugier nahm wieder Oberhand über ihre guten Manieren.

»Warum?«

Einen Moment lang sah es so aus, als würde er nicht antworten, doch dann schien er sich geschlagen zu geben. »An dem Morgen hatte ich ein langes Telefonat mit zu Hause. Deswegen war ich spät dran.«

Ach ja, die Freundin. Lena stöhnte innerlich.

Dan schob ihr den Teller zu. »Wollen Sie die letzte?«

Sie nahm die Garnele, führte sie sich an den Mund und bot ihm so unbeabsichtigterweise die Gelegenheit, das Thema zu wechseln.

»Und erzählen Sie mir jetzt, warum Sie hier ganz alleine sitzen und in Selbstmitleid versinken?«

Sie legte die Gabel hin und nahm eine Serviette, um sich den Mund abzutupfen. Darum hatte er also sein Essen mit ihr teilen wollen. Er wollte sie weichklopfen, damit er sie wieder einmal verhören konnte. Sie schenkte ihm ihren besten ›Ich habe Sie durchschaut‹-Blick und presste die Lippen fest zusammen.

Sein Blick blieb fest. »Wir können das auf die einfache oder auf die harte Tour machen. Das liegt ganz bei Ihnen.«

Diese Herausforderung weckte ihre Neugier. »Was wäre die harte Tour?«

»Ich könnte Ihren Freund herholen und ihn den Schlamassel aufklären lassen.«

»Oh.« Lena verzog das Gesicht. Diese Idee gefiel ihr ganz und gar nicht. Gavin *war* der Schlamassel.

Dan beugte sich vor, und seine Augen glitzerten in der schwachen Beleuchtung. »Erzählen Sie's mir einfach.«

Etwas an der Art, wie er es sagte, brachte ihren Bauch zum Kribbeln. Sie sah sich hastig im Raum um. Alle waren draußen. Wahrscheinlich waren sie im ganzen Pub die beiden Einzigen von der Baustelle, die noch nüchtern waren.

Sie sah ihn erneut an. »Ich überlege gerade, wie ich nach Hause komme. Sharon hat das Auto genommen.«

»Und Gavin?«

»Er bleibt über Nacht hier.«

»Nett.« Dans Stimme klang höhnisch.

Sie sah ihn entmutigt an. »Er und Carl wollen es richtig krachen lassen.«

»Auf Ihre Kosten?« Er stand auf. »Kommen Sie, ich fahre Sie nach Hause.«

»Was?« Lena war überrascht. »Wollen Sie nicht bleiben?«

»Nein, gehen wir.«

»Carl gibt die Getränke aus. Da verpassen Sie …«

»Was verpasse ich?« Er klang ungläubig. »Freibier? Kommen Sie, Lena, seien Sie nicht albern.«

»Aber …«

»Haben Sie eine bessere Idee?«

Sie befeuchtete sich die trockenen Lippen. »Nein.«

Er machte sich auf den Weg. Scheinbar ging er davon aus, dass sie ihm schon folgen würde. Und das tat sie auch. Erleichterung durchströmte sie. Dieses Angebot war wahrhaftig ein Geschenk des Himmels. Warum also nicht einfach die Klappe halten und es annehmen?

Der Parkplatz war unbeleuchtet und ruhig und bildete einen starken Kontrast zum lauten Pub, den sie gerade hinter sich gelassen hatten. Lena hörte das Knirschen des Schotters unter ihren Füßen, als sie zu Dans Pick-up hinübergingen. Sie stiegen ein, und Dan startete den Wagen, während sie sich anschnallte. Im Radio lief leise ›With or Without You‹.

Das Wageninnere schien plötzlich zu schrumpfen. Die Stimmung war auf einmal einen Tick zu gemütlich, und die Nacht einen Tick zu dunkel. Dan setzte mit dem Wagen aus der Parklücke, und Lena verschränkte die Hände in ihrem Schoß und holte tief Luft, um sich zu beruhigen.

Es war doch nur eine Mitfahrgelegenheit nach Hause.

Genau, mit Dan Hullog.

Warum hatte er immer diese Wirkung auf sie? Er flirtete schließlich nie mit ihr. Zumindest nicht so wie Kevin, als sie ihn kennenlernte. Der hatte ihr immer Komplimente gemacht und sie mit Geschenken überhäuft. Bulldog beleidigte sie eher, als dass er nett zu ihr war, und neckte sie auch nicht, sondern schimpfte sie nur aus.

Es war natürlich nett gewesen, dass er seine Garnelen mit ihr geteilt hatte. Und er tat ihr einen großen Gefallen, indem er sie heimfuhr. Aber was zählte das neben der ständigen Kritik, den Zurechtweisungen und den Drohungen?

Das war eigentlich ein ziemlich finsterer Gedanke: dass sie sich nicht nur zu dem Mann hingezogen fühlte, der für die schlechteste Entscheidung ihres Lebens stand, sondern dass er sie auch noch als Nervensäge betrachtete.

Lena sah ihn verstohlen aus dem Augenwinkel an. Er konzentrierte sich auf die Straße vor ihm. Es gab keine Straßenbeleuchtung und wurde immer dunkler, je weiter sie sich vom Ort entfernten. Sein Gesicht war in Schatten getaucht, und Lena konnte gerade ausmachen, dass er nicht lächelte.

Wie wäre es wohl, Dan Hullog zu küssen?

Sie erschrak, als hätte sie die verbotenen Worte laut ausgesprochen. Zum Glück war es zu dunkel, als dass er ihren Gesichtsausdruck hätte sehen können. Sie rieb sich über das Handgelenk in dem Versuch, ihren rasenden Puls zu beruhigen.

Dan Hullog zu küssen wäre, als würde man einen Drachen bezwingen.

Furchterregend, heftig und …

Magisch.

Lena erschauerte.

»Kalt?«

Sie zuckte beinahe zusammen, als Dan sich herüberlehnte und die Heizung hochdrehte. Sie war so beschämt, als hätte er ihre Gedanken gehört. Ihre Stimme war ein kaum hörbares Flüstern. »Danke.«

Die Heizungswärme breitete sich im Wagen aus, und Lena wurde noch wärmer, als ihr ohnehin schon war. Ihr käme es gelegener, wenn er das Radio ausschaltete. Der langsame, melodische Beat half keineswegs, die Stimmung etwas zu drücken.

Verzweifelt auf der Suche nach Ablenkung, räusperte sich Lena. »Sie haben also heute lange gearbeitet.« Sie deutete auf sein Hemd.

»Ich wurde am Telefon aufgehalten.«

»Ich hätte heute Abend für niemanden Überstunden gemacht.«

»Es hatte nichts mit der Arbeit zu tun.«

»Oh.« Im Radio lief nun ein schnellerer Titel, der die Anspannung etwas löste und Lena dazu brachte, ohne zu denken loszureden. »Wow, Ihre Freundin erfordert eine ganze Menge Aufmerksamkeit.«

»Freundin?« Dan klang amüsiert. »Wie kommen Sie darauf?«

»Oh, ich ...« Sie wischte sich mit ihren klammen Handflächen über die Oberschenkel. »Sie ... ähm ... Sie scheinen nur ziemlich oft private Telefonate zu führen, das ist alles.«

Warum kann ich nicht einfach meine Klappe halten?

Erst dachte Lena, er würde nicht weiter drauf eingehen, aber er überraschte sie. »Genaugenommen ging es um etwas Rechtliches.«

»Ach so.«

Obwohl ihre Neugier sie weiter anstachelte, brachte Lena es einfach nicht über sich nachzuhaken. Falls Dan ein Krimineller war, wollte sie nichts davon wissen.

Zumindest nicht mitten in der Nacht auf einer verlassenen Straße, meilenweit von jeglicher Hilfe entfernt. Eine unangenehme Stille breitete sich zwischen ihnen aus.

»Wollen Sie mich gar nicht fragen?«

Sie hörte seine Belustigung eher, als dass sie sie auf seinem Gesicht erkennen konnte. »Ich wollte nicht unhöflich sein.«

»Oswalds, das Unternehmen, für das ich vorher gearbeitet habe, wird verklagt. Ich bin Zeuge.«

»Oh, ach so.« Sie nickte. Das war eine Erleichterung – zumindest für sie. Für ihn wohl nicht besonders. »Das ist bestimmt nicht leicht.«

»Das können Sie sich gar nicht vorstellen.« Er hörte sich mitgenommen an, nicht beleidigend, und so nickte Lena erneut verständnisvoll. Er musste vollkommen gestresst sein. Sie konnte sich nicht vorstellen, rund um die Uhr zu arbeiten und dann auch noch in einen langwierigen Gerichtsprozess verwickelt zu sein. Sie hatte furchtbare Geschichten von Leuten gehört, die jahrelang in einem Rechtsstreit feststeckten und Depressionen bekamen oder Nervenzusammenbrüche erlitten. Sie runzelte die Stirn. Kein Wunder, dass sie Dan so gut wie nie lächeln sah, wenn er das hier ständig im Kopf hatte. Bevor ihr bewusst wurde, was sie da tat, bombardierte sie ihn bereits mit einer Reihe besorgter Ratschläge.

»Wissen Sie, Sie sollten wirklich Ihren Urlaub nehmen. Das können Sie gebrauchen. Wieder auftanken, sich erholen. Ihre privaten Angelegenheiten regeln. Das werden die Leute schon verstehen. Es ist es nicht wert, sich so zu verausgaben.«

Er löste den Blick von der Straße, um sie kurz anzusehen. »Versuchen Sie, mich loszuwerden?«

»Nein. Ich ...« Sie brach ab. Was tat sie eigentlich?

Machte sie sich Gedanken um ihn?

Sie schluckte. *Lass es, Lena.*

Solche Gedanken durfte sie sich nicht um Dan Hullog machen. Es war falsch, gefährlich und auf so vielen Ebenen unangemessen. Doch es war zu spät: Ihre Gefühle für Dan waren bereits stärker, als eine Kollegin – *nein, eine ihm Untergebene* – sie haben sollte. Ihr stellten sich warnend die Nackenhaare auf. *Das passiert mir nicht noch einmal. Das mache ich nicht mit. Auf keinen Fall!*

Dan fuhr auf den Parkplatz des Camps, fand eine freie Parklücke und schaltete den Motor ab.

Die Stille war ohrenbetäubend.

Lena tastete nach dem Türgriff und sprang aus dem Wagen. Wenn sie sich jetzt verabschiedete, konnte sie in wenigen Minuten sicher in ihrem Dongar sein. Doch Dan ging um den Wagen herum, kam auf sie zu und vereitelte ihre Flucht. Er sah sie an, und Lena konnte beinahe hören, wie sein Gehirn arbeitete, während er sie betrachtete. Eine leichte Brise fuhr durch sein Haar.

»Sie müssen sich um mich keine Sorgen machen, Lena.«

Sie trat von einem Fuß auf den anderen und schnaubte, als würde sie diese Annahme überrascht abtun. Hoffentlich kaufte er ihr das ab. »Ich mache mir keine Sorgen um Sie.«

Er trat einen Schritt näher. Ihr stieg das Blut in den Kopf, und es raubte ihr fast den Atem, als sie sich der Situation bewusst wurde.

»Natürlich nicht, entschuldigen Sie.« Er klang ironisch. Er hob eine Hand und strich ihr eine lose Strähne hinter das Ohr. Lena spürte, wie seine Fingerspitzen ihre Haare berührten, und fiel beinahe in Ohnmacht, so überwältigt war sie. Die Atmosphäre hatte sich auf einmal verändert.

Seine Augen glitzerten im Mondlicht, und er nahm seine Hand nicht weg.

Kommt er etwa näher?

Ihr Herz vollführte einen Hüpfer, als sie seinen Atem auf ihrer Wange spürte.

Würde sie ihren Drachen bezwingen?

Die Erde fiel aus ihrer Umlaufbahn.

Seine Finger berührten sie nun am Hals, und Lenas Knie wurden weich. Unwillkürlich schloss sie ihre Augen und lehnte sich vor …

»Ich hoffe, Ihr Freund wird es wiedergutmachen.«

Es war ein Wunder, dass Lena nicht umfiel. Doch sie stolperte, überwältigt vor Scham.

Hastig richtete sie sich wieder auf und tat so, als sei nichts geschehen. Denn es war ja auch nichts geschehen. Sie wischte ihre feuchten Handflächen an ihrer Jeans ab, und ihre Nervosität ließ sie losplappern. »Was das betrifft, Gavin und ich sind …«

»Gute Nacht, Lena.«

»Okay, ja, gute Nacht«, erwiderte sie unbeholfen, während er ihr schon den Rücken zukehrte. »Danke fürs, äh –«

Doch er hatte sich schon mindestens zwei Meter von ihr entfernt. Kühl und unnahbar.

Ein frischer Luftzug streifte sie. Sie verschränkte schützend die Arme vor der Brust. Dan sah sich nicht noch einmal um, und sie sah ihm nach, bis er in der Dunkelheit verschwunden war.

Am nächsten Morgen gab Lena ihr Bestes, um Dan Hullog aus ihren Gedanken zu verbannen und sich den Angelegenheiten in ihrem Leben zu widmen, die sie leichter wieder ordnen konnte.

Wie zum Beispiel ihre Freundschaft mit Sharon.

Über Nacht war ihr Ärger verflogen, und sie bereute den Abend umso mehr. Schließlich hatte Sharon sich in Gavin verliebt. Es musste furchtbar für sie gewesen sein, ihn eine andere küssen zu sehen, und dazu noch eine Freundin, der sie vertraute. Lena war entschlossen, es wiedergutzumachen.

Im Büro machte sie sich also als Erstes auf die Suche nach ihr. Leider fand sie schon bald heraus, dass Sharon gerade Vorräte zum Anleger brachte und erst um sieben zurückkommen würde. Die Stunde bis dahin war die reinste Hölle. Lena hatte das Gefühl, alle würden sie beobachten. Zweimal ertappte sie die Sekretärinnen dabei, wie sie hinter vorgehaltener Hand flüsterten.

Zweifellos wussten alle, was in Point Samson vorgefallen war, und es war ihnen ein wahres Vergnügen, auf Lenas Kosten darüber zu tratschen. Das Einzige, was den Fokus von ihr ablenken konnte, war der neue Haarschnitt von Tony, dem Leiter vom Werksgelände. Radar und seine Spaßvogel-Compagnons hatten seit Wochen das Gerücht verbreitet, er trüge ein Toupet. Die neue Frisur bereitete diesen Gerüchten definitiv ein Ende, und diverse Geldbeträge wechselten schon den ganzen Vormittag über die Hände, als die Wetten beglichen wurden. Lena hätte Tony bedauert, wäre seine Stunde Ruhm nicht so schön mit ihrer zusammengefallen.

Letztlich konnte Lena Sharon erst um neun Uhr abfangen, da ihre eigene Arbeit sie im Büro festhielt. Sharon lud gerade Papierkartons aus dem Bus, als Lena sie antraf.

»Sharon, kann ich kurz mit dir reden?«

Sharon stellte langsam den Karton ab, den sie gerade trug, und nickte. »Okay.«

»Ich wollte mich noch mal für gestern Abend entschuldigen«, brach es aus Lena hervor. »Ich will nicht, dass diese ganze Sache mit Gavin unsere Freundschaft zerstört.«

Sharon verschränkte die Arme und betrachtete ihre Stiefelspitzen. »Danke. Mir tut es auch leid, dass ich dich gestern Abend allein im Pub gelassen habe. Das hätte ich nicht tun sollen.«

Lena entspannte sich allmählich. »Danke.«

»Aber kannst du verstehen, weshalb mich das so verletzt hat?«

»Ja, natürlich verstehe ich das«, verkündete Lena sofort. Sie war so froh, dass sie sich bereits auf eine Versöhnung hinbewegten. »Wer wäre nicht verletzt in solch einer Situation?«

»Das ist gut«, sagte Sharon und nickte. Sie sah Lena immer noch nicht an. »Dann … dann kannst du hoffentlich auch verstehen, dass ich eine Weile auf Abstand gehen möchte.«

Diese Ankündigung nahm Lena den Wind aus den Segeln. »Wie bitte?«

»Ich schaffe es nicht, Zeit mit dir zu verbringen, wenn du mit ihm zusammen bist.« Sharon ließ die

Schultern hängen. »Zumindest im Augenblick. Es fühlt sich zu merkwürdig an.«

Lena sah sie flehentlich an. »Aber ich bin nicht mit Gavin zusammen, Sharon. Es ist alles ein einziges Missverständnis – genau, wie ich gestern gesagt habe. Ich bin doch gar nicht an ihm interessiert.«

Sharon sah schließlich mit gerunzelter Stirn zu Lena auf. »Wenn du nicht ehrlich zu mir sein kannst, warum reden wir dann überhaupt?«

»Ich bin doch ehrlich zu dir.«

»Jeder weiß, dass du und Gavin jetzt ein Paar seid.« Sharon wirkte resigniert. »Die ganze Baustelle.«

»Das ist doch nur Gerede.« Lena konnte nicht fassen, dass Sharon den anderen mehr Glauben schenkte als ihr.

»Nein«, widersprach ihr Sharon. »Ich habe heute Morgen im Bus mitbekommen, wie die Jungs Gavin deswegen gelöchert haben. Sie haben alle über seine neue Freundin gelacht, und er ist nur rot angelaufen und hat *gelächelt.*« Sharons Stimme drohte zu kippen, doch sie fasste sich sofort wieder.

Lena geriet ins Stocken. »Er hat was?«

Mit einem Seufzer hob Sharon den Karton zu ihren Füßen wieder auf. »Wenn du so weit bist, mir gegenüber aufrichtig zu sein, dann können wir vielleicht vernünftig miteinander reden.«

Lena war so sauer auf Gavin und so frustriert wegen Sharon, dass es ihr einen Augenblick die Sprache verschlug. Letztendlich spielte es keine Rolle, denn ihre Freundin war bereits gegangen. Lena wäre ihr gefolgt, hätte Radar sich nicht genau diesen Moment ausgesucht, um vorbeizukommen.

»Gavin ist anscheinend im siebten Himmel heute Morgen. War wohl ein ziemlich intensiver Abend.«

Ihre Wut nahm Oberhand über ihre Frustration, und Lena stürzte sich wie eine Besessene auf Radar.

»Moment mal!«

Radar sah sie überrascht an. »Ist dir was über die Leber gelaufen, Madame I.?«

»Lass den Schwachsinn«, knurrte sie. »Du bist doch die Königin der Tratschtanten. Erklär mir, was zum Teufel hier vor sich geht.«

»Was meinst du?«

»Na, die Gerüchte über mich und Gavin.«

»Ohoho.« Er grinste sie anzüglich an. »Du nennst das also nur Gerüchte? Dafür ist es wohl ein bisschen zu spät, bei den ganzen Augenzeugen hier überall.«

»Radar, sind wir Freunde?«, wollte sie wissen.

»Na klar.«

»Dann sei ganz offen zu mir.«

»Ach Baby, für dich steht meine Tür doch immer offen.«

Es juckte ihr in den Fingern, ihn zu erwürgen. Er war nicht ihr Freund. Er war auch nur ein hormongesteuerter Typ, der sie aufzog und ihr gegenüber nie aufrichtig sein würde.

»Ich meine es ernst.« Ihre Stimme kippte, und sie drehte sich um.

Lena erwartete nicht, dass ihr Schmerz eine besondere Wirkung auf Radar ausüben würde. Im Grunde hatte sie mehr mit sich selbst gesprochen als mit ihm. Doch ihre Worte waren anscheinend zu ihm durchgedrungen, denn plötzlich war er ganz nüchtern und legte ihr eine Hand auf die Schulter. Eine freundliche Hand.

»Die meinen es doch nicht böse, Madame I.« Seine Stimme klang schroff. »Ich finde es sogar super, dass du und Gavin es hinbekommen habt. Und jetzt denkt zumindest auch niemand mehr, du wärst lesbisch.«

»Na toll. Da habe ich ja Glück gehabt.«

Er zog seine Hand weg. »Also, ähm ... Wo liegt denn eigentlich das Problem?«

»Gavin hat mich gestern Abend tatsächlich geküsst, aber ich hatte keine Ahnung, dass er das vorhatte. Ich habe ihm gesagt, er soll mich in Ruhe lassen«, erklärte sie. »Wir sind nicht zusammen, und das waren wir auch nie. Das sollte er den Leuten erzählen.«

Radar war anderer Meinung. »Finde ich nicht.«

»Aber es ist die Wahrheit.«

»Nein, für ihn ist es eine Gelegenheit«, berichtigte Radar sie weise. »Alle haben sich die Mäuler darüber zerrissen, mit wem du zusammenkommst. Er will den Ruhm wahrscheinlich noch ein bisschen länger auskosten.«

»Aber warum interessiert sie das überhaupt, verdammt?«

Radar prustete und sah weg. »Hast du dich mal im Spiegel angeguckt?«, murmelte er.

»Ich weiß genau, wie ich aussehe«, erwiderte Lena schnippisch. »Ich gebe mir große Mühe, diesen Look zu kreieren. Meinst du etwa, mir gefällt es, dass ich diese altbackene Uniform tragen muss und weder Wimperntusche auftrage noch irgendetwas mit meinen Haaren anstelle? Ich habe mir seit Tagen nicht die Nägel gefeilt.« Lenas Hysterie verstärkte sich noch, als sie sich warmredete. »Das Einzige, was ich auftrage, und das nicht einmal absichtlich, ist der Staub. Was für ein

Glück, dass ich den genauso mühelos anziehe wie jeden anderen Loser hier.«

Radars Husten klang verdächtig nach einem Glucksen. »Trotzdem glaube ich, dass er deine Wut für ein paar Wochen über sich ergehen lässt, nur um anzugeben.«

»Du willst also damit sagen, dass es sich hier nur um männlichen Stolz und Testosteron handelt? Testosteron, auf Kosten meines Rufes?« *Und auf Kosten meiner Freundschaft mit Sharon*, fügte sie stumm noch hinzu.

»Genau.« So wie Radar sie ansah, war Testosteron für ihn Grund genug.

Lenas Wut erreichte ihren Höhepunkt. »Na schön. Was er kann, kann ich schon lange.«

Kapitel 10

Fünf Tage verstrichen.

Sharon nahm ihren Urlaub, und dafür war Lena sogar dankbar. Gavins Gerüchte machten immer noch die Runde, und sie hatte noch keinen Weg gefunden, um sie zu stoppen. Gavin selbst erwies sich als wenig hilfreich und ging ihr aus dem Weg, wann immer es ihm möglich war. Das einzige Mal, als sie ihn erwischte, pfiffen ihnen alle nach und riefen ihnen irgendwelche Kommentare zu, bevor sie nur ein Wort herausbrachte. Gavin floh, während sie die Störenfriede noch böse anstarrte.

Unterdessen stapelte sich die Arbeit für den Schlitten immer mehr. Lena wusste, dass sie sich auf das konzentrieren sollte, weshalb sie nach Pilbara gekommen war, anstatt sich um private Angelegenheiten zu kümmern. Sie tat ihr Bestes, um die ellenlange Liste anstehender Aufgaben abzuarbeiten, doch stellte sie jeden einzelnen Schritt dabei in Frage. Kevin saß ihr die ganze Zeit kopfschüttelnd auf der rechten Schulter, während Sharon auf der linken hockte und unablässig die Worte wiederholte, die Lena nicht mehr aus dem Kopf gehen wollten:

»Du bist doch ein wandelndes Katastrophengebiet.«

Das entsprach auf allen Ebenen der Wahrheit, inklusive ihrer Arbeit.

Sie klopfte mit dem Stift auf ihren Notizblock. Sie brauchte konkrete Ziele – eine Übersicht, die ihr dabei half, den Fallen auszuweichen, die Mike und Gavin ihr stellten … und Dan. Etwas, das nicht ihren Wert durch Dans oder Carls Anerkennung bewies, sondern etwas Greifbares, das sie hochhalten konnte: »Das ist mein Werk, und deswegen bin ich gut.«

Natürlich wäre es schön, wenn die Männer in ihr nicht nur eine unerfahrene Frau sahen. Wenn sie sie als ›großartige Ingenieurin‹ bezeichnen würden. Doch im Grunde wäre es noch besser, wenn Lena auch selbst davon überzeugt wäre.

Sie blätterte durch ihre Zeichnungen, fuhr mit dem Finger die Gliederung entlang und ordnete sie wieder auf einem Stapel.

Sie waren zwanzig Prozent im Rückstand und schon fast so weit, eine Nachtschicht einzulegen. Und was, wenn sie mit den Jungs vom Schlitten aufholte? Was, wenn sie es schaffte, dass sie keine verdammte Nachtschicht brauchten, um auf Kurs zu bleiben? Was, wenn …

»Verflucht, Todd, schläfst du, oder was?«

Mist. Kann man mich nicht einmal in Ruhe lassen?

Sie sah auf und entdeckte Carl, der ihr über die Schulter blickte. »Hi, Carl.«

»Ich habe gehört, dass du Ende nächster Woche Urlaub hast.«

Tatsächlich? Sie wollte nicht unwissend erscheinen und nickte.

»Lass dir von einem der Mädels einen Flug buchen«, wies Carl sie an.

»Klar.«

Sie wandte sich wieder ihrer Arbeit zu. Wie hatte sie nur vergessen können, dass ihr Urlaub vor der Tür stand? Es war unglaublich, wie schnell die ersten fünf Wochen auf der Baustelle vergangen waren. Trotz dieser willkommenen Information wünschte sie sich auf einmal mehr Zeit. So wie es momentan aussah, stand ihr nur eine gute Woche zur Verfügung, um ihrem neuen Ziel näher zu kommen: null Prozent Rückstand.

Mit diesem Vorhaben im Nacken arbeitete sie also den Rest des Tages straff durch. Als wäre das nicht genug zusätzlicher Stress, rief gegen drei Uhr auch noch Tony vom Werksgelände an.

»Hey, Madame I., der erste Träger ist angekommen.«

Die Träger waren ihre nächste Aufgabe. Sie wurden auf den Auslegern verlegt und bildeten die Grundlage für die Verbreiterung der Landungsbrücke.

Froh über die Gelegenheit, sich die Beine vertreten zu können, ging sie hinaus, um beim Ausladen zuzusehen. Die Träger sahen aus wie Bauklötze mit Stahlrahmen: achtzehn Meter lang, anderthalb Meter tief und jeweils ungefähr acht Tonnen schwer. Waren sie einmal an Ort und Stelle, würde das neue Förderband durch sie hindurchführen.

Insgesamt sollten hundertsiebzig Träger montiert werden. Nur fünf davon waren bisher geliefert worden, und ihr Anblick auf dem roten Staub hinter den Dongars beruhigte Lenas Nerven ganz und gar nicht. Im Gegenteil, er zerrte noch mehr an ihnen. Ein Problem, das ganz weit hinten in ihrem Kopf geschlummert hatte, meldete sich nun polternd zu Wort.

Sie hatte sich noch nicht überlegt, wie genau sie denn eigentlich montiert werden sollten …

Ich meine, wie soll man denn ein acht Tonnen schweres Teil zwei Kilometer weit raus aufs Meer transportieren und es dann an einen Anleger schweißen?

Ihr Herz sank noch ein Stückchen tiefer, als sie sich einem der Träger näherte, der bereits im Schmutz lag. Der Anstrich war furchtbar! Nicht einmal annähernd akzeptabel. Dan würde vollkommen durchdrehen, wenn Lena versuchte, sie in diesem Zustand anzubringen.

Mit einem Seufzer kehrte sie ins Büro zurück und rief den Hersteller an. Sie wollte nicht nur eine Erklärung, sondern auch einen neuen Anstrich. Die Leute dort mussten gewusst haben, dass sie anrufen würde, denn sie verbrachte die nächsten zwei Stunden damit, dem Geschäftsführer hinterherzutelefonieren. Irgendein Trottel im Büro vereitelte ihre Versuche, ihn zu kontaktieren. Bei ihrem ersten Anruf sagte er: »Ich sage ihm, er soll Sie zurückrufen.« Beim zweiten Mal gab er vor, die Nachricht vergessen zu haben, und dass der Geschäftsführer nun nicht mehr im Hause sei. Und beim dritten Versuch redete er sich tatsächlich damit heraus, dass der Geschäftsführer krank nach Hause gegangen sei.

Was zum …?

Der Geschäftsführer hieß Neville Smart, was Lena nur noch wütender machte. Wenn man sich schon in der Öffentlichkeit als ›Neville Smart‹ ausgab, dann sollte man sich doch zumindest auch smart verhalten, fand sie. Als der Feierabend kam, war ihre Stimmung im Keller. Es gab nichts, was sie fuchsteufelswilder machte als solche Rückschritte, wo sie doch all diese Pläne hatte, die sie voranbringen sollten.

Lena ging früh zum Abendessen, auch wenn sie keine Lust darauf hatte. Es gab keine Sharon, neben der sie sitzen konnte, und sie hatte auch von allen Männern die Nase voll. Als sie Harry allein essen sah, ging sie zu ihm. Vielleicht konnte sie ihm von ihrem Null-Prozent-Rückstand-Ziel erzählen, und vielleicht hatte er ja irgendeine geniale Idee.

Er zuckte zusammen, als sie sich neben ihn setzte.

»Was liest du da?« Ihr Blick fiel auf die rosafarbenen Flyer auf dem Tisch. Er hatte einen davon in die Hand genommen und las ihn sich durch.

Harry errötete. »Ach, nur ein wenig … Werbung.« Er räusperte sich. »Sieh's dir selbst an.«

Sie nahm eines der Faltblätter und las die Überschrift: ›Selbstmord vorbeugen. Kennen Sie jemanden, der darüber nachdenkt?‹

»Du meine Güte«, murmelte sie.

»Ja.« Harry wurde still.

»Legen sie die hier öfters aus?«

»Einmal im Monat.« Harry nahm einen Bissen von seinem Teller. »Die Abgeschiedenheit zieht manche ganz schön runter. So weit weg von der Familie zu sein und so.«

Lena spürte, wie sie eine Gänsehaut im Nacken bekam. »Aber es gab doch hier keine Selbstmorde, oder?«

»O nein.« Harrys Adamsapfel hüpfte auf und ab, als er sie hastig beruhigte. Im gleichen Augenblick sah Lena Dan hereinkommen. Er sah genauso erschöpft aus. Lena war sofort berührt von der Last seiner Grübelei.

»Wahrscheinlich kann man sich hier draußen recht schnell von denjenigen entfremden, die einem nahestehen«, bemerkte sie, während sie Dan dabei beobachtete, wie er durch die Kantine ging. Sie dachte an die langen Telefonate, die er mit seinem Anwalt führte, anstatt mit seiner Familie zu sprechen.

Lena hatte Dan nicht mehr gesehen seit ihrem … Wie sollte sie es nennen? Beinahezusammenstoß? Sie erschauerte jedes Mal, wenn sie daran dachte, wie sie mit geschlossenen Augen vor ihm stand, ihm das Gesicht entgegenhielt und darauf wartete, dass seine Lippen die ihren trafen.

Was bin ich für ein Vollidiot!

Vielleicht war es gar nicht so verkehrt, dass er annahm, sie sei mit Gavin zusammen. Das würde zumindest signalisieren, dass sie ihm nicht hinterhertrauerte. Selbst jetzt noch rutschte sie auf der Bank unruhig hin und her und versuchte, den verstörenden Gedanken aus ihrem Kopf zu verbannen. Zum Glück hatte er sie nicht gesehen; er sah sich ebenfalls die Flyer auf dem Tisch an. Lena beobachtete, wie sich seine Miene noch verdüsterte und er das Faltblatt dann in seiner Faust zusammenknüllte.

»Ich vermisse meine Kinder.« Harrys leises Gemurmel durchbrach Lenas Gedanken.

»Du hast Kinder?«

»Ja.«

Lena fühlte sich schlecht, weil sie sich im Büro nicht öfter mit Harry unterhielt. Sie wollte nicht eine dieser Personen sein, die die Menschen um sich herum ignorierte, solange sie ihr nicht nützlich waren. Es war ihr unangenehm, dass sie sich ursprünglich nur neben ihn gesetzt hatte, um ihn um Rat bezüglich der Träger zu fragen.

Sehr schlechte Manieren, Lena.

»Wie viele hast du denn?«

»Z-zwei.«

»Dann siehst du sie wohl nur, wenn du Urlaub hast.«

»Nein, nicht wirklich.« Er zögerte, als würde er abwägen, ob er ihr vertrauen konnte. Sie sah ihn möglichst neutral an.

Er sah weg. »Meine Ex hat einen neuen Partner. Und ihr ist es lieber, wenn ich meine Kinder gar nicht mehr sehe.«

Lena blieb die Luft weg. »Harry, das kannst du nicht zulassen!«

»Da kann ich nichts machen. Sie ist sehr g-gut darin ... ach, egal.«

»Natürlich kannst du etwas unternehmen.« Lena war entsetzt. »Geh vor Gericht. Beantrage gemeinsames Sorgerecht. Du hast doch Rechte, du bist der Vater.«

»Ich weiß nicht.«

»Harry, sind dir deine Kinder nun wichtig oder nicht?«

Harrys Messer fiel klirrend auf seinen Teller. »N... natürlich sind sie mir wichtig. Ich liebe sie über alles.«

Es zerbrach Lena das Herz, Harry so leiden zu sehen. Er war der Typ Mann, der zu liebenswürdig war, um Rückgrat zu haben, zu nett, um sich durchzusetzen – und doch genau die Art Mensch, die das tun sollte. *Er ist bestimmt ein toller Vater.* Lena biss sich auf die Lippe. *Er hat mir auch einmal aus der Patsche geholfen. Vielleicht ist es an der Zeit, mich zu revanchieren.*

Ihr Blick wanderte zu Dan, der allein vor seinem Teller Suppe saß.

»Überlass mir das, Harry. Ich kenne da vielleicht jemanden, der einen guten Anwalt empfehlen kann. Und bis dahin …« Sie warf den rosafarbenen Flyer auf den Tisch. »Was machst du diesen Sonntag? Wir haben ja schließlich frei.«

Harry sah sie überrascht an. »Ich?«

Lenas Stimmung hob sich, als in ihrem Kopf ein Plan entstand, wie sie Gavin, seinen Testosteronspiegel und jegliches andere männliche Attribut, das er gehabt haben mochte, in die Flucht schlagen konnte. »Na klar.« Sie nickte und senkte dann die Stimme. »Eigentlich will ich alle einladen.«

»W-was machen wir denn?«

»Wir fahren nach Millstream.« Sie schnippte den Flyer vom Tisch. »Verdammt, das hätte ich ja schon eher vorgeschlagen, wenn ich geahnt hätte, dass dieses Camp ein wenig Aufmunterung gebrauchen kann.«

Am nächsten Tag bat Lena Carl um den Bus.

»Du und deine beschissenen Spritztouren.«

»Ich kann an meinem freien Tag einfach nicht im Camp herumsitzen, Carl«, warf sie ein. »Und das sollte auch niemand sonst.«

Er sah sie resigniert an. »Ich nehme mal an, dass diese Ausflüge tatsächlich die Stimmung heben. Verdammt. Dann nimm ihn schon.«

Trotz ihrer Hintergedanken glaubte auch Lena fest daran. Nichts munterte sie weniger auf als ein Tag in ihrer Aluminiumbox, und sie war sicher, dass es den anderen auch so ging. Wenn sie sich auf etwas freuen konnte, ging sie die gesamte Woche anders an. Sie würde nur auf gar keinen Fall noch einmal Angeln fahren. Anstatt sich also von Leg und Radar inspirieren zu lassen, hatte sie im Internet nach Aktivitäten in Pilbara gesucht. Und dabei war sie auf den Millstream-Chichester Nationalpark gestoßen, eine üppige Oase voller Palmen und kühler Seen. Einfach perfekt.

Anscheinend war es ursprünglich das Anwesen eines reichen europäischen Siedlers gewesen, der versucht hatte, die australische Landschaft in englisches Grün zu verwandeln. Das alte Haupthaus stand noch, und die Gärten, die er angelegt hatte, waren ebenfalls noch erhalten. Es ging doch nichts über ein Stück Geschichte und ein Barbecue.

Hocherfreut über ihren Einfallsreichtum, entwarf Lena ein buntes Plakat mit einigen Fotos aus dem Internet und hängte es im Pausenraum auf. Schon bald hatte sich herumgesprochen, dass ein neues Abenteuer für Sonntag geplant war, und es mangelte Lena nicht an Interessenten. Insgesamt war sie ziemlich stolz auf sich.

Carl kam nach der Mittagspause vom Werksgelände zurück und entdeckte ihre Werbung am Schwarzen Brett. »Verdammt! Das sieht ja aus, als würdest du Grundstücke in Millstream zum Verkauf anbieten. Kein Wunder, dass alle durchdrehen.«

Lena wurde rot, doch glücklicherweise wechselte Carl das Thema. »Wie läuft es mit den Trägern?«

»Immer noch keine Rückmeldung von Neville Smart.«

»Ruf noch mal an.«

Das tat sie. Und zu ihrer Überraschung erreichte sie ihn dieses Mal. Anstatt sich aber mit ihrem Problem auseinanderzusetzen, bat Neville sie darum, es ihm doch noch einmal offiziell per E-Mail zukommen zu lassen, damit es kein Durcheinander in seinen Unterlagen gab.

Na großartig. Drei Stunden später schrieb Mr Smart

zurück, dass er nach gründlicher Überlegung immer noch nicht verstanden hatte, worum es ihr ging, und dass er sie an einen Kollegen namens Paul Belch verwies, der in solchen Angelegenheiten besser Bescheid wusste. Er fügte noch Pauls Nummer hinzu. Lenas Wut kannte keine Grenzen mehr, als sie nach dem Wählen dieser Nummer folgende Nachricht zu hören bekam:

»Die von Ihnen gewählte Rufnummer ist nicht vergeben. Bitte überprüfen Sie die Ziffern, bevor Sie es erneut versuchen.«

Glücklicherweise geriet sie an die Sekretärin, als sie noch einmal anrief, um die richtige Rufnummer herauszubekommen. Die Sekretärin stellte sie einfach zu Paul durch, und sie vereinbarten ein Treffen auf der Baustelle am nächsten Tag.

Lenas Ansicht nach war das allerdings nur ein Scheinerfolg.

Ihnen lief die Zeit davon, und Lena war immer noch mit lauter Kleinigkeiten beschäftigt. Zumindest machte Mike keinen Ärger. Der Schlitten lief endlich schneller. Seitdem sie die neue Zugangsplattform nutzten, brachten sie vier Ausleger am Tag an, manchmal sogar fünf. Nach einem Routinestopp am Schlitten fuhr Lena mit dem Bus weiter bis ans Ende der Seebrücke und ließ das eiskalte Schweigen von Sharons Vertretung über sich ergehen. Doch die Einsamkeit verstärkte Lenas Entschlossenheit nur noch. Sie fand es unerträglich, dass Sharon abgereist war, ohne dass sie sich versöhnt hatten.

Sie musste Gavin finden.

Heute würde sie ihm noch eine letzte Chance geben, den anderen die Wahrheit zu beichten, bevor sie ihm am Sonntag ihre Strafe auferlegte. Sie suchte mit den Augen den Anleger nach ihm ab, als sie aus dem Bus stieg. Er stand auf einem provisorischen Gerüst, das über einigen gerade eingerammten Pfählen aufgestellt worden war. Lena bemerkte angewidert, dass die anderen Männer, die sich in der Nähe unterhielten, sich diskret zurückzogen, als sie zu ihm hinüberging. Sie grinsten sich an, als täten sie ihr einen riesigen Gefallen.

»Hey Lena.« Gavin begrüßte sie gut gelaunt und ohne eine Spur von Reue.

»Gavin, das hier muss aufhören«, forderte sie ihn mit zusammengebissenen Zähnen auf.

Seine Unschuldsmiene war eindeutig vorgetäuscht. »Was muss aufhören?«

»Du weißt, wovon ich rede. Sag allen die Wahrheit über uns.«

»Sag du es ihnen doch.«

»Das habe ich schon. Sie glauben mir nicht. Sie denken, ich würde mich schützen wollen ... Oder was weiß ich.«

Gavin gluckste leise, und Lena wurde noch wütender.

»Ich habe genug von deinen Lügen.«

Nun hustete er vor Unbehagen. »Ich habe niemandem Lügen erzählt. Sie haben alle ihre eigenen Schlüsse gezogen.«

»Das kommt aufs Gleiche raus.«

Immerhin hatte er den Anstand, rot zu werden. »Gib mir noch ein bisschen Zeit. Lass sie das Interesse an uns verlieren. Du kannst dir nicht vorstellen, wie die mich fertigmachen, wenn sie herausfinden, dass du mich abgewiesen hast.«

»Ich gebe dir bis zum Wochenende.«

Er sah weg und würdigte ihr Ultimatum keiner Antwort. Es juckte ihr in den Fingern, ihm eine Ohrfeige zu verpassen, doch stattdessen packte sie ihn vorne an seinem T-Shirt und trat näher auf ihn zu, so dass er ihre geflüsterte Drohung hören konnte.

»Wenn du das nicht bald in Ordnung bringst, wird meine Rache noch heftiger ausfallen, als du dir ausmalen kannst.«

Jetzt hatte sie seine volle Aufmerksamkeit. Er sah zu ihr herunter und kniff die Augen misstrauisch zusammen.

Erst als sie eine Stimme neben sich hörten, bemerkten sie, dass sich noch jemand zu ihnen gesellt hatte. »Würden die Barnes-Inc.-Mitarbeiter sich nur halb so viel um das Projekt kümmern wie um ihr Privatleben, dann wären sie vielleicht nicht ganz so weit im Rückstand.«

Lena ließ Gavin los und wich zurück, als Dans scharfer Tadel sie traf. Ihn wieder von nahem und noch dazu so unerwartet zu sehen, hatte die übliche Wirkung auf Lena. Einen Moment lang war sie völlig außerstande, etwas zu erwidern. Er schien allerdings auch gar keine Antwort zu erwarten, so geringschätzig wie er Gavin und sie musterte. Sein Blick war so sengend wie eine Fackel.

Lena bemerkte, dass nicht nur ihr unbehaglich zumute war. Gavin trat von einem Fuß auf den anderen und sah aufs Meer, als ziehe er in Erwägung hineinzuspringen.

Es war so typisch Dan, im wahrlich ungünstigsten Augenblick aufzutauchen. Nur wenn sie auch noch in ihrer roten Unterwäsche dagestanden hätte, wäre die

Situation schrecklicher gewesen. Und das war noch nicht einmal so abwegig, bei ihrem Glück.

Gavin durchbrach schließlich die Stille. »Können wir irgendwie helfen, B… Dan?«

Einen Moment lang überkam Lena die Befürchtung, dass Dan ihn schlagen würde. Die Fingerknöchel der Hand, mit der er sein Klemmbrett hielt, traten weiß hervor, und er wirkte unnatürlich reglos, wie ein Gepard, der im Schilf lauerte.

Doch der Moment verstrich.

Dan sah aufs Wasser. So schnell sein Körper sich angespannt hatte, so schnell entspannte er sich auch wieder, als ließe er alle Anspannung ins Meer fließen.

»Nein.« Er schüttelte den Kopf. »Ich würde gern noch ein Meeting zum Fortschritt der Arbeit mit euch beiden, Lance und Carl einberufen. Aber ich rufe Carl deswegen später an.«

»Kein Problem«, entgegnete Gavin. »Na, dann mache ich mich mal wieder an die Arbeit«, fügte er hinzu, als Dan nichts weiter sagte. Er sah Lena bedeutungsvoll an, als würde er sie anweisen wollen, es ihm gleichzutun, und ging. Sie sah ihm genervt hinterher, als er zu seinen Männern hinübermarschierte. Was für eine Frechheit. Wie konnte er es wagen, ihr zu sagen, was sie tun sollte?

»Sie beide haben sich also wieder versöhnt.«

Lena sah Dan an, der nun wieder ganz neutral wirkte. »Wohl kaum.« Über ihnen kreischten die Möwen, als sich ein Schiff aus der Ferne näherte.

»Übrigens, gute Arbeit am Schlitten.«

Das kam überraschend, und Lena war sofort besser gelaunt. »Danke.«

»Seit Ihre neue Zugangsplattform in Betrieb ist, hat sich das Tempo deutlich verbessert.«

»J-ja«, stotterte Lena. Solches Lob war sie nicht gewohnt. »Es funktioniert gut.«

Seine Miene wurde weicher. »Glauben Sie etwa, dass ich keine Anerkennung ausspreche, wenn jemand sie verdient?«

»Ehrlich gesagt, ja.«

Er schien das so hinzunehmen und wandte sich zum Gehen.

»Dan, warten Sie …«

Sie wollte ihm so vieles sagen.

Ich bin nicht mit Gavin zusammen. Ich wollte ihn nicht küssen. Wir haben uns nicht versöhnt. Er ist eine Nervensäge. Und … ich wünschte, Sie hätten mich letzte Woche geküsst.

Aber natürlich sagte sie nichts von alledem.

»Ich habe mich nur gefragt, ob Sie Ihren Anwalt empfehlen können.«

»Anwältin«, berichtigte er sie.

»Anwältin?«

Er führte also abends lange Telefonate über seine persönlichen Angelegenheiten mit einer Frau? Lena wurde sofort angriffslustig. So viel also zu ›keine Freundin‹. Dann fiel ihr ein, dass er im Grunde nie behauptet hatte, dass er keine hätte.

»Ja, eine Anwältin. Und eine bemerkenswerte noch dazu.«

»Oh, wirklich? So gut?« Die Tatsache, dass Lena gehofft hatte, sein Anwalt wäre gut, konnte ihren Widerwillen nicht aus ihrer Stimme verbannen.

Dan sah sie erwartungsvoll an. »Warum fragen Sie?«

Lena bemühte sich um einen gleichgültigen Gesichtsausdruck. Worüber machte sie sich eigentlich Gedanken? Sie fragte für Harry. Das war alles.

»Na ja, ich habe einen Bekannten, der ein wenig rechtliche Beratung braucht. Könnten Sie mir die Nummer geben?«

»Klar.« Er nickte.

»Okay, dann könnten Sie vielleicht, wenn Sie wieder im Büro sind …« Sie brach ab, als er ein paar Ziffern auf der Rückseite seiner Visitenkarte notierte. Er kannte ihre Nummer auswendig! Wie oft telefonierte er mit dieser Frau?

Er reichte ihr die Karte. »Ich kann sie wirklich empfehlen. Sie ist jung und enthusiastisch. Da liegen Sie auf jeden Fall richtig.«

Jung.

Enthusiastisch.

Donnerwetter.

Lena nahm die Karte und steckte sie ein. Ihre Antwort brachte sie nur krächzend hervor. »Danke.«

Dan entdeckte Carl und ließ Lena stehen, um mit ihm zu reden. Sie sah ihnen von weitem zu und bemerkte, wie Carls Miene im Laufe der Unterhaltung immer finsterer wurde. Es sah ganz so aus, als würde das Leben für niemanden leichter werden.

Als Carl sich fünf Minuten später im Bus neben sie setzte, lieferte er den Beweis dafür.

»Bulldog ist total angekotzt, dass die beschissenen Träger einen verdammten neuen Anstrich brauchen. Dieser ganze Scheiß hier ist wirklich das Letzte. Da ist ja dein verfluchter Ausflug nach Millstream besser organisiert. Scheiße!«

Millstream war tatsächlich eine der besten Ideen, die sie seit ihrer Ankunft in Pilbara hatte. Als der Sonntag kam, hatte sie ungefähr fünfzig Teilnehmer zusammen, inklusive Gavin, das ursprüngliche Zielobjekt. Ethel organisierte ihnen Bratwürste und Brötchen aus der Küche. Es war ideales Wetter für ein Barbecue.

Millstream lag etwa zweieinhalb Stunden Fahrt von Wickham entfernt. Obwohl Sharon nicht dabei war, verlief die Busfahrt recht angenehm. Die Jungs schienen Gavins ›Anspruch‹ auf sie zu respektieren. Nahezu niemand machte eine anzügliche Bemerkung, und einen Moment lang ertappte Lena sich sogar dabei, dass sie sich fragte, warum sie eigentlich die Heuchelei beenden wollte. Gavin verhielt sich ebenfalls besonders liebenswürdig und half ihr dabei, das Essen in den Bus zu laden. Ha! Sein Einschmeicheln würde sie nicht von ihrem Plan abhalten. Sie musste schließlich ihre Unabhängigkeit retten.

Sie verließen das Camp um neun und hielten unterwegs am Python Pool. Ein unvorhergesehenes Vergnügen: Der See war wunderschön und lag abgeschieden direkt unter einer Klippenwand mitten im Nirgendwo.

Im Wasser spiegelten sich die zerklüfteten roten Klippenfelsen, und selbst die grünen Büsche, die sich hier und da ihren Weg durch die Felsspalten bahnten, waren scharf konturiert auf der glatten Wasseroberfläche zu sehen. Lena ärgerte sich, dass sie ihre Badesachen nicht eingepackt hatte, bis sie an die fünfzig Zuschauer im Bus dachte.

Millstream selbst bot ebenfalls einen herrlichen Anblick – nicht nur wegen der Gärten, sondern auch wegen seiner Vergangenheit. Das Haupthaus mit seiner

Küche aus dem neunzehnten Jahrhundert war schon eine Geschichtsstunde für sich. Der Herd war definitiv ein Oldtimer. Lena hätte allerdings auf keinen Fall zu dieser Zeit leben wollen. Die Siedler hatten alles auf Selbstversorgung ausgerichtet, so dass die Gartenanlage nicht nur malerisch, sondern auch nahrhaft war. Es gab Obstbäume und fremdländische Pflanzen, und Palmen säumten einen Bachlauf, der in einen riesigen Teich voller hübscher Seerosen mündete. Es war überwältigend.

Da es nicht an Testosteron mangelte, um die Barbecues auf dem Picknickplatz anzuschmeißen, verspeiste die Projektgruppe schon bald ihre Hotdogs. Zu Lenas Belustigung brachte Gavin ihr etwas zu essen, ganz wie es sich für den Freund gehörte.

»Hey«, sagte er leise, als er ihr den Hotdog reichte. »Noch böse?«

Sie lehnte sich an einen Felsen und genoss den strahlenden Sonnenschein und das Gelächter der Kookaburras. »Ich komme schon drüber hinweg.«

Die Vögel wussten anscheinend, was sie im Schilde führte. Lena bereitete sich darauf vor, endlich das zu tun, was sie schon den ganzen Tag herbeisehnte.

Der Crossing Pool.

Es war ein größerer und sehr viel tieferer See als Python Pool. Nicht so pittoresk, aber viel geeigneter fürs Baden. Auch wenn eigentlich fast nie jemand dort badete, außer im Hochsommer: Das Wasser war eiskalt. Es gab so gut wie keine flache Uferböschung, so dass man gleich im tiefen Wasser war, wenn man hineintauchte, und das Ufer lag im Schatten und war ziemlich schmal. Jetzt, wo der Herbst sich schon dem Ende zuneigte, würde das Wasser trotz des sonnigen Tages zum Zähneklappern kalt sein. Das hoffte Lena zumindest.

Während die Jungs es sich mit ihrem Bier gemütlich machten, rief Lena Gavin zu sich herüber.

»Kann ich kurz mit dir reden?«

Radar, der ihr Gesicht beobachtet haben musste, kicherte. »Ich an deiner Stelle würde nicht mit ihr mitkommen.«

Sie funkelte ihn böse an, während die anderen Gavin abwartend ansahen. Zum Glück wollte er vor seinen Kumpels nicht das Gesicht verlieren, und obwohl er wahrscheinlich ahnte, dass er ein hohes Risiko einging, stand er auf und trank sein Bier in einem Zug leer. »Klar, wieso nicht?«

Sie führte ihn von den anderen fort an den Rand des Gewässers, warf ein paar Steinchen ins Wasser und betrachtete die Kreise, die sie zogen.

»Ich habe dir gesagt, dass ich dir bis zum Wochenende gebe, Gavin.«

Seine Antwort klang kleinlaut. »Du hast doch gerade gesagt, du kommst darüber hinweg.«

»Das tue ich auch, und in nur einer Minute habe ich damit abgeschlossen.«

»Und ich sage so bald wie möglich allen, dass wir nicht zusammen sind.«

»Wie wär's mit jetzt sofort?« Sie stemmte die Hände in die Hüften.

»Jetzt sofort?« Er sah sie skeptisch an. »Soll ich etwa eine Ankündigung machen?«

»Genau. Wieso nicht?«

Er warf einen Blick über ihre Schulter auf die Männer auf den Picknickbänken, die ihre Blicke nicht besonders subtil auf das ›Paar‹ gerichtet hatten, als säßen sie in einem kostenlosen Freiluftkino. Diesmal verließ Lena sich jedoch auf die Vorliebe der Männer für Tratsch. Gavin räusperte sich nervös. »Warum denn den Tag verderben? Wie wär's mit morgen?«

»Bei dir wird es nie ein Morgen geben, Gavin.«

»Dieses Mal schon.«

Sie schüttelte den Kopf. »Mir wäre jetzt sofort lieber. Du kannst einfach sagen, ich hätte dich fallenlassen. Buchstäblich.«

Sie drückte ihm die Handflächen auf die Brust und schubste ihn kräftig. Der Schock, der auf Gavins Gesicht trat, kam viel zu spät. Er ruderte wild mit den Armen, während er taumelte. Mit einem gewaltigen Klatscher landete er im Wasser und kreischte auf wie ein kleines Mädchen.

»Du kleines Biest!«, quäkte er wild hustend. Nur mit großer Anstrengung hielt er sich über Wasser.

»Vielen herzlichen Dank«, erwiderte Lena und wischte sich mit übertriebener Geste die Hände ab.

Unter den Zuschauern brach Gelächter aus, und Radar hob sein Bier gen Himmel.

»Mit dem ist sie wohl fertig, Jungs!«

Kapitel 11

»Lena!« Robyn sprang von ihrem Stuhl auf und warf die Arme um ihre Freundin. »O mein Gott«, fügte sie hinzu, als sie sich aus der Umarmung löste, »du bist ja so was von braun.«

Lena grinste. »Danke.«

Sie fühlte sich großartig. Sie hatte keinen Staub in den Haaren, die Spitzen waren geschnitten und fielen momentan auf in braunes Leder gekleidete Schultern – eine brandneue Anschaffung aus ihrer Lieblingsboutique auf der Hay Street. Sie trug sogar Make-up. Blauen Lidschatten, der auf ihren blauen Rock abgestimmt war; kniehohe Stiefel, passend zu ihrer Jacke.

Oh, Modewelt, was habe ich dich vermisst!

Nachdem Lena vor zwei Tagen in Perth gelandet war, hatte sie nicht lange gebraucht, um sich wieder an die Stadt zu gewöhnen. Sie war essen gegangen, hatte all ihre Lieblingssendungen im Fernsehen gesehen und einfach nur gestaunt, wie viele Frauen sie hier kannte, mit denen sie sich treffen konnte.

»Wie sieht es denn aus bei dir?« Robyn ließ sich wieder auf ihren Stuhl fallen. »Du hast die letzten Wochen ja gar nicht mehr angerufen.«

»Tut mir leid. Ich hatte so viel zu tun, dass ich kaum Zeit zum Luftholen hatte.« Lena stellte ihre Louis-

Vuitton-Handtasche unter den Tisch, als sie sich Robyn gegenüber setzte.

»Wirklich?« Robyn sah sie mit großen Augen an. »Heißt das, es läuft jetzt besser?«

Lena legte den Kopf etwas schief. »So ungefähr.« Sie wollte es gerade weiter ausführen, als eine Kellnerin mit Block und gezücktem Stift in der Hand zu ihnen an den Tisch kam.

»Was kann ich euch bringen?«

»Zwei Cappuccino«, bestellte Robyn. Dann sah sie zu Lena hinüber. »Kuchen?«

Lena lächelte. »Warum nicht?«

Sie entschied sich für Schokoladenkuchen und ließ dann den Blick durchs Café schweifen, während Robyn hin- und hergerissen war zwischen Möhre und Beerentraum. Niemand war auch nur ansatzweise interessiert an ihnen. Nicht einmal der Mann, der allein am Fenster saß und Zeitung las, oder die Kricketfans, die auf dem Weg zu einer Veranstaltung im Stadion vorbeiliefen. Lena und Robyn waren einfach zwei junge Frauen, die einen Kaffee tranken. Lena fühlte sich herrlich befreit und einsam zugleich.

»Also, wo warst du stehengeblieben?«, fragte Robyn, als die Kellnerin verschwunden war.

Lena wusste nicht, wo sie anfangen sollte. So viel war passiert, seitdem Robyn ihr geraten hatte, zu rebellieren. Vor allem ihre letzte Woche auf der Baustelle war hektisch gewesen. Aber zumindest wurden die Träger nun neu gestrichen. Lena war wieder offiziell Single und hetero, und der Schlitten lag nur noch sieben Prozent im Rückstand. Das war ein Anfang – wenn auch noch kein Zieleinlauf. Sie machte sich allerdings noch Sorgen wegen Sharon: Sie hatten ihre Unstimmigkeiten noch nicht ausgebügelt.

»Alles in Ordnung bei dir, Lena? Du wirkst etwas abwesend.«

Lena blinzelte und schüttelte leicht den Kopf.

O Mann. Einmal Pilbara, immer Pilbara. Sie konzentrierte sich wieder auf Robyn. »Ja, mir geht's wirklich gut.«

»Was ist mit deinen Problemen bei der Arbeit?« Robyn verschränkte die Arme. »Behandeln sie dich besser und geben dir etwas mehr Verantwortung?«

Lena seufzte. »Schon, aber es ist ein ständiger Kampf. Ich habe wirklich spannende Aufgaben, die mich auch fordern, aber alle sehen mir auf die Finger. Vielleicht hätte ich doch bei den Dateneingaben bleiben sollen.«

Robyn sah sie kritisch an. »Lena, du musst mehr an dich glauben. Du kannst das, das weiß ich.«

Es war sowohl ermutigend als auch betäubend, Robyns übliche Aufmunterungen zu hören. Ihre beste Freundin würde immer auf ihrer Seite stehen. Wenn sich nur noch ein paar andere dazugesellen würden.

»Hast du darüber nachgedacht, dich mit Kevin zu treffen?«

Diese unerwartete Frage riss Lena aus ihren Gedanken. »*Was?* Wieso?«

»Na ja, zum einen könntest du diesem Idioten eins über den Schädel ziehen.« Robyn schnaubte. »Zum anderen, glaubst du nicht, dass es dir helfen würde?«

Nun war es Lena, die schnaubte. »Warum denkst du, dass ich bei irgendetwas seine Hilfe gebrauchen könnte?«

»Was der Typ dir angetan hat, beeinflusst dich doch

heute noch. Vielleicht kommst du nur darüber hinweg, indem du ihn damit konfrontierst. Und er kann dir auf jeden Fall sagen, was du noch lernen musst, damit du tatsächlich so viel Wissen hast wie jeder andere mit deinem Abschluss.«

Lena wehrte entschlossen ab. »Es würde keinen Unterschied machen. Was würde ich denn sagen? ›Oh, hi Kevin, da du ja mein Leben zerstört hast, dachte ich mir, ich schau mal vorbei, damit du dir ansehen kannst, wie es so läuft‹?«

Robyn lachte. »Nein, natürlich nicht. Ich dachte nur ...«

»Robyn«, unterbrach Lena sie, »ich weiß ja, dass du mir nur helfen willst, aber Kevin ist wirklich der Letzte, den ich treffen will. Mein Selbstbewusstsein, oder vielmehr der Mangel daran, ist etwas, das ich allein in den Griff kriegen muss.«

Robyn zögerte, als wollte sie noch etwas hinzufügen, überlegte es sich dann aber anders. »Wie du meinst, Lena. Du bist der Boss.« Ihr Mund verzog sich zu einem Lächeln. »Hey, bei Georgettes auf der Murray Street ist gerade Schlussverkauf. Fünfzig Prozent auf alles. Hast du Lust?«

Lena grinste. »Na klar.«

* * *

Am nächsten Morgen wachte Lena gegen zehn Uhr auf und nahm eine Tasse Kaffee und eine Scheibe Toast zum Frühstücken mit auf den Balkon. Ihre Wohnung lag im fünften Stock, und obwohl Lena vor allem auf die Läden auf der gegenüberliegenden Straßenseite sah, schien die Sonne ihr warm ins Gesicht, und sie genoss die Strahlen in vollen Zügen. Sie hatte noch vier Tage Urlaub und keine Ahnung, was sie mit der Zeit anstellen sollte.

Während Lena noch über dieses Problem nachzudenken versuchte, wanderten ihre Gedanken zur Baustelle, und sie fragte sich, was dort wohl vor sich gehen mochte. Als sie bemerkte, womit sie sich beschäftigte, stöhnte sie auf. Warum vermisste sie die Baustelle überhaupt? Sie brauchte dringend ein neues Hobby – etwas, auf das sie all ihre überschüssige Energie konzentrieren konnte.

Ein Klingeln durchbrach ihre Überlegungen. Sie trank den letzten Schluck Kaffee, stand auf und torkelte hinein zum schnurlosen Telefon.

»Hallo.«

»Hallo, hier spricht Sarah Michaels' Assistentin. Ich rufe wegen der Anfrage von Lena Todd zurück.«

Sarah Michaels? Ach ja, Dans Anwältin.

Lena hatte seit ihrer Ankunft in Perth mehrmals versucht, die Dame zu erreichen, jedoch ohne Erfolg. Anscheinend war Sarah jung, enthusiastisch – und vielbeschäftigt.

»Ja, am Apparat.«

»Oh, gut. Wenn Sie morgen um eins in die Kanzlei kommen könnten, kann Sarah mit Ihnen über Ihren Fall reden.«

»Oh, eigentlich …« Sie unterdrückte ihren ursprünglichen Impuls, den Termin abzulehnen. Es konnte ja nicht schaden, sich Sarah anzusehen. Man konnte jemanden schließlich viel besser einschätzen, wenn man sich persönlich begegnete und nicht nur am Telefon miteinander sprach. Lena konnte Harry doch nicht einfach irgendjemanden empfehlen. Egal, wie bemerkenswert der- oder diejenige vielleicht sein mochte. Oder auch gutaussehend. Das Aussehen hatte schließlich keinen Einfluss auf die Fähigkeiten. In der Regel waren die am besten aussehenden Leute ja nicht zu gebrauchen, wenn es um ihren Verstand ging.

Je mehr sie darüber nachdachte, umso entschlossener wurde sie. Sie sollte zumindest kurz überprüfen, ob Sarah so hässlich wie die Nacht war. Und außerdem musste sie sich irgendwie die Zeit vertreiben. Warum also nicht hiermit?

»Um eins passt mir gut«, sagte sie der Sekretärin und legte auf.

Am nächsten Tag wählte Lena mit Bedacht ihr Outfit aus. Einen marineblauen Hosenanzug und schwarze Pumps. Sarah Michaels arbeitete für Lidmans Rechtsanwälte in der Stadt. Es war eine hochrangige Kanzlei, und Lena wusste, dass alle im Gebäude nach dem Unternehmenskodex gekleidet sein würden, und da wollte sie auf keinen Fall auffallen. Sie traf etwa fünf Minuten vor eins ein und wurde von Sarahs Assistentin in einen Besprechungsraum geführt. Dort ließ man sie gute zehn Minuten warten, bis Ihre Majestät sie mit ihrer Anwesenheit beehrte.

In dem Moment, in dem Sarah den Raum betrat, war Lena froh, dass sie sich Mühe mit ihrem Aussehen gegeben hatte.

Erst einmal war Sarah nicht ganz so jung, sondern mindestens fünf Jahre älter als Lena, wenn nicht mehr. Und zweitens sah sie umwerfend aus.

Lange blonde Haare.

Wahnsinnsbeine.

Hinreißender Schlafzimmerblick.

Eindeutig eine Zicke.

Sarah hielt Lena die Hand hin und strahlte sie dermaßen an, dass Lena nur davon ausgehen konnte, dass das Lächeln nicht echt war. »Hallo, ich bin Sarah Michaels.«

»Lena Todd.« Lena schüttelte die Hand und bemerkte dabei, dass Sarahs Nägel viel gepflegter waren als ihre.

Verdammt.

Sarah setzte sich ihr gegenüber und legte ihren Notizblock zurecht. »Nun, ich bin nicht sicher, ob Sie vertraut mit dem Ablauf sind, aber der erste Termin ist kostenlos. Ich kann Ihnen ein wenig vorläufige Beratung geben, die wir dokumentieren. Wenn Sie sich für unsere Kanzlei entscheiden, setzen wir beim nächsten Termin eine Kostenvereinbarung auf.«

Lena runzelte die Stirn. Die Anwältin sollte wirklich ihre Schlafzimmerstimme etwas herunterschrauben. Das war so unprofessionell. Ganz zu schweigen davon, wie aufdringlich es wirkte.

»Lena ... ist das für Sie so in Ordnung?«

Lena hob das Kinn. »Wunderbar.«

»Darf ich fragen, wie Sie auf Lidmans gekommen sind?«

»Ein enger Freund hat Sie mir empfohlen«, log Lena. »Dan Hullog.«

Sie wusste nicht, warum sie das gesagt hatte. Es war ihr einfach so herausgerutscht.

Mist.

Jedenfalls ließ Sarah ihr keine Zeit, die Tücke ihres Schwindels näher zu betrachten oder was er überhaupt zu bedeuten hatte, denn sie entgegnete sofort mit solch leichtgängiger Vertrautheit »Oh, Dan«, dass Lena umgehend alles andere vergaß und Sarah misstrauisch beäugte. Sarah legte die Hand flach auf den Tisch und legte den Kopf schief. »Kannten Sie auch seinen Bruder?«

»Natürlich.« Welche enge Freundin würde das denn nicht?

»Dann möchte ich Ihnen auch mein herzliches Beileid aussprechen.«

Beileid?

Eine eisige Faust packte Lenas Herz.

War Dans Bruder tot? Natürlich konnte sie nicht nachfragen und wie ein kompletter Idiot dastehen. Nicht, dass Sarah es ihr überhaupt sagen würde, sie musste die Angelegenheiten eines Mandanten schließlich vertraulich behandeln.

Doch als die Faust stärker zupackte, wusste Lena, dass es Sinn ergab. Niemand wurde so unzugänglich wie Dan, wenn ihm nicht etwas Tragisches widerfahren war. Aber es erschreckte sie noch mehr, dass sie Dan an Mark erinnerte. Sowohl der Name als auch ihre Unterhaltung auf der Seebrücke kamen ihr wieder in den Sinn. Wenn sie doch nur geahnt hätte, dass noch so viel mehr dahintersteckte.

Leider gab ihr Schweigen Sarah die wunderbare Gelegenheit, das Thema zu wechseln. *Gerissene Schlange.*

»Wie kann ich Ihnen denn nun weiterhelfen?«

Lena faltete die Hände vor sich auf dem Tisch und versuchte, wichtig dreinzuschauen. »Ich, äh ... Ich bin im Grunde im Namen eines Freundes hier, der sich nur ungern selbst an einen Anwalt wenden möchte.«

Sarah sah sie skeptisch an. »Okay, und worum handelt es sich bei dieser Angelegenheit, für die Ihr *Freund* Rat sucht?«

So wie sie es betonte, vermutete Lena, dass Sarah ihr die Geschichte mit dem Freund nicht abnahm. Wahrscheinlich glaubte sie, dass Lena selbst in etwas Zwielichtiges verwickelt war und herausfinden wollte, ob sie ungestraft davonkommen würde.

Hm ... gerissen und vorschnell urteilend.

Sie setzte sich aufrechter hin. »Es geht um seine Kinder«, erklärte sie. »Seine Ex-Frau lässt ihn nicht zu ihnen. Kann er deswegen gerichtlich gegen sie vorgehen?«

»Auf jeden Fall.« Sarah nickte.

Lena schloss noch ein paar phrasenhafte Fragen an. »Haben Sie Erfahrung in dieser Art von Fall?«

»Ich würde ihn nicht selbst vertreten. Aber wir haben eine Abteilung für Familienrecht – ich würde Ihren Freund an jemanden dort verweisen«, antwortete Sarah.

»Kein Problem.« Lena nickte, erhob sich und knöpfte ihre Jacke zu. »Ich werde ihm Ihre Nummer geben.«

Oder auch nicht.

Sie hatte sich noch nicht ganz entschieden.

Drei Tage später saß Lena wieder im Flieger Richtung Pilbara, ohne dass sie noch besonders viel in Perth unternommen hätte. Diesmal plagten sie keine Ängste. Sie freute sich sogar darauf, zurückzukehren und alle wiederzusehen. Selbst auf Mike, der sie vielleicht vom Flughafen abholen würde. Es stellte sich allerdings heraus, dass diesmal Gavin dort auf sie wartete.

Er hatte ein Treffen mit einem Lieferanten in Karratha und war damit beauftragt worden, sie auf dem Rückweg einzusammeln. Es tat gut, nach dem kleinen Zwischenfall am Crossing Pool mit ihm zu reden.

»Dir ist schon klar, dass sie mir nach meinem Bad tagelang die Hölle heißgemacht haben«, warf er ihr vor, als sie zurück zum Camp fuhren.

»Tatsächlich?« Lena grinste. Es gelang ihr nicht, die Schadenfreude in ihrer Stimme zu unterdrücken.

»Es tut dir nicht einmal leid?«

Lena kurbelte das Fenster herunter und atmete die feuchte Luft ein, während die vertraute rote Landschaft mit ihren niedrigen Büschen und den blättrigen Eukalyptusbüschen an ihnen vorbeirauschte. Es sah nicht mehr so karg aus, jetzt, wo Lena wusste, wie viele Schlangen und Eidechsen sich im kurzen Gras tummelten.

»Du hattest es verdient, und das weißt du auch.«

»Hm«, grummelte er, aber Lena wusste, dass er den Großteil seiner Blamage bereits verwunden hatte.

Nachdem sie eine angemessene Zeitlang geschwiegen hatten, wechselte Lena das Thema. »Wie läuft es denn überhaupt auf der Baustelle? Ich habe das Gefühl, ich hätte alles verpasst.«

»Ach, du weißt schon«, seufzte er, »das übliche Chaos. Die Nachtschicht ist in vollem Gange, aber natürlich gibt es Probleme, und Bulldog ist außer sich deswegen. Aber wann ist der verdammte Kerl schon jemals mit etwas zufrieden?«

Diesmal fiel Lenas Antwort nicht so heiter aus. »Na ja, er hat bestimmt seine Gründe.«

Gavin warf ihr einen kurzen Blick zu. »Aha, bist du jetzt auf seiner Seite oder was?«

»Nein.« Sie wandte das Gesicht ab, damit er nicht sah, wie sie errötete. »Was sind es denn für Probleme?«

»Es sind Kommunikationsprobleme«, entgegnete Gavin. »Manches wird zweimal erledigt und anderes überhaupt nicht, weil die Tagesschicht der Nachtschicht vor Feierabend nicht erzählt, was sie gemacht haben. Oder die Nachtschicht braucht bestimmtes Material, um das sich vorher die Tagesschicht gekümmert haben muss. Und das tun sie nicht, und dann ist die halbe Nacht vergeudet, weil kein Material mehr da ist.«

»Aber das kann man doch recht schnell lösen, oder?«

»Würde man meinen.« Gavin schnitt eine Grimasse. »Aber da draußen laufen zu viele große Egos herum. Alle sind der Meinung, jemand anderes sei dafür zuständig, und die ganze Schuld-Zuschieberei steht dem Vorankommen im Weg.«

Sie schwiegen eine Weile, während der Pick-up die Straße entlangrollte. Es gab noch so viel, was Lena wissen wollte, aber sie war sich nicht sicher, ob sie Gavin danach fragen konnte.

»Wie geht's Sharon?«

»Sharon?«

»Genau.«

»Wie immer, denke ich mal. Habe nicht wirklich viel mit ihr gesprochen. Ist ziemlich schüchtern, oder?«

»Nicht immer.« Lena guckte besorgt.

»Habt ihr zwei euch zerstritten oder so?«

»So ähnlich.« Lena zog unglücklich die Schultern hoch. Was sollte sie bloß tun, wenn Sharon und sie sich nie mehr vertrugen? Sie würde nochmals versuchen, mit ihr zu reden. Sharon musste sie doch vermissen.

Oder?

»Was meintest du eigentlich neulich damit, als du gesagt hast, ich wäre richtig für etwas?«

Mist. Jetzt passt er also auf einmal auf. Sie hatte vergessen, dass sie das im Eifer des Gefechts gesagt hatte. Sie schien aber auch gar nichts richtig zu machen. Wenn Sharon wüsste, dass sie auch noch beinahe ihr Geheimnis verraten hatte, dann käme sie nie aus diesem Schlamassel heraus.

»Komm schon, Lena, spuck's aus.«

Sie räusperte sich. »Nichts, Gavin. Lassen wir es einfach auf sich beruhen.«

»Doch, irgendetwas wolltest du sagen.« Zu ihrer Bestürzung schien sich der Wagen zu verlangsamen. »Redet ihr zwei deswegen nicht mehr miteinander? Wegen mir?«

Lena sah zum Himmel. »Sei nicht albern.«

Er fuhr fort, als hätte sie nichts gesagt, und klang ganz aufgeregt. »Jetzt verstehe ich. Ich meine, kein Wunder, dass du so sauer geworden bist, als ich dich geküsst habe. Wo sie es doch gesehen hat.«

»Konzentrier dich aufs Fahren, Gavin«, wies Lena ihn an in einem verzweifelten Versuch, ihn abzulenken. Zu ihrer enormen Erleichterung beschleunigte der Wagen wieder, und Gavin hielt das Steuer entschlossener. Lena entspannte sich in ihrem Sitz. Da hatte sie gerade noch einmal Glück gehabt.

»Sie steht auf mich, stimmt's?«

Sie traf fast der Schlag.

»Das hättest du wohl gern«, wimmelte sie ihn ab. Doch als sie einen Blick auf ihn warf, entdeckte sie, dass er grinste wie ein Honigkuchenpferd.

»Sie sieht ja auch gar nicht schlecht aus. Mir gefällt irgendwie das Ganze mit den roten Haaren und so.«

Es war eindeutig, dass er nur ein wenig weibliche Aufmerksamkeit suchte. Ganz egal von wem. »Mit dieser Einstellung kommst du bei ihr nicht weit«, sagte Lena, bevor sie richtig nachdachte. Erschrocken schlug sie sich auf den Mund.

Gavins Augen funkelten triumphierend, als er ihr einen kurzen Blick zuwarf. »Sie steht also tatsächlich auf mich.«

»Und selbst wenn«, gab Lena zurück, »dann hast du ihr auf jeden Fall die Augen geöffnet.«

»Na ja, vielleicht verabrede ich mich ja mal mit ihr.«

Lenas Mut sank, aber sie versuchte, sich gleichgültig zu geben. »Mach, was du willst.«

Letztendlich waren Gavin und seine Pläne in Bezug auf Sharon Lenas geringste Sorge. Als sie ins Büro kam und versuchte, Mike über Funk zu erreichen, reagierte er einfach nicht. Er war definitiv da draußen und konnte sie hören. Er antwortete absichtlich nicht. Wahrscheinlich war das seine neue Taktik. Lena hatte ihm schließlich eine ganze Woche Zeit gegeben, um sich etwas Neues einfallen zu lassen. Das hätte sie sich eigentlich denken können.

Als sie sich gerade an die Planung für die Trägermontage machen wollte, geschah etwas Unerwartetes.

Die Männer traten in Streik.

Natürlich ging es um Geld. Die Argumentation: ›Wir bekommen nicht genug Lohn dafür, dass wir Zwölf-Stunden-Schichten arbeiten, unsere Familie nicht sehen und in einem Schuhkarton hausen‹.

Carls Reaktion dazu: »Was zur Hölle soll der Scheiß?«

Lena fiel auf, dass Harry am meisten von Carls Herumgebrülle zu spüren bekam. Carl verlangte umgehende Schätzungen darüber, wie weit sie zurückfallen würden, wenn die Männer drei Tage lang streikten, und wie weit nach einer Woche Streik. Und nach zwei Wochen. Im Wesentlichen war es eine ziemlich verfahrene Situation, und die Bauleitung musste schnellstmöglich mit den Arbeitern in Verhandlungen treten. Das erwies sich jedoch als nicht ganz einfach, da sie aus Carl nur »Scheiße, Scheiße, Scheiße« herausbekamen.

Am Abend kehrte Lena völlig erschlagen zum Camp zurück. Wie sollte sie jemals vorankommen? Es war einfach sinnlos. Und weitaus einfacher, eine Hauptrolle in einem Hollywood-Blockbuster zu ergattern, als einen Schiffsanleger zu bauen.

Sie hatte auch den ganzen Tag über Sharon nicht gesehen. Beim Abendessen hielt Lena nach ihr Ausschau, aber ihre Freundin war nicht in der Kantine. Dafür entdeckte sie Harry und setzte sich neben ihn. Die beiden brachten sich auf den neuesten Stand. Und Lena gab ihm Sarah Michaels' Nummer.

Nach zwanzig Minuten war Harry fertig und ging. Lena wollte es ihm gerade gleichtun, als Sharon hereinkam. Ihre Blicke trafen sich kurz, und einen Augenblick lang sah es so aus, als würde der Rotschopf zu Lena herüberkommen. Aber Sharon drehte sich um und ging zum Buffet. Lena stieß die Luft aus. Dieser flüchtige Augenkontakt hatte ihr neue Hoffnung gegeben. Sharon sah sowohl traurig als auch erschöpft aus. Ihre lebhaften Augen hatten definitiv ihren Glanz verloren. War sie vielleicht ebenso unglücklich?

Lena beobachtete, wie sie sich eine klägliche Portion Shepherd's Pie auf den Teller tat und sich dann nach einem freien Platz umsah. In einem Anflug von Mut winkte Lena sie zu sich herüber. Sharon sah sie überrascht und etwas verunsichert an. Nach kurzem Zögern setzte sie sich zu Lena an den ansonsten leeren Tisch. »Hi«, begrüßte Lena sie zaghaft.

»Hi.« Sharon befeuchtete sich die Lippen. »Wie war deine freie Woche?«

»Schön. Und deine?«

»Gut.«

Ein unangenehmes Schweigen folgte, und es dauerte bestimmt eine Minute, bis Lena ihren Mut zusammennahm und etwas sagte. »Sharon, ich finde das furchtbar so. Wie bekommen wir das wieder hin?«

Sharon legte ihre Gabel hin. »Lena, ich fühle mich schrecklich.« Sie sah Lena schuldbewusst an. »Als ich zur Arbeit zurückkam, machte es gerade im ganzen Camp die Runde, dass du Gavin in den Crossing Pool geschubst hast, und dann hat Radar mir erzählt, dass jetzt auch alle Bescheid wissen, dass alles nur ein Schwindel war und ihr nie zusammen wart ...«

»Sharon ...«

»Nein, ich habe dich entsetzlich behandelt. Wenn ich daran denke, wie ich dich in Point Samson allein gelassen habe, könnte ich mich ohrfeigen. Kannst du mir jemals verzeihen?«

»Ob *ich dir* verzeihen kann?« Lena konnte es nicht fassen. »Was ist denn mit mir? Ich war so bescheuert! Ich hätte gar nicht erst versuchen sollen, dich und Gavin zu verkuppeln. Ich bin die naivste Frau der Welt, was Männer angeht. Und das habe ich nur zu deutlich bewiesen, als ich alles vermasselt und dich dabei auch noch verletzt habe.«

Sharons Unterlippe zitterte. »Nein, ich bin diejenige, die sich entschuldigen muss.«

»Zu spät, mir tut es als Erste leid.«

»Aber es ist meine Schuld, dass das alles passiert ist«, protestierte Sharon. »Wenn ich dich nicht um Hilfe mit Gavin gebeten hätte ...«

»Nein, es war meine Idee, euch überhaupt zusammenzubringen.«

Als ihnen ihre gegenseitigen Schuldbekenntnisse bewusst wurden, breitete sich auf beiden Gesichtern ein Grinsen aus. Und plötzlich fing Sharon an zu lachen. »Okay.« Sie nahm wieder ihre Gabel. »Du hast recht. Es ist alles nur deine Schuld.«

»Was?!«

Sharons Mundwinkel zuckten. »Dass du so ein lieber und wunderbarer Mensch bist, der immer allen helfen will.«

Lena stieß erleichtert den Atem aus. »So weit würde ich nun auch wieder nicht gehen. Aber Sharon, mir tut es wirklich leid.«

»Mir auch.«

»Können wir einen Pakt schließen?«

»Was für einen Pakt?« Sharon legte den Kopf schief.

»Uns niemals in das Liebesleben der anderen einzumischen.«

»Abgemacht.«

Sie reichten sich über dem Tisch die Hände und besiegelten ihren Pakt. Nachdem ihre Freundschaft nun wieder hergestellt war, stürzte sich Sharon sofort in eine Auflistung ihrer dringendsten Sorgen. Es gab einen

Gerüstbauer, der unerwünschte Annäherungsversuche startete, die Klimaanlage in ihrem Dongar funktionierte nicht, und in der Kantine gab es nur Hackfleisch- und Kartoffelgerichte, seitdem Lena nach Perth geflogen war. Lena fühlte mit, meckerte auch ein wenig über Mike, und schon sah alles viel heiterer aus.

Am nächsten Tag ging Lena wie üblich zur Arbeit, musste aber nach einem halben Tag Feierabend machen, da Barnes Inc. keine Männer mehr auf der Baustelle hatte. Der Streik war noch in vollem Gange, und es war nun an Carl, harte Verhandlungen zu führen.

Lena lieh sich einen Firmen-Pick-up, da sie ausnahmsweise einmal zur Verfügung standen. Sie und Sharon unternahmen ihr eigenes kleines Abenteuer. Sie hatten gehört, dass der Yachtclub in Point Samson gut sein sollte, und wollten ihn sich einmal anschauen und dort ein spätes Mittagessen zu sich nehmen.

Lena war nicht besonders beeindruckt. Obwohl es sich Yachtclub nannte, gab es weder Boote noch grünes Gras oder sonstige landschaftliche Gestaltung. Es war vielmehr ein Blechschuppen, neben dem man einen alten Mast aufgestellt hatte.

»Und davon haben die Leute hier so geschwärmt?« Lena sah Sharon ungläubig an, die sich die Augen gegen die Sonne abschirmte, um das Ganze zu betrachten.

»An irgendwas muss es liegen, irgendwas muss hier super sein«, murmelte Sharon zur Antwort.

Und so war es auch.

Das Essen! Lena fiel fast vom Stuhl, als sie den ersten Bissen nahm. Nicht einmal im Himmel konnten Meeresfrüchte so gut schmecken! Sie labte sich an Riesengarnelen, Fisch von bester Qualität und dem Moreton Bay Bug. Sie hatte diese Art von scherenlosem Hummer noch nie gegessen und war ziemlich fasziniert, hatte aber auch etwas Angst vor ihnen. Sie waren wie eine Kombination aus Krebs und Languste, sahen aber im Grunde aus wie riesige Kakerlaken. Nachdem sie eine halbe Stunde lang unentschlossen war, griff sie schließlich zu und fand das Fleisch vorzüglich.

»Also«, setzte Sharon an, während sie ein Stück ihres Seeigels verspeiste, »du hast noch gar nicht erzählt, was du so in deiner freien Woche unternommen hast.«

Lena zuckte die Achseln. »Nicht besonders viel.« Sie verzog das Gesicht. »Um ehrlich zu sein, habe ich ziemlich viel Zeit damit zugebracht, nicht daran zu denken, was hier vor sich geht.«

Sharon grinste. »Pilbara ist dir unter die Haut gegangen.«

Mir ist noch mehr als nur Pilbara unter die Haut gegangen, dachte Lena verlegen. Sie musste an ihr Treffen mit Dans Anwältin denken. »Es ist, als ob ich hier sein will und gleichzeitig nicht hier sein will. Ich kann mich anscheinend nicht entscheiden.« Sie hielt inne. »Was hat dich eigentlich hierher verschlagen, Sharon?«

»Da fragst du noch?« Sharon sah sie ungläubig an. »Ich bin Busfahrerin. Ich bekomme hier dreimal so viel Lohn wie in Perth. Und ich habe weder Familie noch Freund, also ist es einfach. Das hier ist das dritte Projekt im Outback, bei dem ich arbeite. Nach einer Weile wird man fast süchtig danach.«

Lena nickte, während sie eine Garnele auseinanderpflückte. »Vermutlich.«

»Was meinst du damit, vermutlich?« Sharon sah sie

aufmerksam an. »Wenn du nicht des Geldes wegen hier bist, warum dann?«

Lena wandte den Blick ab. Sie war nicht sicher, ob sie sich so kurz nach ihrer Versöhnung bereits Sharon anvertrauen wollte.

Sharon pfiff leise. »So, so, so. Ich weiß nicht, wie wir alle *das* übersehen konnten.« Sie lachte. »Radar wird hocherfreut sein.«

»Worüber?«

»Bulldog ist also nicht der Einzige mit einem Geheimnis.«

Lena stockte der Atem. »Sharon, hetz mir bitte nicht Radar auf den Hals.«

Sharon sah sie ebenso besorgt an, wie sie sich fühlte. »Natürlich nicht, ich habe nur Spaß gemacht. Was ist denn los? Ich erzähle es auch niemandem.«

Lena zögerte, und Sharon hob sofort kapitulierend die Hand. »Mach dir keinen Kopf. Ich hätte dich nicht drängen sollen. Du musst es mir nicht erzählen, wenn du dich dabei unwohl fühlst.«

Überraschenderweise veranlasste gerade dieser Satz Lena dazu, es ihr sagen zu wollen. »Na ja, die Sache ist die …« Sie fuhr sich mit der Zunge über die Lippen. »… mein Abschluss ist nicht ganz rechtmäßig.«

Sharon verschluckte sich an ihrem Krebs. »Er ist was?!«

»Nicht offiziell«, beeilte Lena sich zu erklären. »An der Uni denken sie, es ist alles in bester Ordnung, aber eigentlich …«

Lena legte Sharon ihre Affäre mit Kevin dar und wie ihr anmaßender Ex es sich herausgenommen hatte, ihre Noten zu fälschen.

»Was hat er denn unterrichtet?«

»Zwei Hauptseminare.«

»Und wie viele Semester lang?«

»Vier. Also quasi die Hälfte meines Abschlusses.«

Sharon hielt kurz inne. »Hat er dir gesagt, wie sehr er die Noten verändert hat?«, fragte sie dann.

Lena schüttelte den Kopf. »Er hat mir keine Details genannt, und ehrlich gesagt war ich damals zu gestresst, um weiter nachzuhaken.«

»Na ja, meinst du nicht, das hättest du irgendwann tun sollen?« Sharon sah sie stirnrunzelnd an. »Wer weiß, vielleicht war es nur einmal in einem Fach. Es wäre doch absurd, sich so viel Gedanken wegen nichts zu machen.«

Lena rang die Hände. »Ich will ihn weder wiedersehen noch mit ihm reden.«

Sharon seufzte. »Lena, das bringt dich doch auch nicht weiter.«

»Das findet meine Freundin Robyn auch, aber weißt du, ich bin ja gerade dabei, etwas deswegen zu unternehmen. Ich bin hier draußen und stelle mich und meinen Abschluss unter Beweis.«

»Du bist ...« Sharon brach ab. »Das Ganze hier«, sie beschrieb mit ihrer Gabel einen Kreis in der Luft, »dass du hier bist und den ganzen Mist über dich ergehen lässt, machst du also, um zu beweisen, dass du gute Arbeit leisten kannst.«

Lena sah sie trotzig an. »Ja.«

»Nicht, dass ich es nicht schön finde, dich hier zu haben«, sagte Sharon lachend, »aber ich persönlich denke, dass es um einiges einfacher wäre, diesen Prof der Uni zu melden, damit er rausfliegt.«

»Und dabei riskieren, meinen Abschluss aberkannt zu bekommen? Lieber nicht.«

Sharon sah sie nachdenklich an. »Da hast du recht, das willst du ja auch nicht. Obwohl jeder, der auch nur halbwegs bei Verstand ist, sehen kann, dass du eine gute Ingenieurin bist.«

Das heiterte Lena auf, und sie setzte sich aufrechter hin. »Findest du wirklich?«

»Na klar. Du hast schon ein paar großartige Ideen gehabt, du kannst gut mit den Jungs umgehen, und Carl hat dir auch zugetraut, dass du dich um die Verbreiterung des Anlegers kümmerst. Das ist eine ziemlich große Verantwortung.«

Lenas Mut sank wieder. »Na ja, das habe ich ja bisher noch nicht getan. Da muss ich noch einige Hürden bewältigen. Gott weiß, was das überhaupt für Hürden sein werden! Wir sind auch immer noch im Rückstand, was den Zeitplan angeht.«

»Also ich finde, dass du viel zu streng mit dir bist«, stellte Sharon fest.

Lena lächelte schwach. Sie wusste, dass Sharon es gut meinte, und ihre Unterstützung bedeutete ihr viel. Aber genau wie Robyn war sie eben keine Ingenieurin. Sie hatte keine wirkliche Vorstellung davon, was Lena bereits hätte erreichen sollen. Leute wie Bulldog betrachteten sie kritisch, und Carls Einstellung ihr gegenüber, so sehr sie ihn auch schätzte, war größtenteils ungeduldig. Sie hatte noch nicht bewiesen, dass sie ihren Abschluss verdiente.

Noch lange nicht.

Sharon zuckte die Schultern. »Auch wenn du mir nicht glaubst, ich bin für dich da.«

»Danke«, sagte Lena. »Um genau zu sein, muss ich dir noch etwas beichten.«

»Was denn?« Sharon sah von ihrem Teller auf.

Lena wurde es unbehaglich zumute. »An dem Abend in Point Samson habe ich aus Versehen Gavin gegenüber angedeutet, dass ich finde, ihr zwei würdet gut zusammenpassen. Er hat eins und eins zusammengezählt und ist jetzt überzeugt davon, dass du auf ihn stehst. Ich habe vor ein paar Tagen versucht, ihn vom Gegenteil zu überzeugen, aber …« Sie hielt inne. »Hat er dir gegenüber etwas erwähnt?«

Sharon lief an wie eine Tomate, verneinte aber.

»Na ja, vielleicht macht er ja auch einen Rückzieher.«

Sharon biss sich auf die Lippe. »Was soll ich jetzt machen?«

»Gefällt er dir noch?« Lena hielt den Atem an.

»Ich weiß nicht.«

»Dann mach einfach nichts«, riet Lena ihr. Das würde jedenfalls von jetzt an ihre Strategie sein. Sie wusste, dass es nur zu Schwierigkeiten führen würde, wenn sie etwas anderes vorschlug. »Abwarten, was passiert.«

»Okay.«

»Und bis dahin«, Lena hob ihren leeren Teller, »lass uns noch einen Nachschlag nehmen.«

Sharon nickte begeistert. »Ich bin dabei.«

Kapitel 12

Am Montagmorgen war es Barnes Inc. gelungen, sich mit der Gewerkschaft zu einigen, und der Streik wurde beendet. Lena stürzte sich mit voller Kraft in die Arbeit. Der Schlitten lag wieder fünf Prozent zurück, und die Montage der Träger wurde allmählich dringender. Und darin lag Lenas nächstes Problem.

Der Kran auf dem Schlitten konnte nur fünf Tonnen heben, und die Träger wogen jeweils acht Tonnen. Sie musste also einen größeren Kran auftreiben. Dennoch beschloss sie, sich zunächst um das Kommunikationsproblem zwischen Tages- und Nachtschicht zu kümmern. Sie konnte den Ablauf bestimmt um zwei Prozent beschleunigen, wenn alle genau Bescheid wussten.

Mit diesem Plan fuhr sie auf den Anleger, um mit den Vorarbeitern zu sprechen. Mike war wieder einmal außerordentlich wenig hilfsbereit, doch das überraschte Lena nicht. Sie fuhr also mit dem Bus weiter bis ans Ende der Seebrücke, um dort die Lage zu sondieren. Sie war erstaunt, als Gavins Männer sie ebenfalls nicht gerade freundlich empfingen.

»Das ist nicht unsere Schuld«, war der allgemeine Konsens.

Sie waren einfach gegen alles, ohne irgendwelche Lösungsvorschläge parat zu haben. Anscheinend hatte die Tagesschicht am Tag zuvor einen Balken montiert und gestrichen, den die Nachtschicht bereits geprüft und für fehlerhaft befunden hatte. Letztendlich musste die Nachtschicht ihn dann wieder abbauen, die Farbe entfernen – eine qualvolle Arbeit – und ihn zurück aufs Werksgelände schicken, damit er dort in Ordnung gebracht wurde. Der verantwortliche Vorarbeiter war darüber so in Rage geraten, dass er ausgeflippt war und eine Puppe vor dem Büro auf dem Anleger aufgestellt hatte. Sie sah aus wie eine Vogelscheuche. Sie trug einen Helm, eine Staubmaske und eine Schutzbrille als Kopf und Gesicht. Eine orangefarbene Warnweste war mit alten Stoffresten ausgestopft, und als Hände waren Schutzhandschuhe an den Besenstielen festgebunden. Ein großes weißes Schild stand daneben, auf das der Vorarbeiter mit schwarzem Edding geschrieben hatte: *Kommunikationsbeauftragter, besondere Fähigkeiten: taub, stumm und blind.*

Sein Ausraster war zwar komisch, doch er hatte den Nagel auf den Kopf getroffen – das Projekt brauchte dringend jemanden, der Informationen sammelte und von einer Schicht an die nächste weitergab. Lena konnte nicht glauben, dass das noch niemandem aufgefallen war. Momentan war niemand dafür zuständig, und alle delegierten diese Aufgabe an andere.

Sie holte ihr Klemmbrett hervor und ging noch einmal zu allen Vorarbeitern, mit denen sie gerade gesprochen hatte. Diesmal teilte sie ihnen mit, dass Barnes Inc. darüber nachdachte, einen Kommunikationsbeauftragten einzustellen. Sie befragte sie darüber, welche Informationen übermittelt werden müssten. Und plötzlich waren sie um einiges hilfsbereiter. Nach einer

Stunde hatte Lena mindestens dreißig Punkte auf ihrer Liste, und das ohne Mikes Hilfe.

Sie wollte gerade zum Bus hinübergehen, als sie Dan am Anleger entdeckte. Es war das erste Mal, dass sie ihn seit ihrer freien Woche traf, und als ihre Blicke sich kreuzten, blieb sie wie angewurzelt stehen, und ihr Puls erhöhte sich.

Dan kam auf sie zu.

»Willkommen zurück.«

»Danke.«

»Hatten Sie einen schönen Urlaub?«

An Small Talk ausgerechnet mit Bulldog war sie nicht gewöhnt, doch sie räusperte sich und antwortete selbstbewusst: »Ja, sehr schön.«

Eine leichte Brise wehte den Duft seines Aftershaves zu ihr herüber, während sie sich taxierten. Lena hatte keine Ahnung, woran er dachte, aber etwas schien ihn zu beschäftigen, denn er zögerte. Ihr schwirrten ebenfalls eine Menge Fragen im Kopf herum. Seit ihrem Termin bei Sarah Michaels wollte sie alles wissen. Wofür er als Zeuge aussagte, warum er Sarah als seine Anwältin ausgewählt hatte, warum sein Bruder tot war, warum er seiner Anwältin davon erzählt hatte, und das Seltsamste von allem, warum Lena ihn an seinen Bruder erinnerte.

»Hören Sie«, durchbrach er ihre Gedanken, »ich habe von der Geschichte am Crossing Pool gehört, und das hat mich nachdenklich gemacht.«

Damit hatte sie am allerwenigsten gerechnet.

»Nachdenklich worüber?«

Er hielt inne. Er sah ernst aus, ja sogar besorgt. »Wenn jemand auf der Baustelle versucht, Sie so auszunutzen, dann sollten Sie das melden. Wenn nicht mir, dann Carl.«

Lena lächelte bitter. »Sprechen Sie von sexueller Belästigung?« Es war ja klar, dass Dan eine Entschuldigung dafür, dass er sie falsch eingeschätzt hatte, in professionelle Ratschläge verpackte.

Er nickte.

Unwillkürlich musste sie lachen. »Dan, wenn ich jeden Kerl, der mich so behandelt, melden würde, säße ich nächste Woche noch hier.« Mit einem gleichgültigen Schulterzucken wandte sie sich zum Gehen. »Aber danke für den Hinweis.«

Bevor sie gehen konnte, legte Dan ihr eine Hand auf die Schulter. »Warten Sie.«

»Wieso?«

Sie versuchte, sich loszumachen, doch er führte sie zum Büro-Dongar. Drinnen warf er sein Klemmbrett und seinen Helm auf den Klapptisch und sah sie an.

»Lena«, er stemmte die geballte Faust in die Handfläche, »darüber sollte man keine Witze machen. Ich meine es ernst.«

»Das weiß ich«, erwiderte sie seufzend. »Aber Sie müssen mir vertrauen. Lassen Sie mich das auf meine Art regeln.«

Er verzog skeptisch den Mund. »Und wie hat das bisher so funktioniert?«

»Ziemlich gut, um genau zu sein.« Sie sah ihn herausfordernd an.

»Ich weiß, dass Sie keinen Staub aufwirbeln wollen, aber es ist nichts dabei, um Hilfe zu bitten.«

»Dan, mir geht es gut.«

»Momentan noch.« Seine Augen funkelten gefährlich, und er richtete sich auf. Sein Blick wanderte zum Fenster, und er holte tief Luft. »Aber manchmal verliert man die Kontrolle über das Leben. Versuchen Sie nicht, alles allein zu bewältigen. Von einem Moment auf den anderen kann etwas schiefgehen, und man kann die Zeit nicht zurückdrehen.«

Er sah zu Boden, als versuchte er, einen unangenehmen Gedanken zu verscheuchen. Bestimmt dachte er dabei nicht an irgendwelche unwillkommenen Annäherungsversuche.

»Dan, was ist los?«

Schweigen.

Sie riskierte es. »Hat das etwas mit Ihrem Bruder zu tun?«

Sein Kopf fuhr hoch. Er war erblasst, als hätte sie ihm eine Ohrfeige verpasst. »Was wissen Sie über meinen Bruder?«

»Sie haben gesagt, dass ich Sie an ihn erinnere.«

»Darauf würde ich mir nicht zu viel einbilden.« Er fuhr sich mit der Hand durch die Haare. »Er war leichtsinnig, starrköpfig und vollkommen unvernünftig. Ich bin nie zu ihm durchgekommen.«

»Oh.« Lena nickte, ein wenig enttäuscht, aber doch nicht überrascht, dass die Gründe dafür eher kritischer Natur als schmeichelhaft waren. »Aber Sie vermissen ihn bestimmt.«

»Wie bitte?« Er sah sie scharf an.

O Mist.

»Ich meinte bloß … Also … Sie wissen schon, seit …« Sie verstummte.

»Seit er gestorben ist«, beendete er ihren Satz. Seine Augen verengten sich zu schmalen Schlitzen. Er ging auf sie zu, und Lena schluckte. »Wer hat Ihnen davon erzählt?«

»I-ich weiß nicht mehr.«

»Schwachsinn.«

Es war das erste Mal, dass sie Dan ungehalten erlebte. Und anders als bei Carls regelmäßigen Schimpftiraden, verursachte dieses eine Wort bei ihr eine Gänsehaut, und zwar keine angenehme. Dan war immer so sachlich, so professionell. Sie musste ihn wirklich aufgewühlt haben.

»Es sind doch die ganze Zeit Gerüchte auf der Baustelle im Umlauf.« Sie bemühte sich eilig, die Situation zu retten. »Können Sie es mir da vorwerfen, dass ich mich nicht mehr daran erinnere, wer was gesagt hat?«

»Dieses verdammte Team ist unnatürlich besessen von meinem Privatleben«, knurrte Dan bitter. »Warum können sie mich nicht einfach in Ruhe lassen?«

»Vielleicht machen sie sich Sorgen?«

»Vielleicht wollen sie aber auch bloß tratschen.« Er ließ seinen Blick so über sie wandern, dass sie das Gefühl hatte, er würde sie häuten. »Obwohl ich bezweifle, dass ein Studienabgänger, der bei der Arbeit verunglückt ist, für leichte Unterhaltung sorgt.«

Lena hielt sich schockiert die Hand vor den Mund. »Er … Er ist bei der Arbeit gestorben?«

»Oswalds musste Maschinen in einem Sägewerk überprüfen und hat Mark dort hingeschickt. Sagen wir nur so viel, es geschah ein Unfall.« Den letzten Satz presste er zwischen zusammengebissenen Zähnen hervor, und Lena spürte, wie ihre Haut brannte. Schweiß brach ihr auf der Stirn aus, vor allem, weil sie nun etwas Furchtbares verstanden hatte.

»Oswalds, ist das nicht das Unternehmen, für das Sie gearbeitet haben?«

»Ja«, entgegnete Dan knapp und setzte sich seinen Helm wieder auf. Doch in seiner Stimme schwang noch etwas anderes als Wut mit, und als Lena in seinem Gesicht sah, welche Höllenqualen er durchlitten hatte, wusste sie bereits, was er als Nächstes sagen würde.

»Und ich war Marks Vorgesetzter.«

Lena drückte sich eine Hand ans Brustbein, um den Schmerz zu lindern, der plötzlich dort aufgetaucht war. Bruchstücke aus Unterhaltungen kamen ihr in den Sinn, kurze Szenen, die sich in ihrer Erinnerung zusammenfügten und auf schreckliche Weise Sinn ergaben.

Mike, selbstgefällig auf dem Schlitten: *»Möglicherweise hast du nicht so viel Glück dabei, Bulldog zur Zustimmung zu bewegen. Ist sie sicher?«*

Sie, die Dan im Wäsche-Dongar nach seiner Familie ausfragte. *»Warum sollten sie Sie nicht brauchen?«*

Sarah Michaels ihr gegenüber im Büro: *»Dann möchte ich Ihnen auch mein herzliches Beileid aussprechen.«*

Dan auf der Rückfahrt von Point Samson: *»Oswalds, das Unternehmen, für das ich vorher gearbeitet habe, wird verklagt. Ich bin Zeuge.«*

Zeuge.

Zeuge.

Sie blickte auf und sah ihm in die Augen. Sie war sich bewusst, dass ihr Tränen in den Augen standen, aber es war ihr egal.

Sein Klemmbrett kratzte über die Tischplatte, als er danach griff. Sein Mund hatte sich grimmig verzogen. »Jetzt wissen Sie über alles Bescheid.«

Und mit einem Türknallen war er verschwunden. Lena ließ sich in einen Stuhl fallen, legte den Kopf auf den Tisch und schloss die Augen in dem vergeblichen Versuch, alles wieder auszulöschen, was sie gerade erfahren hatte.

An diesem Nachmittag brauchte sie lange, um sich zu konzentrieren. Um genau zu sein, beschäftigte Dans Geschichte sie so sehr, als sie ins Büro zurückkehrte, dass sie unbedingt alles darüber erfahren wollte. Sie suchte im Internet nach seinem Bruder und fand schließlich die ganze Geschichte auf der Website für Arbeitssicherheit der Westaustralischen Regierung. Der Unfall lag beinahe drei Jahre zurück.

Mark Hullog, 25, Maschinenbauingenieur, verstarb im vergangenen Oktober während einer Inspektion des MacArthur-Sägewerks. Die dort Beschäftigten hatten sich über den immer wieder blockierenden Einzug beschwert. Oswalds GmbH wurde von MacArthur Bauholz damit beauftragt, das Problem zu überprüfen und zu beheben. Mark Hullog, der seit vierzehn Monaten bei Oswalds beschäftigt war, traf mit seinem Vorgesetzten bei MacArthur Bauholz ein, um den Holzeinzug sowie die Zerkleinerungsmaschine zu kontrollieren. Mark Hullog betrat die Anlage durch eine mit Sprungfeder betriebene Tür und wurde darin eingeschlossen. Er wurde in den Schredder gestoßen und war sofort tot.

Lenas Hand zitterte, als sie die letzte Zeile las. Es war eine grobe Untertreibung, zu behaupten, dies wäre eine furchtbare Art zu sterben. Und sich dann noch vorzustellen, dass Dan dort gewesen war, als es passierte.

Das konnte sie sich gar nicht vorstellen.

Das *wollte* sie sich nicht vorstellen.

Dabei zu sein, wenn jemand, den man liebte, eines gewaltsamen Todes starb, und nichts dagegen tun zu können ... Er musste sich selbst die Schuld geben. Bestimmt tat er das. Lena blinzelte, um ihre Tränen zurückzuhalten; sie durfte hier nicht weinen. Nicht, wenn jemand sie sehen konnte und Fragen stellen würde.

Kein Wunder, dass Dan nach Pilbara gekommen war. Lena wäre ebenfalls weggelaufen, so weit weg, wie sie nur konnte.

Sie brauchte dringend ein Glas Wasser und stand auf und ging in die Küche. Die kühle Flüssigkeit beruhigte ihren Hals, doch nicht ihr schmerzendes Herz. Am schlimmsten war es, dass Oswalds Dan nicht zur Ruhe kommen ließen. Sie verdammten ihn dazu, ihre Seite vor Gericht zu vertreten. Lena schüttelte den Kopf. Und dann fiel ihr plötzlich etwas ein.

Wer verklagte überhaupt Oswalds wegen Mark Hullogs Tod? Dan war es nicht – er war ja Zeuge –, es musste also Marks Familie sein. War Mark verheiratet gewesen? Hatte er Kinder?

Sie kehrte an ihren Schreibtisch zurück, und ihre Hände zitterten, als sie nach Schlüsselbegriffen aus dem Artikel suchte. Es dauerte nicht lange, bis einige alte Zeitungsartikel auftauchten.

Sägewerksunfall zerstört Familie ... Die angebliche Fahrlässigkeit des Bruders ... Eltern weigern sich, den verbliebenen Sohn anzuerkennen ... Verstorbener hinterlässt schwangere Frau.

Lenas Kehle war wie zugeschnürt, und sie schloss den Browser. Sie hatte mehr als genug erfahren.

Sie wollte nicht mehr herausfinden.

Vom ersten Moment an hatte sie Dan als furchtlos und unverwüstlich empfunden. So wie er sie ansah, hatte sie niemals gedacht, dass sie gegen ihn ankommen würde. Niemals seinen Panzer durchbrechen würde. Niemand konnte ihm etwas anhaben. Doch jetzt wusste sie, dass er bereits zerbrochen war, dass er litt. Diese unnahbare Fassade war bloß der Verband über einer tiefen Wunde, von der er sich noch erholen musste.

In dem Moment fiel es Lena wie Schuppen von den Augen. Dieser Moment, wenn einem klar wird, dass alles, was man weiß, null und nichtig ist. Wenn alles neben einer Wahrheit verblasst, die sich plötzlich ans Licht drängt. An diesem ruhigen Nachmittag, allein an ihrem Schreibtisch mit einem Glas Wasser in der Hand … Da begriff Lena.

Kapitel 13

Da Dan wahrscheinlich noch sauer auf sie war, weil sie sich in seine Angelegenheiten eingemischt hatte, beschloss Lena, sich die nächsten Tage etwas bedeckt zu halten. Sie verbrachte viel Zeit mit Sharon und trieb ihre Ideen für die Arbeit voran, die keine Streitpunkte darstellten – wie ihren Plan für den Kommunikationsbeauftragten.

Sie ging ihn gerade mit Gavin durch, als Carl und Sharon von der letzten Bustour zurückkamen. Sharon hatte die Post dabei, während Carl sie stirnrunzelnd begleitete. Gavin rief die beiden herüber.

»Lena hat eine neue Idee.«

»Verdammt.« Carl stellte sich neben sie. »Hoffentlich eine verdammt gute, bei dem Vormittag, den ich hatte.«

Sharon sortierte die Post auf einem Tisch, während Lena knapp ihre Vorstellung von den zwei Kommunikationsbeauftragten darlegte – einen für die Tages- und einen für die Nachtschicht. Sie würden jeweils etwas später mit der Arbeit beginnen, so dass sich ihre Zeiten mit dem Schichtwechsel überschnitten. Carl war nicht so begeistert von der Idee, wie sie gehofft hatte.

»So jemanden brauchen wir natürlich. Aber verdammte Scheiße, wer wird sich denn dafür melden?« Er schüttelte den Kopf. »Die Männer haben ja schon gestreikt, weil sie ihr Gehalt beschissen finden. Wer meldet sich da freiwillig für zusätzliche Arbeit, für die er nicht einmal bezahlt wird?«

Lena ließ sich nicht beirren. »Na ja, vielleicht müssen wir in den sauren Apfel beißen und den Beauftragten ein bisschen mehr zahlen.«

Carl seufzte. »Als ob das so einfach wär.« Lena wollte etwas erwidern, doch er winkte ab. »Hast du eine Vorstellung davon, wie viel Geld wir bei diesem Projekt schon verballert haben? Verdammt, es ist ein Fass ohne Boden. Kannst du dir nicht etwas einfallen lassen, das die Produktivität ohne zusätzliche Kosten steigert?«

Plötzlich klingelte sein Handy, und frustriert zog er es aus der Tasche und entfernte sich ein paar Schritte, um den Anruf entgegenzunehmen. »Was?! Warum zum Teufel habt ihr denn den verdammten Stuart Carn das machen lassen? Du weißt doch, dass er zu nichts zu gebrauchen ist. Jetzt sind wir am Arsch. Nein, ich hab auch keine beschissene Lösung ...«

Lena blendete sein Gespräch aus. Sie bemerkte, dass Sharon vor sich hin schmunzelte, während sie die Briefstapel ordnete. »Was ist denn mit dir los?«

Sharons Mundwinkel zuckten verräterisch, als sie versuchte, sich abzuwenden. »Ach, nichts.«

»Tu doch nicht so«, drängte sie Lena. »Worüber lachst du?«

»Genau«, stimmte Gavin mit ein. »Sag schon.«

»Na ja.« Sharon warf Carl einen kurzen Blick zu, um sicherzugehen, dass er noch ganz abgelenkt war von seinem Telefonat. »Ich hatte gerade eine Idee, die nichts kostet und auf jeden Fall dazu beitragen würde, die Dinge schneller zu erledigen.«

»Tatsächlich?« Lena sah den Schalk in ihren Augen und war sofort neugierig. »Dann lass mal hören.«

»Wenn Carl bestimmte Ausdrücke aus seinem Wortschatz streichen würde, dann könnte er dadurch die Lieferung seiner Bestellungen um fünfzig Prozent beschleunigen.«

Sharon hatte die Stimme gesenkt, doch leider hatte Carl gerade wütend aufgelegt und somit ihre ›Idee‹ mitbekommen. Gavin gluckste, während Lena ihr Grinsen hinter einer Hand versteckte. Die arme Sharon lief unter Carls eisigem Blick puterrot an. Wortlos steckte er sein Handy ein und ließ dabei Sharon nicht aus den Augen, die sich schnell wieder den Umschlägen auf dem Tisch zugewandt hatte. Sie klemmte sich hastig zwei Stapel unter den Arm und nahm einen dritten in die Hand, um sie wegzubringen. »Ich ... Ich bringe die mal direkt in die ... äh ... in die richtigen Ablagen.«

Unglücklicherweise fielen ihr ein paar Umschläge aus der Hand, als sie an Carl vorbeiging, und so musste sie stehen bleiben und mit offenem Mund zusehen, wie er sich bückte, um sie für sie aufzuheben. Sie nahm die Briefe mit zittrigen Händen entgegen und murmelte mit gesenktem Blick ein »Äh, danke«, bevor sie schnell verschwand.

Als Sharon schließlich fort war, fiel Carls anklagender Blick auf Gavin und Lena. Lena wusste nicht, wie es Gavin ging, aber sie kämpfte immer noch verzweifelt darum, nicht loszuprusten.

»Hat sie etwa ein Problem damit, dass ich fluche?« Carl deutete mit dem Daumen über die Schulter.

Gavin hustete und sah weg. Carl schaute noch verdrießlicher drein. »Hat sich bisher nie beschwert«, grummelte er. »Obwohl ich vermute, dass das eben nicht für meine Ohren bestimmt war.«

»Mach dir keine Gedanken, Carl«, beschwichtigte Lena ihn. »Sie hat nur Spaß gemacht. Das hat nichts zu bedeuten.«

Carl öffnete den Mund, um noch etwas hinzuzufügen, schien aber außerstande, die Worte zu formulieren. Er schloss ihn also wieder und stürmte hinaus. Erst eine Stunde später tauchte er wieder auf. Er hatte sich anscheinend von Sharons Witz erholt, denn er rief Lena quer durch den Raum etwas zu.

»Ich hab über den Scheiß nachgedacht und mich entschieden. Bleib dran bei der verfluchten Kommunikationsidee. Ist zwar scheiße wegen dem Geld, aber ich sehe keine andere Lösung. Wir schlagen zehn Prozent Gehalt drauf. Kannst du das organisieren?«

Sie nickte und wandte sich erfreut wieder ihrem Bildschirm zu. Sie brauchte nicht lange, um den Antrag schriftlich auszuarbeiten. Der Zuständige aus der Personalabteilung vor Ort half ihr dabei, das Stellenangebot aufzusetzen, so dass er Bewerbungsgespräche führen und die Stellen vermitteln konnte.

Nachdem dieses Problem also gelöst war, widmete Lena sich dem komplizierteren Dilemma: den Trägern. Sie konnte keinen größeren Kran auf den Schlitten setzen, da das Gerüst das nicht tragen konnte. Und die Träger wiederum konnten nicht von dem kleineren Kran getragen werden, der sich momentan darauf befand.

Was soll ich also jetzt machen?

Und dann hatte sie endlich einen Geistesblitz. Was, wenn sie zwei Fliegen mit einer Klappe schlug?

Wenn sie zwei Schlitten mit zwei kleinen Kränen

hätte, dann könnte sie die Ausleger doppelt so schnell anbringen und hatte gleichzeitig die Kapazität, einen Träger zu montieren. Das war möglich, wenn die Schlitten nebeneinander standen. Schnell zeichnete sie einen Entwurf. Die zwei Kräne konnten gemeinsam einen Träger von einem Laster heben.

Es würde noch mehr Geld kosten, einen zweiten Schlitten zu bauen und noch einen Kran zu kaufen. Aber sie hoffte, dass Carl zustimmen würde, schließlich kurbelte sie damit auch den Bau der Ausleger mit an. Außerdem würde es entweder mehr Zeit oder mehr Geld oder sogar beides kosten, egal, von wo aus sie das Problem angingen. Wenn sie das momentane Gerüst aufpeppten, damit es einen größeren Kran tragen konnte, würden sie es eine Zeitlang vom Anleger runternehmen müssen, und das würde sie weiter zurückwerfen, bevor sie überhaupt aufholen konnten. Mit Lenas neuer Idee konnte der Schlitten ganz normal weiteragieren, während das zweite Modell auf dem Werksgelände gebaut wurde.

Den Rest des Vormittags verbrachte sie damit, die Details ins Reine zu bringen, und sie vergaß beinahe die Mittagspause, so vertieft war sie in ihre Arbeit. Zum Glück veranlasste ihr knurrender Magen sie zu einer Pause. Sharon wartete bereits im Pausenraum auf sie, und kaum war Lena hereingekommen, stürzte sie sich schon auf sie und zog sie in eine Ecke.

»Bitte, bitte sag, dass ich nicht gefeuert werde.«

Sharon hatte das Gesicht in ihrer Verzweiflung so komisch verzogen, dass Lena lachen musste. »Du wirst nicht gefeuert.«

»Gott sei Dank.« Sharon ließ Lena los und bedeckte sich das glühende Gesicht mit den Händen. »Das ist mir so was von peinlich.«

»Ach quatsch.« Lena ging grinsend zum Kühlschrank und holte ihr Sandwich heraus. »Es war zum Brüllen. Das war ein wenig Peinlichkeit schon wert.«

»Um Gottes willen, nein.« Sharon nahm sich ebenfalls ihr Sandwich aus dem Kühlschrank. »Du kannst es dir vielleicht erlauben, Carl gegenüber frech zu sein, aber Chef ist Chef. Ich brauche diesen Job, da kann ich nichts riskieren.«

»Ernsthaft, Sharon, er hat es schon längst wieder vergessen.« Lena deutete zur Tür. »Picknick?«

Ihre Freundin nickte. »Klar.«

Es war ein schöner Tag – sonnig und mild –, typisches Winterwetter in Pilbara. Sie setzten sich auf eine Bank in der Nähe des Busses und begannen zu essen. Ein angenehmes Schweigen breitete sich zwischen ihnen aus, während sie dem sanften Rumpeln der Kräne und den Wellen in der Ferne lauschten. Sharon gelang es jedoch, mit nur einem unverblümten Satz die Ruhe zu stören.

»Gavin hat mich gestern gefragt, ob ich mit ihm ausgehe.«

Lena verschluckte sich beinahe. »Und das erzählst du mir erst jetzt?«, brachte sie halb erstickt hervor. Die Neuigkeit schlug ihr auf den Magen, aber es gelang ihr dennoch, Sharon erfreut anzusehen. Sie betete, dass ihr Lächeln nicht zu fröhlich ausfiel, damit Sharon es ihr auch abnahm. Sie wollte diesmal auf jeden Fall zu hundert Prozent hinter ihrer Freundin stehen. Es brachte nur Ärger, wenn sie sich einmischte.

Sie drehte sich zu Sharon. »Na los, du musst mir alles erzählen.«

Sharon wirkte gleichgültig, doch ihr Mundwinkel zuckte. »Es war ehrlich gesagt eine ziemliche Enttäuschung.«

Lena zupfte einen imaginären Fussel von ihrer Hose, während sie versuchte, die Hoffnung aus ihrer Stimme zu verbannen. »Was meinst du damit?«

»Ich habe abgelehnt.«

Gott sei Dank. Lena konnte nun die Begeisterung nicht verbergen. »Wirklich?«

Sharon knuffte sie in die Schulter. »Du bist doch erleichtert, du miserable Schauspielerin.«

Lena ließ den Kopf hängen. »Tut mir leid, aber ich finde, er ist nicht gut genug für dich. Er ist manchmal einfach ein bisschen zu ...«

»Oberflächlich?«

Lena griff nach Sharons Händen. »Genau! Ehrlich gesagt, nachdem er fast unsere Freundschaft zerstört hätte, habe ich doch ein wenig mehr von seinem wahren Gesicht gesehen.«

Sharon nickte. »Ich auch. Also, er ist ja nicht böse oder so.«

»Nein, auf keinen Fall.« Lena winkte angesichts dieser Vorstellung ab. »Nur ... ein bisschen egoistisch.«

»Und eitel.«

»Und feige.«

»Und kindisch.«

»Und zu sehr auf der Suche.«

»Okay.« Sharon lachte und hielt die Hände hoch. »Ich glaube, wir haben uns auf jeden Fall darauf geeinigt, dass er nicht mein Typ ist.«

»Und meiner auch nicht«, fügte Lena vehement hinzu. »War er nie.«

»Ich weiß«, seufzte Sharon leise.

Sie mampften weiter in freundschaftlichem Schweigen ihre Sandwiches, bis Sharon Lena erneut anstieß. »Wer ist denn dann dein Typ?«

Lena verdrehte die Augen. »Niemand Bestimmtes.«

»Blödsinn.« Als Lena darauf nicht einging, bohrte Sharon noch weiter. »Was ist mit diesem großen, dunkelhaarigen Bauherrn, der dich in deiner scharlachroten Unterwäsche gesehen hat?«

»Bulldog? Niemals …«

»Lena, du redest hier mit mir«, unterbrach Sharon sie. Sie sah Lena scharf an. »Ich erzähle es schon niemandem. Und außerdem haben wir gerade festgestellt, dass du keine besonders gute Lügnerin bist.«

Sharon hatte recht. Warum sollte sie es noch weiter leugnen?

Ich empfinde etwas für Dan.

Seit ihrem letzten Zusammentreffen bestand daran kein Zweifel mehr. Lena konnte sich nicht länger austricksen, indem sie sich einredete, dass es sich nur um eine bloße Schwärmerei handelte. Sie fühlte sich stark zu ihm hingezogen. Viel stärker, als sie jemals geahnt hätte.

Verdammt.

Sie sah Sharon an, die fragend zurückschaute, und seufzte. »Okay, okay. Aber das spielt keine Rolle. Darauf lasse ich mich gar nicht erst ein.«

Erwartungsvoll setzte sich Sharon aufrechter hin. »Wieso nicht?«

»Muss ich dir das wirklich noch erklären?«

»Wenn du auf Kevin anspielst«, Sharon rollte mit den Augen, »dann ist das nicht dasselbe.«

»Doch«, protestierte Lena. »Wie kann ich mich jemals auf mich selbst verlassen, wenn ich mich ständig auf Menschen einlasse, die mich beurteilen sollen? Dann wäre ich wie eine Schauspielerin, die für die Hauptrolle mit dem Regisseur schläft.«

»Findest du nicht, dass du da zwei Dinge verwechselst?« Sharon klang entnervt.

Lena schlang die Arme um sich. »Nein, finde ich nicht.«

»Und was ist mit Bulldog? Was glaubst du, was er für dich empfindet?«

Lena lachte humorlos. »Da bin ich auf der sicheren Seite. Er kann mich nicht ausstehen.«

»Also das ist völlig ausgeschlossen.«

»Glaub mir, wenn du wüsstest, was neulich passiert ist, dann würdest du anders reden.«

Ein mit Schläuchen beladener Lastwagen ratterte an ihnen vorbei, während Sharon über Lenas Worte nachdachte. »Was ist denn passiert?«

Lena sah auf ihre Hände und betrachtete ihre abgebrochenen Fingernägel mit einer Gleichgültigkeit, die sie vor zwei Monaten noch nicht empfunden hätte. »Ich kenne Dans Geheimnis.«

Sharon stieß langsam den Atem aus. »Oh.«

»Genau.«

Sharon griff nach Lenas Hand und drückte sie mitfühlend. »Ist es schlimm?«

Lena stöhnte. »Schlimmer als schlimm.«

»Wenn er dich aber an sich herangelassen hat«, argumentierte Sharon, »dann muss er ja ziemlich viel von dir halten.«

»Er hat mich nicht an sich herangelassen«, entgegnete Lena bitter. »Ich habe mich mit der Feinfühligkeit einer Axt zu ihm durchgeschlagen.«

Sharon ließ ihre Hand los. »Autsch.«

»Das kannst du laut sagen. Und was noch schlimmer ist, genau so etwas kann er überhaupt nicht gebrauchen. Er braucht Unterstützung und kein Verhör.«

»Dann unterstütz ihn. Kennt er dein Geheimnis?«

Lena spürte, wie ihr vor Schuldgefühlen und Trotz ganz heiß wurde. »Um Gottes willen, nein.« Der Gedanke daran, ihre schmutzige Wäsche vor Dan zu waschen, erfüllte sie mit Scham. Er hielt ohnehin schon so wenig von ihr.

»Hey.« Sharon stupste sie an. »Ich wollte dich damit nicht runterziehen. Lass uns über etwas anderes reden, okay?«

Lenas Miene hellte sich auf. »Ja! Zum Beispiel über Gavins Reaktion auf deinen Korb.« Sie grinste bei der Vorstellung von Gavins Gesichtsausdruck. »Das muss ihn schon etwas aus der Fassung gebracht haben.«

Sharon räumte ihre Sachen zusammen. »Eigentlich nicht, das ist ja das Beunruhigende daran.«

Lena nahm ebenfalls den letzten Bissen von ihrem Sandwich und erhob sich. »Was soll das heißen?«

»Du weißt schon, wenn Typen denken, nein bedeutet ja.«

»Das ist nicht dein Ernst.«

»Er fing plötzlich damit an, dass er mich wohl zu einem schlechten Zeitpunkt erwischt hätte und dass er mir gern noch etwas Zeit geben würde, damit ich darüber nachdenke.«

Lena lachte. »Idiot.«

»Das hätte ich nicht besser sagen können.« Sharon

stand auf und wollte gerade gehen, als ihr noch etwas einfiel. »Ach, übrigens, Ethel hat mir einen neuen Dongar besorgt.«

»Warum?«

»Meine Klimaanlage hat irgendwann komplett den Geist aufgegeben, und sie können erst in ein paar Wochen eine neue einbauen. War einfacher, umzuziehen.«

»Okay.« Lena nickte. »Welche Nummer?«

»B15«, rief Sharon ihr über die Schulter zu und winkte zum Abschied.

Zu Lenas großer Freude war es ein Leichtes, Carl von dem zusätzlichen Schlitten und dem zweiten Kran zu überzeugen. Er hatte ein Treffen mit Dan am kommenden Tag und wollte ihm neue Ideen für eine Verbesserung der Effizienz präsentieren.

Sie bekamen grünes Licht, und Mitte der Woche begann Lenas Team mit dem neuen Schlitten. Es war nun an der Zeit, einkaufen zu gehen. Bisher hatte Lena gedacht, dass nur Robyn es mit ihr als ernsthafter Konsumentin aufnehmen konnte. Doch selbst Lenas beste Freundin konnte nicht von sich behaupten, dass sie auf Schnäppchenjagd für einen Kran gewesen war, geschweige denn, dass sie einen gekauft hatte, und das auch noch zu einem anständigen Preis.

Am Freitag gab die Personalabteilung bekannt, wer Kommunikationsbeauftragter werden würde. Das Wochenende ging schnell vorüber, und sie traten ihre neuen Stellen am Montag an. Es schien sehr gut zu funktionieren, und Lena war froh darüber. Am Mittwoch hatten sie wieder ein Meeting mit Dan. Sie spürte noch immer den bitteren Nachgeschmack ihrer letzten

Begegnung und wollte unbedingt einen guten Eindruck machen, wenn sie ihr unausgesprochenes Schweigegelübde brachen.

An dem vereinbarten Tag fuhren Carl, Gavin, Fish und sie in Carls Pick-up zum TCN-Büro. Dort wurden sie mit den üblichen Spielchen empfangen. Die Empfangsdame war unhöflich und ließ sie mindestens eine Viertelstunde lang warten. Als Dan schließlich mit einer Mappe voller Entwürfe und einem Notizblock in den Konferenzraum kam, hatte Lena bereits fast eine ganze Seite ihres Notizbuchs bekritzelt. Hastig riss sie die Seite aus und schob sie hinten in das Büchlein. Dan legte seine Unterlagen auf den Tisch und nickte ihnen zu.

Der sexy Dreitagebart entfaltete seine volle Wirkung, doch diesmal kamen noch die passenden Augenringe hinzu. Dan hatte die Lippen fest zusammengepresst, als er Lena ansah. Heute war nur Professionalität angesagt, und wahrscheinlich einiges an Kritik. Lena setzte sich aufrechter hin und sammelte ihre Gedanken.

»Guten Tag«, begrüßte Dan sie. »Danke, dass Sie gekommen sind. Wir sollten wohl gleich zur Sache kommen.«

Das meinte er ernst. Er schlug die Mappe mit den Zeichnungen auf und hielt ihnen einen Vortrag über diverse Änderungen in der Konstruktion, die seit ihrem letzten Meeting vorgenommen worden waren. Gavin und Lena schrieben wie wild mit, während Carl diskutierte. Letztendlich schlossen sie einen Kompromiss, und die neuen Entwürfe würden ihnen in der kommenden Woche ausgehändigt werden. Nachdem das geklärt war, gingen sie zu Qualitätsfragen über. Am brenzligsten waren wegen des ursprünglich schlechten Anstrichs natürlich die Träger. Doch Lena und Carl gelang es, Dan davon zu überzeugen, dass dieses Problem der Vergangenheit angehörte.

Über das Vorankommen sprachen sie zuletzt, zweifellos, weil es das heikelste Thema war. Dan war überraschend gnädig. Auch wenn er immer noch nicht mit dem aktuellen Stand von Barnes Inc. zufrieden war, lobte er doch ihre bisherigen Verbesserungen. Genaugenommen lief es Lenas Ansicht nach prima, bis Dan die Kommunikationsbeauftragten ansprach.

»Der Wechsel von Tages- und Nachtschicht scheint um einiges glatter zu laufen.«

»Ja«, stimmte Lena ihm zu. »Es scheint gut zu funktionieren mit den Kommunikationsbeauftragten.«

»Eine gute Idee«, bekräftigte Dan. »Hoffen wir, dass Mike in Zukunft noch mehr davon hat.«

Lena blinzelte. Dans Worte erschütterten sie dermaßen, dass sie für einen Moment glaubte, sich verhört zu haben. »Mike?«

Dan sah ungeduldig von seinen Unterlagen auf. »Ja, ich habe gestern auf der Landungsbrücke mit ihm gesprochen. Er hat mir gesagt, dass Sie sämtliche Vorarbeiter wegen des Problems befragt haben, und dass die Idee von ihm stammt.«

»Er hat was?«

»Lena.« Carl warf ihr einen Blick zu, der besagte: »Müssen wir das wirklich jetzt ausdiskutieren, wo wir wichtigere Dinge zu bereden haben?«

Still vor Wut kochend, saß sie da und ballte die Fäuste auf ihrem Schoß, bis die Knöchel weiß hervortraten. Sie gingen zum nächsten Thema über, doch Lena hörte nicht mehr, was noch gesagt wurde. Sie war in Gedanken ganz bei Mike und überlegte, ob sie ihn lieber an seiner Unterhose oder am Kragen vom Anleger baumeln lassen sollte.

»Okay, dann kann Lena hier darauf warten.« Sie bekam gerade noch den letzten Satz von Carl mit und schrak zusammen.

»Wie bitte?«

Erneut warf Carl ihr einen genervten Blick zu, und sie konnte sich gerade noch beherrschen, nicht bockig die Schultern hochzuziehen.

»Dan wird noch ein paar von unseren dringenden Evaluationsbögen beantworten und unterschreiben. Kannst du hier warten und sie dann mit ins Büro bringen? Ich gebe Sharon Bescheid, dass sie dich bei ihrer nächsten Tour einsammeln soll.«

Lena räusperte sich. »Klar.«

Gavin, Carl und Fish erhoben sich und verließen den Konferenzraum. Dan sah sie mit kühler Miene an und verzog seinen Mund mit deutlichem Unwillen. »Sie kommen dann wohl besser mit mir.«

Lena folgte ihm durch das Innere des Dongars bis zu seinem eigenen Büro am anderen Ende. Er setzte sich an seinen Schreibtisch und bedeutete ihr, auf einem Besucherstuhl Platz zu nehmen. Und dann öffnete er einen der Ordner auf seinem Tisch, nahm ein paar Blätter heraus und begann, Häkchen zu setzen, als wäre Lena gar nicht da. Sie hatte sich noch nie so unsichtbar gefühlt – und das war wahrscheinlich auch seine Absicht.

Nach ungefähr zehn Minuten hob er mit einem Seufzer den Stift vom Papier und sah sie an. Selbst dieses eine Entgegenkommen schien ihn Überwindung zu kosten. »Fertig.« Er schob ihr die Unterlagen zu. »Sie finden allein hinaus, oder?«, erkundigte er sich.

»Ja.« Lena erhob sich, ging zur Tür und schloss sie. Als sie sich umdrehte, sah er sie erstaunt an.

»Was wollen Sie?«

Lena setzte sich wieder auf ihren Stuhl. »Wir müssen reden.«

Dan schloss die Augen und lehnte sich zurück, als würde er sich in Geduld üben. »Nein, müssen wir nicht.«

»Ich muss mich aber entschuldigen für ...«

Er schlug die Augen auf. »Entschuldigung angenommen.«

»Ich wollte Ihnen auch sagen«, setzte sie noch einmal langsam an, »dass Sie sich keine Sorgen machen müssen. Ich erzähle niemandem, was ich weiß.«

Er nickte knapp. »Danke.«

»Das würde ich Ihnen und Ihrer Familie nicht antun«, fuhr sie fort.

Er trommelte mit den Fingern auf der Tischplatte. »Gut. Ist das dann alles?«

Sie funkelte ihn frustriert an. »Nein.« Konnte der Mann nicht einmal für zehn Sekunden die Waffen niederlegen?

Er seufzte. »Lena, ich glaube nicht, dass es da noch mehr zu besprechen gibt.«

»Na schön.« Sie zuckte mit den Schultern, warf ihm einen verärgerten Blick zu und stand auf. »Aber Sie sehen furchtbar aus.«

»Was?«

»Sie sehen schlimmer aus als der Tod.« Sie ließ ihren Blick demonstrativ über sein Erscheinungsbild schweifen, und er fuhr sich mit Daumen und Zeigefinger über seine Bartstoppeln am Kinn.

»Geht es wieder darum, dass ich mich nicht rasiert habe?« Endlich glitzerte ein kleiner Funken in seinen matten Augen auf.

»Nicht nur darum.« Sie stemmte die Hände in die Hüften. »Es tut mir leid, dass ich über Ihr Geheimnis gestolpert bin, aber wenn ich Ihnen auch nur irgendwie helfen kann …«

»Sie können mir nicht helfen.« Er stieß sich ungeduldig am Schreibtisch ab, und sein Stuhl rollte zurück. Er erhob sich ebenfalls und ging ans Fenster. Lena wusste, dass der Ausblick aufs Meer ihn keinesfalls beruhigte.

»Ich weiß, dass Sie sich nicht an Ihre Familie wenden können«, sagte sie leise. »Das muss schwer sein.«

»Was wissen Sie über meine Familie?«, fragte er schroff.

»Nur das, was Sie mir erzählt haben«, beruhigte sie ihn rasch. »Ich erinnere mich, dass Sie mir vor einer Weile erzählt haben, dass Ihr Verhältnis angespannt ist.«

Er lachte bitter auf. »Angespannt ist wohl etwas untertrieben. Meine Schwägerin macht mich persönlich für den Tod ihres Mannes verantwortlich, meine Mutter, die Mark immer vorgezogen hat, will nie wieder mit mir reden, und mein Vater ruft mich nur noch an, um beim Gerichtsverfahren auf dem Laufenden zu bleiben. Das einzige Familienmitglied, das nichts gegen mich hat, ist meine zweijährige Nichte. Wie könnte sie auch, wo ich sie noch nie sehen durfte?«

Lena öffnete den Mund, doch schloss ihn dann wieder. Was konnte sie dazu sagen? Was konnte sie jemandem sagen, der von seiner ganzen Familie verachtet wurde?

Sie fuhr sich mit der Zunge über die Lippen. »Umso mehr ein Grund, einen Freund auf Ihrer Seite zu haben.«

Schließlich wandte Dan sich vom Fenster ab und sah sie durchdringend an. »Sie und ich sind aber keine Freunde.«

Lena versuchte, unter seinem eisigen Blick zu lächeln, doch es gelang ihr nicht wirklich. »Es spricht doch nichts dagegen, oder? Ich weiß, dass ich in der letzten Zeit ein wenig unsensibel war, aber nur, weil ich nicht wusste, was Sie durchmachen …«

»Okay, lassen Sie es mich anders formulieren, damit Sie es verstehen.« Er drückte Zeigefinger und Daumen aufeinander, um seine Worte zu unterstreichen. »Ich – will – nicht – Ihr – Freund – sein.«

Lena schnürte sich die Brust zusammen, und ihr Herz setzte einen Schlag aus. »W-warum nicht?«

Doch Dan ging nicht auf ihre Frage ein, sondern drehte das Messer noch in der Wunde. »Ich will nicht mit Ihnen über meine Probleme reden. Ich will nicht von Ihnen in meinem Büro eingesperrt und ausgefragt werden. Ich will einfach nur, dass Sie mich in Ruhe lassen.«

Ihr Stolz konnte nur eine bestimmte Dosis Prügel vertragen, und als sie ihn bewusstlos vor sich auf dem Boden liegen sah, wusste sie, dass sie den kleinen Rest, der noch davon übrig war, retten und damit verschwinden musste. Sie sah Dan nicht an, als sie die Unterlagen nahm.

»Es tut mir leid, wenn ich Ihnen zu nahe getreten bin. Es wird nicht wieder vorkommen.«

»Lena …«

Sie wandte sich ab. Er hatte recht. Es ging sie absolut nichts an. Außerdem war es töricht, mit ihm befreundet sein zu wollen, wenn sie mehr für ihn empfand. Das würde ihr nur weh tun. War es schon so weit mit ihr gekommen, dass sie jetzt einfach übergehen konnte, was mit Kevin passiert war?

Reiß dich zusammen, Lena! Du musst dich nicht so tief sinken lassen!

»Sie haben recht.« Sie nickte, ohne ihm in die Augen zu sehen. »Es gibt nichts mehr zu besprechen. Auf Wiedersehen, Dan.«

Und als sie die Tür hinter sich schloss, schloss sie auch die Tür zu ihrem Herzen. Es war höchste Zeit, dass sie sich ein paar Grenzen setzte … Ganz gleich, wie schwer das war.

* * *

Das Einzige, was Lena noch einigermaßen durch den Tag brachte, war ihr Rachefeldzug gegen Mike. Sich mit ihm darüber zu streiten, dass er unrechtmäßigerweise ihre Lorbeeren einheimste, ließ ihre Enttäuschung in Bezug auf Dan ein wenig verpuffen. Nicht, dass es Mikes Einstellung auch nur im Geringsten geändert hätte. Er war einfach zu selbstgefällig und verbuchte diesen Schlag als seine erste gewonnene Schlacht. Später sprach sie Carl darauf an, doch obwohl ihm tatsächlich leidtat, was im Meeting vorgefallen war, wies er sie letztendlich an, es auf sich beruhen zu lassen. Wenn sie nicht wie ein bockiges Kind erscheinen wollte, konnte sie also nicht viel mehr unternehmen. Und so zog sie eine Lehre aus der ganzen Angelegenheit: Sie würde nächstes Mal einfach vorsichtiger sein.

Mit diesem Gedanken im Hinterkopf konzentrierte sie sich auf die Träger und verfasste detaillierte Ausführungspläne für die Montage. Carl genehmigte sie, ohne mit der Wimper zu zucken, und alles schien um einiges glatter abzulaufen. Sie war sich immer sicherer, dass Dans Zurückweisung ›nur zu ihrem Besten‹ war.

Es war sinnlos, sich mit Fragen zu quälen wie zum Beispiel:

Warum will er nicht mit mir befreundet sein?

Was stimmt mit mir nicht?

Vertraut er mir nicht?

Es war offensichtlich, dass sie Dan nichts bedeutete – oder dass sie für ihn zumindest nicht mehr war als eine anstrengende Kollegin, die zu viel wusste. Es war ihr Problem, dass sie mehr für ihn empfand, und das musste sie schnell lösen.

Donnerstag und Freitag vergingen ohne weitere Zwischenfälle. Die nächste Katastrophe bahnte sich erst gegen fünf Uhr am folgenden Samstagmorgen an, als ein sehr merkwürdiger Alptraum Lena frühzeitig weckte. Sie lebte in England und wollte Dan in seinem Herrenhaus in Bath besuchen. Doch nicht nur ließ sein ungehobelter Butler sie nicht eintreten, er hetzte auch noch die Hunde auf sie. Sie wurde gerade von einem Rassehund angefallen, als sie die Augen aufriss und sich erschrocken im Bett aufsetzte.

Hoppla!

Ihr Atem ging in kurzen, schnellen Zügen, und es dauerte eine Minute, bis er sich beruhigte. Als sie sich schließlich etwas erholt hatte, wischte sie sich den

Schweiß aus dem Gesicht und schlug die Decke zurück. Das ging entschieden zu weit. Also wirklich! Musste er sich auch noch in ihre Träume einschleichen? Sie stöhnte und schwang die Beine aus dem Bett und in ihre Flipflops. Sie würde erst einmal zur Toilette gehen.

Sie rieb sich die Augen und stolperte aus ihrem Dongar. Die Toiletten lagen einen ungefähr hundert Meter langen und mit Unkraut überwucherten Pfad entfernt. Als sie fertig war, blieb sie am Waschbecken stehen, ließ sich etwas Wasser in die Hände laufen und spritzte es sich ins Gesicht. Das kühle Nass erfrischte sie ein wenig, und sie betrachtete sich kritisch im Spiegel. Sie hatte die Haare lose zu einem Zopf gebunden und war blass, was die Ringe um ihre geröteten Augen nur noch dunkler erscheinen ließ. Diese Woche brauchte sie definitiv mehr Schlaf. Mit einem Seufzer verließ sie die Toiletten und ging zurück zu ihrem Dongar. An diesem Abend würde sie früh zu Bett zu gehen. Sie griff nach dem Türknauf und versuchte, ihn zu drehen. Nichts bewegte sich.

Entsetzen durchfuhr sie wie ein kalter Schauer. Verzweifelt rüttelte sie an der Tür. Es tat sich immer noch nichts.

Mist.

Ich habe mich ausgeschlossen.

Kapitel 14

Lena lehnte den Kopf an die Tür, während sie versuchte, ihre Lage einzuschätzen. Sie trug ihren rosafarbenen Baumwollschlafanzug und Flipflops. Es war kalt und dunkel, und wenn irgendein umherstreichender Psychopath sie jetzt anfallen sollte, würde niemand es mitbekommen. Wie hatte sie nur so unbedacht sein können? So dumm? Sie probierte es am Fenster. Wie sie vermutet hatte, war es verschlossen.

Es hatte keinen Sinn.

Sie versuchte, tief durchzuatmen, um sich zu beruhigen, und drehte sich um. Die Dunkelheit im Camp umhüllte sie und verstärkte das Zirpen der Grillen und das Quaken der Frösche. Eine Eidechse huschte vor ihr über den Schotter wie ein kleiner schwarzer Blitz und ließ sie vor Schreck aufschreien. Normalerweise hatte sie keine Angst vor Eidechsen, aber mittlerweile war sie zu einem Nervenbündel geworden.

Die Dongars um sie herum wurden plötzlich zu einer lauernden Bedrohung. Der Toiletten-Dongar war das einzige erleuchtete Gebäude weit und breit. Er leuchtete wie ein Zufluchtsort, der sie heranlocken wollte. Sie erschauerte und rieb sich über die Arme.

Du Dummkopf!

Sie hätte sich am liebsten selbst in den Hintern getreten. Eins war jedenfalls klar: Von nun an würde sie ihre Schlüssel um den Hals tragen. Lena sah den Weg zum still und dunkel daliegenden Hauptgebäude hinunter. Dort gab es ebenfalls keine Hoffnung auf Hilfe.

Sie schloss die Augen. Es würde mindestens noch eine halbe Stunde dauern, bevor sie an einen Ersatzschlüssel für ihr Zimmer kommen konnte. Eine halbe Stunde, bevor sie sich gezwungen sehen würde, in ihrem Schlafanzug an den Männern vorbeizustolzieren, wenn sie alle aufstanden. Plötzlich sah sie einen Hoffnungsschimmer und riss die Augen auf.

Sharon!

Vielleicht würde ihre Freundin sie bei sich aufnehmen.

Lena betrachtete das Dongar-Labyrinth um sich herum. Sie konnte sich nicht an Sharons neue Nummer erinnern. Und die Kästen sahen alle gleich aus, gerade im Dunkeln. Sie knirschte mit den Zähnen.

Welche Nummer war es noch mal?

B15 oder B16?

Sie schlang die Arme um sich und machte sich auf den Weg. Ihre Schritte beschleunigten sich ängstlich auf dem überwucherten Weg. Schon bald hatte sie Reihe B erreicht. Die zwei Dongars, auf die sie tippte, standen sich gegenüber, und sie blieb zwischen ihnen stehen, unschlüssig, auf welchen sie setzen sollte.

Schließlich entschied sie sich für die geraden Zahlen und nahm B16. Nur um sicherzugehen, hob sie jedoch einen mittelgroßen Stein vom Schotterweg auf und hielt ihn hinter ihrem Rücken. Es war besser, eine Waffe parat zu haben, wenn es sich bei B16 nicht um Sharon handelte, sondern um einen Typ, der dachte, sie warf ihre Angel aus, und der gleich anbeißen wollen würde. Nervös näherte sie sich der Tür und klopfte vorsichtig.

Es blieb einen Augenblick lang still, doch dann sah sie, wie die Nachttischlampe anging, und hörte das Bett quietschen. Es war immer noch unmöglich zu sagen, wer in dem Dongar wohnte.

Dann öffnete sich die Tür.

Lena ließ den Stein fallen.

Dan!

Sexy, zerzaust, noch im Halbschlaf und gerade aus dem Bett gestiegen, lehnte er sich schwer an den Türrahmen. Seine Beine, Arme und Füße waren nackt. Wenn man aus Sicherheitsgründen jeden Tag langärmlige Hemden und lange Hosen tragen musste, war auch nur die kleinste Entblößung von etwas Haut eine Offenbarung. Und Lena genoss den Anblick!

Er blieb stumm. Der Schock musste ihn ebenso heftig getroffen haben wie sie, doch sie konnte es nicht mit Sicherheit sagen, da sich sein Gesicht zum Großteil im Schatten verbarg. Plötzlich richtete er sich auf, trat einen Schritt vor und stand nun mitten in der Tür.

»Lena.« Ihr Name klang aus seinem Mund wie eine Anschuldigung.

»Dan.« Hätte er sich die Zeit genommen, auf ihre Stimme zu achten, hätte er gehört, dass sich ihr heiseres Flüstern ebenso ungläubig wie seines anhörte, doch er war bereits dabei, seine eigenen Schlüsse zu ziehen.

»Ich fasse es nicht.« Er blickte zum Himmel auf und fuhr sich mit der Hand durch die wilden Haare. »Sind Sie verrückt? Was versprechen Sie sich jetzt von dieser Aktion?«

Sie starrte ihn fassungslos an und stemmte die Hände in die Hüften. Sie musste sich große Mühe geben, ihre Stimme ruhig zu halten. »Sie denken, ich hätte das absichtlich getan?«

»Na ja, Sie haben doch schon immer Schwierigkeiten gehabt, sich aus den Angelegenheiten anderer herauszuhalten.« Er sprach leise, aber hart. »Ich bin nicht eines Ihrer Projekte, wissen Sie.«

»Was?«

»Halten Sie sich an diejenigen, die tatsächlich Ihre Hilfe wollen.«

»Ich habe keine Ahnung, wovon Sie reden.«

Er hörte ihr nicht zu. »Wenn uns hier jemand sieht …« Er rieb sich die Schläfen und sah sie wieder an. »Das lassen die niemals auf sich beruhen.«

»Niemand wird uns …« Er legte ihr einen Finger auf die Lippen, als gegenüber und zwei Dongars weiter das Licht anging. Sie hielt den Atem an, allerdings eher wegen seiner Berührung als wegen der Gefahr, entdeckt zu werden.

Dan fluchte leise, als sich eine Nachbartür langsam öffnete. Im nächsten Moment hatte er ihr den Arm um die Taille gelegt und sie in seinen Dongar gezogen. Die Tür schloss sich hinter ihr, und sie lehnte mit dem Rücken daran, während Dan vor ihr stand und sein Atem ihr Gesicht streifte. Mit einem Schauer wurde ihr bewusst, wie nah sie in diesem engen und nur schwach erleuchteten Raum beieinanderstanden.

»Das war knapp«, flüsterte Dan. Er schob das Rollo am Fenster neben der Tür ein Stück zur Seite, um hinauszuspähen. Es dauerte einen Moment, bis Lena klar wurde, dass er nicht meinte, wie nah sie sich körperlich waren, sondern, wie knapp sie einer Entdeckung entgangen waren. Es war dunkel, und Dan roch nach Mann und Seife. Lena wollte sich an ihn schmiegen, traute sich aber natürlich nicht.

»Der verdammte Typ geht zur Toilette.« Dan trat einen Schritt zurück und gab Lena wieder etwas Raum, sehr zu ihrer Erleichterung und Enttäuschung. »Sie müssen wohl hier warten, bis er wieder sicher zurück in seinem Dongar ist.« Dan seufzte stockend, und erneut fuhr er sich aufgebracht durch seine Locken.

Um sich von ihren unberechenbaren Gedanken abzulenken, ergriff Lena die Gelegenheit, sich zu rechtfertigen. »Diesmal liegen Sie wirklich völlig falsch.«

Er schien ihr nicht besonders viel Aufmerksamkeit zu schenken – er lief jetzt im Zimmer auf und ab –, und so verlieh Lena ihrer Stimme etwas mehr Nachdruck. »Ich habe mich ausgesperrt. Deswegen bin ich hier. Ich dachte, das hier wäre Sharons Dongar, und ich wollte sie fragen, ob ich bei ihr warten kann, bis das Büro aufmacht.«

Er blieb stehen. »Verstehe.« Sie konnte seinen Gesichtsausdruck im schwachen Licht nicht ausmachen, doch er klang skeptisch.

»Es ist ja schließlich nicht meine Schuld, dass die Dongars alle gleich aussehen. Ich hatte das nicht geplant, egal, was Sie und Ihr übersteigertes Ego denken. Ich *stalke* Sie nicht.« Als er nichts erwiderte, hob sie das Kinn. »Ich bin zu stolz, als dass ich um die Freundschaft von jemandem betteln würde, der mich so verachtet.«

Er ging wieder auf sie zu, so dass er dicht vor ihr stand. »Das denken Sie wirklich? Dass ich mich für etwas Besseres halte?«

Wenn er sie so einschüchtern wollte, dann lag er meilenweit daneben. Lenas Gedanken wandten sich sofort wieder ihrem Verlangen zu, über ihn herzufallen, und sie holte tief Luft, um sich zu beruhigen.

»Nun?«

»Na ja, schon«, brachte sie heiser hervor. »Warum sollten Sie sonst …?«

»Ach, seien Sie still«, fuhr er sie an, und auf einmal wurde Lena bewusst, dass er genauso heiser klang wie sie. »Ich gehe Ihnen aus dem Weg und kann niemals mit Ihnen befreundet sein, weil ich Sie *beschützen* will.«

Sie sah ihn ungläubig an. »Aber wovor denn?«

»Vor mir natürlich.«

Er packte ihr Gesicht mit beiden Händen und vereinte ihre Lippen mit einem Kuss, der ebenso schwindelerregend wie unerwartet war. Lenas Herz machte einen Satz, und sie griff nach seinem T-Shirt, um nicht zu taumeln und ihn näher an sich heranzuziehen. Sie hatte einmal gedacht, Dan zu küssen, müsse sich anfühlen, als würde sie einen Drachen bezwingen. Jetzt wusste sie, dass sie diejenige war, die bezwungen wurde.

»Hast du eine Ahnung, wie schwer mir das fällt?«

Sie konnte ihm keine Antwort geben, denn seine Lippen berührten noch immer ihren Mund und lösten sich auch nicht, um sie sprechen zu lassen. Sie vermutete, dass es ohnehin eine rhetorische Frage war. So oder so konnte sie in diesem Augenblick nicht denken, geschweige denn etwas sagen.

Sie bog sich ihm entgegen, und ihre weiblichen Formen schmiegten sich an seinen kantigen, männlichen Körper. Es war unvorstellbar, wie gut es sich anfühlte, als wären sie zwei Puzzleteile, die perfekt zueinander passten. In dieser Woge der Leidenschaft spürte sie, wie er nach Worten rang.

»Jedes Mal, wenn ich dich sehe … jedes Mal, wenn du den Raum betrittst … jedes Mal, wenn du mich mit diesen verdammten Augen ansiehst …«, er hob schließlich den Kopf und sah sie mit seinen blauen Augen direkt an, »… dann will ich nur das hier.«

Lenas Herz klopfte wie wild und hallte in ihrem Brustkorb, als er plötzlich seine Hände hob und ihr Haar berührte. Er zog ihr das schwarze Haarband aus den Haaren und ließ es zu Boden fallen. Ihre Haare lösten sich, und einzelne Strähnen fielen ihr ins Gesicht. Er strich sie ihr so zärtlich über die Schultern, dass ihr der Atem stockte.

Ein leises Seufzen entfuhr seinen Lippen. »Sag mir, dass ich aufhören soll.«

Sie schüttelte den Kopf. Dazu war sie nicht imstande.

Mit einem Stöhnen zog er sie wieder an sich und küsste sie. Wie von selbst wanderten Lenas Hände über seine Brust, erforschten die Konturen und wanderten zu seinen breiten Schultern. Er riss seinen Mund von ihr los und atmete schwer, als er seine Stirn an ihre lehnte.

»Wir sollten das nicht tun.«

»Ich weiß.«

Bei ihren Worten hob er den Kopf. Langsam und zart wie eine Feder strich er ihr mit einer Hand über die Wange, unter ihrem Kinn entlang und den Hals hinab. Seine Finger hielten am Kragen ihres Pyjamas inne; er öffnete den obersten Knopf, dann den nächsten. Sie hielt den Atem an, als er beim dritten Knopf erneut innehielt. Er suchte in ihrem Blick nach einem Anzeichen von Rückzug, und sie wusste, dass sie ihn aufhalten konnte, wenn sie wollte.

Aber sie wollte nicht.

Nach einem nicht enden wollenden Augenblick öffnete er den dritten Knopf und auch die übrigen. Lena konnte ihm nicht in die Augen sehen, als er ihr Oberteil auseinanderschob und dabei leicht ihre nackten Brüste streifte. »Lena, sieh mich an.«

Seine Stimme klang so eindringlich, dass sie ihm das nicht verwehren konnte. Sie hob den Kopf und versank in seinen dunklen Augen, während er ihr zärtlich über die Brüste streichelte.

Es war völlig um sie geschehen, und sie schob ihre Hände unter sein T-Shirt. Seine Haut fühlte sich glatt, warm und straff an. Auf seiner Brust ertastete sie ein paar weiche Haare. Seine Muskeln bewegten sich unter ihrer Berührung, und sie spürte eine Woge seines Verlangens, als wäre es ihr eigenes.

Dan hob sie hoch und zog ihre Beine um sich. Sie schlang ihm die Arme um den Hals, und sie wankten zum Bett und ließen sich darauf fallen.

Ihr Kuss wurde immer leidenschaftlicher, während sie über das Bett rollten und sich ihre Beine miteinander verschlangen.

In einer geschickten Bewegung zog Dan sich das T-Shirt über den Kopf und beugte sich über sie. Sein Körper bedeckte sie sanft, und ihre Lippen ließen nicht voneinander ab, als sein nackter Oberkörper sich auf ihre Brüste presste.

Und dann durchbrach diese berauschende Stille das plötzliche und verstörende Klingeln eines Weckers.

Piep! Piep! Piep!

Im ersten Moment wusste Lena nicht, was das Geräusch zu bedeuten hatte, oder woher es kam, bis Dan einen Arm ausstreckte und so heftig auf den Wecker auf dem Nachttisch schlug, dass dieser gegen die Wand prallte. Obwohl Dans Hand sich sofort wieder auf ihre Taille legte und er sie weiter am Hals küsste, hatte der Lärm Lena bereits in die Realität zurückgerissen.

Sie befand sich im Bett des Bauherrn. So gut wie nackt. Und es war fünf Uhr dreißig.

Fünf Uhr dreißig?!

O Gott!

Nicht nur hatte sie genau das getan, wovon sie abgeschworen hatte, noch dazu würde in wenigen Minuten das gesamte Camp darüber Bescheid wissen.

Vor Dans Dongar würden sich die Männer in geschäftigem Treiben auf dem Weg zu den Duschen und zur Kantine tummeln. Wenn sie Lena dabei sahen, wie sie Dans Unterkunft verließ, würden sie das Schlimmste annehmen. Und warum auch nicht? Es stimmte ja!

Zum Teufel noch mal, gehörte sie wirklich zu diesen Frauen, die einfach immer wieder den gleichen Fehler begingen?

Mit einem erstickten Atemzug schob sie Dan von sich. »Es geht nicht. Ich kann das nicht!«

Dan wich sofort von ihr zurück und setzte sich auf. »Schon gut, Lena.« Er berührte sie an der Schulter. »Du zitterst ja.«

»Siehst du nicht, wie falsch das ist?« Sie schleuderte ihm die Worte entgegen und zog seine Laken schützend an sich.

Das Bett quietschte, als er aufstand, und sein Gesicht lag im Schatten.

Sie warf einen verzweifelten Blick auf die Tür. »Ich muss gehen, bevor mich jemand sieht.«

Dan nickte. »Dann solltest du dich besser beeilen.«

Seine Worte brachten sie in Bewegung. Sie krabbelte vom Bett hinunter und stürzte beinahe, als sie nach ihrem Oberteil griff. Ihre Finger versuchten etwas zu wüst, es zuzuknöpfen, und einer der Knöpfe sprang ab und hüpfte über den Vinylboden. Lena stöhnte frustriert auf. Ihr Hemd stand nun direkt über ihren Brüsten offen. Dan ging zu seinem Schrank, und Schatten spielten auf seiner nackten Brust und seinem Rücken. Es tat fast weh, ihm zuzusehen. Ein T-Shirt flog ihr entgegen. Sie konnte es gerade noch fangen.

Konzentrier dich, verdammt.

Wenn auch nur irgendjemand sah, wie sie Bulldogs Dongar um halb sechs Uhr morgens verließ, und dann auch noch in seinem T-Shirt, würden sie beide am Marterpfahl sterben. Und zwar erst nach einer heftigen Schlacht.

Lena zog sich das T-Shirt über den Kopf. »Ist die Luft rein?«

Dan ging ans Fenster und spähte durch das Rollo. »Ja.«

Plötzlich bekam Lena kalte Füße. Sie konnte doch nicht einfach gehen, ohne ein Wort über das gerade Vorgefallene verlauten zu lassen – sich für ihr Verhalten zu entschuldigen oder zumindest versuchen, es zu erklären.

»Dan, warte ...«

»Wir haben keine Zeit.« Er drehte sich zu ihr um. Seine Stimme klang bestimmt, und sein Blick war ausdruckslos. »Wir reden später drüber.«

Fürs Erste hatte er eindeutig seine Gefühle weggepackt, also sagte Lena nichts weiter, sondern ging zur Tür.

Dan öffnete sie, und Lena ging hinaus auf den Schotterweg. Die Dongars um sie herum waren zum Leben erwacht, man hörte Wecker klingeln und wie die Männer aufstanden. Auf dem parallel verlaufenden Weg konnte Lena Schritte hören. Panik setzte ein. Es würde nicht klappen. Sie würden damit nicht durchkommen. Lena schlug das Herz bis zum Hals, als sie eine Tür knarren hörte. Doch zu ihrer größten Erleichterung handelte es sich bei dem zerzausten roten Haarschopf, der hinter der Tür auftauchte, um Sharon. Mit einem Handtuch und Duschzeug in der Hand kam sie aus ihrem Dongar.

Ich danke dir, Gott.

Lena spürte Dan hinter sich. »Ist okay«, stieß sie atemlos hervor. »Das ist Sharon, sie kann mir helfen. Das ist einfacher.«

»Wenn du meinst.«

»Ja.«

Als Sharon sah, dass es Lena war, die da auf sie zukam, fielen ihr die Kinnlade herunter und die Augen beinahe aus dem Kopf. »Lena?« Sie blieb stehen und starrte Lena einfach nur an.

Lena sah sich nicht noch einmal um, als sie bei Sharon ankam, hörte aber, wie Dan in seinen Dongar zurückging und die Tür schloss.

»Sharon.« Sie griff nach Sharons Arm. »Ich brauche deine Hilfe.«

»Was du nicht sagst.«

Sharon war Lenas Rettung, doch kam ihre Hilfe nicht ohne einen Preis, der sich Privileg der besten Freundin nannte.

»Du erzählst mir besser alles von Anfang an!«

Sie trafen sich um zehn zur Teepause und gingen an der Küste spazieren, weit weg vom Betrieb auf der Baustelle. Alles sah so alltäglich aus. Die schlichten weißen Bürocontainer saßen einsam auf dem roten Staub, Lastwagen fuhren vorbei, Männer begrüßten sich, vereinzelte Pick-ups fuhren für Erledigungen auf dem Werksgelände hin und her. Als Lena über das Wasser sah, entdeckte sie zwei große Schiffe, die am Ende der Seebrücke vor Anker lagen. Ein Kran lud Eisenerz direkt vom Förderband in ihre Bäuche, und Gavins Team war mit dem nächsten Pfahl beschäftigt. Es war ein ganz gewöhnlicher Tag. Das Meer war so friedlich, so ruhig.

So ganz und gar nicht wie sie.

Schmetterlinge tobten in ihrem Bauch. Sie war gleichzeitig panisch und gelassen. Sie wusste nicht, was sie tun sollte. Was sie sagen sollte. Was sie denken sollte. Wo sie überhaupt anfangen sollte.

Sharon allerdings schon. »Was hast du denn jetzt vor?«

Lena schluckte. »Wie meinst du das?«

Sharon verschränkte die Arme. »Seid ihr jetzt ein Paar, du und Bulldog?«

Lena schrak zusammen. »Nein! Also … Ich weiß es nicht.« Verwirrt schüttelte sie den Kopf. »Darüber haben wir nicht gesprochen.«

Sharon schwieg einen Augenblick. »Ich gehe also davon aus, dass er dir gegenüber nicht ganz so gleichgültig ist, wie du vermutet hast.«

Vor Lenas innerem Auge flackerten Bilder ihrer Begegnung auf und ließen ihre Knie weich werden. »Nein.«

»Ist das denn so schlimm?«, erkundigte Sharon sich vorsichtig.

Lena versuchte, sich nicht von ihren Gefühlen überwältigen zu lassen. »Abgesehen von meiner fragwürdigen Vergangenheit und meinem Versprechen mir selbst gegenüber, so etwas nicht wieder zuzulassen, wäre die Hölle los, wenn die Männer davon Wind bekämen.«

Sharon schob die Hände in ihre Jeanstaschen und sah Lena besorgt an. »Na ja, ich kann nicht abstreiten, dass es am besten wäre, es geheim zu halten. Die Männer hassen diese Idioten von TCN. Nicht, dass ich ihnen das verübeln kann. Da gibt es zu viel böses Blut. Du hast keine Vorstellung davon, was die sich antun. Als Busfahrerin bekomme ich alles mit, und glaub mir, manches davon ist ganz schön boshaft. Wenn die Barnes-Inc.-Leute herausfinden, dass du was mit dem Bauherrn hast …«

»Ich habe nichts mit dem Bauherrn!« Es gefiel ihr nicht, wie Sharon darüber als ausgemachte Sache sprach.

»Was ist es denn dann, Lena? Du verhältst dich jedenfalls nicht besonders verantwortungsbewusst. Wäre ich heute Morgen nicht da gewesen …« Sie brach ab.

Lena erschauderte. Sharon hatte recht. Nachdem Sharon sie in ihren Dongar gezerrt hatte, waren kaum zehn Sekunden vergangen, bevor der nächste Bauarbeiter aufgetaucht war. Man hätte sie auf jeden Fall entdeckt, und dazu noch in Dans T-Shirt. Sharon hatte ihr eins von ihren Oberteilen gegeben, bevor sie zur Rezeption ging, um den Ersatzschlüssel zu holen. Dans Shirt lag jetzt ordentlich zusammengefaltet unter ihrem Bett, der einzige Beweis dafür, dass ihre frühmorgendliche Eskapade tatsächlich stattgefunden hatte.

»Ich weiß«, krächzte sie. »Wenn irgendjemand mich gesehen hätte, hätte es das ganze Camp in Sekundenschnelle gewusst, und die Männer würden es als persönlichen Verrat auffassen.«

»Dann sag es also niemandem«, schlug Sharon vor. »Ich behalte es auch für mich.«

»Verstehst du nicht?« Lena knirschte mit den Zähnen. »Genauso war das auch mit Kevin. Ich will auf keinen Fall wieder heimliche Treffen. Die Männer werden es nicht herausfinden, weil es nichts herauszufinden gibt.«

»Und was hält Bulldog von der ganzen Sache?«, wollte Sharon wissen.

»Das weiß ich nicht.«

Sharon sagte nichts weiter, aber Lena hatte den Eindruck, dass sie diese Antwort höchst unbefriedigend fand. Vielleicht dachte sie, dass Bulldog Lena überzeugen konnte, wenn es ihr nicht gelang. Lena fühlte, wie ihr der Schweiß ausbrach. Wenn Bulldog etwas für sie empfand, dann würde sie ihm nur schwer widerstehen können. Aber sie musste ihren Vorsätzen treu bleiben. Lange bevor sie Dan überhaupt kennengelernt hatte, hatte sie sich bereits dafür entschieden, so etwas nicht wieder vorkommen zu lassen. Und trotzdem beschlich sie ein unangenehmes Gefühl. Sie hatte wirklich keine Ahnung, was Dan von der Sache hielt.

Glaubte er, dass sie für eine gemeinsame Beziehung bestimmt waren? Dass das hier möglicherweise der Beginn von mehr war? So gern sie das auch verleugnen würde, sie empfand etwas für ihn, und ihm weh zu tun, wäre das Letzte, was sie wollte. Aber war es in diesem Fall nicht besser, das Pflaster mit einem Ruck abzuziehen und die Wunde nicht tagelang eitern zu lassen?

Ihr Entschluss, so bald wie möglich alles mit ihm zu klären, festigte sich. Sie mussten reden. Nur dann konnte sie das Ganze hinter sich lassen und weitermachen.

Als sie später am Vormittag einen Moment für sich hatte, rief sie bei Dan im Büro an. Seine unhöfliche Sekretärin stellte sie jedoch nicht durch, sondern erklärte, dass er sich in einer Telefonkonferenz mit dem Hauptsitz befand, im Anschluss mehrere Meetings hätte und deswegen den Rest des Tages nicht erreichbar wäre.

»Können Sie ihm sagen, dass ich angerufen habe und ihn in einer dringenden Angelegenheit sprechen muss?«, bat Lena schließlich.

Als Lena sich draußen mit Sharon zum Mittagessen traf, hatte sie noch nichts von Dan gehört. Sie wusste, dass sie keine gute Gesellschaft war, und war froh, als Carl wenige Minuten später aus dem Büro gestürmt kam.

»Da bist du ja!« Er ließ seinen Blick zufrieden über die beiden schweifen, bevor er sich an Sharon wandte. »Würdest du wohl zu mir ins Büro kommen, wenn du fertig bist mit essen? Ich habe ein paar Unterlagen, die du zu Bulldogs Dongar bringen müsstest.«

»Klar.«

Er räusperte sich. »Ich wollte sie ihm eigentlich selbst geben, aber er hat anscheinend alle Meetings mit Leuten von Barnes Inc. für heute abgesagt.«

Lena sah auf. »Tatsächlich? Wieso?«

»Wie zur H…«, Carl schluckte, warf Sharon einen peinlich berührten Blick zu und fuhr dann fort. »Woher soll ich das wissen? Hab einen besch… einen Anruf von seiner Sekretärin erhalten, die sagte, es wäre etwas dazwischengekommen.«

Lena war einen Augenblick lang abgelenkt von ihren Sorgen um Dan. Bildete sie sich das nur ein, oder bemühte Carl sich tatsächlich, nicht zu fluchen? Sie stellte ihm noch eine Frage. »Hat sie gesagt, was es war?«

»Nein«, antwortete Carl langsam. »Nur, dass es wichtig sei. Hat sich aber nicht entschuldigt. Anscheinend bin ich nicht besch…« Er zuckte leicht mit dem Kopf, als er sich selbst das Wort abschnitt und einen neuen Anlauf startete. »Solche Umgangsformen bin ich ihr wohl nicht wert.«

Lena biss sich auf die Lippe, um ihr Entzücken zu verbergen. Sie hatte es sich nicht eingebildet.

»Ich würde mir keine Sorgen deswegen machen.« Sharon schenkte ihm ein Grinsen. »Zu mir ist sie auch unhöflich.«

Carl lief rot an.

Er wurde tatsächlich rot. Und dann tat er das Beunruhigendste, was Lena jemals bei ihm gesehen hatte … oder vielmehr, was sie noch niemals bei ihm erlebt hatte:

Er versuchte, zu lächeln.

Carl war auf raue Art und Weise gutaussehend – er war kräftig und hatte breite Schultern und dunkle, wettergegerbte Gesichtszüge. Doch sein natürlicher Gesichtsausdruck war mürrisch, bestenfalls noch unzufrieden. So konnte Lena ihn nur schockiert anstarren, als sie diesen neuen, für ihn so untypischen Gesichtsausdruck an ihm sah. Seine Bemühungen brachten ihn auch nicht besonders weit, es handelte sich nur um ein ganz leichtes Verziehen der Mundwinkel. Sharon schien jedoch nichts zu bemerken.

»Ich bin in einer Viertelstunde bei dir.« Sharon hielt ihr Sandwich hoch. »Wenn ich fertig bin mit essen.«

Carls Gesichtsfarbe normalisierte sich wieder, aber er hustete etwas. »Keine Eile, du musst meinetwegen nicht deine Pause verkürzen.«

»Danke«, sagte Sharon.

Er nickte, und ohne Lena noch eines Blickes zu würdigen, verschwand er im Büro-Dongar. Lena verschluckte sich fast und sah dann Sharon ungläubig an, die ihren Blick mit völliger Unschuldsmiene erwiderte.

»Was denn?«

Als Lena sie weiterhin anstarrte, ohne etwas zu sagen, wurde Sharon unsicher. »Habe ich irgendwas im Gesicht?« Sie strich sich über die Wange.

Lena räusperte sich schnell. Wenn Sharon nichts aufgefallen war, würde sie es nicht kommentieren. Wozu sich den Spaß verderben?

»Ich fand das nur merkwürdig«, improvisierte sie hastig. »Wegen Dan, meine ich. Was glaubst du, warum er alle Termine abgesagt hat?«

»Wer weiß?« Sharon zuckte die Schultern. »Zerbrich dir nicht den Kopf deswegen, Lena. Das macht dich nur verrückt.«

Nach ein paar Minuten stand Sharon auf und wischte sich die Hände ab. »So, ich bin fertig. Dann erledige ich wohl mal meinen Botengang. Das macht dir nichts aus, oder?«

»Nein, kein Problem«, versicherte Lena ihr. »Geh ruhig.«

Sie sah Sharon nach, wie sie ins Büro ging, und bemühte sich, ihr Lachen zu unterdrücken.

Carl und Sharon.

Sie hätte es nie für möglich gehalten, hätte sie es nicht mit eigenen Augen gesehen. Schließlich hatte Carl ihr an ihrem ersten Tag gesagt, sie könne ihn mal kreuzweise, wenn sie ein Problem mit seinen Flüchen hätte. Er würde sich für niemanden ändern. Und nun bekam er plötzlich einen Knoten in der Zunge, weil er Sharon nicht vor den Kopf stoßen wollte.

Sie waren wie füreinander geschaffen.

Na ja, oder so ähnlich.

Später fuhr Lena auf die Baustelle, um nach dem Rechten zu sehen, aber hauptsächlich in der Hoffnung, dort auf Dan zu treffen. Zu ihrer Enttäuschung konnte sie ihn nicht entdecken. Auch am Abend in der Kantine sah sie sich nach ihm um, doch er war nirgends zu sehen.

Sie gab sich Mühe, darüber nicht zu betrübt zu sein, nahm sich einen Teller mit Lasagne und Salat und setzte sich zu Sharon, Harry und Leg. Wo steckte er? Sie hätte gedacht, dass er sie kontaktieren würde, nach dem, was am Morgen passiert war. Obwohl Lena sich sicher war, beenden zu wollen, was auch immer dort zwischen ihnen begonnen hatte, war sie doch ein klein wenig verletzt. Anscheinend beschäftigte es ihn nicht so sehr, als dass er sie so schnell wie möglich sehen wollte.

Sie hörte nur halb zu, als Leg mal wieder eine amüsante Geschichte von einem Gerüstbauer erzählte, der einen von Bulldogs Leuten verärgert hatte, weil er sich weigerte, eine Aufgabe noch einmal zu erledigen. Harry war ebenfalls gut gelaunt. Er war gerade von seiner freien Woche zurückgekehrt, in der er auch seine Kinder besucht hatte. Offenbar hatte er Sarah Michaels' Hilfe gar nicht benötigt. Die bloße Drohung, er könne eine Anwältin einschalten, hatte seine Ex dazu gebracht einzulenken. Lena hätte sich mehr für ihn gefreut, wäre sie nicht so abgelenkt gewesen.

Plötzlich stürzte Radar durch die Tür, ganz triumphierend errötet.

»Hohoho.« Leg pfiff leise. »Sieht so aus, als hätte da jemand Neuigkeiten.« Sharon und Lena wechselten einen belustigten Blick, als Leg Radar eifrig zu ihnen winkte. Radar zwinkerte ihm neckisch zu, schüttelte den Kopf und deutete auf das Buffet. Als er sich schließlich zu ihnen setzte, sprang Leg schon förmlich von seiner Bank auf.

»Was hat dein Radar diesmal aufgeschnappt?«

»Woher weißt du, dass ich Neuigkeiten habe?«, neckte Radar ihn.

Leg stieß ihn an. »Diesen Blick habe ich nicht mehr an dir gesehen, seitdem Tony sich die Haare geschnitten hat. Los, raus damit.«

»Also, das hier ist einige Nummern größer als ein Haarschnitt, das kann ich euch sagen.« Radar tippte sich hektisch an die Nase. »Habe herausgefunden, was es mit Bulldog auf sich hat!«

Lena hielt den Atem an. Was wusste er? Hatte doch jemand etwas gesehen? Sharon rührte sich ebenfalls nicht mehr und warf ihr einen warnenden Blick zu.

»Das Unvorstellbare ist passiert, meine Damen und Herren«, verkündete Radar stolz. »Bulldog hat sich freigenommen.«

»Was?!« Glücklicherweise bemerkte niemand Lenas verletzten Tonfall, da Harry, Sharon und Leg alle zur gleichen Zeit dasselbe riefen.

»Na ja, ihr wisst ja, wie müde er in letzter Zeit ausgesehen hat. So richtig beschissen. Ich glaube, das hat ihn dann doch eingeholt.«

»Nein«, widersprach Leg, »das kann es nicht sein. So ein Weichei ist er nicht. Irgendwas muss passiert sein. Irgendwas mit ihr-wisst-schon-was.«

»Ihr-wisst-schon-was?«, wiederholte Sharon schnell. »Und was soll das sein?«

Lena hielt noch immer den Atem an.

»Weißt schon«, Leg stieß Sharon an, als würde sie sich nur dumm stellen, und als sie ihn nach wie vor verständnislos anstarrte, wackelte er mit den Fingern. »Sein großes Geheimnis.«

Lena stieß die Luft aus.

»Wenn ich's mir recht überlege«, stimmte Radar nachdenklich zu, »liegst du vielleicht richtig. Soweit ich weiß, hat er schon mittags das Büro verlassen. Hatte erst einen Termin mit seinem Chef und hat dann seine Sekretärin angewiesen, allen Bescheid zu geben, dass er weg ist.«

Lena schob das restliche Essen auf ihrem Teller mit der Gabel hin und her. Auf einmal hatte sie keinen Hunger mehr. Tatsächlich bereitete ihr allein der Gedanke daran, auch nur noch einen weiteren Bissen zu nehmen, Übelkeit. Wie ganz und gar naiv, ja sogar überheblich von ihr, anzunehmen, dass Bulldog vielleicht auf der Suche nach einer Beziehung war. *Was für ein schlechter Scherz!*

Sharon nahm ihr Glas und machte viel Aufheben

um ihren letzten Schluck. »So, ich bin fertig für heute Abend und habe noch haufenweise Wäsche zu erledigen.« Sie legte Lena eine Hand auf den Arm. »Kommst du mit?«

Lena sah sie dankbar an und schob ihren Teller von sich. »Klar. Ich habe gerade genau das Gleiche gedacht.«

Kapitel 15

Dan hatte sich davongemacht, ohne auch nur so etwas wie ein »bis bald, danke für letzte Nacht« verlauten zu lassen. Das war das Benehmen eines Mistkerls, schlicht und einfach. Für Lena spielte es keine Rolle, dass sie ihm sagen wollte, es dürfe nichts mehr zwischen ihnen passieren. Das wusste er schließlich nicht. Genaugenommen hatte er für die Gefühle, die sie vielleicht haben mochte, keinerlei Respekt gezeigt.

Wenn er zurück auf die Baustelle kam, würde sie mit Sicherheit nicht an seine Tür klopfen und um eine Erklärung betteln. Auf gar keinen Fall. Wenn er es so wollte, na schön. Sie brauchte bestimmt keine tiefgehende und bedeutungsvolle Nachbesprechung ihrer ausgetauschten Intimitäten. Sie hatte Wichtigeres zu tun, zum Beispiel ihre Arbeit.

So verbannte sie Dan in die hinterste Ecke ihres Kopfes und konzentrierte all ihre Energien auf den neuen Schlitten, der mittlerweile im Einsatz war. Sie hatte jetzt zwei gleichzeitig laufen, und am nächsten Tag würden sie den allerersten Träger montieren. So hatte sie schon genug um die Ohren, ohne sich auch noch um Dan Gedanken zu machen. Lena war mindestens ein Dutzend Mal jeden einzelnen Schritt des Vorgangs durchgegangen, sie wollte aber absolut sichergehen.

Mit Murphys Gesetz und möglicherweise auch noch Mike als Sabotagefaktor am Werk wusste man nie.

Am Ende der Woche konnte sie endlich wieder durchatmen. Der erste Träger war ohne Zwischenfall angebracht worden, und ihm waren problemlos zwei weitere gefolgt. Beinahe wünschte sich Lena, sie hätten ihre Aufmerksamkeit mehr in Anspruch genommen. Dan war noch nicht zurück, und niemand wusste, wann er wiederkam.

Wider besseres Wissen hatte Lena sehr wohl mitgezählt, wie viele Tage seit seinem Verschwinden vergangen waren. Ihr war nicht einmal bewusst, dass es so offensichtlich war, bis Sharon sie beiseitenahm, um sie zur Rede zu stellen.

»Ich kann dein langes Gesicht nicht mehr ertragen«, beschwerte sie sich. »Du musst auf andere Gedanken kommen. Diesen Sonntag haben wir doch frei. Warum ärgerst du nicht Carl ein bisschen und organisierst mal wieder eine deiner berühmten Spritztouren?«

»Na ja«, Lena hatte es eigentlich nicht sagen wollen, aber die Worte rutschten ihr einfach so heraus, »ich habe ja auch am Samstag Geburtstag.«

»Warum hast du das nicht eher gesagt?« Sharon griff nach Lenas Händen. »Dann müssen wir auf jeden Fall etwas unternehmen.«

Widerwillig ließ Lena sich von Sharons Begeisterung anstecken. Sie war schließlich nicht der Typ, der ein wenig Aufregung im Leben ablehnte. Dafür feierte sie zu gern, und sie hatte, seitdem sie auf der Welt war, noch keine Gelegenheit für eine Party verpasst.

»Lass uns Samstagabend nach Karratha fahren«, schlug Sharon aufgeregt vor. »Wir können im schicksten Restaurant der Stadt essen gehen und uns betrinken.«

Noch während Sharon sprach, nahm eine Idee in Lenas Kopf Gestalt an. Und wie eine Abhängige, die unbedingt einen Schuss brauchte, stürzte sie sich darauf. »Was hältst du davon«, improvisierte sie, »wenn wir noch ein paar andere einladen?«

Sharon sah sie verwundert an. »Wen denn?«

»Nur unsere engeren Freunde, zum Beispiel Leg und Radar, und Harry und Carl.«

Lena wollte sehen, ob Sharon auf den letzten Namen reagieren würde, doch da war nichts. Sie hatte allerdings damit gerechnet, und nach der Sache mit Gavin wollte sie diesmal nicht zu aufdringlich sein. Sie wollte gerade den Vorschlag zurücknehmen, als Sharons Miene sich aufhellte.

»Weißt du was? Je mehr, umso besser. Ich helfe dir dabei, alles zu organisieren. Du kannst ja schließlich nicht allein deine eigene Geburtstagsparty planen.«

»Geburtstagsparty?«, wiederholte Lena überrumpelt. »Oh, so meinte ich das nicht.«

Doch Sharon war es ernst. Bevor Lena sich versah, waren die Vorbereitungen für eine Geburtstagssause in vollem Gange. Carl bot sogar an, einen Minivan über Barnes Inc. zu mieten, um sie alle hin und her zu kutschieren. Um die Ausgaben zu rechtfertigen, wollte er den Van anschließend auf der Baustelle behalten, um ihn für Erledigungen in Karratha zu nutzen. Lena aber würde darauf wetten, dass Carl so entgegenkommend war, weil Sharon ihn gefragt hatte und nicht sie.

Samstagmorgen holte Sharon jedenfalls den Minivan ab, den Leg und Radar den ›Party-Bus‹ tauften, und brachte ihn zum Camp. Sie hatten verabredet, sich alle für ihren großen Abend um zehn nach sechs vor dem Camp zu treffen. Sharon hatte sich angeboten zu fahren.

Harry war als Erster da und überreichte Lena eine hübsch verpackte Schachtel Schokolade mit einer Karte daran.

»Das ist von mir, Leg und Radar.«

»Oh, das wär doch nicht nötig gewesen«, sagte Lena. Sie vermutete, dass Harry dahintersteckte. Niemals wäre Leg und Radar so etwas eingefallen, geschweige denn wären sie einkaufen gegangen und hätten es so schön eingepackt. Dann trafen auch Gavin, Fish und Carl ein, die beiden Letzteren wieder in passende Hawaiihemden gekleidet. Sharon hatte eigentlich nicht vorgehabt, Fish und Gavin einzuladen, doch hatten sie mitbekommen, wie sie mit Carl darüber sprach, und sich gewissermaßen selbst eingeladen. Leg und Radar kamen als Letzte. Es war nicht zu übersehen, weshalb sie so lange gebraucht hatten: Sie trugen eine Kühlbox zum Wagen.

»Was soll das denn werden?«, schalt Sharon sie.

»Ach komm schon«, forderte Leg sie auf. »Wir brauchen doch was für den Weg.«

Lena stöhnte innerlich. Es würde also einer *dieser* Abende werden.

Trotz ihrer Bedenken fuhren sie wie geplant in ihrem Party-Bus ab. Die Fahrt nach Karratha, die nur knapp eine Stunde dauerte, verlief ereignislos. Auf der Rückbank wurde zu viel getrunken, als dass viel gesprochen werden konnte.

Sharon hatte in einem Restaurant namens Orchid für sie reserviert, das zu einem Hotel gehörte, dem Karratha Resort. Lena war freudig überrascht, dass Bar und Restaurant es mühelos mit jedem der noblen Hotels in Perth aufnehmen konnten. Die Wände schmückten wunderschöne Malereien von Meeresflora und -fauna in hellen Farbtönen. Schicke und dennoch bequeme Sofas und Sessel standen in kleinen Gruppen um polierte Holztischchen. Hinter der Bar befand sich eine Reihe von Glastüren, durch die Lena einen grandiosen Pool sehen konnte, dessen Wasseroberfläche unter den Lichterketten glitzerte. Dahinter versteckte sich zwischen einigen Palmen ein Whirlpool. Sie malte sich voller Vorfreude aus, wie sie dort draußen einen Cocktail unterm Sternenhimmel schlürfte.

Obwohl sie bereits einiges intus hatten, bestanden Leg und Radar noch auf einen Aperitif, so dass sie zuerst an der Bar haltmachten. Carl lud Lena als Geburtstagsgeschenk auf einen Cocktail ein und Sharon, weil sie eine solch gute Party organisiert hatte. Alle anderen tranken Bier. Lena kam allmählich in eine angenehme Feierstimmung, als ausgerechnet Mike Hopkins den Raum betrat.

Er war in Begleitung einer Frau, die ähnlich gebaut war wie er – klein und rundlich und mit ergrauenden blonden Haaren. Mike blieb stehen, bevor er die Bar erreichte, und Lena sah, dass er über das Zusammentreffen mindestens genauso schockiert war wie sie. Dann aber schloss er langsam den Mund und steuerte resigniert mit seiner Verabredung auf sie zu. Lena musste ihm zugestehen, dass er schließlich nicht seinen Boss ignorieren konnte, und es war auch Carl, auf den er zuging, und nicht sie.

Gott sei Dank.

Carl hatte Mike jedoch noch nicht bemerkt. Und da er bereits angetrunken war, stieß er ein »Verdammte Scheiße, Mike, bist du auch eingeladen?« aus, als er sich umdrehte.

Mike lief lila an.

»Nein, ich habe gerade meine freie Woche. Hab mich für Urlaub in Karratha entschieden.« Er deutete auf die Frau neben sich. »Das ist meine Frau Patricia. Sie ist gestern aus Perth gekommen.«

Patricia nickte der Runde gleichgültig zu und betastete die Perlenkette um ihren Hals.

»Aha.« Carl schien nichts weiter einzufallen.

»Und was führt euch alle hierher, wenn ich fragen darf?« Mike sah alle an bis auf Lena.

»Madame I. hat Geburtstag«, warf Radar ein. »Wir feiern.«

Mike visierte sofort Lena mit vorwurfsvoller Miene an und legte ihr all sein momentanes Unbehagen zu Füßen.

Du meine Güte, dieser Typ braucht wirklich einen neuen Sündenbock.

»Na gut«, grummelte er. »Patricia und ich haben reserviert, da gehen wir wohl besser an unseren Tisch.«

Carl hob sein Glas etwas zu erleichtert. »Kein Problem, macht das.«

Als Mike sich abwandte, lehnte Fish sich sofort vor. »Wer hat ihm denn diesen Stock in den Arsch geschoben?«

Leg und Radar wippten erfreut auf ihren Ballen, und Radar antwortete leicht lallend: »Madame I.«

»Hey«, Sharon sah sie scharf an, »Lena hat Mike nichts getan. Er ist einfach nur ein sauertöpfischer Stänkerer. War er schon immer.«

»Aha, sauer ist er, sagst du.« Fish lehnte sich lässig an die Bar. »Sollten wir ihm da nicht einen Drink schicken?«

Carl lachte als Einziger. Alle anderen wirkten eher nervös. Fish hob den Zeigefinger. Lena und ihre Freunde beobachteten erst neugierig und dann immer belustigter, wie Fish den Barkeeper um eine Zitrone bat. Er holte einen Stift aus seiner Tasche und malte ein Gesicht mit herausgestreckter Zunge auf die eine Seite der Zitrone und schrieb *Alles Gute von den Barnes-Männern* auf die andere. Als er sein Kunstwerk vollendet hatte, balancierte er es auf der Öffnung eines leeren Weinglases und rief den Barkeeper erneut zu sich. »Wir würden das hier gern dem Gentleman an dem Tisch unter dem Baum dort draußen bringen lassen.«

Der Barkeeper winkte ohne mit der Wimper zu zucken einen Kellner herbei. Dieser stellte das Glas auf ein großes schwarzes Tablett und machte sich mit überschwänglicher Geste auf den Weg nach draußen. Lena konnte nicht anders: Sie beobachtete wie die anderen, wie Mike reagieren würde. Er erblasste, als das Glas vor ihm hingestellt wurde, und sah zu ihnen herüber, als der Kellner in die Richtung zeigte, aus der der Drink gekommen war.

Fish, Radar und Leg winkten ihm herzlich zu. Mike verzog nicht einmal ansatzweise das Gesicht, sondern schob das Glas von sich und wandte sich wieder seiner rotgesichtigen Frau zu. Die Jungs brüllten vor Lachen, und selbst der stille, alles andere als streitlustige Harry konnte ein breites Grinsen nicht unterdrücken. Lena musste sich hinter ihrem Glas verstecken, damit man ihr Grinsen nicht sah.

»Mir gefällt das nicht«, flüsterte Sharon ihr zu. »Wenn Mike dich bisher schon gehasst hat, dann wird er es dir jetzt noch mehr denn je heimzahlen wollen.«

Unbehagen durchlief Lena, doch sie wollte es nicht die Oberhand gewinnen lassen. Heute war ihr Abend, den wollte sie sich nicht durch irgendwelche Sorgen verderben.

Während sie noch darüber nachdachte, stellte sich Gavin, der bisher ziemlich ruhig gewesen war, neben Sharon. Lena runzelte die Stirn. Sie war nicht besonders wild darauf, dass sich der Abend in diese Richtung entwickelte. Es war offensichtlich, dass Gavin keine Mühe scheuen würde, um noch einen zweiten Anlauf bei Sharon zu starten. Dass er auf dem besten Weg war, sich zu betrinken, verhieß ebenfalls nichts Gutes. Lena merkte jedoch, dass Sharon sich bewusst war, was hier ablief. Und so ließ sie sich und einen recht verwirrten Harry weiter von Fish lang und breit über sein jüngstes Problem aufklären. Ethel gestattete es ihm nicht, einen Gefrierschrank in seinem Dongar aufzustellen, und der Kantinenkoch weigerte sich, noch mehr seiner Fänge einzulagern.

»Ich bin eben selbst nicht so ein Fischgourmet«, erklärte er niedergeschlagen. »Und ich weiß einfach nicht, was ich mit dem ganzen Zeug anstellen soll.«

»Warum wirfst du sie nicht zurück ins Wasser?«, erkundigte sich Harry.

Fish sah ihn entgeistert an. »Und so die Trophäen meiner Triumphe wegwerfen? Nie im Leben!«

Als Lena sich abwandte, um ihr Grinsen zu verbergen, entdeckte sie eine verstörende Szene ein paar Meter entfernt. Gavin hatte Sharon am Arm gepackt und hielt sie fest, obwohl sie sich eindeutig losmachen wollte. Lena ging einen Schritt auf sie zu, doch Carl kam ihr zuvor.

»Lass sie los, du Idiot.«

Gavin riss den Kopf hoch und ließ Sharons Arm los. »Carl …«

»Ich habe die letzten zwanzig Minuten mit angesehen, wie du dich wie ein Arschloch verhältst. Lass Sharon doch in Ruhe. Kapierst du nicht, dass sie nichts von dir will?«

Gavin war rot angelaufen, doch er richtete sich auf. »Ehrlich gesagt, Carl, glaube ich nicht, dass dich das etwas angeht.«

»Das kann ich aber ganz schnell ändern«, knurrte Carl. Er deutete mit dem Kinn über seine Schulter. »Aber draußen.«

Zeig's ihm, Carl!

Sharon folgte blass und erschrocken dem Wortwechsel, und Lena eilte zu ihr und legte ihr einen Arm um die Schultern. Währenddessen war Gavin einen Schritt zurückgetreten und schluckte krampfhaft. Ihm wurde gerade bewusst, dass er dabei war, einen Streit mit seinem Boss anzuzetteln. Seiner zukünftigen Anstellung war das nicht unbedingt förderlich.

»Wisst ihr was?«, warf er langsam in die Runde. »Vielleicht ist es am besten, wenn ich ein bisschen frische Luft schnappen gehe.«

Er sah sich um. Wenn er darauf hoffte, dass jemand ihn bat, zu bleiben, oder ihm seine Gesellschaft anbot, dann wurde er enttäuscht. Resigniert nickte er. »Alles klar.«

Sie sahen ihm nach, wie er etwas wankend die Bar verließ.

»Ihr hättet auf dem Weg hierher nicht so viel trinken sollen«, bemerkte Lena, sobald Gavin außer Hörweite war.

»Und ihr Frauen hättet nicht so verd…« Carl fuhr sich mit der Zunge über die Lippen. »So wenig trinken sollen.« Er ließ seinen Blick über Sharons Gesicht schweifen, und Lena war überrascht, wie sanft er aussah. »Kann ich dir etwas zu trinken bestellen?«, fragte er Sharon. »Um deine Nerven etwas zu beruhigen?«

Lena spürte, wie Sharon zitterte, als sie nickte. »Vielleicht einfach etwas Wasser? Ich muss ja noch fahren.«

»Kommt nicht in Frage«, unterbrach Lena sie hastig. »Du brauchst etwas Stärkeres, und zwar viel davon.«

»Aber wer soll dann fahren?«

»Ich fahre.« Lena drückte Sharon die Schultern, doch sie entzog sich ihr.

»Lena, du kannst doch nicht fahren. Du hast Geburtstag.«

»Mir macht das nichts aus«, erwiderte Lena lächelnd. »Ehrlich. Außerdem will ich lieber einen klaren Kopf behalten, jetzt wo Mike auch hier ist.«

Das entsprach der Wahrheit. Sie hatte wirklich keine Lust, viel zu trinken. Und ihr war es lieber, wenn Sharon sich amüsierte – und sich vielleicht sogar ein bisschen mit Carl unterhielt.

Sharon sah sie eindringlich an. »Bist du dir sicher?«

»Ganz sicher.« Lena wandte sich mit einem verschmitzten Lächeln an Carl. »Bestell ihr etwas Lustiges. Einen Screaming Orgasm oder so.«

Unter Sharons verdattertem Blick gesellte sich Lena wieder zur anderen Hälfte der Gruppe.

Eine halbe Stunde und ein paar Drinks später setzten sie sich schließlich an ihren Tisch. Es würde ein interessantes Essen werden, so betrunken wie Leg und Radar waren. Harry trank zaghafter, aber kontinuierlich. Fish sah bereits doppelt. Carl und Sharon waren am nüchternsten. Nachdem Lena Carl in Point Samson erlebt hatte, wusste sie, dass er sich heute zurückhielt. Vielleicht brauchte er seine Gehirnzellen, um sich zu unterhalten. Er bemühte sich immer noch, vor Sharon nicht zu fluchen, und diesmal bemerkte es nicht nur Lena.

Fish fand Carls Verhalten sehr merkwürdig und war zu betrunken, um taktvoll zu sein.

»Was ist los mit dir, Carl? Du redest komisch und trinkst gar nichts.«

Sharon hatte es wohl endlich verstanden, denn sie errötete leicht und sah weg.

»Nichts ist mit mir los, verdammt«, ereiferte sich Carl. »Ich habe keine Ahnung, wovon du verflucht noch mal redest.«

»Dann trink noch ein Bier.« Fish lehnte sich zu ihm herüber. »Und hör auf, dich so anzustellen. Man könnte ja fast meinen, dass du irgendeine Frau beeindrucken willst oder so.« Er ließ seine Augen zwischen Sharon und Lena hin und her wandern. »Ihr zwei habt doch nicht etwa irgendwas vor, oder?«

Lena funkelte ihn an, und Sharon errötete noch mehr. »Sei nicht albern.«

Fish zuckte nur mit den Schultern. »Ich kenne Carl seit sieben Jahren. Der hatte es noch nie so mit den Frauen.« Er wandte sich wieder an seinen Kumpel. »Oder, Carl?«

Carl war beinahe so rot wie Sharon. »Halt's Maul.«

Fish sah ihn argwöhnisch an. »Du hast mir immer vorgebetet, dass Frauen zu viel von den Männern fordern und wir ohne sie besser dran sind.«

»Darauf trinke ich einen.« Radar hob sein Glas.

»Ich auch«, stimmte Harry mit ein.

»Du hast doch deine Meinung nicht geändert, Carl, oder?«, wollte Fish wissen.

Carl zögerte, grunzte und richtete sich auf, als schüttelte er eine imaginäre Last von den Schultern. »Nicht in diesem Leben.« Er wandte sich an einen vorbeikommenden Kellner. »Könnte ich eine Flasche Wein bekommen, bitte?«

Nachdem der Kellner gegangen war, sandte Leg lallend seine Gratulationen über den Tisch. »Gute Idee, Carl. Wir können noch einen roten gebrauchen.«

»Der ist nicht für euch, Dummkopf«, fuhr Carl ihn an. »Den trink ich alleine.«

Na toll.

Fish hatte soeben Sharons wundervolle angehende Romanze ins Straucheln gebracht. Lena hätte ihm am liebsten den Hals umgedreht. Stattdessen musste sie sich damit zufriedengeben, ihm stumme Flüche entgegenzuschleudern.

Sharon wandte sich wieder ihrem Essen zu. Sie hatten beide das Gleiche bestellt, marinierten Baramundi auf Süßkartoffeln und Spargel. Es war köstlich, aber gemäß den fünf Sternen sehr wenig.

Als die Rechnung kam, schockierte Carl Lena, indem er die Firmenkreditkarte zückte.

»Carl«, stieß sie hervor, »was machst du da?«

»Ich zahle für alle.«

»Aber das brauchst du doch nicht.«

»Lena«, Leg stieß ihr in die Rippen, »wenn der Mann so gütig ist, dann verdirb ihm jetzt bloß nicht den Augenblick.«

Lena drehte sich zu ihm und stieß ihn ebenfalls an. »Aber es ist meine Geburtstagsfeier, das sollte nicht auf Kosten der Firma gehen.«

Carl winkte betrunken ab. »Als Bauleiter steht mir ein gewisser Prozentsatz an Bewirtungskosten zu. Im beschissenen Wickham hatte ich da noch keine Gelegenheit zu. Das ist genau, was wir brauchen.«

Lena war nicht einverstanden. »Ich glaube, das Geld ist eher für Geschäftspartner bestimmt und nicht für die Angestellten.«

»Aber unser Geschäftspartner ist doch da«, warf Radar ein. »Er sitzt seit zwanzig Minuten da drüben und beobachtet uns.«

Lena fühlte sich, als hätte ihr jemand ein Glas Wasser ins Gesicht geschüttet. Erstaunt sah sie Radar an. »Was sagst du da?«

Er deutete mit dem Kinn über die Schulter. »Da drüben an der Bar. Sieht so aus, als würde Bulldog seine freie Woche genau wie Mike in Karratha verbringen.«

Wie in Zeitlupe, obwohl es tatsächlich wohl nur eine Sekunde dauerte, drehte Lena den Kopf und sah durch den Raum.

Und da war er.

Einfach so.

Er saß auf einem Barhocker und hatte den rechten Arm auf dem Tresen liegen, in der Hand ein Getränk, das nach Whisky aussah. Er saß einfach nur da und hatte seinen geheimnisvollen Blick auf Lena gerichtet, ebenso wie sie ihren auf ihn gerichtet hatte.

Lena bemerkte nur nebenbei, dass Carl unruhig neben ihr auf seinem Stuhl hin und her rutschte. »So eine Scheiße. Jetzt muss ich auch noch zu ihm rübergehen.«

»Kannst du ihn nicht ignorieren?«, fragte jemand.

»Scheiße, nein. Das ist schlechte PR.«

Lena konzentrierte sich nun auf die Tischdecke. Er war ohne ein Wort gegangen und war dann die ganze verdammte Zeit hier gewesen? Er hätte ja wohl mal den Hörer in die Hand nehmen und sie anrufen können.

Wut schnürte ihr die Kehle zu.

Wenn er nicht mit ihr reden wollte, dann würde sie ihm mit Sicherheit nicht den Eindruck vermitteln, dass sie an einem Gespräch mit ihm interessiert war.

Leg, der neben Lena saß, lehnte sich über den Tisch, um Carl anzuflehen. »Du lädst ihn aber nicht zu uns ein, oder? Wenn der verdammte Bulldog bei uns am Tisch sitzt, können wir doch gar nicht mehr locker sein.«

Ausnahmsweise war Lena einmal mit Leg einer Meinung. »Er hat recht, Carl«, stimmte sie mit ein. »Und außerdem seid ihr auch alle viel zu betrunken, um euch anständig zu benehmen. Das wäre dann schlechte PR.«

Fish hob sein Glas. »Exakt, Lena.«

Carl nickte langsam, als das Argument zu ihm durchdrang. »Verdammte Scheiße, da hast du wohl recht.« Doch gerade, als Lena sich wieder entspannte, fügte er hinzu: »Lena, *du* solltest zu ihm rübergehen.«

»Was?!«

»Du bist die Einzige, die nicht betrunken ist«, ließ Carl gleichmütig verlauten.

»Carl, ich …«

»Wenn ich's mir genau überlege«, fuhr er fort, ohne

die anwachsende Panik in Lenas Stimme zu bemerken, »dann ernenne ich dich zu unserer PR-Vertreterin für heute Abend.« Er hielt die Daumen hoch und zwinkerte ihr zu. »Geh schon, und erfüll uns mit Stolz.«

Lena warf Sharon einen Blick zu, die ihn mitfühlend erwiderte.

Es sah so aus, als hätte sie keine Wahl. Sie war geliefert.

Sie erhob sich und ging auf leicht wackligen Beinen hinüber zur Bar, die etwas tiefer lag als das Restaurant. Sie hoffte, dass Dan nicht sehen konnte, wie nervös sie war, oder wie sehr diese simple Aufgabe sie mitnahm.

Gerader Rücken, professionelle Stimme, reservierte Miene. Lena verbannte all ihre Gefühle tief in ihrem Herzen und schloss sie dort ein. »Hi«, begrüßte sie Dan tonlos, als sie bei ihm angekommen war. »Carl wollte, dass ich dir hallo sage. Ich befürchte, er hat etwas zu viel getrunken, um dich selbst zu begrüßen.«

Dans dunkle und grübelnde Augen fesselten sie. Darunter waren immer noch ausgeprägte Ringe zu erkennen. Aber diesmal war er glattrasiert. Er trug ein Hemd mit Kragen und kurzen Ärmeln und dazu eine Freizeithose. Sein Haar sah aus wie vom Wind zerzaust – wahrscheinlich war er wieder unzählige Male mit der Hand hindurchgefahren. Lena verspürte das Bedürfnis, ihm darüberzustreichen, und ohrfeigte sich innerlich für ihre Gedanken.

Sie lehnte sich an die Bar, sah auf seine linke Schulter und sprach mit einer Stimme in ihrer besten Imitation einer Nachrichtensprecherin. »Das Projekt läuft ziemlich glatt, seitdem du im Urlaub bist. Keine besonderen Zwischenfälle. Wir montieren jetzt die Träger, die Pfahlgründung läuft fast nach Zeitplan, und Lance hat sein fünftes Modul angebracht.«

»Lena, was machst du da?« Dans Stimme klang leise und rau, und Lenas Körper reagierte sofort darauf.

Sie behielt jedoch ihren Tonfall bei. »PR.«

Dans Mundwinkel zuckten, bevor er sein Glas leerte und es zurück auf den Tresen stellte. »Dann tust du also einfach so, als ob nichts zwischen uns im Raum steht.«

»Oh.« Lena gab sich überrascht und sah ihm schließlich direkt in die Augen. »Du meinst, so wie du das die letzten sieben Tage auch gemacht hast?«

»Du hast mitgezählt.« Wieder zuckten seine Mundwinkel kurz.

Sie funkelte ihn nur an. »Das hättest du wohl gern.«

»Es tut mir leid, dass ich mich nicht gemeldet habe nach … nach unserer Begegnung. Ich …«

»Du brauchst das nicht zu erklären, Dan.« Sie wich dem Blickkontakt wieder aus, denn sie wusste, dass ihre Augen zu viel verraten würden. Stattdessen heftete sie ihren Blick auf den Pool und lachte unbekümmert. »Das hatte nichts zu bedeuten. Ich bin darüber hinweg.«

»Verstehe.«

In der darauffolgenden Stille befand Lena, dass ihr Besuch beim Teufel schon lange genug gedauert hatte. Sie sah ihn wieder an. »Wir fahren gleich wieder, also …«

»Warum seid ihr überhaupt hier?« Dan sah sie verwundert an.

»Ich habe Geburtstag.«

»Alles Gute.«

»Danke.« Sie wandte sich zum Gehen. »Soll ich Carl von dir grüßen?«

»Lena, warte.«

Sie hielt in der Bewegung inne und sah ihn fragend an.

Dan zögerte. »Kann ich dich auf einen Drink einladen?«

»Nein.«

»Ich weiß, dass du das nicht hören willst, aber ich muss mich bei dir entschuldigen.«

Lena drehte sich vollständig zu ihm um. Sie konnte den Sarkasmus nicht aus ihrer Stimme heraushalten. »Tatsächlich? Wofür denn?«

Sah sie da etwa einen Anflug von Schmerz auf Dans Gesicht?

»Es tut mir leid, dass ich mich nicht sofort bei dir gemeldet habe. Aber ehrlich gesagt fand ich, dass ich bereits genug Schaden angerichtet hatte, und dass es besser wäre, wir treffen uns, wenn du dich ein bisschen beruhigt hättest.«

»Mich beruhigt?« Lena rümpfte die Nase.

»Dein Gesichtsausdruck, als du mich weggestoßen hast, hat sich mir ins Gedächtnis gebrannt«, erklärte er heiser. »Ich konnte die ganze Woche an nichts anderes denken.«

Lena sagte nichts, während sie versuchte, die Puzzleteile zusammenzufügen. Welcher Gesichtsausdruck?

Als sie Dan an diesem Morgen von sich gestoßen hatte, hatte sie an Kevin gedacht und alles, was seit ihm und wegen ihm schiefgegangen war. Zweifellos mussten sich Entsetzen, Angst und Scham auf ihrem Gesicht abgezeichnet haben. Aber warum sollte Dan …? Die Teile fügten sich zusammen. »Dan, ich …«

Doch er hörte ihr nicht zu. »Da erzähle ich dir noch,

dass du auf dich aufpassen sollst, und dann tue ich genau das, wovor ich dich gewarnt habe. Wenn ich daran denke, fühle ich mich abscheulich.« Er spuckte das Wort geradezu aus, als hinterließe es einen schlechten Geschmack in seinem Mund. »Ich habe meine Position und deine Notlage missbraucht. Das ist unverzeihlich.«

»Dan, du hast nichts getan, was ich nicht auch wollte«, versicherte Lena ihm. »Ich hätte dich jeden Moment aufhalten können. Vielleicht hätte ich das schon eher tun sollen.«

»Du musst mir nichts vormachen, damit ich mich besser fühle.« Er ging nicht auf sie ein. »Ich weiß, dass das, was ich getan habe, falsch war. Das hast du selbst gesagt.«

Habe ich das?

Während sie versuchte, sich an ihre Worte zu erinnern, fuhr Dan fort. Seine Stimme war jedoch nun leiser und hatte etwas von ihrer Eindringlichkeit verloren. Er klang sachlicher, mehr wie der Dan, den sie kannte.

»Ich bin mir sowohl der Unangemessenheit meines Verhaltens bewusst als auch der verheerenden Konsequenzen, hätte uns jemand gesehen.« Er schloss kurz die Augen. »Die größten Probleme hier auf der Baustelle sind die Streitereien und die Feindseligkeit zwischen den beiden Unternehmen. Wenn es auch nur eine Andeutung gäbe, dass zwischen dir und mir etwas ist, würde sie das nur noch anspornen. Die Arbeitsmoral wäre völlig im Keller. Du würdest den Respekt deiner Kollegen verlieren und ich den meiner Angestellten.« Er sah sie durchdringend an. »Ich kann dir nur versichern, dass du keine Angst haben musst, ich würde jemals wieder so etwas tun.«

Lena erwiderte seinen Blick. »Ich habe keine Angst vor dir, Dan. Hatte ich nie.«

Sein Brustkorb hob sich, als er tief einatmete. Einen Moment lang, aber wirklich nur einen Moment, sah es so aus, als erhelle sich seine Miene, und er öffnete den Mund, als wollte er etwas sagen. Doch dann schloss er ihn ebenso abrupt wieder. Seine Miene verdüsterte sich erneut, und dieses Mal sah er noch finsterer aus als zuvor.

»Sieh dich um«, wies er sie an. »Deine Kollegen beobachten uns wie die Raubvögel. Wenn ich jetzt auch nur meine Hand ausstrecken und deine Hand berühren würde, wäre das innerhalb weniger Stunden Gesprächsstoff Nummer eins auf der Baustelle. Ich an deiner Stelle hätte Angst.«

Lena sah sich nicht nach ihren Kollegen um. Sie wusste auch so, dass Dan recht hatte. Eine Beziehung zwischen ihnen war unmöglich. Sie sah auf den Tresen, wo ihre Hände nur Zentimeter voneinander entfernt lagen. Ein Knistern durchfuhr ihren Arm, und sie wünschte, Dan würde ihre Hand berühren. Seine Stimme schien sie zu umhüllen, obwohl sie kaum mehr als ein Flüstern war.

»Ich wünsche dir nur das Beste, Lena.« Seine Hand auf dem Tresen ballte sich zur Faust. Dann stand er auf und schob sie in seine Hosentasche.

Lena fühlte sich, als hätte man sie aus dem Bett gestoßen und sie wäre auf harten, kalten Fliesen gelandet. Sie erschauderte und blinzelte ihm hinterher, als er sich umdrehte und ging.

Kapitel 16

Es brachte natürlich rein gar nichts, sich zu wünschen, die Dinge lägen anders. Dan hatte eine Verantwortung gegenüber seiner Firma und sie eine Verantwortung sich selbst gegenüber. Der Weg, den sie beinahe entlanggestolpert wären, konnte nur dazu führen, dass sie gefeuert oder verletzt wurde – oder beides. Sie sollte dankbar sein, dass Dan vernünftig genug war, das zu verstehen. Stattdessen war sie am Boden zerstört. Sie musste ein paar Mal tief durchatmen, bevor sie einigermaßen gefasst zu ihrer Geburtstagsrunde zurückkehren konnte. Die Einzige, die sich nicht von Lenas heiterer Miene und ihrer Bemerkung täuschen ließ, Dan sei genauso unerträglich im Urlaub wie auf der Arbeit, war Sharon. Sie griff unter dem Tisch nach Lenas Hand und drückte sie. Lena musste all ihre Kräfte zusammennehmen, um bei dieser Geste nicht in Tränen auszubrechen.

Sie hatte ihre Maske zurechtgerückt, als sie gemeinsam wieder an die Bar gingen, an der nun kein Bulldog mehr stand. Eigentlich war es das Letzte, worauf Lena Lust hatte. Aber sie gab ihren Freunden noch eine Stunde, bevor sie das Ende ihrer Feier ankündigte. Sharon war die Einzige, die sich darüber freute – Lena merkte, dass auch sie ziemlich müde war.

Unter einem Schwall von Protesten verfrachtete Lena alle wieder in den Party-Bus, bevor sie sich hinters Steuer setzte. Gavin war immer noch nicht zum Restaurant oder an die Bar zurückgekehrt. Zu Lenas Erleichterung hatte niemand Lust, nach ihm zu suchen. Selbst Carl war der Meinung, dass Gavin nun auf sich selbst gestellt war. Lena startete also den Motor, legte den Gang ein und fuhr Richtung Wickham. Die ersten zehn Minuten der Fahrt verliefen ereignislos, wenn man einmal von dem ohrenbetäubenden Gesang auf der Rückbank absah.

Doch dann sah sie es.

Das Känguru.

Zu seiner vollen Größe aufgerichtet stand es am Straßenrand, nur schwach erleuchtet im Halbdunkel neben dem Scheinwerferlicht. Lena wusste instinktiv, dass es etwas Dummes tun würde. Seitdem das rote Känguru vom Anleger gesprungen war, war sie sich ziemlich sicher, dass diese Tiere zu allem fähig waren.

Lena nahm ihren Fuß vom Gas. Der Wagen fuhr langsamer. Die Worte des Sicherheitsbeauftragten aus der furchtbaren Einführung, von der sie niemals angenommen hätte, dass sie zu etwas taugen würde, kamen ihr wieder in den Sinn: »Es ist gefährlicher, bei hoher Geschwindigkeit auszuweichen, als das Tier zu erfassen.«

Im letzten Moment, bevor der Van an ihm vorbeifuhr, sprang das Känguru mitten auf die Straße. Lena fuhr nicht schnell, aber immer noch schnell genug. Sie bremste heftig und versuchte, so gut es ging, das Steuer gerade zu halten. Doch es war zu spät: Der Van prallte direkt auf das Känguru.

Sharon, die vorne neben Lena saß, schrie auf, und

Lena hörte Gepolter auf den Rückbänken. Offenbar hatte sich niemand angeschnallt. »Entschuldige, es tut mir leid!«, rief Lena dem armen Tier zu. Ihr brannten Tränen in den Augen. Der Van schleifte das Känguru noch ein paar Meter mit, bevor es mit dem grässlichen Geräusch zersplitternder Knochen und zerquetschter Eingeweide unter eines der Räder geriet und sie es hinter sich ließen. Lena zitterte und lockerte ihren Kiefer. Sie hatte nicht einmal bemerkt, wie fest sie die Zähne zusammengebissen hatte.

Das arme Ding.

Sie wollte nicht einmal darüber nachdenken, was sie auf dem Asphalt hinterlassen hatte.

Mein erstes totgefahrenes Tier.

Als sich ihre Nerven wieder etwas beruhigt hatten, fragte sie nach hinten. »Alles in Ordnung bei euch?«

Fish beugte sich vor und stützte sich auf der Rückenlehne ihres Sitzes ab. Er nahm einen lässigen Schluck aus seiner Bierdose. Anscheinend waren sie immer noch dabei, die Kühlbox zu leeren.

»Alles in Ordnung, Lena. Gut gemacht.«

»Soll ich anhalten?«, fragte sie. Sie dachte an das Känguru auf der Straße.

»Du glaubst doch wohl nicht, dass es noch lebt, oder?« Fish rülpste. »Der arme Kerl ist zu Brei geworden.«

Lena hätte sich am liebsten die Ohren zugehalten. Sie konnte nicht fassen, dass sie nun ein zweites Beuteltier auf dem Gewissen hatte. Sie war schließlich noch nicht einmal über das ertrunkene Känguru auf der Baustelle hinweg. Wenn sie so weitermachte, wurde sie noch zu einem echten Kängurukiller.

»Uäh!« Sharon schüttelte sich. »Wie kannst du so unsensibel sein? Siehst du nicht, dass es ihr nicht gutgeht?«

Fishs boshaftes Lachen verwandelte sich in einen Schluckauf.

»Was ist mit dem Auto?« Lena wechselte eilig das Thema. »Sollten wir nicht anhalten und nachsehen? Es hat keinen Kängurufänger, es könnte also etwas beschädigt worden sein.« Sie warf Carl einen Blick im Rückspiegel zu. »Was soll ich tun?«

Carl hob seine Bierdose und wollte gerade etwas entgegnen, als Leg ihn schroff beiseiteschob und dazwischenrief. »Mach die Musik lauter! Lasst uns mal die Stimmung ankurbeln!«

Statt zu antworten streckte Fish seinen Arm zwischen den Vordersitzen hindurch und drehte das Radio selbst lauter. Die anderen jubelten ihm zu, doch Lena konnte nur bitter lächeln. Selbst wenn der Bus in Flammen stand, würden die Männer es erst bemerken, wenn ihr Alkohol Feuer fing. Sie sah noch einmal in den Rückspiegel. Fish und Carl sangen bei Katy Perrys neuestem Hit mit. Sie sangen schief und schrecklich laut, doch als sie gleichzeitig ihre imaginären Brüste hochschoben, konnte sie sich ein Lachen nicht verkneifen. Carl sah nicht so aus, als wäre er in der Lage, auch nur zwei Meter weit zu gehen, geschweige denn, die Baustelle einer riesigen Landungsbrücke für Eisenerz an der Küste von Cape Lambert zu leiten.

»Lena?« Sharons Tonfall klang dringlich. »Ich glaube, du solltest besser anhalten. Der Motor überhitzt. Sieh dir die Anzeige an. Die liegt schon deutlich drüber.«

»Was?« Lena verlangsamte und fuhr an den Straßenrand.

Als sie aus dem Van stieg, musste sie beinahe würgen. »Was für ein Gestank!« Sie bedeckte Mund und Nase mit einer Hand.

Sharon stieg ebenfalls aus. »Was stinkt denn hier so fürchterlich?« Sie und Lena stellten sich vor die Scheinwerfer des Vans.

»Ich weiß nicht«, brachte Lena erstickt hervor. »Kokelndes Gummi, schmelzendes Plastik, halbgares Kängurufleisch?« Sie konnte immer noch nicht ihre Hand von der Nase nehmen.

»Auf jeden Fall kocht der Motor.« Sharon hielt sich ebenfalls Nase und Mund zu und deutete mit der freien Hand auf die qualmende Motorhaube.

Die Schiebetür des Achtsitzers wurde aufgezogen, und die Jungs stolperten hinaus. Harry stützte Leg, der wie ein Schiff wankte.

»Scheiße!« Carl taumelte zurück und rümpfte die Nase. Lena war überrascht, dass er überhaupt noch etwas roch.

Harry und Leg fielen zu Boden. Radar hielt Leg eine Hand hin, war jedoch selbst so wacklig auf den Beinen, dass dieser ihn mit zu Boden zog. Kichernd kugelten die beiden herum. Als ihr Gelächter verebbte, startete keiner von ihnen den Versuch, aufzustehen. Auch Harry legte sich einfach hin und sah zu den Sternen hoch.

Lena verschränkte die Arme. »Okay, Leute, konzentriert euch. Wir brauchen einen Plan.«

Carl und Fish sahen erst sich an und dann sie. Fish räusperte sich in dem Versuch, sein Lallen zu vertuschen. Es misslang ihm. »Der Boden sieht doch ganz bequem aus.« Er warf den anderen Männern einen Blick zu. »Lasst uns doch einfach hier unser Nachtlager aufschlagen.«

»Auf keinen Fall.« Lena hielt beide Hände hoch. »Ich schlafe nicht hier im Dreck und atme auch nicht die ganze Nacht lang diesen Gestank ein.«

»Ich auch nicht«, stimmte Sharon ihr zu. »Ich finde, wir sollten versuchen, den Van nach Karratha zurückzubekommen, das liegt ja näher als Wickham. Warum warten wir nicht, bis der Motor etwas abgekühlt ist, und versuchen es dann noch mal?«

Da niemand eine bessere Idee hatte, blieb es dabei. Lena und Sharon setzten sich auf die Stufe an der hinteren Tür, während die Jungs ihre Bierdosen leerten. Lena dankte dem Himmel, dass es die letzten waren.

Nach zehn Minuten, die wie ein Jahrhundert schienen, scheuchte Lena ihre Truppe wieder auf. »Los, kommt, wir versuchen es noch mal mit dem Motor. Alle zurück in den Van.«

Es war, als trommelte sie eine Horde Schüler zusammen. Sie trödelten herum, liefen fort, kicherten und schlugen ihre Hand weg, bis Lena fast so weit war, sie einfach stehen zu lassen. Als sie ihnen das mitteilte, wünschte sie sich, schon eher damit gedroht zu haben, da sie endlich einstiegen.

Lena schlüpfte wieder auf den Fahrersitz und Sharon neben sie. Mit einem kleinen Stoßgebet drehte sie den Zündschlüssel. Der Motor gurgelte nur fürchterlich und erstarb sofort wieder.

»Versuch's noch mal«, drängte Sharon sie verzweifelt. Nicht, dass Lena Ermunterung nötig gehabt hätte.

Sie drehte den Schlüssel ein zweites Mal. Diesmal

ließ der Motor nicht einmal ein Gurgeln hören, nur eisige Stille.

»Drehst du denn auch richtig?«, fragte Sharon.

»Ja-ha«, erwiderte Lena gereizt. »Es tut sich nichts.«

»Okay, keine Panik«, lallte Fish und fiel wieder aus dem Van. Lena sprang aus dem Wagen und schlug die Tür zu.

»Was können wir denn jetzt noch machen?«

»Du musst ja nicht gleich schlechte Laune kriegen.« Er sah sie tadelnd an und rülpste. »Das ist jetzt Männersache. Da Carl und ich die beiden Vorgesetzten auf diesem Ausflug sind, werden wir den Motor reparieren.«

»Was?«, fragte Lena im selben Moment, in dem Carl ein »Hä?« von sich gab. Er stieg ebenfalls aus und fiel dabei praktisch über Leg.

Sharon legte sich eine Hand auf die Stirn. »Gott bewahre uns.«

Trotz seines betrunkenen Zustands schien Carl Sharons Zweifel zu bemerken. Sehr zu Lenas Verdruss schien ihn das noch anzuspornen.

Also ehrlich! Jetzt willst du sie beeindrucken?

Carl hob das Kinn und leerte mit neuer Entschlossenheit seine Dose, bevor er sie hinten in den Van warf.

»Au!« Die Dose hatte Harry am Kopf getroffen.

Carl verschränkte die Finger, dehnte sie vor sich und bedeutete Fish gebieterisch, seinem Beispiel zu folgen. Der erkannte den Ernst der Lage, leerte ebenfalls sein Bier und warf die Dose in den Van.

»Hey, passt auf!«

»Wenn wir es richtig anpacken«, erklärte Carl mit gesenkter Stimme, die wahrscheinlich höchst sachkundig klingen sollte, »dann wird das ein Kinderspiel, Kumpel. Ein beschissenes Kinderspiel.«

Fish nickte.

Lena biss sich auf die Lippe. Hätte sie ihnen bloß nicht so voreilig gezeigt, wie frustriert sie war. »Seid ihr sicher, dass das eine gute Idee ist?«

»Natürlich ist das eine gute Idee, verdammt«, versprach Carl. Die nächsten fünf Minuten verbrachte er damit, herauszufinden, wie man die Motorhaube öffnete.

Mit einem Knall flog sie auf, und Lena und Sharon stolperten zurück, als der Gestank von totem und brutzelndem Känguru noch stärker wurde.

Vollkommen unbeirrt beugten sich Carl und Fish über den Motor. Lena hatte keine Ahnung, wie sie überhaupt etwas erkennen konnten, da die Scheinwerfer nur nach vorne leuchteten und sie keine Taschenlampe hatten. Doch was ihr vor allem Sorgen bereitete, war die Hitze, die vom Motor ausging, und die selbst sie noch spüren konnte, obwohl sie ein paar Meter entfernt stand. Szenen aus Actionfilmen mit explodierenden Autos gingen ihr durch den Kopf .

»Äh ... vielleicht solltet ihr das lieber nicht tun«, warnte sie. »Was, wenn ihr euch verbrennt?«

»Entspann dich.«

»Was, wenn der Van explodiert?«

»Der Scheißvan explodiert schon nicht.«

»Genau das meine ich.« Fish packte Carl mit seiner ölverschmierten Hand an der Schulter. »Männer wie wir lassen sich nicht anketten. Eine Frau wird dich immer nur davon abhalten wollen, der zu sein, der du wirklich bist.«

Stirnrunzelnd schüttelte Carl Fishs Hand ab und widmete sich wieder seiner Aufgabe. Zufrieden sah Lena, dass sich nun ein perfekter schwarzer Abdruck von Fishs Hand auf Carls Schulter abzeichnete. Sie sah Sharon an, die amüsiert zusah.

Die Männer zogen jedoch wieder ihre Aufmerksamkeit auf sich, als Carl Fish anwies, in der Ecke nachzusehen, da er meinte, eventuell die Ursache des Problems gefunden zu haben. Dann zerlegten sie den Motor in seine Einzelteile. Teile vom Keilriemen, Gummi und Metallstückchen flogen ihnen über die Schultern.

»Das brauchen wir nicht.«

»Das hier auch nicht.«

»Hey!«, rief Lena, als ein Stück Gummi knapp ihre Schulter verfehlte. »Seid vorsichtig.«

Sie konnte kaum noch ihre Köpfe sehen, so tief waren sie über den Motor gebeugt. Aufgeregt schnatterten sie miteinander, doch Lena verstand nicht, was sie sagten.

»Die machen es nur noch schlimmer«, bemerkte Sharon, als noch ein Teil über ihre Köpfe flog. »Das ist wirklich reine Zeitverschwendung.«

Fish tauchte mit etwas in der Hand auf, das aussah wie ein Ventilator mit einem Stück Draht daran. »Hey, Carl«, fragte er, »weißt du, wozu das hier da ist?«

Carl richtete sich auf, sah sich das Teil an und kratzte sich am Kopf. »Na ja, jetzt ist es zu nichts mehr da, oder?«

Fish nickte. »Ja, du hast recht.« Und auch dieses Teil landete am Straßenrand.

»Okay, jetzt reicht's«, rief Lena ihnen zu. »Ihr lasst das besser bleiben. Das ist doch verrückt. Ihr macht alles andere, als den Wagen zu reparieren.« Sie rieb sich über die Arme. »Und die Moskitos fangen auch allmählich an zu stechen.«

»Wir können jetzt nicht aufhören«, sagte Carl mit einer Hand noch im Motor. »Nicht, wenn wir so verdammt nah dran sind.«

»Nah woran?«, wollte Lena wissen. »Nah dran, euch zu verletzen?«

Fish wackelte mit dem Zeigefinger vor ihrer Nase herum. »Weißt du, dein Mangel an Vertrauen in uns ist wirklich ganz und gar nicht hilfreich.«

»Genau, verdammt«, stimmte Carl mit ein. »Warum denkst du die ganze Zeit, dass etwas schiefgeht? Hast du ...«

Plötzlich begann er heftig zu zittern. Die Hand, die noch auf dem Motor lag, schien dort festzukleben. Seine Augen rollten nach hinten, und gurgelnde Geräusche drangen aus seinem schlaff gewordenen Mund.

»Carl! Carl!« Sharon und Lena schrien auf und rannten auf ihn zu. Abrupt zog er seine Hand aus dem Motor und lachte so laut, als wollte er gleich platzen. Er hielt sich den Bauch, und als er zurückwankte, stolperte er über einen Baumstamm und fiel auf den Hintern. Sein unvermittelter Sturz tat seinem Lachanfall jedoch keinen Abbruch. Er rollte sich hin und her und lachte und lachte. Fish stimmte schamlos mit ein, bis beide sich prustend die Seiten hielten.

Lena kochte vor Wut. »Das war nicht lustig!«

»Du hast uns zu Tode erschreckt«, beschwerte sich Sharon. »Wir dachten, du stirbst gleich!« Die Verzweiflung in ihrer Stimme schien Carl zur Vernunft zu bringen. Sein Lachen wurde zu einem Husten, und er setzte sich auf.

»Tut mir leid, meine Liebe, ich konnte einfach nicht widerstehen.«

Das Kosewort passte so gar nicht zu Carl, doch Lenas Verwirrung hielt nur einen Augenblick an. Carl stand auf und zog Fish am Kragen zurück zum Motor. Nachdem sie ein wenig weiter gewühlt hatten, kündigte er an, dass er von unten nachsehen müsse, und legte sich neben das Auto, um sich darunter zu schieben. Als er schließlich wieder hervorkam, war sein Hemd ölverschmiert.

»Äh, ich glaube, ich weiß, wo das Problem liegt. Das beschissene Känguru hat seinen Kopf in den Kühler gesteckt. Sieht so aus, als ob wir das nicht reparieren können.«

Lena sah zum Himmel auf. »Was du nicht sagst!«

Carl ignorierte ihren Sarkasmus, stand auf und holte sein Handy hervor. »Ich ruf besser Mike an, vielleicht kann er uns abholen.«

Lena war so wütend, dass sie schon Sterne sah. »Du hattest das Ding die ganze Zeit dabei und hast uns nichts gesagt?«

Er sah sie verwirrt an. »Bisher brauchten wir das Handy doch nicht. Fish und ich waren doch dabei, den Motor zu reparieren.«

Eine Vielzahl von Beschimpfungen lag Lena auf der Zunge, und nur die Tatsache, dass Carl ihr Boss war, hielt sie davon ab, sie auszusprechen. Während sie sich zu beruhigen versuchte, telefonierte Carl.

Lena hätte nie gedacht, dass sie Mike eines Tages dankbar sein würde, oder dass sie ihn einmal für intelligenter halten würde als Carl. Doch es sah so aus, als würde sie in beiden Punkten danebenliegen. Sie hörte aufmerksam dem Ende des Telefonats zu und war froh, dass Mike zustimmte, sie abzuholen. Genaugenommen verlief das Gespräch relativ glatt, bis Carl es natürlich verderben musste.

»Ach, und noch etwas, Mike. Kannst du noch was zu trinken mitbringen? Die Jungs haben alles ausgetrunken, und in der Kühlbox ...« Er brach ab und sah auf das Display. »Er hat einfach aufgelegt, verdammt.«

»Wehe, er kommt jetzt nicht, Carl«, warnte ihn Lena. »Denn wenn nicht ...«

»Dann ist er gefeuert, und basta«, beendete Carl ihren Satz und schob sein Telefon zurück in die Hosentasche. »Einfach aufzulegen, wenn er mit seinem Boss spricht, kleiner Scheißkerl.«

Lena sandte noch ein Stoßgebet gen Himmel, dass Mike ohne Alkohol käme. Jetzt konnten sie nur noch abwarten und hoffen, dass es nicht umsonst war. Sie verfielen in geselliges Schweigen, das nur ein oder zwei Mal durchbrochen wurde, als Fish versuchte, sie mit einem Witz bei Laune zu halten.

Schließlich hörte Lena, wie sich in der Ferne ein Auto näherte. Sie stand auf und stellte sich an den Straßenrand. Da kam definitiv jemand angefahren. Egal, ob es nun Mike war oder nicht, Lena hatte schon beschlossen, das Auto anzuhalten.

Radar und Leg blieben im Wagen, doch der Rest der Truppe stellte sich zu ihr an den Straßenrand und hüpfte mit wedelnden Armen auf und ab. Der Pick-up hielt sofort neben ihnen an. Es war tatsächlich Mike.

Er schnaubte allerdings geradezu vor Wut, als er aus dem Wagen stieg. Eine Sekunde später fand Lena den Grund dafür heraus. Die Beifahrertür öffnete sich, und ein stockbesoffener Gavin kletterte heraus und winkte ihnen mit einem Glas Bourbon in der Hand zu. Lena schlug sich mit der Hand an die Stirn.

»Das kann doch wohl nicht wahr sein. Gavin?«

»Ich war an der Bar, als Carl anrief, und Gavin war auch da.« Mike funkelte Lena wütend an. »Der Armleuchter hat drauf bestanden, mitzukommen. Hätte ihn schon k. o. schlagen müssen, wenn ich ihn hätte dalassen wollen.«

»Du brauchst mich«, lallte Gavin. Er breitete die Arme aus und verschüttete dabei etwas von seinem Whiskey. »Sie brauchen mich alle.«

Ach du liebe Zeit.

»Habt ihr was zu trinken dabei?«, fragte Carl.

»Nein.« Gavin wankte und ließ beinahe sein Glas fallen. »Wusste nicht, dass ihr was braucht. Aber egal. Ich hab was Besseres für euch.« Er sah Sharon an und riss das Kinn hoch, als wolle er sagen ›Wenn du das hier siehst, wirst du wünschen, du hättest mich nicht abgewiesen‹. Er schwang einen Arm in Richtung Van und umfasste das gesamte Fahrzeug mit einer wackligen Bewegung. »Ich repariere euch den Motor.«

Sharon und Lena stellten sich ihm sofort in den Weg. »Auf keinen Fall!«

Mike musste letztendlich drei Mal hin und her fahren, um sie alle in seinem Pick-up ins Karratha Resort zu bringen. Er rief auch einen Abschleppdienst an, um das, was vom Van übriggeblieben war, dorthin transportieren zu lassen. Lena vermutete, dass er wahrscheinlich ebenso sauer war wie sie noch vor einer halben Stunde. Der Unterschied war nur, dass er nicht auf die ganze Gruppe wütend war, sondern nur auf eine Person.

Auf sie.

Warum nur sie die Schuld daran traf, dass sein Abend ruiniert war, lag jenseits ihrer Vorstellungskraft. Als hätte sie vorausahnen können, dass sie ein Känguru anfahren und am Straßenrand liegenbleiben würden. Verdammt, dann hätte sie doch den gesamten Abend abgesagt, bevor er überhaupt begonnen hatte.

Als sie zurück im Hotel waren, war es bereits halb drei, und sie waren erledigt. Sharon und Lena freuten sich auf eine Nacht im luxuriösesten Hotel der Stadt, und das auf Firmenkosten. Das moderne Design, das blitzende Bad, die duftenden Handtücher. Sobald sie ihr Zimmer betraten, inhalierte Lena alles mit einem Freudenschauer.

»Das ist doch schon besser.«

Zwanzig Minuten später fielen die beiden ins Bett und schliefen tief und fest, bis sie vom schrillen Klingeln ihres Telefons geweckt wurden.

Sharon stöhnte und zog sich die Decke über den Kopf, während Lena nach dem Hörer tastete.

»Hallo«, krächzte sie in den Hörer.

»Lena.« Der dunkle Bariton war unverkennbar. »Geht's dir gut?«

Noch eine Sekunde zuvor hatten sich Lenas Augen wie zugeklebt angefühlt, doch jetzt riss sie sie auf. »Dan?«

Wie ein Erdmännchen, das Gefahr wittert, lugte Sharon unter ihrer Decke hervor.

»Ja, ich bin's. Ich habe Carl vorhin in der Lobby getroffen. Er hat versucht, Autos für euch aufzutreiben, und mir erzählt, was passiert ist.«

»Oh.«

»Es sieht so aus, als ob ihr erst einmal im Hotel bleiben müsst. Es gibt erst wieder um drei heute Nachmittag Autos.«

Lena sah auf die Uhr. Es war gerade erst kurz nach zehn. Noch fünf Stunden im Resort? Wer würde sich da schon beschweren? »Hört sich großartig an.«

»Ich wollte nur fragen, ob ich irgendwie helfen kann.« Er hielt inne. »Ich meine, ich habe ein Auto hier, wenn ihr beide also schon eher zurück nach Wickham wollt ...«

Lena lächelte Sharon wissend an. »Ich habe irgendwie das Gefühl, dass wir es hier im Hotel noch eine Weile aushalten können.«

»Okay.«

Eine unangenehme Pause entstand, und Lena umklammerte den Hörer, als wäre er ein Rettungsanker. Dan sollte weiterreden.

»Dann lass ich euch mal wieder«, beendete er schließlich das Gespräch.

»Dan, warte«, brach es aus Lena hervor. Sie konnte es nicht länger ertragen. »Ich muss mit dir reden.«

»Worüber?«

»Es gefällt mir nicht, wie wir gestern auseinandergegangen sind. Du hast es mich nicht erklären lassen.«

Dan seufzte matt. »Du musst nichts mehr erklären.«

Lena warf Sharon einen Blick zu, die sie leicht besorgt ansah. So sehr sie ihrer Freundin auch vertraute, wollte sie doch diese Unterhaltung nicht vor ihr führen.

»Können wir uns treffen? Wie sieht's aus mit Frühstück?«

»Das dürfte schwierig sein, da ich gerade Carl und deine beiden Kollegen im Restaurant getroffen habe.

Du weißt doch, was passiert, wenn man uns zusammen sieht.«

Lena kaute nachdenklich auf ihrer Unterlippe. »Okay, dann vielleicht im Fitnessraum?«

»Mikes Frau geht da jeden Morgen zum Training hin. Das weiß ich, weil ich dann normalerweise auch dort bin.«

»Dann am Pool?«

Sie konnte hören, wie genervt Dan war. »Der liegt genau in Sichtweite des Restaurants, Lena. Ich finde wirklich, wir ...«

»Der Whirlpool aber nicht.« Lena unterbrach ihn und hielt den Atem an. Das war ein gewagter Vorschlag.

»Was?«

»Der Whirlpool liegt fast völlig hinter Palmen versteckt. Da sieht uns niemand.«

Dan klang schroff. »Also, das ist nun wirklich überhaupt keine gute Idee.«

»Es dauert auch wirklich nicht lange.« Lena sah auf die Uhr neben dem Telefon. »Ich kann in einer halben Stunde da sein. Wie sieht's bei dir aus?«

»Lena, es gibt nichts mehr zu sagen.«

»Doch, ich denke schon. Bitte sei da.« Sie legte auf, bevor er erneut widersprechen konnte.

»Lena.« Sharon klang eindeutig missbilligend. »Was soll das werden?«

Ich weiß es nicht, ich weiß es nicht, jammerte Lena innerlich, doch sie gab keine Antwort.

»Lena«, wiederholte Sharon eindringlich, »rede mit mir.«

Lena schlug die Bettdecke zurück und schwang die Beine aus dem Bett. »Ich gehe schwimmen.«

»Nein, du triffst dich mit Dan.«

»Gestern Abend haben wir darüber gesprochen, was passiert ist, aber hauptsächlich hat er geredet«, erklärte Lena. »Ich hatte gar nicht die Gelegenheit, auch etwas dazu zu sagen. Es fühlt sich so unabgeschlossen an.«

Sharon sah sie mit großen Augen an. »Denkst du darüber nach, eine Beziehung mit ihm anzufangen?«

»Nein!«

»Meinst du nicht, dass ihr dann eher etwas Abstand braucht?« Sharon schlug ebenfalls ihre Bettdecke zurück.

»Was ich brauche«, Lena stand auf und ging ins Bad, »ist ein Schlussstrich.«

»Aber du hast doch gar keine Badesachen dabei«, warf Sharon ein.

Lena griff nach einer der Zahnbürsten vom Hotel über dem Waschbecken. »Ich besorge mir welche im Souvenirladen.«

Leider verkaufte der Laden im Hotel keine Badeanzüge, man verwies sie aber an einen Surfladen gegenüber. Sie kaufte einen Einteiler und ging zurück ins Karratha Resort.

Nur wenige Gäste waren am Pool, und alle ließen sich eher von der Sonne braten, als dass sie schwammen. Lena steuerte auf die Palmen zu. Der Whirlpool lag zwischen ihnen im Schatten, war groß, tief und dampfte. Und er war leer.

Perfekt.

Ohne große Umschweife stieg sie die drei Stufen in das sprudelnde Nass hinab. Die Wärme kroch ihr wohlig in die Knochen, als sie sich bis zum Hals ins Wasser sinken ließ. Die schäumenden Düsen massierten sie sanft und beruhigten ihre angespannten Nerven ein wenig.

Eine Viertelstunde später war Dan allerdings immer noch nicht aufgetaucht, und Lena vermutete allmählich, dass er nicht mehr kommen würde. Sie schloss die Augen. Sollte sie das wirklich so sehr überraschen? Er hatte schließlich gesagt, dass er sie nicht treffen wollte.

Während sie das noch dachte, hörte sie ein leises Platschen und sah auf.

Es war Dan, aber er sah nicht glücklich aus.

»Ich wollte eigentlich nicht herkommen«, sagte er. »Aber ich wollte auch nicht, dass du denkst, es wäre mir egal.«

»Oh.« Sie stockte. Sie musste erst einmal den Anblick seines nackten Oberkörpers verarbeiten. Sie sah, wie sich unter der Haut die Muskeln bewegten, als er zügig durch das Wasser watete und sich ihr gegenüber hinsetzte.

»Ist das hier wirklich das Risiko wert?«, wollte er wissen. »Bedeutet dir deine Karriere so wenig?«

Seine Frage brachte sie mit einem Schlag zurück in die Realität. »Du wärst überrascht, wenn du wüsstest, wie viel mir meine Karriere bedeutet«, verteidigte sie sich. »Ich weiß, dass du kein besonders großes Vertrauen in meine Fähigkeiten hast, aber an meinem Willen, es auszuprobieren, kannst du nichts auszusetzen haben.«

Er sah sie erstaunt an. »Ich habe nie an deinen Fähigkeiten gezweifelt, Lena. Nur an deinem gesunden Menschenverstand.«

»Ja, klar, das ist natürlich etwas ganz anderes.« Sie sah ihn erbost an. Dieses Treffen lief definitiv nicht so ab, wie sie es sich vorgestellt hatte.

»So habe ich das nicht gemeint«, stöhnte er. »Du bist manchmal nur zu impulsiv. Ich mache mir Sorgen um dich.«

Sie wusste nicht, was sie verführerischer fand. Die Tatsache, dass er sich Sorgen um sie machte, oder die Art, wie der Dampf seine Haare wellte. Mit nur drei Schritten wäre sie bei ihm und könnte ihm den Kopf an die Brust legen. Ironischerweise war es ihr gesunder Menschenverstand, der sie davon abhielt. Aber das wusste Dan schließlich nicht.

»Ich weiß, dass ich nicht immer alles so angehe, wie es von mir erwartet wird«, sagte Lena leise. »Aber ich bekomme auch so Ergebnisse, oder? Und wenn ich etwas vermassele, dann probiere ich es noch mal.« Ihre Stimme begann zu beben. »Wenn die Männer nicht an mich glauben, dann ...«

»Aber da liegst du doch völlig falsch, Lena.« Dan schüttelte den Kopf. »Das tun sie doch. Vielleicht nicht zu Anfang, aber mittlerweile respektieren sie dich enorm. Mehr, als du denkst.«

»Leg und Radar ...«

»Ich rede nicht von Leg und Radar«, schnitt er ihr das Wort ab. »Ich rede von den Männern vom Schlitten. Von Carl, den Männern vom Werksgelände. Manche dieser Kerle würden für dich durch die Hölle gehen, wenn du sie darum bitten würdest.«

Sie sah ihn höhnisch an. »Aber du nicht.«

Er murmelte einen Fluch, hob eine Hand aus dem Wasser und rieb sich die Schläfe.

»Verdammt, Lena. Man kann nicht an einen Ort gehen, an dem man sich schon die ganze Zeit aufhält.«

Die Düsen folgten anscheinend einem Timer, denn

auf einmal schalteten sie sich aus, und das Wasser wurde ganz ruhig. Ohne die blubbernden Geräusche lag der Whirlpool nun unglaublich still da, und Lenas Körper wurde nicht mehr vom Schaum bedeckt. Sie rutschte unter Dans Blick hin und her, der nun alles sehen konnte, und erschauerte trotz der warmen Wassertemperatur. Mit einem entschlossenen Atemzug hob Dan den Blick und sah sie verbissen an.

»Erzähl mir besser, was du mir sagen wolltest, bevor uns hier jemand zusammen sieht.«

Sie beugte sich zu ihm vor, da es sich merkwürdig anfühlte, so etwas Persönliches über einen Abstand von ein paar Metern zu besprechen. Auch wenn ihr Puls sich sogleich beschleunigte, selbst bei dieser minimalen Annäherung. »Wegen der Sache in deinem Dongar: Mir ist nicht wohl dabei, wenn du denkst, du hättest auf irgendeine Art und Weise meine Lage ausgenutzt, weil das überhaupt nicht der Fall war.« Sie hielt inne, um ihm Zeit zu geben, ihr zu folgen. »Glaub mir, Dan. Ich war voll und ganz da, mit dir, und ich möchte nichts davon ungeschehen machen.«

Sein Blick brannte sich in ihre Augen. Sie war sich sicher, dass er ihren jagenden Puls am Hals sehen musste, aber da er nichts sagte, fuhr sie fort.

»In meiner letzten Beziehung habe ich ein paar harte Lektionen gelernt. Ich glaube, dass diese Begegnung mit dir alles nur wieder an die Oberfläche gebracht hat. Was ich damit sagen will: Ich habe mit dem, was ich gesagt habe, meinen Ex gemeint, nicht dich.«

»Wow.« Dans Stimme war ausdruckslos. »Deutlicher geht es wohl nicht.«

Lena kniff Augen und Nase zusammen und wedelte

mit der Hand, als würde sie eben Gesagtes wegwischen wollen. »Nein, nein, das habe ich falsch ausgedrückt. Ich wollte damit sagen, dass ich aus irgendeinem Grund an die Fehler denken musste, die ich in der Vergangenheit begangen habe. Da hat sich mein Verteidigungsmechanismus eingeschaltet, und ich habe ohne nachzudenken losgeplappert.«

Dan nickte. »Es tut mir leid, dass du das alles noch einmal durchmachen musstest.«

Sie konnte an seinem Tonfall erkennen, dass ihre Worte nicht wirklich zu ihm durchgedrungen waren. Er gab immer noch sich selbst die Schuld.

»Dan«, versuchte sie es erneut, diesmal verärgert. »Ich bin kein naives kleines Schulmädchen, das die ganze Zeit beschützt werden muss. Ich treffe meine eigenen Entscheidungen und trage auch die Konsequenzen.«

Die Düsen setzten wieder ein, und erneut stieg Dampf auf, der sie umhüllte und wie eine unsichtbare Kraft zueinander zog.

»Ja, aber ich hätte es besser wissen müssen.« Er wollte sich einfach nicht von ihr überzeugen lassen. Sie starrte ihn ungläubig an. Konnte sie denn gar nichts sagen, das ihn von seinem Märtyrertrip abbrachte? Sie fasste einen Entschluss.

»Dann sag mir doch bitte«, forderte sie ihn auf, »wessen Schuld das hier ist.« Und in einer Bewegung, die mehr von Frustration als von Verlangen angetrieben wurde, schlang sie ihm die Arme um den Hals und küsste ihn.

Er erwiderte den Kuss nicht sofort, doch als Lena sich vom Wasser näher an ihn herantreiben ließ, erschauderte er. Er legte die Arme um sie und zog sie an sich. Sie hatte ihren Standpunkt klargemacht und hätte sich sofort wieder von ihm lösen sollen, aber aus irgendeinem Grund gab sie ihren Plan auf, als Dan eine Hand hob und an ihre Wange legte. Lena fühlte sich, als wäre sie das Kostbarste auf Erden. Sicher und geborgen in Dans Armen.

Vielleicht musste man ihm seinen übertriebenen Beschützerinstinkt auch zugutehalten, denn Lena überließ sich ihm nun völlig und wagte es nicht, diesen Moment zu zerstören. Sie wollte ihn auskosten, denn in nur einer Minute wäre er vorbei.

Es dauerte sogar noch weniger als eine Minute, bis eine schroffe und überaus unwillkommene Stimme die beiden auseinanderriss.

»Was zum ...?!«

Dan hielt seine Arme noch schützend um Lena, als sie die Köpfe hoben und Lenas Erzfeind mit verblüffter Miene erstarrt am Beckenrand entdeckten. Mike stand auf der Schwelle zu ihrem kleinen Paradies, und langsam, aber stetig entschwand die ganze Freude daraus. Er kniff seine kleinen Knopfaugen zusammen und schloss den offenstehenden Mund, als sich sein Gesichtsausdruck angesichts des ihm bevorstehenden Vergnügens von Schock in ein süffisantes Grinsen verwandelte.

Lena wurde es ganz anders zumute.

Endlich hatte Mike die Munition gefunden, nach der er so lange gesucht hatte.

Kapitel 17

Mike erzählte es allen.

Oder zumindest schien jeder davon zu wissen. Lena vermutete, dass ein so heißes Thema wie dieses sich wahrscheinlich aus eigener Kraft durch den Äther bewegte. Zu behaupten, dass die Luft sich um Lena herum abkühlte, wäre eine Untertreibung gewesen. Sie hatte schon ihren Empfang hier vor ein paar Monaten als eisig empfunden, doch das war kein Vergleich zu der Stimmung jetzt.

Sie fühlte sich wie eine Aussätzige. Keiner der Männer näherte sich ihr weiter als bis auf ein paar Meter, aus Angst, jemand könne denken, er sei auf ihrer Seite. Die sexuelle Belästigung, die sie mit ihrem Kalenderblatt und durch ihre gute Arbeit und Führung abgestellt hatte, gehörte nun wieder zu ihrem Alltag – wenn auch mit einer ganz anderen Wendung; es handelte sich jetzt nicht mehr um ein etwas zu enthusiastisches Winken, ein Hinterherpfeifen oder das Angebot für ein bisschen Spaß, sondern um ein Mustern von Kopf bis Fuß und ein Flüstern hinter vorgehaltener Hand, das sie gerade noch hören konnte.

»Was Bulldog wohl heute Abend bekommt?«

»Die steht bestimmt auf Peitschen im Bett.«

Es war erniedrigend und auch etwas beängstigend,

und das war noch milde ausgedrückt. Auch Leg und Radar waren nicht gerade begeistert.

»Warum er, Madame I.? Warum hast du dir ausgerechnet ihn ausgesucht? Ist denn niemand aus unserem Team gut genug für dich?«

Sie warteten ihre Entschuldigungen und Erklärungen gar nicht ab, sondern gingen wieder. Nicht, dass sie welche gehabt hätte. *Was antwortet man denn auch auf so etwas?*

Eigentlich sollte sie auch gar nichts erklären müssen. Sie waren nicht mehr im tiefsten Mittelalter, und Lena war auch nicht das Eigentum irgendeines scheußlichen feudalen Herrschers. Dass sie auf einer abgelegenen Baustelle lebten, half den Männern nur leider nicht dabei, zu einer dem einundzwanzigsten Jahrhundert gemäßen inneren Erleuchtung zu finden. Die Arbeit war zu hart, die Isolation zu ungesund, und Zugehörigkeit musste man sich zu hart erkämpfen. Lena wusste, dass die Rivalität mit TCN den Männern half, ihre Zeit fort von zu Hause zu überstehen. Es war naiv gewesen, anzunehmen, dass sie das für sie hintanstellen würden.

Lena wusste nicht, was sie ohne Sharon getan hätte. Ihre Freundin war wie ein winziges Fenster, durch das etwas Licht in einen nasskalten Keller fiel.

Nicht, dass Sharon es guthieß. Ihr Gesichtsausdruck, als Lena ihr berichtete, dass Mike sie im Whirlpool erwischt hatte, hatte Bände gesprochen. Es war der Blick, mit dem eine schwer geprüfte Lehrerin einen widerspenstigen Schüler betrachten würde.

»Ich wusste, dass es keine gute Idee war!«

Dan erging es auch nicht viel besser. Vielleicht sogar

schlechter. Sharon erzählte Lena, dass die Barnes-Leute ihm alles Mögliche über die Baustelle zuriefen. Nichts, wofür er sie drankriegen konnte, nur peinliche Zweideutigkeiten. »Hey, Bulldog, wir haben gehört, dass du ein paar unserer Ingenieure Überstunden machen lässt!«

Seine eigenen Leute waren noch viel aufgebrachter. Sharon hatte gesehen, wie jemand wütend aus seinem Büro gestürmt war. »Wegen Ihnen denken sie, dass wir ihnen etwas schuldig sind!« Die Streitereien zwischen den beiden Unternehmen nahmen zu. Dans Männer wurden pingeliger. Sie stellten klar, dass sie Barnes Inc. nicht nachsichtiger behandeln würden, nur weil eine ihrer Ingenieurinnen etwas mit dem Boss hatte. Natürlich stachelte dieser Vorwurf die Jungs nur noch mehr an, und es gab sogar ein paar Schlägereien.

Die Tatsache, dass überhaupt niemand mit irgendjemandem etwas hatte, schien keine Rolle zu spielen. Lena und Dan hatten beschlossen, sich voneinander fernzuhalten. Sobald Mike sich selbstzufrieden aus ihrer kleinen Nische davongestohlen hatte, hatte Lena gewusst, dass es keine andere Möglichkeit gab.

Als sie Dan ansah – das Wasser blubberte noch um sie herum, erinnerte Lena nun aber eher an einen überkochenden Kessel als an einen lauschigen Pool –, konnte sie zum ersten Mal tatsächlich seine Gedanken lesen. Er dachte genau das Gleiche wie sie.

Es war vorbei.

Er ließ Lena los und strich ihr mit einem matten Seufzen eine nasse Haarsträhne hinters Ohr.

»Uns steht eine harte Zeit bevor.«

»Dan, es tut mir leid. Ich wollte nicht …«

»Nein«, unterbrach er sie. Seine Hand an ihrem Ohr ballte sich zur Faust, und er ließ sie sinken. »Es ist genau wie bei mir im Dongar. Ich glaube, es ist klar, dass wir …«, er brach ab, schluckte und fuhr dann fort, »dass wir das Gleiche wollen. Ich wollte dich küssen … dich berühren …«

Sie legte ihm eine Hand auf die Brust und sah, wie eine glühende Hitze sich über das Bedauern in seinen Augen legte. Diesen Moment im Whirlpool wollte sie einfangen und noch ein wenig andauern lassen. Vielleicht ahnte Dan ihre Gedanken, denn er schüttelte den Kopf. »Du weißt, was wir jetzt tun müssen.« Er griff nach ihrer Hand. »Ich weiß nicht, wie ich dich vor dem beschützen kann, was jetzt auf uns zukommt, Lena.«

»Reden wir jetzt wieder übers Beschützen?«, murmelte sie trocken.

»Wenn die Männer uns zusammen sehen, provoziert sie das nur noch mehr«, antwortete er leise.

»Ich weiß.« Sie zog ihre Hand weg und schaffte ein wenig Abstand zwischen ihnen. »Ich hab's verstanden. Es ist vorbei. Wir sind fertig miteinander.«

Er sah sie besorgt an, als sie sich auf der anderen Seite des Pools ins Wasser sinken ließ. Es war beinahe wie ein Abschied, nur dass sie nicht die Erleichterung einer tatsächlichen Trennung spürten. Als sich ihr Schweigen in die Länge zog, versuchte Lena, Dan anzulächeln und die Stimmung aufzulockern.

»Ist schon okay, Dan, wirklich. Außerdem bin ich auch nur noch eine Woche auf der Baustelle, dann habe ich wieder frei.«

»Wirklich?« Er sah kritisch aus. »An welchem Tag fliegst du denn?«

»Nächsten Sonntag.« Sie sah ihn fragend an. »Du wirkst nicht gerade erleichtert darüber.«

»Ich fliege am gleichen Tag auch nach Perth.« Er stöhnte auf. »Die Männer werden denken, dass wir das so geplant haben – dass wir zusammen wegfahren oder sonst was.«

Sie biss sich auf die Lippe. Er hatte vermutlich recht. »Ich dachte, für dich gäbe es nichts in Perth. Was ist passiert?«

Seine Miene verdüsterte sich. »Ich habe meine Vorladung erhalten. Ich muss am Montag ins Gericht.«

»Oh.«

Kein Wunder, dass er so deprimiert aussah. Die Dämonen, vor denen er weggelaufen war, hatten ihn eingeholt, und jetzt musste er auch noch mit Mikes boshaftem Mundwerk kämpfen.

»Dan, das tut mir leid.«

Er wehrte ab. »Dagegen können wir jetzt nichts tun. Wir müssen uns damit abfinden.«

Und das taten sie. Als herauskam, dass sie und Dan nicht nur am selben Tag flogen, sondern auch noch mit derselben Maschine, zogen die Männer sehr schnell ihre falschen Schlüsse daraus. Es war wie der Beweis, auf den sie gewartet hatten.

Die Sticheleien wurden immer heftiger, je näher ihr Abreisedatum rückte. Lena hätte nur zu gern Dan angerufen, um ihn zu fragen, wie es ihm ging. Sharons Berichte waren bestenfalls lückenhaft. Bulldog war nie der Typ gewesen, der seine Gefühle preisgab, und es sah auch nicht danach aus, als würde sich das bald ändern.

Und so hielt sie sich an das Einzige, das einen Sinn ergab.

Ihre Arbeit.

Die Montage der Träger verlief tatsächlich problemlos. Mike war es noch nicht gelungen, das zu sabotieren. Das System der zwei Schlitten nebeneinander stellte sich als gute Methode heraus. Das einzige Problem war, dass es viel Zeit in Anspruch nahm. Während die beiden Schlitten für einen Träger eingesetzt wurden, mussten die Ausleger warten – und von denen gab es noch massenweise. Außerdem hatten die zusätzlichen Verzögerungen aufgrund der gefallenen Arbeitsmoral Carl in eine üble Laune versetzt.

»Was zur Hölle tust du mir da an, Lena?«

»Carl, ich …«

»Und tu verdammt noch mal nicht so, als wüsstest du nicht, wovon ich rede.«

Sie sah ihn herausfordernd an. »Ich würde nicht deine Intelligenz beleidigen.«

»Gut, dann können wir zumindest zum Punkt kommen«, knurrte er. »Mach Schluss mit ihm.«

Lena starrte Carl nur an. Sie war zu schockiert, um eine Verbindung zwischen Dan und ihr abzustreiten. Konnte Carl das von ihr verlangen? Er war zwar ihr Boss, aber doch nicht Herr über ihr Privatleben. Er musste ihre Gedanken gelesen haben, denn er beugte sich vor, ein störrischer Zug lag um seinen Mund.

»Das sage ich dir nicht als dein Boss, sondern als dein Freund. Es ist zu deinem eigenen Besten.«

»Selbst als mein Freund«, entgegnete sie empört, »hast du nicht das Recht dazu, Carl.«

Er seufzte und faltete die Hände auf seinem Tisch. »Ich will damit ja nicht sagen, dass Bulldog ein schlechter Mensch ist. Der Typ ist ein beschissener Perfektionist, aber er hat ja keinen gemeinen Zug an sich. Aber das, was du da mit ihm laufen hast, hat die Männer total verrückt gemacht, und ich will mir gar nicht vorstellen, was sie sich ausdenken, um dir, oder wahrscheinlich noch eher Bulldog, eine Lektion zu erteilen. Ich wäre verdammt erstaunt, wenn Bulldog diese Woche nicht noch ein paar unerwünschte Überraschungen erlebt.«

Damit lag er nicht falsch.

Lena erfuhr, dass das Benzin aus Dans Pick-up am nächsten Tag auf mysteriöse Weise verschwunden war, kurz bevor er nach Karratha zu einem Meeting fahren sollte. Noch am gleichen Abend hängte jemand eine Spitzenunterhose an die Türklinke zu seinem Dongar. Der dazu passende BH hing am darauffolgenden Morgen an der Antenne seines Pick-ups, der glücklicherweise diesmal einen vollen Tank hatte. Niemand wusste, ob die Schuldigen zu Barnes Inc. oder TCN gehörten, doch so oder so verbanden die Streiche die beiden Teams zumindest ein wenig. Am Mittwoch gab es auf dem Werksgelände schon nicht mehr ganz so viel Reibereien.

Der Zeitplan war allerdings noch immer extrem problematisch. Harry machte sich große Sorgen, denn sie fielen wieder zurück. Carl berief für Donnerstag früh ein Treffen zum Brainstorming mit Lena, Harry, Fish und Gavin ein. Fish stolperte zehn Minuten zu spät herein und trug ein heillos zerknittertes Barnes-Inc.-Hemd, das merkwürdigerweise nach Würstchen roch.

»Entschuldigt die Verspätung«, begrüßte er sie gutgelaunt. »Mein Hemd brauchte noch ein paar Minuten in der Mikrowelle.«

Lena schaute ihn verdutzt an. »Mikrowelle? Meinst du die Mikrowelle in der Küche?«

»Hab gestern Abend vergessen, meine Wäsche in den Trockner zu tun«, erklärte er. »Da musste ich heute Morgen in einem nassen Hemd zur Arbeit kommen.«

»Er war noch spät angeln«, fügte Gavin hinzu, als würde das den entscheidenden Unterschied machen.

»Versteht ihr? Genau so eine Scheiße hält uns auf.« Carl unterstrich seine Worte, indem er mit dem Zeigefinger auf die Tischplatte tippte. »Wir sind zu unorganisiert, wir warten ständig auf Ausrüstung, wir müssen uns zu sehr um eine Sache kümmern und lassen dabei andere Dinge schleifen.« Er sah Lena an, und sie wusste, dass er ihre Ausleger meinte. »Das muss aufhören.«

»Aber wie denn?«, jammerte Gavin. »Wie sollen wir zwei Dinge gleichzeitig erledigen? Und ja, manchmal warten wir auf unsere Ausrüstung, um irgendwo etwas fertigzustellen und sie dann an die nächste Stelle zu bringen, aber meistens sind die Männer noch dabei, etwas zu streichen, zu schweißen oder darauf zu warten, dass die Leute vom Werksgelände die nächste Ladung liefern. Und dann steht die Ausrüstung, wie zum Beispiel der Schwimmkran, solange untätig herum.«

»Das ist bei mir auch so«, meldete Lena sich zu Wort. »Die Männer, die die Hängegerüste bedienen, sind auch immer auf der Suche nach etwas zu tun, während die Schlitten weitergezogen werden. In der Regel ist das ein halber Tag.«

Die Hängegerüste waren eine Art Körbe, die im Förderband saßen, wenn es stillstand. Darin befanden sich Farbe und Schweißausrüstung, und sie rückten nach, wenn die Schlitten sich vorwärts bewegten. Wenn ein Träger angebracht worden war, musste er an den vorangegangenen angeschweißt werden, und wo die beiden aufeinandertrafen, musste noch einmal gestrichen werden. Das war also der Zeitpunkt, an dem dieses Material zum Einsatz kam.

»Also unser Problem sind die verdammten Schiffe«, warf nun auch Fish ein. »Jedes Mal, wenn eins anlegt, können wir den Schiffsbelader nicht mehr einsetzen.«

Der fünf Stockwerke hohe Kran, der die Schiffe belud, kam immer zum Stillstand, wenn ein Schiff auftauchte: Üblicherweise bestand seine Aufgabe darin, das Eisenerz auf die Schiffe zu verladen, und nicht bei der Verbreiterung der Seebrücke zu helfen. Barnes Inc. benutzte ihn, um die großen Fahrbahnteile hochzuheben und einzupassen. Das war die Grundlage für die Straße, die auf Gavins Pfähle gesetzt wurde, und somit Fishs Aufgabe.

»Okay, und wie zum Teufel können wir das ändern?«, wollte Carl wissen.

Gavin zuckte die Schultern und deutete mit dem Kinn auf Lena. »Lass Lena doch mit Bulldog darüber sprechen. Vielleicht kann sie einen Aufschub für uns herausschlagen«, schlug er vor. Dann grinste er breit.

Lena stockte der Atem. Das war gemein, selbst für Gavins Verhältnisse. Schmerz und Wut kämpften in ihr um die Oberhand und machten sie einen Moment lang sprachlos.

»Mach mal halblang, Gavin«, fuhr Carl ihn an. »Entschuldige dich bei Lena.«

»Ich meinte das nicht beleidigend«, protestierte Gavin in seiner üblichen stur-dummen Manier. »Ich dachte nur, wenn sie schon Einfluss auf den Mistkerl hat, dann können wir das doch auch nutzen. Was haben wir zu verlieren?«

Lena bebte vor Zorn. Dieser Kerl schlug ganz unbekümmert vor, sie solle sich für das Projekt prostituieren! Sie war so wütend, dass sie verdrängte, wie verletzt sie war. Ihr Stuhl kratzte laut über den Vinylboden, als sie aufsprang. »Was fällt dir ein!«

»Lena, setz dich hin, verdammt«, wies Carl sie an. »Und Gavin, du entschuldigst dich jetzt. Ich hab die Schnauze voll von deinen beschissenen Mätzchen, wenn es um die Frauen auf der Baustelle geht. Das ist meine letzte Warnung.«

Doch Lena setzte sich nicht, und Gavin entschuldigte sich nicht.

»Nicht, dass es euch irgendetwas anginge«, mit einer ausladenden Geste umfasste sie alle Anwesenden, »aber zwischen mir und Bulldog läuft gar nichts.« Sie sah jeden Einzelnen durchdringend an. »Nichts. Und ich habe auch nicht mehr Einfluss auf ihn als einer von euch. Hatte ich nie.«

»Gavin«, warnte Carl ihn erneut.

»Na schön.« Gavin sah schmollend zu Boden. »Es tut mir leid. Aber es hat ja auch niemand eine bessere Idee.«

Lena sah ihn herausfordernd an. »Ob du's glaubst oder nicht, ich habe eine. Und dazu noch eine vollkommen logische und ethisch vertretbare. Im Gegensatz zu dir weiß ich nämlich, wie man sein Gehirn benutzt, Gavin.«

Nur Gavin nahm ihr das Gesagte übel. Die anderen sahen sie hoffnungsvoll an, vor allem Carl. »Dann mach's nicht so spannend, verdammt. Was zum Teufel ist es?«

Lena hatte im Grunde genommen zum Teil geblufft,

um ihren Standpunkt klarzumachen. Sie hatte keine vollständige Idee, eher eine halbe. Sie musste sie eigentlich erst einmal gründlich durchdenken, bevor sie sie zur Debatte stellte. Die Hitze stieg ihr in die Wangen, während alle sie weiter erwartungsvoll ansahen. Als Gavins Gesichtsausdruck sich zu einem Grinsen verzog, beschloss sie, ihren Gedankengang darzulegen, in der Hoffnung, dass sich ein kompletter Plan abzeichnen würde, wenn sie geendet hätte.

»Ich mache mir schon eine Weile darüber Gedanken. Dieses Projekt ist wie ein Brettspiel. Zwei Felder vor, vier zurück, einmal aussetzen. Und wir spielen alle mit unserer eigenen Spielfigur. Wie wäre es, wenn wir auch mit denen der anderen spielen könnten?«

»Wovon redest du?«, fragte Gavin ungeduldig.

»Na ja«, setzte sie an. »Wenn der Schwimmkran nichts zu tun hat, warum kann er mir dann nicht mit den Trägern helfen? Nichts hindert ihn daran, an der Seebrücke entlangzuschippern bis zu mir, damit die Jungs dort den großen Kran für die Träger benutzen können, während die Schlitten gerade verschoben werden oder sich um die Ausleger kümmern.«

Fishs Augen leuchteten auf. »Der Schwimmkran ist genauso gut wie der Schiffsbelader. Den könnte ich auch benutzen.«

»Das ist ja schön und gut«, erwiderte Gavin abfällig. »Scheint so, als kämt ihr damit gut weg, aber es ist ja nicht so, dass die Schlitten mir bei den Pfählen helfen können. Und was ist mit den Männern auf dem Werksgelände? Für die springt dabei auch kein Vorteil raus, und die müssen immer zwischen ihren Aufgaben warten.«

»Vielleicht können sie stattdessen bei den Trägern helfen?« Carl rieb sich am Kinn. »Der Kran auf dem Werksgelände ist groß genug, um ihn vom Festland aus einzusetzen.«

»Und außerdem brauchen wir unsere Maler nicht, wenn wir gerade bei der Montage beschäftigt sind. Die kannst du dann haben, Gavin«, schlug Lena vor.

Er sah nicht gerade erfreut aus. »Ich gehe dabei immer noch fast leer aus.«

»Aber du liegst auch am wenigsten zurück«, warf Harry ein. »Die Pfahlgründung liegt nur fünf Prozent zurück, alles andere mindestens zehn.«

Carl rieb sich müde über die Stirn. »Es wird eine Scheißarbeit, das zu organisieren. Wir können es uns auf keinen Fall leisten, dass dann jemand auf seine beschissene Ausrüstung warten muss, die er verliehen hat, damit die anderen nicht warten müssen.«

Lena nickte. »Wie gesagt, es ist ein Brettspiel. Aber ohne Würfel. Wir brauchen einen detaillierten Plan, ohne Improvisation.«

»Dann lasst uns verdammt noch mal so schnell wie möglich einen aufstellen.« Carl stand auf und sammelte seine Unterlagen zusammen. »Wir treffen uns alle morgen wieder hier mit unseren Zielvorgaben, und dann spielen wir das Brettspiel einmal bis zum Ende auf Papier durch.«

Nur zum Spaß trafen Lena und Harry sich später und bastelten tatsächlich ein Spiel nach Vorlage der Baustelle. Sie klebten die Seiten aus einem Monatskalender als überdimensionales Spielbrett zusammen, auf dem jeder Tag einen Zug darstellte. Dann bastelte Lena aus Klebeband und Pappe kleine Modellmaschinen.

Sie zeichneten auch ein paar große Pläne des Schiffsanlegers, so dass sie zu jeder Tageszeit die Spielsteine daraufsetzen konnten, um zu sehen, wer gerade wo was machte.

Diese Requisiten erwiesen sich als große Hilfe für ihr Treffen am Freitag. Selbst Gavin musste zugeben, dass der Plan funktionieren konnte. Das linderte Lenas Traurigkeit wegen Dan und der Männer, die sie nicht in Ruhe ließen. Jedenfalls war der folgende Tag ihr letzter, bevor sie eine Woche Urlaub in Perth machte. Sie wusste nicht, ob sie erleichtert oder nervös sein sollte, da auch Dan am Flughafen sein würde. Sie bat Sharon, sie Sonntagmorgen hinzubringen. Das schien Lena die beste Lösung. Jeder andere hätte die ganze Fahrt über mit Andeutungen gespickte Bemerkungen gemacht.

Am Terminal war nicht viel los, und so entdeckte sie Dan sofort, als sie hineinging. Er sah gleichzeitig müde und gut aus, und Lenas Herz schlug schneller. Mit einer Hand in der Hosentasche und seinem Rucksack über der Schulter sah er sich im Terminal nach jemandem um. Lenas Freude seit ihrem Erfolg mit dem Spielbrett steigerte sich noch, als sie sich vorstellte, dass es sich dabei möglicherweise um sie handelte.

Da trafen sich ihre Blicke, und Dan hob grüßend eine Hand. Lena beschleunigte ihre Schritte, und er kam auf sie zu. Der frische Duft seines Aftershaves umgab sie, sobald er vor ihr stand. Er legte seine Hand auf den Griff ihres Koffers, und ihre Hände berührten sich kurz, als er ihn ihr sanft aus der Hand nahm.

»Komm, ich helfe dir damit.«

Die Rollen des Koffers klackerten, als sie weitergingen. Lena musste schneller gehen, um mit Dan Schritt zu halten.

»Bist du dir sicher, dass das klug ist?«, flüsterte sie. Sie fühlte sich wie die Heldin einer historischen Romanze, die sich zu einem heimlichen Rendezvous mit ihrem Geliebten davongestohlen hatte.

»Ich wurde schon dafür bestraft, dass ich im gleichen Flieger sitze wie du.« Er schnitt eine Grimasse. »Dann kann ich das doch jetzt genießen.«

Genießen.

Lena ließ die Worte auf sich wirken. Sie flogen zusammen nach Perth. Aufregung und Beklommenheit ergriffen von ihr Besitz. Dort gab es keine Zuschauer. Keinen Tratsch. Sie konnten sein, wer immer sie sein wollten.

Wie auf Kommando meldete sich ihr Gewissen. *Was ist mit Kevin? Und mit deinen Vorsätzen? Bist du wirklich so willensschwach, dass sie dir mittlerweile egal sind?*

Doch als sie Dan ansah, entdeckte sie nicht einmal einen Anflug vom edlen Verehrer in seinen Augen. Er war nicht hier, um Zeit mit ihr zu verbringen. Er war hier, weil er vor Gericht musste. Wenn man die abweisende Miene betrachtete, die sein attraktives Gesicht trübte, dann war offensichtlich, dass er daran dachte und nicht an einen Urlaubsflirt oder eine verbotene Liebschaft. Und wie konnte sie ihm das vorwerfen?

Er zögerte, als sie sich in die kurze Schlange vorm Check-in stellten. »Ich … äh … ich dachte, wir könnten Plätze nebeneinander nehmen und ein bisschen über die letzte Woche reden.«

Die Verletzlichkeit in seiner Stimme bewegte Lena.

Seine harte Fassade begann zu bröckeln, wenn sie miteinander sprachen, und das gefiel ihr. Sie nickte. »Gern.«

Er betrachtete mit der Andeutung eines Lächelns ihren riesigen roten Koffer. »Du reist nicht gerade mit wenig Gepäck, was?«

Lena sog hörbar die Luft ein. »Das ist sehr wenig für mich. Du hättest mich vor drei Monaten sehen sollen.«

Nachdem sie gemeinsam Plätze am Fenster reserviert hatten, mussten sie nicht mehr lange bis zum Boarding warten. Lena freute sich darauf, nach all dieser Aufregung endlich entspannen zu können. Aber vor allem freute sie sich darauf, neben Dan sitzen zu können, ohne dass jemand zusah oder sie verurteilte.

»Und, haben sich die Männer auch in dich verbissen?«, fragte Dan, als sie sich hingesetzt hatten.

»Sharon nach zu urteilen, hat es dich definitiv schlimmer erwischt.«

Er zog das Bordmagazin aus der Sitztasche vor ihm. »Es tut mir so leid, dass du das überhaupt durchmachen musstest.«

Sie sah ihn an. Besorgte Falten zogen tiefe Furchen durch sein Gesicht. Seine blauen Augen sahen sie an, als suchten sie nach Anzeichen von Erschöpfung.

»Hör auf damit.« Sie lachte. »Mit geht es gut.«

Seine Augen erhellten sich, und er nickte. Lena war traurig darüber, dass sie sie nicht mehr funkeln gesehen hatte seit dem Abend im Wäsche-Dongar, an dem er ihr ihren roten BH zurückgegeben hatte.

Sie hatten damals geflirtet. Das war ihr zu dem Zeitpunkt nicht bewusst gewesen. Sie hatte auch das Aufkeimen der unerlaubten Gefühle nicht bemerkt. Doch im Rückblick wünschte sie sich diese verwirrende Zeit zurück. Zumindest tat das nicht so weh wie die Klarheit, die sie jetzt hatte.

»Ich habe von den Streichen gehört, die sie dir gespielt haben«, sagte sie, und er lächelte sie trocken an.

»Für ihren Einfallsreichtum bekommen sie auf jeden Fall Punkte. Aber ich muss zugeben, dass ich es nicht gerade leicht fand, Haltung zu bewahren.« Er hielt inne. »Es ist schon ungünstig, dass ich den Gerichtstermin nicht verschieben kann – ich finde es furchtbar, dass ich noch Öl ins Feuer gieße.«

»Wusstest du schon länger, dass du diesen Monat zum Gericht musst?«, fragte Lena zaghaft.

Seine Hand, die auf der Lehne zwischen ihnen lag, verkrampfte sich unwillkürlich. Und da wurde Lena bewusst, wie viel Dan wirklich vor ihr verbarg. Die schmallippige Missbilligung, die er üblicherweise an den Tag legte, sollte eine viel tiefergehende emotionale Wunde kaschieren. Diese Reise kostete ihn mehr, als er durchblicken ließ. »Ja.«

Ihre Schwierigkeiten mit den Männern auf der Baustelle verblassten angesichts dessen, was Dan in Perth bevorstand.

Lena befeuchtete sich die Lippen. »Kann ich irgendetwas tun?«

Er sah zu ihr herüber. Seine übliche Fassade war wieder errichtet – oder zumindest eine weichere Version dessen. »Nein. Aber danke.«

Sie wollte ihm sagen, dass er ihr nichts vormachen musste. Niemand konnte immer nur stark sein. Doch sie wusste, dass sie damit nicht zu ihm durchdringen würde. So fragte sie ihn etwas anderes. »Wie lange dauert die Verhandlung?«

»Mir wurde gesagt drei Tage, vielleicht auch vier. Es kommt darauf an, wie lange sie brauchen, um alle Zeugen zu befragen.«

Er schwieg und starrte geradeaus. Bilder liefen vor seinen Augen ab, die sie nicht sehen konnte.

»Wird deine Familie auch da sein?«, fragte sie sanft.

»Vermutlich. Ich habe sie lange nicht gesehen.«

»Wie lange?«

Er stieß stockend den Atem aus. »Fast drei Jahre.«

Sie sah ihn erstaunt an. Das war beinahe so lange her wie der Unfall. Das erste Treffen würde also vor Gericht stattfinden. Das war zu viel.

»Dan …«

»Lena.« Er schnitt ihr das Wort ab, und seine Hand auf der Armlehne verkrampfte sich erneut. »Ich will dich da nicht reinziehen. Das ist meine Schlacht, und die muss ich allein durchstehen.«

»Warum?«, wollte sie wissen. Sein Gesichtsausdruck verhärtete sich, aber er blieb stumm. Doch Lena verstand auch so. Er gab sich selbst die Schuld am Tod seines Bruders.

»Es ist nicht deine Schuld, was Mark zugestoßen ist«, sagte sie leise. »Es hilft niemandem, wenn du dich selbst bestrafst. Es ermutigt deine Familie nur darin, sich weiter schlecht zu benehmen.«

»Das kannst du nicht beurteilen, Lena.« Sie konnte sich vorstellen, wie er innerlich die Türen zuschlug und die Fenster zu seinem Herzen verriegelte. »Du warst nicht dabei.«

»Dann erzähl mir, was passiert ist.«

»Du weißt schon mehr, als mir jemals lieb war«, wehrte er ab.

Sie kämpfte gegen Phantome, und am liebsten hätte sie mit den Füßen gestampft, so starrköpfig war er. Doch ihr wurde auch ihre eigene Sturheit bewusst. »Dan, ich will dich zum Gericht begleiten.« Auf keinen Fall würde sie ihn allein auf die Familie treffen lassen, die er drei Jahre nicht gesehen hatte, ohne dass eine einzige ihm wohlgesonnene Person im Raum war.

Er wandte den Kopf, und sie erkannte gleichzeitig Hoffnung und Widerstand in seinem Blick. Lena wusste, dass sein Herz sich nach Unterstützung sehnte, doch sein verdammtes männliches Ego erlaubte es ihm nicht. Nur ein einziges Wort brach heftig aus ihm heraus. *»Nein.«*

»Du brauchst mich.« Sie sah ihn streng an. »Ich weiß, dass du das nicht zugeben willst, deswegen mache ich dir diesmal keine Vorwürfe. Aber ich komme, ob es dir nun gefällt oder nicht.«

»Komm nicht.« Er griff nach ihrem Handgelenk, und seine Finger umklammerten ihren rasenden Puls. »Versprich mir, dass du nicht kommst.«

Er sah verzweifelt aus, gequält. Er sah sie eindringlich an. Sie wussten beide, dass er sie nicht davon abhalten konnte. Jeder konnte einem öffentlichen Gerichtsverfahren beiwohnen, wenn es ihm beliebte.

Als sie nichts erwiderte, ließ er ihr Handgelenk los und sah weg. »Du hast noch nie auf mich gehört. Ich weiß nicht, warum ich dachte, es wäre dieses Mal anders.« Sein Kiefer bewegte sich, und Lena wusste, dass er mit den Zähnen knirschte. Seine Augen funkelten sie an, als er sich wieder zu ihr umdrehte. »Aber sag nicht, dass ich dich nicht gewarnt hätte.«

Kapitel 18

Der Oberste Gerichtshof Westaustraliens lag im Herzen von Perth. Ironischerweise war er von hinreißenden und makellos gepflegten Gärten umgeben – wohl ein Versuch, einer Verurteilung ein wenig die Schärfe zu nehmen. Die schöne Umgebung tröstete Lena jedoch wenig, als sie den schattigen Weg entlangging. Sie setzte sich in die zweite Reihe der Zuhörerbänke, damit Dan sie sehen konnte, wenn er in den Zeugenstand trat.

Der einzige Grund, weshalb Lena sich nicht in die erste Reihe gesetzt hatte, war die Frau, die bereits dort saß und die Lena nicht bedrängen wollte. Sie war blond, vermutlich Anfang dreißig und extrem dünn. Ihre großen Knochen stachen in Gesicht und an Armen und Beinen stark hervor, als hätte sie bisher eine gute Figur gehabt, in den letzten Jahren aber Probleme mit dem Essen bekommen. Sie sah Lena nicht an, denn ihre Aufmerksamkeit galt einzig und allein dem Gerichtsdiener, den zwei Anwälten und dem noch leeren Platz des Richters. Sie rang ohne Unterlass die Hände in ihrem Schoß, und Lena wettete, dass sie eng mit dem Fall verbunden war. Möglicherweise war sie sogar Dans Schwägerin.

Als ein älteres Paar hereinkam, sich neben die Frau

setzte und die ältere Frau ihr die Hand drückte, wusste Lena, dass sie richtig vermutet hatte. Das war Dans Familie. Sie sahen harmlos und erschöpft und furchtbar traurig aus. Konnten sie wirklich so herzlos sein?

Der Gerichtsdiener, ein Mann mittleren Alters, der elegant in Schwarz und Weiß gekleidet war und am Revers goldene Krönchen trug, wandte sich an den Gerichtssaal. »Bitte erheben Sie sich.«

Als sie aufstand, hörte Lena ein Klopfen an der Tür rechts vom Richtertisch. Die Tür öffnete sich, und zwei Männer traten ein, der Richter und sein Rechtsreferendar. Der Richter verzog keine Miene, als er sich unter dem Wappen der Königin von England niederließ. Es gab keine Geschworenen – da es sich um ein Zivilverfahren handelte, würde der Richter das Urteil fällen. Lena wusste nicht, ob sie sich darüber freuen oder Sorgen machen sollte, hatte aber keine Zeit, weiter darüber nachzudenken.

Zwei Anwälte standen in ihren Talaren dem Richter zugewandt: Sarah Michaels und ein älterer Mann. Als die Eröffnungsformalitäten erledigt waren, wandte der Richter sich an den Mann. »Mr Carter?«

»Euer Ehren«, begann der Mann neben Sarah, »dieses von der Klägerin Angela Hullog eingeleitete Verfahren erhebt Schadensersatz aufgrund des durch Fahrlässigkeit des Beklagten Oswalds GmbH verursachten Todes ihres Ehemanns. Es wird vorgebracht, dass ihr Ehemann, Mark Hullog, auf einer Betriebsbegehung aufgrund unzureichender Beaufsichtigung und Ausbildung durch Oswalds GmbH ums Leben kam. Wie Euer Ehren wissen, wird die Klage ausführlich in den Ihnen zugekommenen Unterlagen dargelegt. Ich gehe davon aus, dass Euer Ehren Gelegenheit hatten, die Unterlagen durchzugehen?«

Der Richter verzog das Gesicht. »Das habe ich, Mr Carter.«

»Unter diesen Umständen«, der Anwalt nickte zustimmend, »halte ich weitere Bemerkungen bezüglich des Klagegrunds der Klägerin zurück und rufe den ersten Zeugen der Klägerin auf.«

»Fahren Sie fort«, sagte der Richter.

»Die Anklage ruft Daniel James Hullog in den Zeugenstand.«

Lenas Atem beschleunigte sich, als eine Tür zu ihrer Rechten geöffnet wurde und der Gerichtsdiener Dan in den Saal führte. Dan ging aufrecht und mit starren Schultern. Er hatte eine Rüstung angelegt wie ein Ritter vor einer Schlacht. Heute würden eine Menge Pfeile abgeschossen werden. Lena schluckte, als er in den Zeugenstand geführt wurde. Sie wusste nicht weshalb, aber sie war so nervös, dass sie sogar zitterte, obwohl Dan es war, der dort stand und auf die Bibel schwor, und nicht sie. Sie fuhr sich mit der Zunge über die trockenen Lippen, als Dan aufsah und sich ihre Blicke trafen.

Seine Missbilligung und seine Dankbarkeit überrollten sie wie eine Welle und tauchten ihren ganzen Körper darin ein. In diesem einen kraftvollen Augenblick verstand sie alles. Dan unterbrach den Moment so abrupt, als verbannte er Lena mit einem Wimpernschlag aus seinem Kopf. Unterdessen klang seine Stimme tief und ausdruckslos, während er mit dem Gerichtsdiener sprach, und stand vollkommen im Widerspruch zu seinem intensiven Blick. Die ersten Fragen des Anwalts waren uninteressant und, wie Lena befand, belanglos. Doch sie wusste, dass Mr Carter nur die richtigen Bedingungen schaffen wollte.

»Mr Hullog«, wurde Mr Carter schließlich deutlicher, »in welchem beruflichen Verhältnis standen Sie zu dem Verstorbenen?«

»Ich war sein Vorgesetzter bei Oswalds GmbH. Er assistierte mir bei all meinen Projekten.«

»Und wie lange war er als Ihr Assistent tätig?«

»Ungefähr ein Jahr lang.«

»Und wo war er zuvor tätig?«

»Davor war er an der Universität.«

»Das hier war also seine erste Stelle seit seinem Abschluss.«

»Ja.«

»Würden Sie also sagen, dass Mark Hullog noch unerfahren war?«

»Er hatte erst ein knappes Jahr Berufserfahrung, ich würde also sagen, ja.«

»Einspruch.« Ms Michaels erhob sich hastig. »Meinungsäußerung, Euer Ehren. Mr Hullog ist kein anerkannter Ausbilder und kann somit keine Meinung darüber äußern und vor allem keine Schlüsse darüber ziehen, ob der Verstorbene erfahren war.«

Der Richter nickte weise. »Stattgegeben.«

Mr Carter ließ sich nicht beirren und schlug einen neuen Weg ein. »Waren Sie dabei, als Mark Hullog starb?«

»Ja.«

»Wo befanden Sie sich?«

»Wir waren bei einem Treffen mit dem Vorarbeiter im MacArthur-Sägewerk.«

Mr Carter beugte sich wie ein Raubtier vor. »Was geschah während dieses Treffens?«

Dan schluckte. »Als wir ankamen, sahen wir uns ein zehnminütiges Sicherheitsvideo an. Anschließend trafen wir Andrew Carrington, den Vorarbeiter, im Sägewerk selbst. Er zeigte uns den fehlerhaften Einzug, den wir überprüfen sollten. Mark hatte einen Fotoapparat mitgebracht, um Aufnahmen zu machen. Er ging in den Einzug, während ich mit Andrew Carrington sprach …« Dan schluckte erneut, und seine Stimme klang nun schroff. »Er wurde darin eingeschlossen, der Einzug setzte sich in Gang … und brachte ihn um.«

Lena schloss die Augen und flehte den Anwalt innerlich an, Dan einen Augenblick zu geben. Doch das tat er nicht, sondern ging direkt über zur nächsten herzlosen Frage.

»Und wie brachte die Maschine ihn um?«

Verdammt noch mal!

Dan sah aus, als müsste er sich übergeben, und es gelang ihm erst nach einer Pause zu antworten.

»Sie zerriss … und … zerquetschte ihn zu Tode.«

»Einspruch!« Sarah Michaels stand verärgert auf. Und das sollte sie auch. Lena funkelte Mr Carter wütend an.

»Stattgegeben«, stimmte der Richter zu. »Bitte sehen Sie von solcher Theatralik in meinem Gerichtssaal ab, Mr Carter.«

»Euer Ehren, es ist wesentlicher Bestandteil der Anklage, dass Euer Ehren Zeugenaussagen darüber vorliegen, *wie genau* der Verstorbene ums Leben kam.«

Der Richter wies Mr Carter an, fortzufahren. »Solange Sie sich an die Beweise halten, Mr Carter.«

Mr Carter wandte sich wieder an Dan. »Befand sich der Verstorbene in Ihrem Blickfeld?«

»Zum Teil.«

»Was hat Ihnen die Sicht versperrt? Teile der Maschine?«

»Ja, die Maschine … Der Holzeinzug hat mir immer wieder die Sicht versperrt.«

»Das heißt also, dass Sie teilweise sehen konnten, wie der Verstorbene, um es mit Ihren Worten zu sagen, zu Tode ›zerrissen und zerquetscht‹ wurde, als der Einzug sich in Gang setzte?«

Um Gottes willen!

Lena sandte Mr Carter stumme Todesdrohungen.

Mit geröteten Augen brachte Dan ein »Ja« hervor.

»Einspruch!«

»Abgewiesen, Ms Michaels«, entgegnete der Richter ausdruckslos und ohne aufzusehen.

Mr Carter lächelte schwach auf seine Notizen, bevor er sich erneut Dan zuwandte. »Haben Sie den Verstorbenen angewiesen, den Einzug nicht zu betreten?«

»Nein.«

»Dann haben Sie ihn angewiesen hineinzugehen?«

»Nein.« Dan sah verwirrt aus. »Wir haben nicht darüber gesprochen, dass Fotos im Einzug gemacht werden sollten. Ehrlich gesagt weiß ich nicht, weshalb er in den Einzug gegangen ist. Es handelt sich ganz offensichtlich um eine gefährliche Maschine; sie war mit Schildern und Aufklebern übersät, die das deutlich machten.«

»Aber *Sie* haben nicht mit ihm darüber gesprochen, und Sie *wissen* auch nicht, weshalb er hineingegangen ist.« Mr Carter wiederholte die Worte mit langsamer

Prägnanz. »Als sein Vorgesetzter, Mr Hullog, denken Sie da nicht, dass Sie Ihre Aufgabe vor Ort hätten besprechen müssen, bevor Sie zum Sägewerk aufbrachen, inklusive der Sicherheitsrisiken?«

Dan zögerte. »Ich habe Mark vorher eine Unterweisung gegeben. Mir sind keine Lücken in seinen Kenntnissen aufgefallen.«

»Ich verstehe. Und an wie vielen Betriebsbegehungen dieser Art war Mark Hullog zuvor beteiligt gewesen, bevor diese ihn umbrachte?«

Dan sah Mr Carter unsicher an, als versuche er zu verstehen, worauf er hinauswollte. »Ich kann mich nicht hundertprozentig daran erinnern, aber ich glaube, dass dies hier seine erste Betriebsbegehung war.«

»Sie glauben oder Sie wissen?«

Dan lehnte sich zurück. »Ich kann es nicht mit Sicherheit sagen.«

»Sie wissen es also auch hier nicht. Angenommen, es war seine erste Begehung, oder selbst eine seiner ersten, hätten Sie da nicht daraus schließen müssen, dass es Lücken in seinen Kenntnissen geben könnte?«

Dan seufzte, sah auf seine Hände und dann wieder auf. »Wir haben bei Oswalds eine extra für die Absolventen vorgesehene Sicherheitseinführung, die sie auf Gefahren bei Begehungen vorbereitet. Es ist ein dreitägiger Kurs, in dem Kenntnisse darüber vermittelt werden, wie man sich sicher auf Baustellen, in Fabriken, Kraftwerken und anderen Anlagen bewegt. Ich bin davon ausgegangen, dass Mark an diesem Kurs teilgenommen hat.«

»Aber Sie wussten es nicht mit Sicherheit?«

»Nein.«

»Wann haben Sie herausgefunden, dass Mark nicht an der Einführung teilgenommen hatte?«

Dan verzog den Mund. »Nach dem Unfall.«

»Also nach seinem Tod?«

Dan fiel es sichtlich schwer, zu antworten. »Ja.«

»Ist Ihnen der Gedanke gekommen, sich nach seiner Teilnahme zu erkundigen, bevor Sie ihn mit zum MacArthur-Sägewerk nahmen?«

Ein Muskel an Dans Kiefer zuckte. »Nein.«

»Warum nicht?«

»Aus keinem besonderen Grund. Ich habe einfach nicht daran gedacht.«

»Weil die Arbeit wichtiger war?«

Dans Augen verengten sich. »Nein, weil ich davon ausgegangen bin, dass die Personalabteilung das verfolgte und mich benachrichtigen würde, falls Mark nicht für eine Betriebsbegehung qualifiziert war.«

»So nahmen Sie als sein Vorgesetzter Mark Hullog mit auf eine Betriebsbegehung, für die er ein Einverständnis der Personalabteilung benötigte – ein Besuch eines Werks, dessen Maschinen eindeutig das Potential dazu haben, seiner Sicherheit zu schaden. Und Sie ergriffen nicht selbst die Initiative, um von der Personalabteilung die Bestätigung einzuholen, dass Mark einsatzbereit war? Ist das Ihre Aussage?«

»Der Einzug war ganz offensichtlich gefährlich ...«

»Haben Sie sich bei der Personalabteilung informiert, ob Mark Hullog von Oswalds die Genehmigung bekommen hatte, auf gefährliche Betriebsbegehungen zu gehen?«

»Nein.«

»Hätten Sie damals gewusst, dass der Verstorbene

nicht an der Sicherheitseinführung teilgenommen hatte, hätten Sie ihn dann am Tage seines Todes mit zum MacArthur-Sägewerk genommen?«

Dan zögerte. »Nein, das hätte ich nicht.«

Ein nachdenkliches Lächeln umspielte Mr Carters Lippen. »Wenn Sie also die Verantwortung für den Verstorbenen übernommen und nicht bloße Vermutungen angestellt hätten, dann wäre Mark Hullog heute noch am Leben?«

Sarah erhob sich, bevor Dan antworten konnte. »Einspruch: Schlussfolgerung.«

Der Richter nickte und notierte sich etwas. »Stattgegeben.«

Mr Carter legte eine Pause ein, um seine Notizen zu lesen. »Kehren wir zum Sicherheitsvideo zurück, das Sie sahen, als Sie am Sägewerk ankamen, Mr Hullog.« Er sah auf. »Warnte das Video Besucher vor den Maschinen, insbesondere vor den Gefahren, die der Einzug darstellte?«

»Ja.« Dan nickte. »Es ging zwar nicht ins Detail, warnte uns aber davor, uns ohne die Begleitung eines erfahrenen Bedieners laufenden Maschinen zu nähern.«

»Und sowohl Sie als auch der Verstorbene sahen sich das Video an?«

»Ja.«

»Waren Sie in Begleitung eines erfahrenen Arbeiters, als Sie sich den Einzug ansahen?«

»Ja, sowohl der Vorarbeiter als auch einer seiner Arbeitskräfte waren dabei.«

»Wies einer dieser Männer Mark Hullog an, in den Einzug zu gehen?«

»Nicht, dass ich wüsste.«

»Unmittelbar vor seinem Unfall sprachen also weder Sie noch einer der Männer mit Mark? Würden Sie sagen, dass er sich auf eigene Faust von Ihnen entfernt hat?«

»Er befand sich nicht sehr weit von uns entfernt, das würde ich also nicht sagen.«

»Er wurde also nur nicht angemessen beaufsichtigt, Mr Hullog?«

Sarah Michaels sprang auf. »Einspruch.«

Der Richter nickte. »Bitte verzichten Sie auf Suggestivfragen, Mr Carter.« Er klopfte ungeduldig mit seinem Stift auf die vor ihm liegenden Unterlagen. »Haben Sie noch weitere Fragen?«

Mr Carter verneinte und setzte sich.

Lena stieß den Atem aus, den sie bis eben noch angehalten hatte, als der Richter sich an Sarah Michaels wandte.

»Ms Michaels, möchten Sie den Zeugen ins Kreuzverhör nehmen?«

»Ja, Euer Ehren.« Sie erhob sich und strich ihren schwarzen Talar über ihrem Kostüm glatt. Schon als ihr Blick Dans traf, spürte Lena, wie die Spannung im Saal stieg. Sie sandte ihm eine stumme Warnung. Er richtete sich wieder auf und erhob sein Schild, um den ersten Schlag abzuwehren.

Lena gefiel das nicht. Irgendetwas ging da vor sich.

»Mr Hullog, standen Sie auch in privater Beziehung zum Opfer?«

Dan hatte sich unendlich verkrampft, und seine Stimme kam nur als ein Krächzen aus seiner Kehle.

»Ja.«

»Und um welche Art von Beziehung handelte es sich?«

Dan sah auf seine Hände. Das letzte bisschen Farbe wich langsam, aber sicher aus seinem Gesicht. »Er war mein … ist mein Bruder.«

Lena verstand es nicht. Was hatte sich verändert? Warum war Dan plötzlich so verstört?

Sie rutschte ungeduldig auf ihrem Platz hin und her, während Sarah Michaels fortfuhr. »Litt Ihr Bruder an irgendwelchen gesundheitlichen Beschwerden zum Zeitpunkt des Unfalls?«

»Ja, an klinischer Depression.«

»Und wann wurde diese bei ihm diagnostiziert?«

»Ungefähr drei Monate vor dem Unfall.« Dan richtete seine rotgeränderten Augen auf Sarah; er wappnete sich für den letzten Hieb.

»Und was gab den Anstoß für diese Diagnose?«

»Er beging einen Selbstmordversuch.«

Kapitel 19

Ach du Scheiße.

Lena fühlte sich, als hätte sich ihr Magen umgedreht. Die Zeit im Gerichtssaal schien stillzustehen. Einzelne Puzzleteile setzten sich zusammen und erfüllten Lena mit Furcht. Hatte Dan nicht schon genug durchgemacht, ohne dass er noch diese Offenbarung hinzufügen musste?

Sie warf einen verstohlenen Blick auf Marks Witwe.

Deren wilder Blick war zwischen Empörung und Trotz hin- und hergerissen, und ihre Lippen formten stumm Worte. Dans Eltern saßen regungslos mit zusammengepressten Lippen da. Lena hoffte, ihre Eltern würden sie niemals so ansehen, wie die beiden Dan betrachteten. Es lagen weder Hass noch Enttäuschung in ihren Augen. Es war etwas dazwischen, das umso stärker wirkte. Doch was erwarteten sie von ihm? Sollte er lügen?

Es musste Dan fast umbringen, sich auf die Seite des Arbeitgebers zu stellen und nicht auf die seiner Familie, doch selbst nach nur wenigen Monaten wusste Lena, dass die Ehrlichkeit tief in ihm verankert war. Sie ballte die Fäuste, und es gelang ihr, sich zusammenzureißen. Warum war Dans Familie so wütend auf ihn? Wenn Mark in Behandlung gewesen war, dann waren seine depressiven Episoden und seine Diagnose ohnehin dokumentiert. Dan konnte also gar nicht die Unwahrheit sagen. Das hier war der Stoff, aus dem Alpträume gemacht waren. Und trotzdem wollte Lena hören, wie es weiterging.

Wieder zog Dan ihren Blick auf sich. Er war blass und hatte die Lippen zusammengepresst. Er hatte diese Erfahrung schon zu oft wieder erlebt. Sie wünschte, sie könnte ihn umarmen, und schickte ihm diesen Gedanken durch den Raum. Er wandte sich nicht ab, als er ihn auffing. Doch die Nachricht, die er zurücksandte, war eindeutig und nicht das, was Lena hören wollte.

Ich habe dir doch gesagt, du sollst nicht kommen.

Lena brach den Blickkontakt ab. Sie konnte seinen anklagenden Blick nicht ertragen und konzentrierte sich stattdessen auf Sarah. Diese kam nun in den Genuss der ungeteilten Aufmerksamkeit aller Anwesenden und stellte ihre nächste Frage.

»Wie versuchte Ihr Bruder, sich das Leben zu nehmen?«

Mr Carter erhob sich. »Einspruch, Relevanz. Das ist bei dem vorliegenden Fall nicht von Belang.«

Der Richter betrachtete Mr Carter einen Augenblick lang nachdenklich und sagte dann an Sarah gewandt: »So weit es für Ihre Zielsetzung nicht relevant ist, brauchen wir wohl keine Details, Ms Michaels.«

»Also gut, Euer Ehren«, lenkte Sarah ein. Sie wandte sich wieder an Dan. »Glauben Sie, dass es möglich wäre, Mr Hullog, dass Ihr Bruder am Tag des Unfalls selbstmordgefährdet war?«

Erneut erhob sich Mr Carter. »Einspruch: Suggestivfrage.«

»Abgewiesen.« Der Richter sah mit Genugtuung auf ihn herab. »Sie können nicht beides haben, Mr Carter. Fahren Sie fort, Ms Michaels.«

Mit einem Seufzen richtete Sarah das Wort erneut an Dan. »Mr Hullog, ließ Ihr Bruder am Tage des Unfalls auf irgendeine Art und Weise erkennen, dass er darüber nachdachte, sich das Leben zu nehmen?«

Dan hob das Kinn. »Nein.«

»War er zum Zeitpunkt seines Todes in therapeutischer Behandlung, oder nahm er Medikamente ein?«

Dan faltete die Hände auf dem Tisch, sein Gesichtsausdruck veränderte sich jedoch nicht. »Ich glaube, dass beides zutraf.«

Sarah räusperte sich. »Er hatte sich also keineswegs von seiner psychischen Erkrankung erholt?«

»Nicht zu hundert Prozent, aber das müsste ich beim Arzt erfragen.«

Sarah nickte, sah auf ihre Unterlagen und fuhr fort. »Mr Hullog, haben Sie mögliche Sicherheitsrisiken mit Ihrem Bruder besprochen, bevor Sie das Sägewerk besuchten?«

»Nicht in aller Ausführlichkeit. Ich sagte ihm, dass sie uns ein Video vorführen und die übliche Vorgehensweise gelten würde.«

»Haben Sie ihn darauf hingewiesen, dass der Einzug gefährlich sein konnte?«

»Nein.«

»Warum nicht?«

»Nun ja«, Dan befeuchtete sich die Lippen, »es gab keinerlei Anlass für ihn, den Einzug zu berühren oder zu betreten. Es war bereits festgestellt worden, dass der Einzug blockierte, da das Fundament uneben war. Die

Maschine saß auf einer Seite tiefer als auf der anderen. Unsere Sorge galt demnach dem Untergrund und nicht dem Mechanismus der Maschine. Mark hatte einen Fotoapparat dabei, um Aufnahmen von den Stützen des Einzugs zu machen, nicht vom Inneren der Maschine oder selbst von der Maschine an sich.«

»War Mark darüber im Bilde?«

»Ja, ich habe ihn vor dem Termin über alles informiert.«

»Danke, Mr Hullog.« Sarahs Lippen kräuselten sich für einen Moment, als sie sich an den Richter wandte. »Keine weiteren Fragen, Euer Ehren.«

Als sie sich setzte, erkundigte sich der Richter bei Mr Carter.

»Mr Carter, haben Sie noch weitere Fragen an Mr Hullog in Bezug auf Ms Michaels' Kreuzverhör?«

»Zwei Fragen, Euer Ehren.« Mr Carter faltete die Hände vor sich, als er aufstand. Zu Lenas Verärgerung legte er erst einmal eine lange Pause ein.

»War Oswalds GmbH vom gesundheitlichen Zustand des Opfers und seinem Genesungsprozess unterrichtet?«

»Ja«, antwortete Dan, »einige entscheidende Teammitglieder sowie die Geschäftsleitung wussten darüber Bescheid.«

»Sie erwähnten, dass der Verstorbene wegen seiner Erkrankung in Behandlung war. Hat Oswalds den Verstorbenen für arbeitsunfähig oder in anderer Hinsicht eingeschränkt bezüglich bestimmter Aufgaben erklärt, während der Betreffende in Behandlung für seine psychische Erkrankung war?«

»Nein, er wurde nicht als arbeitsunfähig erklärt.«

Mr Carter neigte den Kopf. »Danke. Keine weiteren Fragen, Euer Ehren.«

Endlich wurde Dan aus dem Zeugenstand entlassen, und die Verhandlung wurde für die Mittagspause unterbrochen. Lena schnürte sich nach diesem enttäuschenden Abschluss die Brust zu, und sie musste nach Luft schnappen. Ihre Beine fühlten sich so schwach an, als wäre sie gerade einen Marathon gelaufen. Ihr Puls raste und pumpte Adrenalin durch ihre Adern. Sie musste hier raus und an die frische Luft.

Im Gegensatz zu ihr wirkten Dans Eltern und seine Schwägerin benommen vor Verärgerung und konnten ihre Blicke nicht vom leeren Zeugenstand reißen. Lena konnte ihre Wut förmlich spüren. Wenn Gefühle giftig wären, dann läge sie vermutlich bereits bewusstlos am Boden. Doch was hätte Dan denn anderes sagen sollen? Ihre Wut war unbegründet und unsinnig.

Lena stand auf und hängte sich ihre Handtasche über die Schulter. Angela musste die Bewegung im Augenwinkel bemerkt haben, denn sie drehte sich um und registrierte Lena erst jetzt. Sie sah aus, als versuche sie, Lena einzuordnen, und als wolle sie sie eventuell sogar ansprechen.

Lena würde ihr auf keinen Fall erzählen, wer sie war.

Sie war wegen Dan hier, und ihre Gründe gingen nur ihn etwas an. Sie wandte den Blick von Marks Witwe ab und konzentrierte sich darauf, so schnell wie möglich aus dem Saal zu kommen. Sie wollte Dan einholen. Als sie das Gebäude verließ, sah sie ihn die Straße hinuntergehen und lief ihm hinterher.

»Macht es dir was aus, wenn ich mitkomme?«

»Ich habe dir doch gesagt, dass du nicht kommen sollst.«

»Und du wusstest, dass ich nicht auf dich hören würde.« Sie strahlte ihn an und griff mutig nach seiner Hand. Sein Arm versteifte sich, aber sie spürte, wie er sich etwas entspannte, als sie ihm ihre andere Hand auf den Oberarm legte.

Dan seufzte. »Gibst du jemals auf?«

»Nein.«

»Verschwindest du jemals?«

»Nein.«

»Machst du jemals das, was man dir sagt?«

»Nicht, wenn es sich verhindern lässt.«

»Gott sei Dank.« Seine Finger schlossen sich wunderbar fest um ihre Hand, und mit einem wohligen Gefühl spürte Lena die Wärme in seinem Blick, als er ihr schließlich in die Augen sah. Lena war erstaunt.

»Dann bist du also doch froh, dass ich gekommen bin.«

»Ja und nein.« Das Lächeln war zögerlich, aber es war ein Lächeln. »Es hat mir viel bedeutet, mich auf deine Unterstützung und dein Gesicht konzentrieren zu können. Ich konnte weiß Gott niemand anderen ansehen.«

»Aber?«

»Aber jetzt weißt du zu viel über mich. Ich kann nichts mehr vor dir verbergen.«

Lena grinste ihn vergnügt an. »Wie wunderbar.«

Er löste seine Hand aus ihrer und legte ihr stattdessen den Arm um die Schultern. »Du bist wirklich unmöglich, weißt du das?« Er zog sie fest an sich.

Ein Hochgefühl durchströmte Lena, und ihr wurde

ganz schwindlig. Sie schmiegte sich enger an Dan und genoss es, das einfach tun zu können. Sie spürte die Wärme seines Körpers, atmete seinen Duft ein und erfreute sich an dem aufeinander abgestimmten Rhythmus ihrer Schritte. Auf der Baustelle konnten sie diese einfache Vertrautheit nicht ausleben. Und dieses Gefühl wollte sie auskosten, diese Nähe, die gar nicht so beiläufig war, wie sie scheinen mochte.

Sie ließ ihren Blick über die Cafés und Restaurants schweifen, an denen sie vorbeikamen. »Wonach ist dir?«

Dan erschauderte, als noch mehr Anspannung von ihm abfiel. »Nach einem tropischen Strand, einem Liegestuhl und einem Cocktail, und zwar weit, weit weg von hier.«

»Ich meinte zu essen.«

»Habe ich erwähnt, dass du auch dabei wärst?«

Ihre Stimme bebte. »Wie wär's mit einem Sandwich? Wir haben nur eine Stunde.«

»Okay.«

Sie gingen in das nächste Café. Der Duft von Essen und Kaffee strömte Lena in die Nase, und ihr Magen knurrte zur Antwort. Sie bestellten etwas und setzten sich ans Fenster. Wenn das, was sie eben miterlebt hatte, ihr nicht so schwer auf der Brust gelastet hätte, dann hätte sich Lena wie bei einem ersten Date gefühlt. Seinetwegen und ihretwegen versuchte sie, diese Last abzuschütteln.

»Schöner Tag«, murmelte sie, als eine frische Brise durch das große Schaufenster des Cafés wehte.

Ein kleines Lächeln krümmte Dans Lippen. »Du musst dir nicht so viel Mühe geben, Lena. Ich bin nicht aus Glas.«

»Es war bestimmt nicht leicht für dich da drin.«

Dans Hände zitterten, und er versteckte sie hastig unter dem Tisch. »Das Schlimmste dabei ist, dass meine Eltern denken, meine Aussage wäre eine Art Verrat.«

»Du hast nur die Wahrheit gesagt«, versicherte sie ihm schnell. »Sie können nicht von dir erwarten, dass du vor Gericht lügst. Und Mark … nun ja.« Sie holte tief Luft. »Dan, für Mark ist es jetzt vorbei. Er muss nicht mehr leiden. Und es ist auch niemandem geholfen, wenn man nicht die Wahrheit sagt, egal, was sie denken.«

Dan knirschte mit den Zähnen. »Nein, das stimmt. Zumindest habe ich jetzt meinen Teil getan. Ich muss zugeben, es ist eine Erleichterung, es jetzt endlich dem Richter zu übergeben.«

»Dann solltest du vielleicht nach Hause gehen«, schlug Lena vor. »Versuchen, es hinter dir zu lassen.«

Dan schüttelte den Kopf. »Auf keinen Fall. Ich muss alles sehen. Ich habe meinen Bruder und meinen Vater verloren. Ich habe drei Jahre meines Lebens damit vergeudet, mir Sorgen darüber zu machen, wie das Urteil ausfallen wird. Ich will mitbekommen, wie sie dazu finden.«

Lena verstand, was er damit sagen wollte, und was keiner von ihnen aussprechen konnte, da es zu sehr weh tat. Der Tod von Dans jüngerem Bruder wurde durch einen von zwei Faktoren verursacht.

Dans Fahrlässigkeit oder Marks Entscheidung, Selbstmord zu begehen.

Ein Richter würde das entscheiden.

Das Problem war nur, dass Lena nicht wusste, welche Mannschaft sie anfeuern sollte, denn so oder so hatte Dan verloren.

Nach der Mittagspause begleitete Lena Dan zurück zum Gericht. Er setzte sich zu ihr in die Zuhörerreihen. Jetzt, wo er kein Zeuge mehr war, durfte er das Verfahren als Zuhörer verfolgen.

Lena fragte sich, ob Dans Familie überhaupt essen gegangen war. Sie saßen immer noch genauso dicht beisammen wie vor der Pause. Trotzdem hoben sie den Blick, als Lena und Dan hereinkamen. Unwillkürlich umklammerte Lena Dans Hand fester, als sie sah, wie Angelas Gesichtszüge sich verzerrten.

»Du verdammter Mistkerl!«, fauchte sie ihn an. »Wie kannst du es wagen, hier noch mal aufzukreuzen? Hast du nicht schon genug Schaden angerichtet?«

Ihre Worte erklangen so plötzlich und so vernichtend, dass Lena Angela einen Moment lang nur erschrocken anstarrte. Dan erblasste.

Seine Mutter stand auf. Die Falten in ihrem Gesicht vertieften sich noch durch ihre finstere Miene.

»Bitte geh, Daniel. Findest du nicht, dass wir genug durchgemacht haben?«

Eine unsägliche Wut stieg in Lena auf. Sie wollte Dan in Schutz nehmen, aber sie hatte kein Recht dazu, sich einzumischen. Wie konnte sie über Menschen urteilen, denen so etwas widerfahren war? Glücklicherweise meldete Dan sich zu Wort.

»Wir haben alle viel durchgemacht.«

Sein Vater schnaubte und sprach, ohne Dan anzusehen. »Es überrascht mich nicht, wenn du Schuldgefühle hast. Ich hoffe, dass sie dich Tag und Nacht heimsuchen.«

Lena begriff es einfach nicht. Natürlich liebten die Hullogs Mark, aber Dan war doch auch ihr Sohn. Es kribbelte ihr in den Fingern, Dans Mutter zu packen und zu schütteln. Sie hatten nicht nur einen Sohn verloren, sondern zwei.

Wie dumm von ihnen!

Dan zog Lena an der Hand in die hinterste Reihe. »Mark war immer ihr Liebling«, sagte er. Er schien zu merken, dass Lena eine Erklärung brauchte.

Sie setzte sich. »Aber du bist doch auch ihr Sohn. Das ist nicht in Ordnung.«

Er wehrte ab. »Ich war immer das fünfte Rad am Wagen. Und jetzt bin ich noch nicht einmal das.«

Angela Hullog sah aus, als würde sie sie am liebsten eigenhändig aus dem Saal befördern, doch der Gerichtsdiener rief zur Ordnung. Die Anwälte waren bereits auf ihren Plätzen.

Nachdem der Richter eingetreten war und Platz genommen hatte, rief Mr Carter seinen zweiten Zeugen auf, die Leiterin der Personalabteilung von Oswalds. Mr Carters Befragung konzentrierte sich hauptsächlich auf die Sicherheitseinführung und warum Mark nicht daran teilgenommen hatte. Die Personalerin war gleichgültig und vage, und das machte Lena rasend. Die Mitarbeiterin wirkte unorganisiert und absolut nachlässig, was Formalitäten anging.

Die Beweislage für Oswalds' Fahrlässigkeit nahm jedenfalls zu. Sarahs Kreuzverhör offenbarte nichts weiter. Und dann war der erste Verhandlungstag vorbei.

Als Lena und Dan das Gerichtsgebäude verließen, passte Angela sie in der Eingangshalle ab. Lena hielt sich im Hintergrund, da Dan sie nicht mit hineinziehen wollte.

»Du weißt genau, dass Mark nicht selbstmordgefährdet war. Es ging ihm gut! Warum hast du das nicht im Zeugenstand gesagt, anstatt deinen eigenen Arsch zu retten?«

Lena wollte ihr eine Ohrfeige verpassen, obwohl ihr klar war, dass Angela es wahrscheinlich morgens nur aus dem Bett schaffte, weil der abgrundtiefe Hass auf Oswalds – und auf Dan – ihr die Energie dazu verlieh.

»Ich muss mit ihr reden«, sagte Dan leise zu Lena und wandte sich dann wieder an seine Schwägerin. »Angela …«

»Komm mir ja nicht so! Ich wünschte, du wärst nie geboren worden.«

»Dan …«, setzte Lena an.

Aber er schüttelte den Kopf. »Das ist meine Familie, das muss ich selbst ausfechten. Geh nach Hause, Lena. Du hast genug getan, und ich bin dir sehr dankbar. Aber jetzt kannst du nichts mehr tun.«

Er sah sie so durchdringend an, dass Lena wusste, diesmal würde er sie tatsächlich davonjagen, wenn er es musste.

Sie setzte eine resolute Miene auf. »Na schön. Dann sehen wir uns morgen.«

Er hatte sich bereits umgedreht und klang distanziert. »Wie du willst.«

Die Verhandlung wurde am nächsten Morgen um zehn wieder aufgenommen, und Lena fand sich wie versprochen ein. Dan traf kurz vor Beginn mit geschwollenen Augen ein. Auch er hatte eine harte Nacht hinter sich. Das überraschte Lena nicht. Wenn sie schon schlecht geschlafen hatte, dann hatte er bestimmt kein Auge zugemacht. Er setzte sich neben sie und nahm ihre Hand. Es war Lena egal, ob das seine Begrüßung war oder er ihre Unterstützung brauchte. Solange es ihm wichtig war, ihr nah zu sein. Das allein zählte.

Mr Carters nächster Zeuge war Andrew Carrington, der Vorarbeiter des MacArthur-Sägewerks, ein bärtiger Mann mit roten Haaren. Er bestätigte Dans Aussage über die Ereignisse am Tage des Unfalls, einschließlich der Tatsache, dass es keinen Grund für Mark gegeben hatte, den Einzug zu betreten. Es traten einige neue Details zutage, als Sarah Michaels ihn über die Bedienung des Einzugs befragte, aber nichts davon war besonders hilfreich. Lena seufzte erleichtert, als Carrington schließlich den Zeugenstand verließ.

Damit hatte sich Mr Carters Zeugenliste erschöpft. Nun war Sarah Michaels an der Reihe, ihre erste Zeugin aufzurufen.

Angela Hullog. Da sie nicht nur Zeugin, sondern auch Klägerin war, hatte sie bereits vor ihrer Aussage der Verhandlung beiwohnen dürfen. Jetzt saß sie im Zeugenstand, den Blick niedergeschlagen und mit roten Flecken auf ihrer blassen Haut. Sie leistete ihren Eid, doch für Lena hatte das nicht viel zu bedeuten. Angela hatte Dan schließlich geradezu gedrängt, zu lügen. Würde sie wirklich gleich die Wahrheit sagen, die reine Wahrheit und nichts als die Wahrheit?

»Ms Hullog, litt Ihr Ehemann zum Zeitpunkt des Unfalls an klinischer Depression?«

Angela antwortete erst nach einer kurzen Pause. »Ja.«

»Stimmt es, dass er vor seinem Tod einen Selbstmordversuch beging?«

Erneut zögerte sie. »Ja.«

»Und wie gut, würden Sie sagen, hat er sich von diesem Versuch erholt?«

Angela Hullog räusperte sich. »Ich würde sagen sehr gut, wenn nicht sogar ausgezeichnet.« Anstatt die Anwältin anzusehen, fixierte sie Dan mit einem verächtlichen Blick. »Sein Zustand verbesserte sich täglich. Das weiß ich, da seine Erkrankung Probleme in unserer Ehe hervorgerufen hatte. Aber wir waren wirklich dabei, sie zu bewältigen ... Brücken zu bauen, Zukunftspläne zu schmieden und all das.«

»Haben Sie sich am Morgen des Sägewerkunfalls mit Mark gestritten?«

Angela sah entschlossen aus. »Nein.«

»Und am Tag davor?«

»Nein.«

»War vor dem Unfall irgendetwas vorgefallen, das Mark unter Druck gesetzt haben könnte?«

Angela runzelte die Stirn. »Das Einzige, das ihn unter Druck setzte, war seine Arbeit. Sein Vorgesetzter und Bruder Dan Hullog erwartete viel von ihm. Mark sah zu ihm auf und wollte ihn nicht enttäuschen.« Erneut fixierte Angela Dan. »Trotz meiner Einwände machte Mark immer Überstunden. Wenn er dann nach Hause kam, war er völlig erschöpft. Und er machte sich Sorgen. Ich denke wirklich, dass das Unternehmen und seine Führungspersonen sich für vieles zu verantworten haben in Bezug auf den psychischen Zustand meines Mannes.«

»Ms Hullog.« Sarah gelang es, Angelas Aufmerksamkeit wieder auf sich zu ziehen. »Sie waren zum Zeitpunkt des Todes Ihres Mannes schwanger, ist das richtig?«

»Ja«, stieß Angela hervor. Das Thema brachte sie offensichtlich auf. »Dank Oswalds wird meine Tochter niemals ihren Vater kennenlernen.«

Sarah legte eine Pause ein, bevor sie ihre nächste Frage stellte. Lena begriff, dass sie Angela Gelegenheit geben wollte, sich zu beruhigen. »Ms Hullog, in welcher Woche waren Sie zu dem Zeitpunkt?«

Angela schluckte und sah mit zusammengekniffenen Augen zur Decke. »In der zehnten, würde ich sagen. Wir haben uns beide sehr darüber gefreut, auch wenn die Schwangerschaft nicht geplant war. Ich liebe Kinder, Mark ebenso. Wir wollten sein Arbeitszimmer in ein Kinderzimmer umwandeln. Wir ...«

»Ms Hullog«, unterbrach Sarah sie. »Sagten Sie, die Schwangerschaft sei nicht geplant gewesen?«

Angela zögerte, offensichtlich verwirrt. »Ja.«

»Wann fanden Sie heraus, dass Sie schwanger waren?«

»Das war in der ... ähm ... in der neunten Woche etwa. Ich bin zum Gynäkologen gegangen, um es bestätigen zu lassen. Aber ich hatte es mir schon länger gedacht«, fügte sie noch hinzu.

»Wann erzählten Sie Mark davon?«

Angela wurde rot. »Das weiß ich nicht mehr genau.«

»Aber Sie haben es ihm gesagt.«

»Ja, natürlich«, brauste Angela auf.

»Wie hat Mark die Neuigkeit aufgenommen, dass Sie ein ungeplantes Baby erwarten?«

»Oh«, Angela breitete in dramatischer Geste die Hände aus, als hätte es von vornherein festgestanden, »er war natürlich begeistert. Überrascht und begeistert.«

Sarah Michaels wandte sich an den Richter. »Ich habe keine weiteren Fragen, Euer Ehren.«

Mr Carter erhob sich für das Kreuzverhör und betrachtete Sarah Michaels' Zeugin nachdenklich.

»Meine Kollegin hier scheint entschlossen, diesen Fall mit Mark Hullogs Selbstmordversuch in Verbindung zu bringen. Lassen Sie uns also darüber reden, Ms Hullog. Wo und wann hat er stattgefunden?«

»Am Abend, zu Hause«, entgegnete Angela schnell.

»Können Sie Marks Stimmung an diesem Tag beschreiben?«

»Zerstreut, geistesabwesend.« Ihr Gesicht verkrampfte sich gequält, und Lena sah einen Anflug dessen, was die junge Frau durchgemacht hatte. »Ich wusste, dass etwas nicht in Ordnung war. Aber natürlich nicht, wie schlecht es ihm wirklich ging.«

»Hat er einen Abschiedsbrief hinterlassen?«

»Ja, es lag einer neben ihm, als ich ihn ... gefunden habe. Nur sehr kurz ... eine Entschuldigung. Sonst nichts.«

»Nun denn, Ms Hullog«, fuhr Mr Carter ebenso nachdenklich fort, wie er begonnen hatte, »vergleichen wir das mit den Geschehnissen im Sägewerk. War Mark auch an dem Tag durcheinander oder missgestimmt?«

»Nein, er war gut gelaunt.«

»Und hat er eine Nachricht in Bezug auf seinen Tod hinterlassen?«

»Nein. Es war kein Selbstmord.«

»Vielen Dank.« Zufrieden setzte sich Mr Carter.

Sarah Michaels' nächster Zeuge war Marks Arzt, ein Mann mit schütterem weißem Haar, der aussah, als praktiziere er bereits seit Ewigkeiten. Das hoffte Lena auch. Vielleicht konnte er das Ganze in eine andere Richtung lenken und verfügte über Informationen, mit denen das Gericht mehr anfangen konnte. Sie sah Dan an, doch der schüttelte nur erbittert den Kopf.

Na toll.

Nachdem sie kurz Marks Krankheit dargelegt hatten, kam Sarah zum wesentlichen Punkt ihrer Befragung.

»Dr. Hendricks, würden Sie Ihrer fachlichen Meinung nach sagen, dass der Zwischenfall im Sägewerk, der Mark Hullog das Leben kostete, Selbstmord gewesen sein könnte?«

»Meiner Meinung als Arzt nach, nein.«

Sarah Michaels nickte, und ein sanftes Lächeln zeichnete sich auf ihren Lippen ab. »Dr. Hendricks, lagen Sie mit Ihrer Ansicht als Arzt jemals falsch?«

Der Arzt zog buschige weiße Augenbrauen hoch und ließ sich nicht beirren.

»Nun ja, es handelt sich dabei um eine Meinung, Frau Anwältin, nicht um eine Tatsache. Das können Sie interpretieren, wie Sie wollen.«

Sarah sammelte sich. »Gut, Dr. Hendricks, haben Sie oder Kollegen von Ihnen jemals gedacht, dass jemand auf dem Wege der Besserung war, um dann festzustellen, dass dem nicht so war?«

»Patienten können sehr unvermittelt einen Rückfall erleiden«, gab Dr. Hendricks ungehalten zurück. »Bisweilen gibt es dafür kaum Anzeichen.«

»Was verursacht Rückfälle?«

Dr. Hendricks zuckte die Achseln. »Alles und nichts. Wir reden hier vom Gehirn eines Menschen, und das Problem ist in der Regel seine Wahrnehmung der Welt um ihn herum und nicht die Realität. Wenn er findet, dass sich durch eine Veränderung der Druck auf ihn erhöht hat, dann ist das auch so.«

»Es würde doch mit Sicherheit bei jedem das Stressniveau erhöhen, wenn die Ehefrau ungeplant schwanger geworden ist, und ganz besonders, wenn man erst seit kurzem nicht mehr selbstmordgefährdet ist?«

»Ja«, räumte Dr. Hendricks widerwillig ein.

»Aus reiner Neugier, Dr. Hendricks, war Mark Hullog bei Ihnen zur Therapie in der Woche vor seinem Tod?«

»Ja, das war er.«

»Und erwähnte er während dieser Sitzungen, dass seine Frau schwanger war?«

Dr. Hendricks wurde rot. »Nein.«

»Würde denn ein Patient etwas so Einschneidendes seinem Arzt nicht mitteilen?«

»Ich bin kein Familienmitglied. Aber ich denke, dass ich meine Patienten dazu ermutige, mich an drastischen Veränderungen in ihrem Leben teilhaben zu lassen.«

Sarah Michaels nickte. »Und nur, um das nochmals zu bestätigen, Dr. Hendricks: Nahm Mark Hullog noch seine Medikamente ein, als er verstarb?«

»Ja.«

»Hatten Sie vor, die Medikamente abzusetzen?«

»Nicht in unmittelbarer Zukunft.«

»Wie sah es mit den Therapiesitzungen aus? Wollten Sie die beenden?«

»Früher oder später, ja.«

»Das heißt also, dass Mark Hullog noch an einer schweren Depression litt, sich mit der Zeit aber erholte?«

Dr. Hendricks wirkte ungehalten. »Sein Zustand war weniger ernst als noch drei Monate zuvor.«

Sarah Michaels nickte. »Vielen Dank.« Sie sah zum Richter. »Das wäre alles, Euer Ehren.«

Sarah hatte keine weiteren Zeugen. Lena wusste nicht, ob sie erleichtert oder enttäuscht sein sollte, denn soweit sie es beurteilen konnte, könnte der Richter sich so oder so entscheiden. Die Beweise waren eine einzige Liste von Unbestimmtheiten. Sie hatten zwar am nächsten Tag noch die Schlussplädoyers der Anwälte, doch sie bezweifelte, dass dadurch mehr Licht ins Dunkel gebracht würde. Dan sah vollkommen erledigt aus. Auch Lena fühlte sich ausgelaugt durch das konzentrierte Zuhören. Sie hatte kein Wort und keinen Hinweis verpassen wollen. Ihre Muskeln schmerzten von der Anspannung, und ihre Gliedmaßen waren ganz schwach vom langen Stillsitzen. Ihre Haut war trocken und fühlte sich gleichzeitig klebrig an von der Klimaanlage, die immer wieder zu kalt eingestellt war.

Sie wollte, dass es endlich vorbei war.

Und doch hatte sie gleichzeitig Angst vor dem Urteil. Sie konnte sich nicht annähernd vorstellen, wie Dan zumute sein musste. Sie verließen schnell das Gerichtsgebäude, und dieses Mal gelang es ihnen, seiner Familie aus dem Weg zu gehen.

»Essen?«, fragte Lena, als sie auf die Straße traten.

»Ich habe keinen richtigen Hunger.« Dan fuhr sich mit den Fingern durch die dunklen Haare. »Aber wenn du irgendwohin gehen willst, dann komme ich natürlich mit.«

Als würde sie ihn dazu nötigen, sie in seinem Zustand zum Essen einzuladen. »Nein, nein«, erwiderte sie hastig. Außerdem hatte sie auch keinen besonderen Hunger, und ein lautes Restaurant war der letzte Ort, an dem sie jetzt sein wollte.

Sie wollte allerdings ihr Beisammensein noch etwas hinauszögern. Er sollte den Abend nicht allein verbringen und darüber nachgrübeln, was der nächste Tag bringen mochte. »Möchtest du nicht für eine Weile mit zu mir kommen?«

Ruckartig senkte er den Kopf, um sie anzusehen. Zwischen ihnen knisterte es in der Stille.

Dan hob eine Hand und strich ihr mit rauen Fingerspitzen über die Wange. »Lena«, sagte er, »so gern ich das auch würde …«

Sie griff nach seiner Hand und verschränkte ihre Finger mit seinen. »Nur auf einen Teller Suppe und etwas Gesellschaft. Du solltest heute Abend nicht alleine sein.«

Er zögerte.

»Okay.«

Kapitel 20

Lenas erster Gedanke, als sie die Tür zu ihrer Wohnung öffnete, war: *Verdammt, hätte ich doch heute Morgen etwas aufgeräumt.*

Überall lagen ihre Sachen verstreut – sie war gerade erst dabei, ihren Koffer auszupacken. T-Shirts und Hosen lagen auf dem Sofa, und das übliche Chaos aus Zeitschriften, Post, Make-up und Einkaufstüten bedeckte die restlichen Flächen.

»Ich befürchte, es gibt nur Suppe aus der Dose«, entschuldigte sie sich, als sie am Sofa vorbeiging und dabei ihre Klamotten einsammelte. »Ich bin keine gute Köchin, und meistens habe ich nichts Frisches zu Hause.«

Dan stand auf der Türschwelle, die Hände in den Hosentaschen, und sah sich interessiert um. »Es sieht genauso aus, wie ich es mir vorgestellt habe.«

»Unordentlich?« Sie verzog das Gesicht. »Vielen Dank.«

Er lachte. »Nein. Einfach wie du. Weiblich, bunt und chaotisch.«

Sie sah ihn skeptisch an. »Ist das nicht trotzdem nur eine nette Art und Weise, zu sagen, dass ich unordentlich bin?«

Er hob in gespielter Abwehr die Hände. »Glaub mir, ich kann mir dazu kein Urteil erlauben.«

»Hm.« Sie warf die Klamotten in den Wäschekorb im Bad und schloss die Tür. Dan kam auf Lena zu, und sie lehnte sich an die Tür.

»Du hast mir so vieles von dir noch nicht erzählt«, überlegte er laut. »Und trotzdem habe ich manchmal das Gefühl, dich schon ewig zu kennen. Ergibt das einen Sinn?«

Lena nickte. »Absolut.«

Dan folgte ihr in die Küche, und als sie sich umdrehte, um ihn anzusehen, wurde es plötzlich sehr eng im Raum. Sie kam nur langsam mit den Gedanken hinterher. *Der Bauherr ist in meiner Küche.*

Dan Hullog – müde, verletzlich und mir komplett ausgeliefert.

Seine schwarzen Haare wellten sich direkt über seinem Kragen, und am liebsten wäre sie ihm mit den Händen hindurchgefahren. Er sah unglaublich groß aus, wie er dort neben ihrem Esstisch stand und ihr dabei zusah, wie sie ihn ansah. Sie hatte den Herd noch nicht eingeschaltet, aber sie spürte, wie ihr heiß wurde.

Lena wurde bewusst, dass sie ihn anstarrte, und sie wandte sich ab, um nach einem Topf und einer Dosensuppe zu suchen. Der Topf war leicht zu finden. Sie zog ihn aus dem Fach unter dem Waschbecken und stellte ihn auf den Herd. Dann öffnete sie die Speisekammer. Sie bemerkte, wie Dan ihre Bewegungen mit seinem Blick verfolgte. Sie nahm zwei Dosen aus dem mittleren Fach und drehte sich um.

»Kürbis oder Tomate?«

»Auf jeden Fall Kürbis.« Er trat näher und nahm ihr seine Wahl aus der Hand. Dabei berührten sich ihre Hände flüchtig. »Lass mich das machen«, murmelte er. »Ich habe das Gefühl, ich habe heute schon genug deiner Zeit beansprucht.«

»Sei nicht albern«, protestierte sie.

»Ich bestehe darauf.« Er ging mit der Dose an den Küchentresen, wühlte in einer Schublade herum und holte einen Dosenöffner hervor. Lena setzte sich an den Esstisch und sah zu, wie sich der Stoff seines T-Shirts am Oberarm spannte, während er die Dose öffnete und den Inhalt in den Topf gab. Er ließ seine Hand über die Kante der Arbeitsfläche gleiten, als er zurück zur Schublade ging, um nach einem Löffel zu suchen. Lena musste ein Erschauern unterdrücken. Er klapperte mit dem Besteck und zog schließlich aus den Tiefen der Schublade einen langen Holzlöffel hervor, den Lena nie benutzte.

»Ist das also dein übliches Abendprogramm?«

Lena sah ihn unschlüssig an. »Ich weiß nicht … Manchmal. Ich gehe oft essen, wenn ich in Perth lebe.«

»Mir war gar nicht bewusst, wie sehr ich die Stadt vermisse, bis wir wieder hier waren.« Er seufzte, während er in langsam kreisenden Bewegungen die dampfende Suppe umrührte.

»Perth ist wirklich schön.«

»Ich dachte mehr an … heimelig. Eine gemütliche Stadt. Das mag ich so daran.«

»Hast du hier noch eine Wohnung?«

Er schüttelte den Kopf, ohne vom Topf aufzusehen. »Ich übernachte in einem Hotel. Mein ganzes Zeug habe ich eingelagert – schon seit über einem Jahr. Das will ich erst einmal so beibehalten, bis ich die Nase voll habe von großen Projekten im Outback.«

»Im Outback, hm?« Lena stand entrüstet auf, schnappte sich den Löffel aus Dans Hand und schob ihn mit der Hüfte sanft beiseite. »Keine Familie, kein eigenes Zuhause, ein Workaholic ohne Freunde, der durchs Land tingelt und hofft, sich in seiner Anonymität zu verlieren. Hört sich großartig an.«

Er sah sie verblüfft an und lehnte sich an die gegenüberliegende Arbeitsfläche. »Na ja, wenn man es so ausdrückt, hört es sich nicht gerade toll an.«

»Es stimmt, egal, wie man es ausdrückt. Was willst du damit erreichen? Dich vergraben?«

Er seufzte tief und fuhr sich durch die Haare. »Ich habe es wohl nie so gesehen.«

»Und«, sie drehte sich mit beiläufigem Tonfall zu ihm, »hattest du Haustiere, als du noch in Perth gewohnt hast? Musstest du sie womöglich abgeben oder, schlimmer noch, sie einschläfern lassen? Denn der Tod wäre eindeutig einem Leben mit dir vorzuziehen.«

Dan lachte. Echter Humor funkelte in seinen durchdringenden, atemberaubenden Augen.

Lena hielt inne, um den wundervollen Augenblick auszukosten. Dan nutzte das aus und schnappte sich wieder den Löffel. Nun schob er sie zur Seite. »Jetzt bist du einfach nur unverschämt.«

Vorsichtig hob er einen Löffel voll Suppe hoch, hielt eine Hand darunter und blies sachte darauf. Er stellte sich so dicht neben sie, dass ihre Beine sich berührten, und hielt ihr den Löffel an den Mund.

»Ist es so heiß genug für dich?«

Und wie!

Die Luft zwischen ihnen war heiß.

Im ganzen Raum war es heiß.

Jedes einzelne Partikel ihres Körpers war heiß.

Die Frage allein drohte bereits, Lena in flüssige Lava zu verwandeln. Wen kümmerte da noch die verdammte Suppe?

Dans Augen funkelten verführerisch. »Na los, probier mal.«

Sie öffnete den Mund, und er schob ihr den Löffel zwischen die Lippen. Der cremige, buttrige Geschmack von nahrhaftem Kürbis traf auf ihre Zunge, und sie schluckte. Sie leckte sich über die Lippen. Die Temperatur war genau richtig.

»Ich glaube, sie ist fertig«, sagte sie und trat vorsichtshalber einen Schritt zurück.

Bin ich dem hier überhaupt gewachsen?

Nun nahm Dan den Löffel, den sie gerade noch im Mund gehabt hatte, und probierte, was darauf noch übriggeblieben war. »Ich glaube, du hast recht.«

Er schaltete den Herd aus und servierte die Suppe.

Sie nahmen ihre Teller mit aufs Sofa. Lena ertappte Dan dabei, wie er die Fotos studierte, die auf dem Schränkchen neben ihrem Fernseher standen.

Es waren drei Aufnahmen. Eine von ihr und ihren Eltern, eine von Weihnachten, auf dem auch noch ein paar andere Verwandte zu sehen waren, und eine von Lena und Robyn auf einer Reise nach Sydney vor ein paar Jahren. Der unbeschwerte Gesichtsausdruck, den er eben in der Küche noch gehabt hatte, verschwand allmählich unter dieser nicht gerade subtilen Erinnerung an das, was er nicht besaß. Lena fluchte leise, doch Dan hörte sie und sah sie an.

»Was ist?«

»Du hattest recht.« Sie löffelte ihre Suppe. »Du kannst nichts mehr vor mir verbergen.«

»Tut mir leid«, seufzte er. »Es ist ja nicht deine Schuld, dass du eine perfekte Kindheit hattest.«

Sie schnaubte. »Perfekt würde ich sie nicht nennen. Aber sie war nicht unglücklich.« Es gefiel ihr nicht, wie blass er geworden war. »Darf ich dich denn nach deiner fragen?«

»Keine Sorge, ich wurde nicht missbraucht oder so.« Er stellte seinen Teller auf den Tisch und rieb sich über die Knie. »Wurde auch nicht geliebt, aber das kannst du dir mittlerweile wohl denken.«

Lena dachte an das Verhalten seiner Eltern. »Ich wollte eigentlich nichts sagen, aber ich fand es schon seltsam, dass die Menschen, die dich großgezogen haben, sich so gegen dich stellen können. Vor allem, wo sie doch offensichtlich Mark so sehr lieben.«

»Mark ist ihr richtiges Kind.« Dan fuhr sich müde mit der Hand über die Stirn. »Meine Mutter war die erste Frau meines Vaters. Sie ist gestorben.«

»Dann ist die Frau aus dem Gerichtssaal also deine Stiefmutter«, schlussfolgerte Lena und stellte ebenfalls ihren Teller ab.

»Seit ich zwei war. Sie ist im Grunde die einzige Mutter, die ich je gekannt habe. Sie hat sich bemüht. Aber ich wusste immer, dass sie mich für ein bedauerliches Überbleibsel aus der Vergangenheit meines Vaters hielt. Als Mark gestorben ist, hat sie das vermutlich als Munition dafür benutzt, um meinen Vater völlig auf ihre Seite zu ziehen.«

»Dan, das ist ja furchtbar.«

Er sah sie ernüchtert an. »So ist das Leben.«

»Was hat Mark dazu gesagt?«

»Ich habe ihn nie danach gefragt, immer nur gehofft,

dass er es nicht bemerkt. Ich habe Mark geliebt, vielleicht ebenso sehr wie die beiden. Er hat uns zusammengehalten.«

Lena konnte nicht anders, als sich zu fragen, ob es diese Dynamik in der Familie war, die Mark zerbrochen hatte. Doch sie sprach den Gedanken nicht aus – sie wollte nicht noch mehr Theorien neben seinem möglichen Selbstmord aufstellen. Und schon gar keine, die erneut Dan die Schuld gab.

Seine leise Stimme, rau vor Müdigkeit und Trauer, durchbrach Lenas Gedanken. »Ist schon in Ordnung. Daran habe ich auch schon gedacht.«

»Es tut mir leid, ich sollte eher versuchen, dich auf andere Gedanken zu bringen, anstatt dich nach deiner Familie auszufragen. Lass uns über etwas anderes reden.«

Er nickte und zog ein Knie aufs Sofa, so dass er sich zu ihr drehen konnte. Er lehnte sich zurück und sah zu ihr. »Lass uns über dich sprechen.«

Ihr wurde warm. »Was willst du denn wissen?«

»Na ja, du weißt ja alles über meine Familie, erzähl mir von deiner.«

Sie kicherte. »Da gibt's nicht viel zu erzählen. Ich bin eine von zwei Töchtern. Meine Eltern sind noch zusammen. Sie wohnen glücklich und zufrieden etwas außerhalb von Perth und werden immer exzentrischer. Sie sind mein Ein und Alles.« Lena zuckte die Achseln. »Meine Schwester Elle ist eher ein Freigeist. Sie wohnt in Melbourne. Wir standen uns nie besonders nahe.«

»Das kommt vor. Aber es freut mich, dass deine Eltern gut zu dir sind. Nächste Frage: Wie wird eine Frau wie du überhaupt zur Ingenieurin?«

Sie griff nach dem Kissen hinter sich und bewarf ihn damit. »Wie meinst du das, eine Frau wie ich?«

Er stopfte sich das Kissen in den Rücken. »Du weißt, was ich meine.«

Sie sah ihn skeptisch an. »Nein, das weiß ich nicht.«

Dan beugte sich unerwartet vor und zog einen ihrer untergeschlagenen Füße zu sich heran. Er drückte seine Daumen fest in ihr Fußgewölbe, und Lena wusste nicht, ob sie aufschreien oder aufstöhnen sollte, als ein angenehmer Schmerz eine entspannende Welle bis in ihr Bein sandte. »Vielleicht, weil du so jung bist.«

»Das werde ich ja nicht ewig bleiben.« Sie musste sich Mühe geben, um einen klaren Kopf zu behalten. »Und du hast meine Frage damit noch nicht beantwortet.«

»Eine Frau wie du. Hm. Wie meinte ich das?« Er schien sie aufzuziehen, gleichzeitig aber auch ernsthaft darüber nachzudenken. »Vielleicht habe ich mich von deinem Aussehen täuschen lassen – nein, warte: Ich will damit nicht sagen, dass das in Ordnung ist«, rechtfertigte er sich, als sie ihn unterbrechen wollte. »Ich habe mich geirrt. Okay? Zufrieden? Aber du musst zugeben, dass du nicht die gleiche Einstellung hast wie andere Ingenieure, egal ob männlich oder weiblich.«

Sie sah ihn ernst an. »Ich arbeite *sehr* hart ...«

»Nicht die Art von Einstellung. Du setzt dein Herz auf der Baustelle ebenso viel ein wie deinen Kopf. Du organisierst gesellschaftliche Ereignisse, du beziehst die Ansichten von jedem mit ein, und ich meine wirklich von jedem, und du lässt alle teilhaben an ... Ich weiß auch nicht ... an deiner *Begeisterung.* Du bist wie eine unglaublich tolle Kindergärtnerin – oder eine

Pressesprecherin oder so etwas. Du redest nicht wie die anderen Ingenieure. Und deswegen habe ich dich falsch eingeschätzt.«

»Ja. Du hast keinen Zweifel daran gelassen, dass du dachtest, ich habe auf deiner Baustelle nichts verloren.«

»Da hast du mir ja das Gegenteil bewiesen«, murmelte er und streichelte weiter zärtlich ihr Bein.

Lena schluckte und hob den Kopf. »Ich habe einer Menge Leute das Gegenteil bewiesen.«

»Ja, das stimmt – und das auch noch mit so viel Stil.«

Dieses Mal errötete Lena und wusste nicht so recht, was sie entgegnen sollte. Hatte sie sich wirklich behauptet?

»Und du bist auch noch nicht fertig damit, oder?«, fragte er sie nun ernsthaft.

Seine Worte ließen sie an ihr Versprechen und an Kevin denken, und an all die Gründe, weshalb es eigentlich vollkommen undenkbar war, dass sie hier mit Dan saß und er ihr den Fuß massierte. »Nein«, brachte sie heraus. »Noch nicht.«

Sie entzog ihm ihren Fuß und schob ihn wieder unter sich. Dann streckte sie gebieterisch eine Hand aus. »Gib mir mein Kissen wieder.«

»Wieso?«

Sie rieb sich den Rücken und funkelte ihn an. »Weil ich es brauche.«

Er zog das Kissen hinter seinem Rücken hervor und beugte sich zu ihr vor. Dann hob er es über ihren Kopf und positionierte es hinter ihr, so dass Lena sich quasi in seinen Armen befand. Ihre Nasen berührten sich beinahe, und Lena konnte jede einzelne Wimper um seine kobaltblauen Augen ausmachen. Ihr Herz schlug ihr so laut in der Brust, dass sie sicher war, er müsste es hören.

»Was ist los, Lena?«

Sie biss sich auf die Lippe und versuchte, das laute Rauschen in ihrem Kopf verstummen zu lassen. »Du kennst mich nicht, Dan. Ich bin nicht die, für die du mich hältst.«

»Das sagst du immer wieder«, flüsterte er und schloss die letzte kleine Lücke zwischen ihnen mit dem zärtlichsten aller Küsse. Seine Lippen berührten sanft die ihren und wurden allmählich forscher.

Doch Dans Bemühungen waren nutzlos gegen die Stimmen in ihrem Kopf.

Du bist eine Hochstaplerin.

Du tust doch nur so, als wärst du Ingenieurin.

Wenn er die Wahrheit herausfindet, wird er dich nie wieder mit den gleichen Augen ansehen.

Mit einem heftigen Atemzug löste sie sich von ihm, und Dan lehnte seine Stirn an ihre. »Entschuldige, ich habe ja gesagt, dass ich das nie wieder tun würde.«

»Ist schon okay.« Sie versuchte, unbekümmert zu klingen, konnte ihm aber nicht in die Augen sehen.

Mit einem tiefen Seufzer stellte er beide Füße auf den Boden, so dass er wieder gerade auf dem Sofa saß. Leise fluchend fuhr er sich durch die Haare. »Ich weiß, dass du Angst hast, Lena. Die habe ich ja auch. Aber diese letzten Tage mit dir … Ich habe … Die haben mich zum Nachdenken gebracht.«

Sie sah ihn erstaunt an. »Worüber?«

Er sah sie wieder an. »Ich will nicht mehr weglaufen. Ich will so nicht mehr leben.«

Sie stieß den Atem aus, den sie unbewusst angehalten hatte. »Dan, ich …«

»Nein, hör zu«, drängte er sie. »Ich muss direkt nach der Verhandlung zurückfliegen, weil ich mir schon in Karratha zu lange freigenommen habe, und …«

Sie unterbrach ihn. »Aber was, wenn das Urteil … Was, wenn du etwas Zeit für dich brauchst?«

Er streckte eine Hand aus, um ihr über die Wange zu streichen. »Keine Sorge. Ich verarbeite Qualen am besten durch Arbeit.«

Sie verzog das Gesicht. »Das hätte ich mir denken können.«

»Wenn ich nach Cape Lambert zurückkehre, werde ich jemanden für eine Schlichtung engagieren.«

»Eine was?«

»Eine Schlichtung. Beide Seiten setzen sich mit einem Dritten zusammen, um ihre Meinungsverschiedenheiten zu besprechen und sich darauf zu einigen, wie sie die Probleme beseitigen können.«

Lena war verblüfft. »So was wie Friedensverhandlungen?«

Dan verzog trocken den Mund. »So in etwa. Die Arbeitsmoral ist so tief gesunken und momentan nicht mehr unter Kontrolle zu bringen, vor allem nicht durch mich, da ich ja zur Hälfte der Grund dafür bin. Ich glaube, wir können das gebrauchen.«

»Verstehe.«

»Vielleicht kann man die Jungs auf diese Weise dazu bewegen, zu kooperieren. Und vielleicht müssten wir uns dann nicht heimlich treffen.«

Selbst wenn er ihr das Herz herausgerissen hätte, wäre die Wirkung nicht heftiger gewesen.

»Dan, ich kann nicht.«

Er sah sie verwirrt an. »Habe ich dein Verhalten so falsch gedeutet?«

»Ja … Nein. Das würdest du nicht verstehen.« Sie sah beschämt nach unten.

»Dann erklär es mir.« Er legte seine Hand auf ihre.

Doch sie war unentschlossen. Sollte sie ihre Bedenken über Bord werfen? Sich selbst, Barnes Inc. und letztendlich das gesamte Projekt gefährden, indem sie ausgerechnet dem Bauherrn alles beichtete? Sollte sie ihr Versprechen für etwas in den Wind schlagen, das sich so viel echter anfühlte als alles, was sie mit Kevin erlebt hatte? Ihr Herz und ihre Karriere auf einen Schlag mit einem verhängnisvollen Geständnis in Gefahr bringen? Sie rang instinktiv die Hände, denn sie wusste, sie würde eher eine emotionale als eine rationale Entscheidung fällen. Sie holte tief Luft und sah auf.

»Dan, kannst du mir etwas Zeit geben? Ich will es dir erklären, wirklich. Aber es gibt da noch eine Sache, die ich vorher klären muss.« Sie spürte, wie ihr Tränen in die Augen traten, als sie ihre nächste Frage stellte. »Wartest du auf mich? Es wird nicht lange dauern, versprochen.«

In seinem unverwandten Blick sah sie kein Zögern. »Natürlich.« Und dann zog er sie fest in seine Arme. Sie kuschelte sich an ihn und drückte ihr Gesicht an seinen Hals. Noch nie hatte sie sich so glücklich und so ängstlich zugleich gefühlt. Als stünde sie zwischen Himmel und Hölle, mit einem Fuß hier, mit dem anderen dort.

Sie wusste, was sie tun musste. Wenn sie ein Geständnis ablieferte, dann musste es vollständig sein. Außerdem war es zu grausam, ihm all ihre Probleme aufzubürden, wo das Urteil im Fall um seinen Bruder in ein paar Stunden gesprochen wurde.

Es fühlte sich an, als säßen sie stundenlang so da, und bevor Lena es verhindern konnte, war sie eingeschlafen. Die Wärme und Sicherheit in Dans Armen sowie die Anstrengungen des Tages holten sie schließlich ein.

Es war bereits fast Morgen, als sie aufwachte. Sie spürte, wie sich Dan aus ihrer Umarmung löste und sie zudeckte.

Er ging.

Sie öffnete nicht die Augen. Sie wollte es ihm nicht noch schwerer machen. Sein raues Kinn und seine sanften Lippen berührten sie an der Stirn, und er strich ihren Pony zur Seite. Seine Stimme war ein kaum auszumachendes Flüstern. Er hauchte seine Abschiedsworte so zart, dass sie fast nur wie ein Gedanke klangen.

»Ich liebe dich … Madame Ingenieur.«

Lena durchströmte eine Welle von Adrenalin, bis das Zuklappen der Wohnungstür ihr schließlich erlaubte, sich zu bewegen.

Sie schlug die Decke zurück und setzte sich kerzengerade auf, die Arme um sich geschlungen. Ihr Herz hüpfte und schlug ihr gegen die Rippen. Stumm schickte sie Dan ihren eigenen Gedanken hinterher, wohl wissend, dass er ihn nie erreichen würde, ebenso wie sie seine Worte nicht hatte hören sollen. *Ich liebe dich auch … Bulldog.*

Später am Morgen fand sich Lena erneut im Gerichtssaal ein – zurück in Dans Realität. Als sie eintrat und ihn auf den Zuhörerbänken sitzen sah, schnürte es ihr die Brust zu. Sein schwaches Lächeln konnte sie nicht beruhigen, ebenso wenig wie sein blasses Gesicht. Als sie sich neben ihn setzte, fiel es ihr schwer, nicht vor lauter unterdrückten Emotionen herumzuzappeln.

Ich muss mich auf den Fall konzentrieren und nicht daran denken, was letzte Nacht war.

Jetzt zählte nur Dan und wie das Urteil sich auf ihn auswirken würde. Es gab keinen Platz für irgendetwas anderes.

Die Schlussplädoyers der beiden Anwälte hoben Lenas Laune nicht. Sie waren beide sehr überzeugend. Lena hatte keine Ahnung, wofür der Richter sich entscheiden würde. Als Mr Carter sich für sein Plädoyer erhob, spiegelte sich sein Selbstvertrauen in jedem einzelnen Wort. Er war sich seines Standpunkts sicher.

Er erinnerte sie alle daran, wie unerfahren Mark gewesen war und wie angewiesen auf das Unternehmen, was Kenntnisse und Beaufsichtigung anging. Er vertrat die Meinung, dass die Teilnahme an der Sicherheitseinführung für Absolventen besser hätte kontrolliert werden müssen und dass Oswalds ernsthafte Kommunikationsprobleme hatten. Lena beobachtete Dans Familie in der ersten Reihe, die jedes Mal nickte, wenn er ins Schwarze traf.

Als Mr Carter schließlich auf die Frage nach dem Selbstmord einging, tat er diese Möglichkeit ab. »Es liegen keine Beweise vor, die diese Behauptung untermauern. Seinem Arzt nach machte er über die Monate enorme Fortschritte und war ganz und gar nicht selbstmordgefährdet. Die vormals belastete Beziehung zu seiner Frau war auf dem Wege der Besserung, und er freute sich auf das Baby. Das sind wohl schwerlich Gründe für einen Selbstmord.«

Lena musste zugeben, dass seine Selbstsicherheit es einem schwermachte, seine Thesen zu widerlegen.

»Euer Ehren, statistisch gesehen sind die gängigsten Selbstmordmethoden Überdosierung von Medikamenten, Erhängen sowie Schusswaffen. Und dennoch haben wir es hier mit der Hypothese zu tun, Mark Hullog hätte sich ausgerechnet in einem Sägewerk das Leben genommen. Das ist mit Sicherheit eine der entsetzlichsten und schmerzhaftesten Arten, zu sterben. Ich glaube nicht, dass Mark Hullog diesen Weg gewählt hätte, wenn er denn tatsächlich selbstmordgefährdet war, wie meine verehrte Frau Kollegin hier nahelegt.«

Der Richter nickte Mr Carter am Ende seiner Rede zu, machte sich einige Notizen und hob dann den Blick zu den Zuhörerbänken. Lena suchte nach etwas in seinem Gesichtsausdruck – irgendetwas, das ihr sagen würde, wo seine Loyalität lag –, doch sie konnte nichts entdecken. Sie warf Dan einen Blick zu, der ganz leicht den Kopf schüttelte. Er konnte es auch nicht einschätzen. Der Richter räusperte sich und wandte sich an Sarah Michaels.

»Ms Michaels, würden Sie wohl schließen?«

»Ja, Euer Ehren.«

Sarah erhob sich und ordnete ihre Notizen auf dem Tisch. Sie verschränkte die Hände hinter dem Rücken, und Lena bekam eine Gänsehaut auf den Armen, als sie gespannt darauf wartete, dass Sarah begann. Es fühlte sich merkwürdig an, dass sie jemals auf diese Frau eifersüchtig gewesen war. Sarah war eher eine Mitstreiterin in Daniels Armee als eine Femme fatale.

Lenas Ängste waren unbegründet gewesen, ja sogar töricht.

Sarah ergriff schließlich das Wort. »Euer Ehren, möglicherweise müssen Oswalds ihre Kommunikationsmethoden verbessern, wie Mr Carter andeutete. In diesem Fall allerdings war es nicht der Mangel an Kommunikation, der Mark Hullog das Leben kostete.«

Sie fuhr fort, Marks Depression ausführlich zu beschreiben, einschließlich der Medikamente, die er einnahm, und der Therapiesitzungen, denen er sich unterzog. Sie führte an, wie oft Ärzte statistisch gesehen falschlagen, und wie aufreibend die Aussicht auf ungeplante Elternschaft sein konnte. Lena fand Sarahs Vortrag ebenso überzeugend wie Mr Carters. Sie sah zu Dan hinüber, doch er erwiderte ihren Blick nicht. Seine Aufmerksamkeit lag voll und ganz bei Sarah, und er hörte jedem ihrer Worte gebannt zu.

»Daniel Hullog sagte aus, dass Mark Hullog einen Fotoapparat dabeihatte, um Aufnahmen vom Fundament des Einzugs zu machen. Es gab technisch gesehen keinerlei Veranlassung, die Maschine überhaupt zu betreten. Er muss also eigene Beweggründe gehabt haben. Konnte Mark Hullog, nachdem er die Gefahrenschilder und Aufkleber an der Maschine sowie ein Sicherheitsvideo gesehen hatte, das vor den Gefahren warnte, sich von seinem Vorgesetzten entfernt haben, allen Aussagen nach nicht länger als fünf Minuten, um sein Leben zu beenden? Schnell und einfach. Ohne dass ein Abschiedsbrief erforderlich wäre, oder dass er es planen musste, es womöglich schiefgehen konnte. Es würde nicht einmal nach Selbstmord aussehen. Vielleicht dachte er auch, dass ein Unfalltod bedeuten würde, dass seine Frau und sein Kind finanziell abgesichert wären. Er könnte alles hier und jetzt beenden, und dieses Mal würde ihn niemand aufhalten. Eine tragische Entscheidung, und ja, ein furchtbarer Verlust – aber niemandes Verschulden, außer seiner selbst.«

»Danke, Ms Michaels.« Der Richter neigte den Kopf, als Sarah wieder Platz nahm. Er sammelte seine Unterlagen zusammen und murmelte seinem Referendar etwas zu, der ebenfalls nickte. Als er wieder in den Saal sah, war seine Stimme sanft.

»Das Gericht findet sich heute Nachmittag um vier wieder ein.«

Lena sah auf ihre Armbanduhr. Es war beinahe Mittag.

Dan bemerkte ihre Bewegung und zog sie von ihrem Platz hoch. »Lass uns hier rausgehen, bevor meine Familie beschließt, uns zu entdecken.«

Lena machte ihm keine Vorwürfe für seine Eile. Angela Hullog drehte sich in genau diesem Augenblick um und starrte sie an. Dans Eltern wiederum taten so, als existierten sie nicht, und das auf so offensichtliche Weise, dass es ebenso beleidigend war. Lena folgte Dan hinaus.

»Ich an deiner Stelle«, murmelte sie, als sie draußen und in Sicherheit waren, »würde mich nicht darum bemühen, mich mit ihnen zu versöhnen. Das sind sie nicht wert.«

Dans Mundwinkel zuckten. »Also, einer Freundschaft mit Angela weine ich auch nicht hinterher, falls es das ist, was dir Sorgen bereitet. Aber ich hoffe wirklich, mich eines Tages mit meinem Vater versöhnen zu können. Er ist schließlich mein Dad.«

»Und deine Nichte?«, fragte sie zaghaft.

Er schnitt eine Grimasse. »Darauf mache ich mir keine großen Hoffnungen.«

»Aber weißt du was?«, fragte Lena vergnügt. »Kinder werden auch älter. Irgendwann wird sie nach ihrem Vater fragen, und wenn ihre Mutter ihr nicht alle Antworten geben kann, dann wird sie sich auf die Suche nach dir machen.«

»Daran habe ich noch gar nicht gedacht.« Er sah Lena offensichtlich beeindruckt an. »Es hört sich allerdings ziemlich abschreckend an, einem Teenager bei der Suche nach sich selbst zu helfen.«

»Na ja«, Lena blieb optimistisch, »du hast noch Jahre vor dir, in denen du dir etwas Weises und Tiefsinniges überlegen kannst. Da würde ich mir jetzt noch keine Gedanken drüber machen.«

Er griff nach ihrer Hand, und mit einer herrlichen Selbstverständlichkeit verschränkte er seine Finger mit ihren. »Und schon wieder hast du einen Lichtblick gefunden.«

»Meine Spezialität.«

»Ich weiß.« Er beschleunigte seine Schritte. »Lass uns am Strand essen ... Es sei denn, du hast schon etwas vor. Ich meine, ich erwarte ja nicht, dass du ...«

»Dan, entspann dich.« Sie drückte seine Hand. »Ich bin heute ganz für dich da. Ich gehe nirgendwohin.«

Sie fuhren nach Cottesloe an einen von Perths beliebtesten Stränden. Entlang der Küste reihten sich die Cafés und boten alles von elegant bis lässig-hip. Sie entschieden sich für Letzteres, setzten sich aber nicht hinein, sondern nahmen Fish and Chips sowie eine Decke aus Dans Auto mit ans Wasser. Es war wieder mal ein perfekter Tag für ein Picknick. Das Meer bot sowohl die richtige Aussicht als auch die musikalische Untermalung für ihr idyllisches kleines Date. Lena schob ihre Zehen in den Sand und wünschte, die Umstände wären anders. Die Wellen brachen sich schäumend vor ihnen, ganz so wie die Ebbe und Flut ihrer eigenen inneren Zerrissenheit.

Sharon hatte recht. Und auch Robyn. Sie musste sich mit Kevin treffen und genau herausfinden, welche Fächer sie wiederholen musste, um ihren Abschluss zu vervollständigen. Vielleicht konnte sie an die Uni herantreten, um noch einmal an den entsprechenden Kursen teilzunehmen. Sie könnte behaupten, sie bräuchte eine Auffrischung, nun, da sie wusste, welche Fähigkeiten erfordert wurden. Letztendlich ging es dabei nur um ihr eigenes Gefühl. Sie würde verlangen, dass Kevin ihr alles erzählte. Wenn sie jemals dieses Kapitel ihres Lebens abschließen wollte, dann musste sie die ganze Wahrheit kennen, jedes Detail – und sie brauchte einen Plan. Erst dann konnte sie Dan davon erzählen.

»Was ist los?«, erkundigte sich Dan, als sie so plötzlich verstummt war. Er verspeiste seinen letzten Bissen vom Fisch.

»Ich denke nur nach.«

»Tu das nicht«, riet er ihr. »Ich versuche verzweifelt, es nicht zu tun.«

Sie schüttelte ihre Dämonen ab und lächelte. »Du hast recht. Worüber sollen wir reden?«

Sie unterhielten sich über alles und nichts. Zum ersten Mal erfuhr Lena ganz banale Dinge über Dan. Keine bahnbrechenden Informationen, aber sie gaben ihr das Gefühl, ihm noch näher zu sein. Wie die Tatsache, dass er Hühnchenpastete verabscheute, aber Pasta für sein Leben gern aß. Oder dass er gern surfen ging, wenn er in Perth lebte, aber seit fast einem Jahr nicht mehr auf seinem Brett gestanden hatte. Und dass er als kleiner Junge bei den Pfadfindern war. Sie konnte sich ihn gut in seiner kleinen Uniform vorstellen, wie er damals bereits an seinem professionellen Image feilte. Er und Mark hatten alle Abzeichen bekommen.

Sie sprachen auch über Lena. Sie konnte sich nicht mehr daran erinnern, was sie ihm erzählte, nur an sein Gesicht und seinen durchdringenden Blick. Seine Aufmerksamkeit galt einzig und allein ihr, und das war so aphrodisisch wie nichts anderes.

Doch gab es da noch die Grenze, die sie am Tag zuvor gezogen hatten. Keiner von ihnen wagte es, sie zu übertreten – jeder zu seinem eigenen Schutz wie auch zum Schutz des anderen. Lena trippelte auf Zehenspitzen darum herum. Sie konnte nicht so tun, als wäre sie nicht da, sondern war sich ihrer mit jeder kostbaren verstreichenden Minute bewusst.

Kurz bevor sie aufbrechen mussten, sagte Dan: »Mein Flieger nach Karratha geht heute Abend.«

»Schon?«

»Meine Assistentin hat gestern gebucht. Da unten ist der Notstand ausgebrochen.«

»Hier auch«, erinnerte sie ihn.

Er wandte den Blick ab. »Nach der Urteilsverkündung ist es vielleicht genau das Richtige. Eine *sichere* Ablenkung.«

Lena lächelte traurig. Zumindest war sie eine Ablenkung, wenn auch eine gefährliche. Sie fuhren zurück in die Stadt. Dans Familie saß bereits auf ihren angestammten Plätzen und sah diesmal zu ängstlich aus, um sich von ihnen ablenken zu lassen. Man konnte ihre Angst förmlich riechen.

Der Gerichtsdiener bat die Versammelten, sich zu erheben, als der Richter den Saal betrat. Nachdem er sich gesetzt hatte, ließen sich auch die Anwälte und die Zuhörer nervös auf ihren Plätzen nieder.

Lena umklammerte Dans Hand und spürte, wie sie sich gegenseitig Halt gaben. Der Richter ordnete seine Ärmel, während er sich so offensichtlich gelangweilt in seinem Stuhl zurechtsetzte, dass Lena ihm am liebsten ihren Schuh an den Kopf geworfen und »Nun mach schon!« gerufen hätte.

Und wundersamerweise erfüllte er ihren Wunsch.

Kapitel 21

»Im Falle von Angela Hullog und Oswalds GmbH ergeht nach kurzer Beratung folgendes Urteil: Ich halte die Anklage für unbegründet. Die Beweislage untermauert den Klagegrund auf Fahrlässigkeit des Beklagten nicht. Obwohl der Beklagte eine klare Sorgfaltspflicht gegenüber dem Verstorbenen hatte, lag es nicht im Bereich des Vorhersehbaren, dass der Verstorbene die Informationen, die ihm sein Vorgesetzter und Bruder Daniel Hullog gab, sowie das Sicherheitsvideo, die Warnung des MacArthur-Vorarbeiters *und* die Hinweise auf der Maschine selbst ignorieren würde. Diese vier auf Beweisen beruhenden Faktoren machen jeglichen Verstoß gegen die Sorgfaltspflicht auf Seiten des Beklagten unter vorliegenden Umständen zu geringfügig. Dass der Verstorbene an einer psychischen Erkrankung litt, mag seine Handlung zu einem Teil erklären. In erster Linie befinde ich aber, dass die Klägerin keine Fahrlässigkeit seitens des Beklagten geltend machen kann, egal aus welchem Grund Mr Hullog diese Maschine betrat. Es handelt sich um ein Risiko, das er aus eigenem Antrieb einging. Ich werde meine Begründung für diesen Urteilsspruch zu gegebener Zeit schriftlich bekanntgeben, und sie wird zu einem noch zu vereinbarenden Gerichtstermin in etwa drei Monaten verlesen werden.

Ich entscheide zugunsten des Beklagten. Die Gerichtskosten trägt die Klägerin, Angela Hullog.«

Der Richter ignorierte die erschütterten Gesichter in der ersten Reihe.

Er hob seinen Holzhammer und klopfte damit auf den Tisch. »Die Sitzung ist beendet.«

Lena war durcheinander. *Das war's? Es ist vorbei?*

Während sie noch schockiert nach vorne starrte, verließ der Richter den Saal. Kaum hatte sich die Tür hinter ihm geschlossen, brach das Chaos aus. Dans Mutter begann zu weinen und zu zetern. Angela Hullog stand auf und sah aus, als wolle sie Dan beschimpfen, als sie sich umdrehte, doch dann verdrehte sie die Augen und fiel in Ohnmacht. Dans Vater, der sich noch die Zeit nahm, Dan einen vernichtenden Blick zuzuwerfen, bevor er handelte, gelang es weder, seine Frau zu beruhigen, noch Angela wieder wachzurütteln.

»Rufen Sie einen Krankenwagen!«, rief er dem Gerichtsdiener im gleichen Moment zu, in dem seine Frau schrie: »Holen Sie sofort den Richter zurück!«

Der Gerichtsdiener holte stattdessen den Sicherheitsdienst, und Dan und Lena fanden, dass dies ein guter Zeitpunkt war zu gehen. Sie verließen den Saal und traten atemlos auf die Straße. Keiner von ihnen hatte bisher ein Wort über das Urteil verlauten lassen. Lena wusste nicht, wie es Dan ging, aber sie versuchte immer noch, zu verarbeiten, dass das Gesetz befand, Mark hätte Selbstmord begangen.

»Dan …«

»Sag nichts, Lena. Was gibt es noch dazu zu sagen? Es ist vorbei.« Dan war so blass, dass seine Lippen schon blau wirkten. »Mir ist klargeworden, dass ich gehofft hatte, das Urteil würde all meine Fragen beantworten, aber …« Er sah Lena traurig an. »Nichts hat sich geändert. Ich werde mich immer mit verantwortlich für den Tod meines Bruders fühlen, egal, ob es nun Selbstmord war oder nicht. Ich muss einfach damit leben.«

Lena wollte ihn an sich ziehen und ihm anbieten, diese Last mit ihm zu teilen, doch er zog sich bereits wieder in sich zurück. Sie konnte es in seinen Augen sehen. Spürte es an dem schlaff gewordenen Druck seiner Hand in ihrer.

»Dan, du kannst heute Abend nicht zurückfliegen.«

»Es ist das Beste.«

Sie kannte diesen Tonfall. Es war der Fluch, der über ihrer Beziehung lag – die Mauer, auf die sie jedes Mal wieder traf. Er flog zurück nach Karratha, und sie konnte nichts dagegen tun.

Dan beugte sich zu ihr, um ihr einen zärtlichen Kuss auf die Wange zu geben, ein Kuss, der so leicht wie eine Feder war, dass sie ihn kaum spürte. »Versuch, auf andere Gedanken zu kommen. Genieß die restlichen freien Tage, und wir sehen uns dann … wenn ich kann. Wenn du zurück in Cape Lambert bist. Vielleicht können wir dann über ein … vergnüglicheres Thema sprechen.«

Sie wusste, worum er sie bat, und stimmte zu.

»Ja, unbedingt.«

Und schon war er verschwunden, und Lena stand allein auf der Straße und fragte sich, ob sie das alles nur geträumt hatte.

In gewisser Weise war es ein Segen, dass Dan nach Pilbara zurückgekehrt war, denn Lena hätte den folgenden Tag nicht mit ihm verbringen können. Sie musste jetzt unbedingt mit Kevin reden, um ihre Vergangenheit klären und sich auf ihre Zukunft konzentrieren zu können. Sie erzählte niemandem von ihrem Vorhaben, nicht einmal Robyn. Sie wollte die Meinung ihrer besten Freundin noch nicht hören, damit sie sich dadurch nicht nervös machen oder verunsichern ließ. Stattdessen stand sie früh auf, duschte und zog sich an. Sie rief an der Uni an und erkundigte sich nach Kevins Terminplan. Nachdem es ihr gelungen war, seinen Stundenplan von einer Sekretärin herauszubekommen, befand sie, dass er am wahrscheinlichsten zwischen zwei und vier Uhr in seinem Büro anzutreffen wäre. Da sie also noch einige Stunden totzuschlagen hatte, verbrachte sie den Vormittag damit, ihre Wohnung zu putzen und zu versuchen, nicht zu viel nachzudenken. Am frühen Nachmittag machte sie sich auf den Weg an die UWA.

Sie wollte Kevin überraschen – und das gelang ihr auch. Er öffnete auf ihr Klopfen hin die Tür und schrak zusammen, als er sie sah.

»Lena?«

»Hi, Kevin. Kann ich reinkommen?«

»Natürlich.« Er trat zurück, um sie hereinzulassen. Während er die Tür hinter ihr schloss, studierte sie sein Gesicht. Es war kaum ein Jahr her, dass sie ihn zuletzt gesehen hatte, äußerlich hatte er sich also nicht besonders verändert. Umso deutlicher war dagegen, wie sehr sie sich selbst verändert hatte.

Unter seinem fesch geschnittenen Anzug verbargen sich hängende und keine breiten Schultern, das wusste sie. Sein Alter, ein Aspekt, der ihn so weise und kultiviert hatte erscheinen lassen, hatte seinen Reiz verloren. Lena wurde bewusst, dass ihr auf der Baustelle Männer unterstanden, die trotz Kevins siebzehn Jahren, die er ihr voraushatte, immer noch älter waren als er. Und wenn sie genau überlegte, dann erstreckte sich seine weltgewandte Weisheit vermutlich nicht viel weiter als bis zu der einen Reise nach Europa, über die er immer wieder so gern sprach, und auf die Dokus auf SBS, dem Intellektuellensender. Er sah immer noch gut aus, und seine silbern umrahmten braunen Augen strahlten eine gewisse Anziehungskraft aus. Doch Lena konnte nicht anders, als Kevin mit Dans Selbstlosigkeit und seiner zweifellos männlichen Ausstrahlung zu vergleichen.

Kevin stellte sich hinter seinen Schreibtisch. »Mit dir hätte ich heute wirklich nicht gerechnet. Und nicht nur heute, um ehrlich zu sein.«

»Störe ich dich bei etwas Wichtigem?«

»Nein.« Sein Lächeln war nonchalant. »Ich korrigiere gerade nur ein paar Hausarbeiten.«

»Was für ein Zufall, genau darüber wollte ich mit dir reden.«

»Ach ja?« Er schien etwas verunsichert, räusperte sich dann aber und deutete auf den Stuhl vor seinem Schreibtisch. »Setz dich doch.«

Sie tat wie geheißen und bemühte sich, nicht daran zu denken, wie oft sie dort mit einem Glas Wein und Essen vom Chinesen gesessen hatte.

»Es ist so lange her«, sagte Kevin und fasste damit ihren nostalgischen Anflug in Worte. »Wie ist es dir ergangen?«

Lena wollte nicht noch mehr Zeit vergeuden und kam direkt auf den Punkt. »Etwas unbeständig, ehrlich gesagt.«

Er setzte sich ebenfalls und legte die Hände gefaltet

vor sich auf den Tisch. »Ich nehme an, das hat mit mir zu tun.«

Sie befeuchtete sich die Lippen. »Ich muss wissen, wie viel du mir dabei geholfen hast, deine beiden Fächer zu bestehen.«

»Wie meinst du das?«

»Waren es meine Hausarbeiten? Hast du mir da bessere Noten gegeben? Oder war es in den Klausuren?« Sie rückte ein Stück auf ihrem Stuhl vor. »Vielleicht hast du am Semesterende einfach zwanzig Prozent auf die Endnote draufgeschlagen?« Sie konnte nicht länger sitzen bleiben und stand auf. Sie rang die Hände und begann, vor Kevin hin und her zu laufen. »In beiden Fächern oder nur in einem? Bestimmt in Baustatik, oder? Ich war immer schlecht in Matrizen.« Sie wirbelte herum und stemmte resolut die Hände in ihre Hüften, während sie ihn abwartend ansah.

Kevin erwiderte nichts.

»Kevin, ich muss es wissen. Die Ungewissheit hat mich im vergangenen Jahr in den Wahnsinn getrieben. Ich stelle mich und meine Arbeit die ganze Zeit in Frage. Verstehst du nicht, wie wichtig das für mich ist?«

»Lena, es tut mir leid ...«

Sie wurde von Panik ergriffen und drohte ihm nun. »Kevin, ich bin so kurz davor, zum Dekan zu gehen und alles zu gestehen.« Sie presste Daumen und Zeigefinger aneinander. »Wenn du mir nicht zeigst, was du gefälscht hast, dann kümmere ich mich selbst darum. Willst du wirklich deswegen deinen Job verlieren?«

»Nein, natürlich nicht.« Er hielt inne. »Die Sache ist die«, begann er nervös und sah auf seine Hände anstatt ihr ins Gesicht, »ich habe dich angelogen.«

Lena starrte ihn an. »Das verstehe ich nicht.«

»Es stimmte nicht.« Seine Stimme war leise vor Scham. »Du hast beide Fächer ganz allein bestanden. Ich habe an deinen Noten nichts verändert.«

Sie hielt sich an der Rückenlehne ihres Stuhls fest und presste die Worte durch ihre zusammengebissenen Zähne. »Warum hast du dann etwas anderes behauptet?«

Er schloss die Augen und hob immer noch nicht den Kopf. Lena starrte ihn weiter an. Sie konnte nicht fassen, dass sie sich zu einem so rachsüchtigen Menschen hingezogen gefühlt hatte.

»Es war wie ein Reflex auf die Situation. Ich war verletzt, und ich wollte dich genauso verletzen. Ich bin nicht stolz darauf. Aber damals habe ich einfach die Beherrschung verloren.«

Er öffnete schließlich die Augen, und Lena ließ sich auf den Stuhl fallen, während er fortfuhr. »Ich war für dich nur ein Experiment – ein Abenteuer, um dein Leben an der Uni aufzupeppen. Aber für mich ... Ich war dir wirklich verfallen, Lena. Ich habe dich geliebt. Ich würde lügen, wenn ich nicht zugeben würde, dass ich immer noch etwas für dich empfinde.«

»Wenn dir auch nur irgendetwas an mir gelegen hätte, dann hättest du mir schon eher gesagt, dass du gelogen hast«, warf sie ihm vor.

Er zuckte zusammen. »Ich wusste nicht, dass es dich so sehr beschäftigen würde. Nachdem du mit mir Schluss gemacht hast, habe ich dich nie wiedergesehen. Woher hätte ich wissen sollen, dass unser letztes Treffen so wichtig für dich war? Du hattest mir ja gerade gesagt, dass du mir entwachsen wärst.«

»Kevin.« Lena versuchte, Geduld aufzubringen. »Es tut mir leid, wenn ich dich verletzt habe. Du warst sehr wichtig für mich, unsere Beziehung hat mir viel bedeutet. Aber ich wusste, wann es vorbei war, und ich wollte einfach ehrlich zu dir sein. Es ist keine Entschuldigung für das, was du getan hast.«

»Ich weiß.«

Sein hilfloses, ja beinahe schmachvolles Geständnis ließ Lenas Wut verpuffen und hinterließ nur ein dumpfes Gefühl. »Das kann man nun nicht mehr rückgängig machen«, sagte sie mit einem Seufzer und stand auf.

Kevin erhob sich ebenfalls. »Willst du schon gehen? Kann ich dich auf einen Kaffee einladen? Vielleicht können wir nach unten gehen und in einer etwas zivilisierteren Umgebung darüber reden.«

Sie sah seine Besorgnis und seinen Eifer, und vielleicht zum ersten Mal begriff sie, dass sie möglicherweise sensibler mit Kevins Gefühlen hätte umgehen können. Sie war damals so damit beschäftigt gewesen, ihr eigenes Leben zu klären, dass sie gar nicht über seine möglicherweise heftige Reaktion nachgedacht hatte.

Ihre Schultern entspannten sich. »Danke, Kevin. Aber ich glaube, es ist besser, wenn wir es dabei belassen.«

»Bist du mit jemandem zusammen?«, fragte er zaghaft.

Ihr Lächeln erstarrte, als sie ihm die Hand hinhielt und er sie mit beiden Händen ergriff. Sie räusperte sich. »Ja, das bin ich«, gab sie unsicher zu.

»Verstehe.«

»Wiedersehen, Kevin.«

Er ließ ihre Hand los. »Wiedersehen, Lena. Und viel Glück.«

Trotz ihrer Unsicherheit, was den Empfang auf der Baustelle betraf, konnte Lena es kaum erwarten, in den Flieger nach Karratha zu steigen. Ihr Treffen mit Kevin hatte sie von jeglicher Last befreit. Sie fühlte sich wie ein Heißluftballon, der einige Sandsäcke Ballast abgeworfen hatte und gleich davonflog. Robyn war begeistert, als sie die Neuigkeiten hörte, und Lena wollte auch unbedingt Sharon davon erzählen.

Harry holte sie vom Flughafen ab. Er grinste über das ganze Gesicht, und die Neuigkeiten sprudelten nur so aus ihm heraus. Lena freute sich auch, ihn zu sehen, fragte sich aber, wo Sharon wohl steckte. War es ihr egal, dass sie wieder da war?

»Das Spielbrett hat total eingeschlagen«, verkündete Harry. »Es erleichtert die ganze Arbeit ungemein.«

»Wirklich?« Lena konzentrierte sich auf Harrys begeistertes Lächeln.

»Na, und ob! Es läuft super. Der Einzige, der noch nicht aufgeholt hat, ist Fish, und er liegt auch nur noch ein Prozent zurück. Ein Prozent!«

»Wir liegen im Zeitplan?«

Er nickte energisch.

Lena schüttelte ehrfürchtig den Kopf. »Unglaublich.«

»Und alles dank dir.«

»Wohl kaum.« Sie wandte den Kopf, um sein Profil zu betrachten. »Das war Teamwork.«

»Aber deine Idee, Lena. Deine Idee.«

»Das war ja keine wirkliche Idee. Eher so was wie ein Organisationskonzept.«

»Das ist eine Idee. Eine richtig gute. Das finden alle.«

»Alle?«, flüsterte sie. »Wer ist alle?«

Harry zuckte mit den Schultern. »Na ja ... alle eben.«

Lena war misstrauisch. »Aber ich dachte, ich wäre in Ungnade gefallen, du weißt schon … Wegen der ganzen Sache mit Bulldog.«

»Ach so.« Harry legte den Kopf schief. »Das ist doch längst gegessen. Ich meine, das stimmte doch nicht mal. Du kennst doch Mike. Der hatte es von Anfang an auf dich abgesehen, und …«

»Was, es ist also alles einfach vergeben und vergessen?«

Lena starrte aus dem Fenster, nahm die Landschaft jedoch gar nicht wahr, so unwirklich kam ihr das alles vor.

»Na ja, Bulldog hat ja einen Schlichter herkommen lassen. Und dann hatten die Vorarbeiter, die Bauüberwachung und die Bauleitung so eine Art Diskussionsabend. Wir haben eine Menge besprochen. Nicht nur dich und Bulldog, sondern auch anderes Zeug, das wir schon lange mitgeschleppt haben.«

»Wie meinst du das, mich und Bulldog?«

»Na ja, Bulldog hat erklärt, dass das Ganze ein komplettes Missverständnis war, das nur auf Gerüchten beruhte. Mike ist sogar aufgestanden und hat zugegeben, dass er einen Fehler gemacht hat.«

Lena schnürte sich die Kehle zu. »Das hat Mike gesagt?«

»Genau.« Harry nickte fröhlich und bemerkte ihren inneren Aufruhr offensichtlich nicht. »Sieht so aus, als ob er letztendlich Gewissensbisse bekommen hat und dann alles gestehen wollte.«

Oder Bulldog hat sich ihn vorgeknöpft, ihn erpresst oder noch Schlimmeres.

Lena wurde unwohl bei dem Gedanken daran, was

Dan getan haben mochte, um Mike zu einem öffentlichen Geständnis zu bewegen. Es musste etwas Drastisches sein.

»Jedenfalls«, fuhr Harry fort, »haben wir natürlich nicht nur darüber gesprochen. Hauptsächlich ging es bei der Schlichtung ums Projekt, und es wurde viel verhandelt und über die Abläufe und Vorgänge auf der Baustelle diskutiert.«

»Aha.«

»Ziemlich anstrengend, ehrlich gesagt. TCN hat der Bauleitung danach noch was zu trinken in Point Samson ausgegeben. Radar war ganz schön sauer, dass er nicht eingeladen war – hat den besten Tratsch der Stadt verpasst.«

»Tatsächlich«, entgegnete Lena abwesend. Sie war in Gedanken noch bei Mikes plötzlicher Kehrtwendung.

»Ja, das glaubst du nie. Dan hat in der Bar mit einer Frau aus dem Ort angebändelt.«

Als hätte jemand auf einmal den Radiosender gewechselt, hörte Lena jetzt zu. »Er hat *was*?«

»Total witzig«, fuhr Harry nichts ahnend fort. »Er hat über eine Stunde mit so einer Blondine geredet und dann nach ihrer Nummer gefragt, bevor sie gegangen ist. Das habe ich selbst gesehen. Hübsches Mädel noch dazu.« Er wandte die Augen kurz von der Straße ab, um Lena nochmals einen beruhigenden Blick zuzuwerfen. »Du musst dir also wirklich keine Sorgen mehr über die ganzen Gerüchte machen. Die sind definitiv gestorben.«

Und so in etwa fühlte sich auch Lena. Was war los? Dan hatte gesagt, er würde auf sie warten. Hatte es da eine Fünf-Minuten-Frist gegeben, von der sie nichts mitbekommen hatte?

Sie befeuchtete sich die Lippen und wandte sich an Harry. »Bist du sicher?«

»Ganz sicher.« Harry bemerkte immer noch nichts. »Genaugenommen ist die Arbeitsmoral wieder so angestiegen, dass alle ihr Bestes geben wollen. Ich glaube, deswegen klappt es auch mit dem Spielbrett so gut; jeder packt mit an und hält sich an den Plan, egal was dazwischenkommt.«

Lena nahm seine Worte kaum noch wahr. Sie war zu sehr damit beschäftigt, die Wahrscheinlichkeiten durchzugehen. Wenn Leg oder Radar ihr erzählt hätten, Dan hätte mit irgendeiner Frau angebändelt, hätte sie das sofort abgetan. Sie waren berühmt für ihre Ausschmückungen. Aber sie sprach hier mit Harry. Er würde sich niemals Märchen ausdenken.

»Lena.« Harry holte sie wieder in die Gegenwart zurück. Erschrocken bemerkte sie etwas in seiner Stimme, das dem *Tonfall* gefährlich ähnelte. »Ich dachte, du würdest dich ein bisschen mehr darüber freuen, dass du die Heldin der Baustelle bist!«

Lena wehrte ab. »Du übertreibst.«

Harry warf ihr einen kurzen Blick zu. Zum ersten Mal sah Lena einen winzigen Anflug von Herablassung darin. »Lena, du beschwerst dich, wenn niemand dir Anerkennung zollt, und wenn sie es dann tun, willst du sie nicht.«

Glücklicherweise kam Lena um eine Antwort herum, denn sie waren an der Baustelle angekommen und wirbelten eine rote Staubwolke auf, als sie von der Hauptstraße abbogen. Sie war erleichtert. In ihrem Kopf herrschte ein zu großes Durcheinander, als dass sie noch mehr Small Talk hätte machen können.

Sie konnte nicht glauben, dass Dan geradeheraus ihre Beziehung leugnete und sich dann auch noch auf jemand anderen einließ, um es zu beweisen. Ein Kloß bildete sich in Lenas Hals.

Weil er sich nicht als eine Art ausgeklügelte Tarnung mit einer anderen Frau treffen würde. Das war ein Plan, der zu lächerlich war, als dass man ihm Glauben schenken konnte. Welche Schlüsse sollte Lena also daraus ziehen? Dass er seine Meinung über sie geändert hatte?

Sharon würde die Wahrheit kennen.

Lena stieg aus dem Wagen und suchte mit dem Blick das Werksgelände nach ihrer Freundin ab. Sie war nirgends zu sehen, doch der Bus stand auf seinem üblichen Platz. Das bedeutete zumindest, dass Sharon nicht auf der Baustelle war, sondern irgendwo in der Nähe.

Perfekt!

Das Zweite, was Lena auffiel, waren die Männer, die etwas zielstrebiger herumzulaufen schienen. Nicht wie sonst saßen ein paar von ihnen tatenlos herum, während sie auf die nächste Lieferung warteten. Alle waren beschäftigt. Vielleicht hatte das Spielbrett also tatsächlich Wunder bewirkt.

»Danke fürs Abholen«, sagte sie zu Harry, bevor sie sich auf den Weg zum Büro-Dongar machte.

Als sie die Stufen emporsprang und das von Staub bedeckte Büro betrat, registrierte sie nicht nur die unordentlichen Schreibtische und die keuchende Klimaanlage, sondern auch einige freundliche Gesichter, die sie zur Begrüßung anlächelten.

»Hi!«

Ungeduldig machte sie die Runde, begrüßte alle und blockte die üblichen »Wie waren deine Ferien?«-Fragen ab. Keine Spur von der Feindseligkeit, die ihr vor ihrer Abreise entgegengeschlagen war. Es waren eher sogar einige betretene Gesichter dabei.

Gavin bedachte sie mit seinem üblichen großspurigen Grinsen, ohne eine Spur von Scham. »Du bist also wieder da?«

Nein, Gavin, ich bin nur ein Geist.

Lena war allerdings zu abgelenkt, um ihn weiter aufzuziehen, und so nickte sie nur und erkundigte sich nach ihrer Freundin. »Hast du Sharon gesehen?«

»Nö. Hast du Carl gesehen?«

»Noch nicht.«

Carl konnte warten. Mit diesem Gedanken ging sie wieder hinaus und zum Bus. Sharon war nicht dort, also beschloss Lena, im Pausenraum nachzusehen. Vielleicht füllte sie gerade den Kühlschrank oder die Vorratskammer auf.

Die Küche war leer, aber Lena entdeckte Sharons Umhängetasche auf einem der Tische – was seltsam war –, und so ging sie durch den Dongar Richtung Vorratskammer.

Sie griff nach der Klinke und stieß die Tür auf. »Sharon, bist du …«

Lena hielt mit offenem Mund auf der Türschwelle inne. Sie hatte vergessen, weshalb sie hier war. Sharon war zwar in der Vorratskammer. Aber nicht allein. Carl stand vor ihr und presste sie gegen die Regale, nicht ein Zentimeter ihrer Körper schien nicht miteinander verbunden zu sein. Ihre Lippen, ihre Oberkörper, ihre Schenkel. Carls Hände lagen auf Sharons Hüften … nein, auf ihrem Hintern! Und Sharons Hände wühlten so heftig durch Carls Haare, dass Lena nicht anders konnte, als den Kopf zu neigen und nachzusehen, ob Carl bereits kahle Stellen bekam.

Sie lösten sich voneinander und schnappten nach Luft. Sharon ließ ihre Hände auf Carls Schultern sinken, und sie drehten die Köpfe, Wange an Wange, um Lena anzusehen.

»Lena!«, rief Sharon.

»Scheiße!«, rief Carl.

Ihre Lippen waren rot und geschwollen, und Carls Haare standen wild zerzaust in alle Richtungen.

Lena ging langsam rückwärts aus der Kammer. Sie konnte sich ein wissendes Grinsen kaum verkneifen. »Ach, lasst euch nicht von mir stören. Ich bin schon wieder weg.«

»Warte.« Sharon löste sich aus Carls Umarmung, als Lena sich gerade umdrehen wollte. »Das hier …«

»Das hier«, unterbrach Lena sie, »ist genau, wie es sein sollte.«

»Wirklich?« Sharon berührte verlegen ihre Haare.

»Ich würde mir mehr Sorgen um seine Haare machen.« Lena deutete auf Carls Sturmfrisur.

Sharon betrachtete ihren Liebsten. »Oh, verdammt.«

Carl betastete seine Haarpracht. »Scheiße!«, sagte er nochmals.

Sie versuchten beide, seine Haare glattzustreichen, was zugleich das Lustigste und das Liebenswerteste war, das Lena jemals gesehen hatte. Sie sahen toll aus zusammen. Sie passten zueinander. Selbst bei so einer albernen Aufgabe konnte man in ihren Augen sehen, wie verliebt sie waren.

Lenas Lippen umspielte ein nachsichtiges Lächeln. »Ich freu mich für euch, ernsthaft.«

Carl sah sie unsicher an. Seine Ohren waren etwas rot angelaufen. Als sie seine Haare so weit gebändigt hatten, trat er einen Schritt auf Lena zu. »Hör zu, Lena, ich weiß, dass du jetzt denkst, ich bin ein verdammter Heuchler, nachdem ich dich mir wegen der Sache mit Bulldog so vorgeknöpft habe. Aber es weiß noch niemand davon und ...«

Bei der Erwähnung von Dan fiel Lena wieder der Grund für ihr Kommen ein. Doch als sie Carls besorgte Miene sah, brachte sie es nicht übers Herz, Sharon von ihm wegzuzerren. Es war schwer, aber sie konnte es noch ein wenig länger aushalten.

»Entspann dich, Carl. Ich erzähle es niemandem.«

Er ließ erleichtert die Schultern sinken, und Sharon drückte ihm liebevoll den Arm. Lena griff nach der Türklinke und drehte sich um. »Ich will alle Einzelheiten, Sharon«, warnte sie ihre Freundin grinsend vor. »Wir reden später.« Sie zog die Tür hinter sich zu und wischte sich zufrieden den Staub von den Händen.

Carl und Sharon. Wer hätte das gedacht?

Lena verbrachte den restlichen Vormittag damit, ihre E-Mails zu beantworten, auch wenn Dan ihr stets durch den Kopf schwirrte. Sie musste sich alle Mühe geben, nicht zum TCN-Dongar zu eilen und ihn zu fragen, ob er schon mit ihr abgeschlossen hatte. Nur ihr Stolz hielt sie davon ab.

Es waren Leg und Radar, die ihr vor der Mittagspause einen besonderen Besuch abstatteten. Sie kamen mit einer rosafarbenen Schachtel in der Größe eines Helms herein und legten sie auf Lenas Schreibtisch. Sie strahlten wie zwei Honigkuchenpferde.

»Hey, Madame I., wir haben ein Geschenk für dich.«

Lena betrachtete die jämmerlich verpackte Schachtel – sie wurde von Klebeband und nicht von Geschenkband zusammengehalten – und sah dann die beiden an.

»Ist das eine Falle?«

Leg rang die Hände und sah sie strafend an. »Also wirklich, Madame I., haben wir dir jemals Anlass gegeben, uns nicht zu vertrauen?«

»Ja.«

Radar verzog das Gesicht und schlug Leg mit seinem Handrücken auf die Brust. »Sei still, du Idiot. Du machst es nur noch schlimmer.« Mit gefühlvoll entschuldigendem Blick wandte er sich wieder an Lena.

Sie lehnte sich in ihrem Stuhl zurück und verschränkte die Arme. *Das dürfte interessant werden.*

»Also, wir haben uns ganz schlecht gefühlt wegen, du weißt schon.« Radar verdrehte die Augen. »Weil wir dich beschuldigt haben, etwas mit Bulldog zu haben, wenn es gar nicht stimmte.«

»Und wir wollten dich auch nicht runtermachen«, fügte Leg hinzu. »Gerade weil du dem Projekt so gutgetan hast und uns vor Mike beschützt hast und alles. Ich meine … wir hätten für dich eintreten sollen, egal, ob du nun was mit ihm hattest oder nicht.«

»Hätten den anderen Typen sagen sollen, sie sollen sich verpissen.« Radar nickte ernst. »Es geht niemanden etwas an, mit wem du zusammen bist, und das hätten wir denen sagen sollen, wie echte Freunde.«

Lena erwärmte sich das Herz. »Das ist sehr nobel von euch.« Zum ersten Mal deuteten die Jungs an, dass sie sie eher als eine Freundin sahen und nicht als ihre Vorgesetzte. Es war schön, das bestätigt zu bekommen.

»Genau.« Radar strahlte erfreut. »Jetzt musst du das Geschenk aufmachen.«

»Oh.« Sie sah hinunter auf das Friedensangebot. »Sieht so aus.« Sie zog etwas vom Klebeband ab und öffnete den Deckel. Hm. Synthetisches braunes Fell. Zweifelnd zog sie den Gegenstand hervor. Es war ein Stofftier-Känguru. Wie ein süßer kleiner Skippy aus der Fernsehserie – bis auf ein Detail. Jemand hatte ihm ein zerkratztes und zerbeultes Mitsubishi-Zeichen an die Brust getackert.

Ein unangenehmer Verdacht überkam sie. Sie berührte das Logo mit dem Finger. »Woher habt ihr das hier denn?«

»Hast du nichts davon gehört?«, fragte Leg unbekümmert. »Der Party-Bus war nicht mehr zu retten. Radar hat das Zeichen von der Motorhaube als Souvenir mitgenommen.«

»Nur für dich«, ergänzte Radar.

»Das soll wohl ein Witz sein.« Sie legte das Känguru auf den Tisch. »Warum um alles in der Welt sollte ich ein Andenken an den Tag haben wollen, an dem ich ein Känguru überfahren habe?«

»Es war ein lustiger Abend«, erklärte Leg, doch als er ihr Gesicht sah, fügte er schnell hinzu: »Oh, bis auf den Teil.«

»Außerdem sind Kängurus doch voll dein Ding«, rollte Radar es nun von einer anderen Seite auf. Sie sah ihn herausfordernd an. Doch er ließ sich nicht beirren. »Du weißt schon. Erst das, das vom Anleger gesprungen ist, und dann das, das der Party-Bus plattgemacht hat. Wir wollten dir ein persönliches Geschenk machen.«

»O ja, persönlich ist es auf jeden Fall.«

»Es gefällt dir nicht.«

Sie seufzte. »Doch, ist schon in Ordnung. Ein bisschen makaber, aber in Ordnung.« Sie setzte das Stofftier oben auf ihren Bildschirm und sah die beiden an. »So. Zufrieden?«

Das waren sie. Und zwar auf diese seltsame Art und Weise, wenn Männer denken, dass sie etwas Feinfühliges getan haben, obwohl sie dabei nur ins Fettnäpfchen getreten sind.

Die nächsten Stunden vergingen ohne Zwischenfall, und schließlich saßen Lena und Sharon auf den Stufen zu Lenas Dongar. Es war die Zeit der Feierabendbiere, doch die beiden tranken Cola.

»Du wirkst ziemlich angespannt«, bemerkte Sharon. »Du fängst besser ganz von vorne an.«

Lena ließ sich nicht zweimal bitten. Auch wenn sie fand, dass es nicht an ihr war, Sharon von Dans Verhandlung oder seinen familiären Sorgen zu berichten, rekapitulierte sie in aller Ausführlichkeit den Abend, an dem Dan bei ihr Suppe gegessen und dann übernachtet hatte. Sie erzählte Sharon vom bedeutsamen »Ich liebe dich«, den Versprechen, die sie einander gegeben hatten, und wie verwirrt sie nun war, dass sie Gerüchte über eine andere Frau hörte.

»Stimmt das, Sharon?«, fragte Lena ängstlich. »Hast du auch davon gehört?«

So wie Sharon sie ansah, wusste Lena schon, dass sie ihr nicht die erhoffte Antwort geben würde.

»Ich wünschte, ich könnte dir etwas anderes erzählen«, bedauerte Sharon, »aber Harry liegt ziemlich richtig. Carl hat mir danach auch erzählt, dass Bulldog ganz angetan von einer Blondine an der Bar gewesen war. Anscheinend hat er ihr beim Verabschieden sein Handy in die Hand gedrückt, damit sie ihre Nummer einspeichern kann.«

Lenas Herz schien sich mit Eiszapfen zu überziehen. »Ich verstehe das nicht. Er hat gesagt, dass er auf mich warten würde.«

Sharon drückte ihr die Hand. »Na ja, ich würde jetzt nicht behaupten, dass Carls und Harrys Erzählungen konkrete Beweise darstellen. Es könnte schließlich eine Menge Gründe geben, weshalb zwei Fremde Nummern austauschen.«

Das heiterte Lena etwas auf. »Natürlich gibt es die.« Doch als sie versuchte, ein Beispiel zu nennen, wollte ihr keines einfallen.

Sharon bemerkte das und kam ihr zu Hilfe. »Sie könnte beispielsweise seine Schwester sein, die gerade hergezogen ist und ihm ihre neue Adresse gibt.«

Lena biss sich auf die Lippe. »Dan hat keine Schwester. Er hat mir alles über seine Familie erzählt.«

»Na gut, wie sieht's dann aus mit einer Cousine oder einer Bekannten?«, schlug Sharon optimistisch vor.

»In einer überfüllten Bar an einem lauschigen Abend in Point Samson?« Lenas Stimme klang selbst in ihren eigenen Ohren sarkastisch. »Wohl kaum.« Sie konnte sich nur schwer zurückhalten. »Vielleicht hat er gemerkt, wie unvernünftig es wäre, eine Beziehung mit mir einzugehen, als er zurück auf die Baustelle kam. Ich meine, die Arbeitsmoral war so im Keller vor der Schlichtung. Warum das noch einmal riskieren und das Projekt gefährden?«

»Ich glaube, du machst dir zu viele Gedanken«, warf

Sharon ein. »Du wirst die Wahrheit nicht herausfinden, bevor du Dan nicht selbst gefragt hast.«

»Soll ich ihn anrufen?«

»Ich glaube, du solltest ihn besser persönlich treffen.«

»Wann denn? Und wie?« Lena verzweifelte beinahe. »Alle sehen mir die ganze Zeit zu.«

Sharon dachte einen Augenblick nach. »Ich überrede Carl, dass er dir morgen nach Feierabend seinen Pick-up leiht. Dann kannst du zu Dan ins Büro fahren und ihn dort abfangen. Er bleibt ja immer länger.«

Das schien ein guter Plan, und Lena stimmte zu. Was hatte sie schließlich für eine Wahl? Dann schüttelte sie entschlossen ihre Dämonen ab und konzentrierte sich auf Sharon. »Genug von mir. Was läuft da bei dir und Carl?«

Sharon errötete. »Es ist alles so schnell passiert. Carl hat mich eines Abends zurück zum Camp gebracht und zu meinem Dongar begleitet, und dann ...« Ihre Lippen verzogen sich zu einem schüchternen Lächeln. »Dann sind wir plötzlich umgekehrt und was essen gegangen.«

Lena quietschte. »Er hat dich entführt!«

»O ja, und ich wollte entführt werden.« Sharon grinste. »Und das habe ich auch ziemlich deutlich gemacht. Aber weißt du was, Lena? Er ist echt ein toller Typ.«

»Daran habe ich nicht gezweifelt.«

»Ich meine, ich muss mir niemals Sorgen machen, dass er mich anlügen oder mit mir spielen würde. Er ist schonungslos ehrlich.«

»Das kann ich mir ganz gut vorstellen.«

»Und er kümmert sich um mich. Während du nicht da warst, hat er mich jeden Abend zu sich nach Hause eingeladen, damit ich mich im Camp nicht einsam fühle.«

»Das glaub ich dir gern.« Lena grinste frech.

Sharon gab ihr einen Klaps auf den Arm. »Wir reden auch«, verteidigte sie sich und lehnte sich an die Dongar-Wand. »Manchmal stundenlang.«

»Stundenlang?« Lena staunte nicht schlecht. »Ernsthaft? Worüber denn um alles in der Welt?«

»Alles Mögliche.« Diese Antwort versetzte Lena noch mehr in Staunen. »Ich sag dir, Lena, Carl hat Seiten, die du gar nicht kennst. Er ist auch so süß, wenn er nicht bei der Arbeit ist. Unter dieser rauen Bauleiter-Fassade hat er wirklich nicht viel Ahnung, was Frauen angeht, und er will unbedingt alles richtig machen.« Sie lachte verliebt. »Ich glaube, er hatte bisher noch keine längere Beziehung.«

Auf diese Information stürzte sich Lena. »Aber mit euch ist es also was Ernstes?«

Sharon lief rot an. »Ich glaube, es entwickelt sich in die Richtung.« Sie zögerte. »Ich mag ihn sehr, Lena. Also, *wirklich* sehr.«

Lena umarmte sie. »Wie schön für dich. Himmel, wie schön für ihn. Für euch beide.«

»Danke.«

»Weißt du«, begann Lena zögerlich, »ich glaube, es wäre nicht einmal eine große Sache, wenn die Männer über euch Bescheid wüssten. Fish wäre beleidigt, aber alle anderen hätten bestimmt kein Problem damit.«

»Wir sind ja noch ganz am Anfang«, erklärte Sharon. »Carl will sich keine Sorgen um Zuschauer und Tratsch machen müssen, bis wir so weit sind und uns sicher sind.«

Lena lächelte, doch schon bald waren ihre Gedanken wieder bei ihrer eigenen Situation. Sharon hatte recht: Sie musste mit Dan reden. Und genau das würde sie am nächsten Abend tun.

Kapitel 22

Als Lena am nächsten Morgen auf der Arbeit auftauchte, fühlte es sich an, als wäre sie nie fort gewesen. Fish trocknete wieder sein Hemd in der Mikrowelle und kam danach an ihren Schreibtisch, um sie willkommen zu heißen und ihren Tacker auszuleihen. Dann begann er, sein Hemd vorne zuzutackern. Es sah ganz danach aus, als hätte das ständige Erhitzen in der Mikrowelle die Knöpfe ruiniert. Das war allerdings noch nicht der merkwürdige Teil.

»Fish, warum trägst du eine Surferhose zu deinem Hemd und keine richtige Hose?« Lena deutete auf seine regenbogenfarbenen Shorts.

»Habe gestern Abend auch vergessen, meine Hose zu trocknen.«

Sie lachte. »Und warum tust du sie nicht einfach auch in die Mikrowelle?«

»Der Reißverschluss ist aus Metall«, erklärte er gewichtig. »Jeder weiß doch, dass man kein Metall in die Mikrowelle tut.«

»Du machst Witze, oder? Da hältst du dich dran?«

»Na, da ist aber jemand ganz schön von oben herab heute Morgen.« Er rümpfte die Nase. »Musst du gerade sagen mit deinem Känguru auf dem PC.«

Sie streckte ihm die Zunge heraus.

Kurz nach der Mittagspause fuhr Lena auf Inspektionstour zum Schlitten. Die Jungs unterbrachen ihre Arbeit und kamen nach oben aufs Gerüst. Nicht, um sie aufzuziehen, sondern um auf ganz altbewährte Weise mit ungeteilter Aufmerksamkeit und Respekt mit ihr zu reden. Vielleicht hatte es doch etwas für sich, die Heldin der Baustelle zu sein. Sie genoss den Augenblick und die Aussicht. Während sie die im Wasser tobenden Delphine und die Wale betrachtete, fragte sie sich, wie sie Pilbara jemals für karg hatte halten können.

Das Einzige, was sie etwas nervös machte, war Mikes Benehmen. Zuerst hielt er sich mit griesgrämiger Miene im Hintergrund. Dann gesellte er sich zu ihnen, hörte jedoch nur zu, ohne zu kommentieren. Er sah Lena immer wieder an, als wolle er ihr etwas sagen, bekam jedoch kein Wort heraus. Die Jungs beachteten ihn einfach nicht weiter.

Nach einer halben Stunde nahm sie ihn beiseite. »Hör mal, Mike«, kam sie sofort auf den Punkt, »ich habe gehört, was bei der Schlichtung passiert ist, und ich wollte mich bei dir dafür bedanken, dass du die Gerüchte aus der Welt geschafft hast – aus welchem Grund auch immer.« Sie räusperte sich. »Im Grunde genommen hoffe ich, dass wir von jetzt an ein besseres Arbeitsverhältnis haben können.«

Er sah ihr kurz in die Augen und nickte nur.

Das war alles.

Keine bissige Bemerkung, keine Sticheleien darüber, dass sie bekommen hatte, was sie verdiente.

»Willst du mir irgendetwas sagen, Mike?«, hakte sie nach.

Er sah sie an, und seine griesgrämige Miene schien

sich nur noch zu verstärken. »Es hat mir keine Freude bereitet, mit dir zusammenzuarbeiten.«

Lena schnaubte. *Jetzt geht's los.* »Mir hat es auch keine Freude bereitet, mit dir zusammenzuarbeiten, Mike.«

»Ja, aber trotzdem, trotz allem habe ich …« Er schlug eine andere Richtung ein, und seine Stimme klang nun fester. »Du hast vieles erledigt. Manchmal besser als nur erledigt.« Mit einem Seufzer sah er aufs Meer. Die Wale schienen wie immer eine beruhigende Wirkung auf ihn zu haben. Seine Stirn glättete sich, sein Mund entspannte sich, und seine zusammengekniffenen Augen weiteten sich allmählich. Sie standen beide da mit den Händen auf dem Geländer, und während sie ihn noch verwirrt ansah, streckte er eine Hand aus und tätschelte ihr kurz über die ihre. »Ab jetzt wird es besser.«

Die Worte blieben ihr fast im Halse stecken. »Äh, danke, Mike.« Sie folgte seinem Blick aufs Wasser und staunte, dass es so weit gekommen war. Mike entschuldigte sich. Nun ja, das kam wohl einer Entschuldigung am nächsten, und dass ausgerechnet er das zustande brachte … Um ehrlich zu sein, bereitete ihr das Sorgen. Was um alles in der Welt hatte Dan zu ihm gesagt?

Fünf Minuten später traf der Bus wieder ein, und Lena kletterte vom Schlitten hinunter auf die Straße.

»Worüber grübelst du denn gerade nach?«, wunderte sich Sharon, als Lena eingestiegen war.

Sie wehrte ab. »Zu viele Fragen und keine Antworten.«

Der Nachmittag verging extrem zäh, während Lena die Stunden bis zum Feierabend zählte. Gegen drei Uhr klingelte ihr Telefon, und Lena stürzte sich darauf wie eine hungrige Katze auf ihren Fressnapf.

»Hallo?« Sie klang außer Atem.

»Hi, Lena! Wie geht's dir?«

Zuerst erkannte sie die Stimme nicht, registrierte aber, dass es sich nicht um Dan handelte.

»Ich habe dich hoffentlich nicht zu einem ungünstigen Zeitpunkt erwischt.«

Es machte schließlich klick. »Ivan?« Es war nur wenige Monate her, dass sie zum letzten Mal mit ihrem Chef aus Perth gesprochen hatte, aber es fühlte sich bereits wie mehrere Jahre an.

»Ja, ich bin's. Wollte mich nur mal bei dir melden. Ich habe einige vielversprechende Rückmeldungen über dich aus Cape Lambert bekommen. Wie gefällt es dir?«

Ein Lächeln trat ihr auf die Lippen. »Sehr gut, danke.«

»Gut zu wissen. Gut zu wissen.«

In seiner Stimme lag weder Sarkasmus noch Herablassung, und Lena konnte nicht anders, als sich zu fragen, ob der *Tonfall* für immer das Feld geräumt hatte. Sie konnte sich nur hoffnungsvoll auf die Lippe beißen.

»Jedenfalls«, fuhr Ivan fort, ohne etwas von ihrer stummen Frage mitzubekommen, »bist du jetzt seit zwölf Wochen in Pilbara, und ungefähr so lange wollten wir dich ja für dort entbehren.«

Lena schnürte sich die Brust zusammen, als sie zum ersten Mal begriff, dass sie nicht zurückgehen wollte. Sie hatte hier zu viel zu tun. Wie könnte sie nach der Hälfte der Trägermontage gehen? Sie wollte den neuen Anleger sehen, wenn er fertiggestellt war.

Ganz zu schweigen von der Tatsache, dass sie mit Dan noch einiges zu klären hatte.

Doch Ivan redete noch weiter. »Wie du weißt, lassen wir unsere Absolventen in ihren ersten drei Jahren bei uns gern verschiedene Einsatzorte und Bereiche durchlaufen, damit sie herausfinden können, was gut zu ihnen passt. Ich habe hier jemanden, der deine Position übernehmen würde, und für dich haben wir ein paar großartige Optionen, abhängig davon, wo du es gern als Nächstes ausprobieren würdest.«

Ich will nichts anderes ausprobieren. Ich will zu Ende bringen, was ich angefangen habe.

Aber Ivan ließ sie nicht zu Wort kommen. »Das Projekt für das neue St.-James-Krankenhaus, für das wir den Zuschlag bekommen haben, stellt gerade ein Team von Konstrukteuren zusammen. Das wäre natürlich von Perth aus. Wenn du allerdings auf den Geschmack gekommen bist, was das Outback betrifft, dann wäre da die Baustelle in Dampier. Noch ein großes Projekt. Anders als Cape Lambert. Soll noch größer sein.«

»Ivan.« Lena rieb sich die Schläfe. »Das kommt etwas unerwartet. Ich …«

»Ja, du brauchst wahrscheinlich ein bisschen Zeit, um darüber nachzudenken, wo du als Nächstes hin möchtest. Du kannst alles auf unserer Website nachlesen, da gibt's alle Informationen dazu.« Er hielt inne. »Nur damit du's weißt, Lena, du bist die einzige Absolventin, der wir die Wahl geben. Du hast dir in Pilbara wirklich deine Sporen verdient. Gratulation.«

Für Lena hörte sich das nicht nach einer Wahl an. Sie hörte gedämpfte Stimmen am anderen Ende der Leitung, während sie versuchte, sich von der Bombe zu erholen, die gerade bei ihr eingeschlagen hatte. »Lena, ich muss jetzt in eine Besprechung«, entschuldigte sich Ivan. »Nimm dir etwas Zeit und denk drüber nach. Ich ruf dich in ein paar Tagen wieder an.«

Und dann tutete das Freizeichen in ihrem Ohr wie der Hammer des Richters vom Obersten Gerichtshof. Vorsichtig legte sie auf.

»Wow, du siehst aus, als hättest du einen Geist gesehen«, sagte Gavin vergnügt, als er an ihrem Schreibtisch vorbeikam. »Stimmt was nicht?«

»Alles in Ordnung.« Sie ließ sofort den Kopf sinken und konzentrierte sich auf das Blatt vor ihr auf dem Tisch, jedoch nicht auf die Worte darauf. Sie brauchte etwas Zeit, um die Neuigkeit zu verarbeiten, bevor sie irgendjemandem davon erzählte.

Die letzten zwei Stunden waren besonders unproduktiv. Lenas Gedanken flogen zwischen Dan und ihrer bevorstehenden Abreise aus Pilbara hin und her. Sie wusste nicht, was davon sie mehr mitnahm.

Um fünf ließ Sharon diskret einen Schlüsselbund in ihren Schoß fallen, und Lena konnte endlich zum Werksgelände gehen und Carls Pick-up holen. Zwei Minuten später war sie bei Dans Büro. Als sie gerade aussteigen wollte, parkte noch ein Wagen neben ihr. Es war kein TCN-Pick-up, sondern ein blauer Nissan mit Blumenmuster auf den Sitzen und ein paar Stofftieren, die aus der Heckscheibe lugten. Lena sah entsetzt zu, wie eine Blondine mit langen Beinen in schwarzem Trägertop und Jeansrock aus dem Wagen stieg.

Die Frau winkte Lena freundlich zu, bevor sie in Richtung Büro-Dongar ging. Lena sah ihr fassungslos hinterher. Jetzt hatte sie alle Antworten. Beinahe hätte sie Dan bei seiner Verabredung gestört. Mit steifen Gliedern kletterte sie zurück auf den Fahrersitz und fuhr so schnell es das Tempolimit erlaubte vom Parkplatz. Tränen traten ihr in die Augen, doch eisern hielt sie sie zurück. Dan hatte ihren Kummer nicht verdient. Zum Glück hatte sie sonst niemand gesehen.

Sie fuhr direkt zum Camp, da Carl sein Auto von dort abholen wollte. Sharon würde sie später in der Kantine treffen, damit sie ihr die Schlüssel zurückgeben konnte. Bis dahin ging sie erst einmal duschen in der Hoffnung, den Tag aus ihrem Kopf und von ihrem Körper spülen zu können. Das war leider leichter gesagt als getan.

Sie hatte so sehr auf ihr eigenes Urteilsvermögen gesetzt – dem Gerücht nicht über den Weg zu trauen, bis sie es mit eigenen Augen sah. Jetzt war es unmöglich, etwas anderes anzunehmen. Ihr schnürte sich die Brust zu. Wie konnte sie sich so in Dans Gefühlen für sie getäuscht haben?

Sie lag eine Stunde lang auf ihrem Bett und starrte an die Rigipsdecke. Sie wurde einfach nicht schlau aus allem. Schließlich war es Zeit fürs Abendessen, und sie beschloss, in die Kantine zu gehen. Es war besser, sich abzulenken, als darüber nachzudenken, wie leichtgläubig und naiv sie war.

In der Kantine war es voll, und Sharon winkte ihr sofort vom anderen Ende des Speisesaals zu. Lena ging jedoch erst ans Buffet und tat sich einen Teller Spaghetti auf. Auf ihrem Weg zu Sharon sah sie Dan allein an einem Tisch in ihrer Nähe sitzen. Unwillkürlich verlangsamten sich ihre Schritte. Was machte er hier? Sollte er nicht bei seinem Date sein?

Der Knoten um ihre Brust lockerte sich ein wenig. Vielleicht war es doch alles nur ein großes Missverständnis. Ohne über die Konsequenzen ihres Handelns nachzudenken, ging sie zu ihm und setzte sich.

Dan sah auf, als Lenas Teller plötzlich neben seinem auftauchte. Er war mal wieder unrasiert, und die leichten Stoppeln verliehen ihm etwas Raubtierhaftes, das ihr sofort das Blut in den Adern heftiger pulsieren ließ. Sein durchdringender Blick hatte um keinen Deut nachgelassen.

»Hi«, begrüßte sie ihn. Sie versuchte, ihre Stimme ruhig und lässig klingen zu lassen, doch sie nahm wahr, wie ein Murmeln durch die Kantine lief. Alle stießen sich an.

»Bist du sicher, dass das klug ist?« Dan warf einen Blick zur Seite, als er sich den Mund mit einer Serviette abtupfte. »Du sorgst für Aufregung.«

Sie nahm ihre Gabel. »Stört dich das?«

»Noch nicht.« Er wandte sich wieder seinem Teller zu, und seine Gleichgültigkeit irritierte sie.

»Was soll das heißen, noch nicht?«

Er sah sie nicht an, als er ihre Frage lustlos, ja fast gelangweilt beantwortete. »Ich habe mir sehr viel Mühe gegeben, damit du unbeschadet aus diesem Skandal herauskommst. Es wäre schade, wenn sich diese ganzen Anstrengungen als umsonst herausstellen.«

»Ja, ich habe von deinen *Anstrengungen* gehört.« Sie konnte den Hohn nicht aus ihrer Stimme heraushalten. Dan sah sie mit zusammengekniffenen Augen an.

»Habe ich etwas falsch gemacht, Lena?«

»Falsch?«, fragte sie. »Nein, natürlich nicht. Wir haben ja schließlich nichts davon gesagt, dass wir uns mit niemand anderem treffen, während du darauf wartest, dass ich meine Angelegenheiten kläre.«

Dan hörte auf zu essen. »Wovon um alles in der Welt redest du?«

Lena ließ ihre kühle Fassade fallen. »Ich weiß es nicht. Wie wär's mit der hübschen Blondine, mit der du in Point Samson angebändelt hast, während ich noch in Perth war?«

Dans verwirrte Miene klärte sich abrupt auf, und ein schwaches Lächeln umspielte seine Lippen. »Ich nehme an, du meinst Wendy, Mikes Nichte aus Karratha. Ich habe ihr im Tausch für seine Aussage einen Job angeboten.«

»Du ... du hast was getan?«, stotterte Lena.

»Ich habe ihr einen Job angeboten«, wiederholte er nüchtern. »Wendy ist Arbeitsschutzbeauftragte, war aber die letzten zwei Jahre arbeitslos. Ich habe Mike angeboten, ihr einen Job zu vermitteln, wenn er zurücknimmt, was er im Pool gesehen hat.«

»Aber ich habe sie heute nach der Arbeit vor deinem Büro gesehen, und sie war aber zum Ausgehen angezogen«, entfuhr es Lena, und Dans Lächeln wurde breiter. »Du hast mir wohl nachspioniert, was?«

»Nein.« Lena widmete sich ihren Nudeln. »Ich war nur gerade in der Gegend.«

»Tatsächlich?«

»Hör zu«, fuhr sie fort und versuchte, ihr Erröten zu ignorieren, »es spielt doch keine Rolle, wo ich war. Ich versuche nur, zu verstehen, was hier vor sich geht.«

Dans Augen funkelten vor Vergnügen, doch er ging nicht weiter darauf ein. »Na ja, es ist ziemlich simpel. Mike hat mir Wendy in der Bar vorgestellt, und nach einem kurzen Gespräch direkt vor Ort habe ich sie eingestellt. Sie hat mir ihre Telefonnummer und all das gegeben, bevor sie gegangen ist. Und was heute Abend betrifft, da ist sie vorbeigekommen, um ihre TCN-Uniform abzuholen. Sie fängt morgen an.«

Erleichterung durchflutete Lena. Ihr Instinkt war richtig gewesen. Er hatte sich nicht auf jemand anderen eingelassen. Sie stützte den Kopf in die Hände. »Ich hätte es wissen müssen«, stöhnte sie. »Vor allem weil Mike sich heute beinahe bei mir entschuldigt hat.«

»Wirklich?« Dan sah sie erstaunt an. »Vielleicht war ich ihm gegenüber zu hart, was sein Verhalten anging. Aber ich konnte einfach nicht widerstehen, ihm vorzuschlagen, er solle sich vorstellen, man würde Wendy so behandeln wie dich.«

»Da hast du definitiv einen Nerv getroffen.« Lena nickte und schwieg einen Moment. Sie war unsicher, wie sie jetzt fortfahren sollte. Vor lauter Verlegenheit konzentrierte sie sich weiter auf ihr Essen. Es war schwer, sich nicht dafür zu schämen, dass sie voreilige Schlüsse gezogen hatte, während er sie nur wieder beschützte. »Du hast doch nicht ernsthaft geglaubt, dass ich so schnell über dich hinwegkommen würde, oder?«, erkundigte Dan sich leise.

Ihr stockte der Atem, als sie ihm in die Augen sah. Dann sprudelten die Worte aus ihr heraus. »Ich bin gestern Morgen zurückgekommen, und du bist nicht vorbeigekommen, um mich zu sehen, und das ist jetzt fast zwei Tage her, und ich hatte einfach das Gefühl, dass alles vielleicht … na ja … sich vielleicht verändert hatte, seitdem wir uns in Perth zuletzt gesprochen haben.«

Sein Kiefermuskel zuckte. »Warum sollte es das?«

»Na ja, ich dachte, dass dir vielleicht klargeworden ist, dass es besser für das Projekt wäre, wenn wir nichts miteinander zu tun haben. Die Arbeitsmoral ist gerade so gut. Momentan denken wegen dir alle, ich wäre die Heldin der Baustelle. Sie singen auf der ganzen Landungsbrücke Loblieder über mich.«

»Das ist nicht mein Verdienst, Lena, das ist deiner.«

»Bist du sicher? Weil sie das auch schon in Perth gehört haben, und …« Ihre Stimme zitterte ganz leicht. »Sie beordern mich zurück.«

Das gab ihm zu denken. »Wieso?«

»Das ist das Absolventenprogramm«, stöhnte sie. »Ich soll jetzt zur nächsten Station, aber ich will gar nicht gehen.«

»Dann bleib hier.«

»Ich glaube nicht, dass ich die Wahl habe.«

»Natürlich hast du die Wahl.« Dan legte sein Besteck auf den Tisch. »Lena, denk doch mal darüber nach, wer du bist. Was du erreicht hast. Glaubst du wirklich, dass Carl und der Rest des Teams ihre Heldin ohne Kampf aufgeben würden? Wissen sie schon davon?«

»Nein, noch nicht.«

»Eben.« Dan nickte, als würde diese Offenbarung alles bestätigen. »Glaub mir, wenn ich dir sage, dass die Leute aus Perth erst einmal versuchen, dich zu überzeugen, bevor sie mit den anderen reden. Lena, ich kann aus Erfahrung ganz offen sagen, dass diese Art von Programmen immer flexibel sind. Bleib einfach bei deiner Meinung.« Seine Stimme wurde weicher. »Wir wissen ja beide, dass du das gut kannst.«

Lena fühlte sich immens erleichtert, bis Dan aufstand. Erneut lief ein Raunen durch die Kantine. Aber Lena war es egal. Sie erhob sich ebenfalls.

»Dan, warte …«

»Das tue ich.« Er sah sie mit seinen blauen Augen durchdringend an, und sein Blick traf sie genau wie seine Stimme. »Das weißt du doch, Lena. Zweifle nicht wieder daran.«

Es herrschten wahrscheinlich angenehme fünfundzwanzig Grad in der Kantine, doch Lena bekam plötzlich eine Gänsehaut.

»Es gibt so viel, was ich dir erklären muss«, stammelte sie. Sie dachte an Kevin und all ihre bisherigen Unsicherheiten, die mittlerweile so unwichtig wie ein paar Staubkörner erschienen.

»Ich habe Zeit«, willigte er ein. »Aber ist das hier der richtige Ort dafür?«

Sie trat unruhig von einem Fuß auf den anderen, und die Zweifel, die er eben erwähnt hatte, krochen wieder hervor. »Dan, du hast die Gerüchte über uns so vollkommen ausgelöscht. Wäre es ein Problem, wenn sie wieder auftauchten?«

»Warum sollten sie das?«

Sie schluckte und beschloss, einfach ins kalte Wasser zu springen. »Dan, wenn ich in einer Beziehung bin, dann kommt bei mir die Arbeit nicht an erster Stelle. Das hier«, sie deutete mit dem Finger auf sie beide, »ist das Wichtigste für mich, ganz egal, was die anderen denken. Eine heimliche Beziehung macht keine Freude, glaub mir.«

In seinem Gesicht zeichnete sich eine Anspannung ab, als würde er etwas unterdrücken. »Was genau meinst du damit?«

Lena frustrierte sein Mangel an Auffassungsgabe. Eben noch wollte er nicht darüber reden, und jetzt verlangte er die komplette Geschichte. Mit einem Seufzer begann sie. »Mein Ex Kevin war mein Dozent an der Uni, und ich war lange davon überzeugt, dass mein Abschluss durch unsere Beziehung verpfuscht wurde. Letztendlich lag ich da falsch, aber dieses Missverständnis hat mich das ganze Jahr über fertiggemacht. Das war es, was ich klären musste, weshalb ich …«

»Lena.« Er griff entschlossen nach ihrer Hand, um sie zum Schweigen zu bringen. »Das meinte ich nicht. Was ich wissen will: Bist du jetzt bereit, eine Beziehung mit mir einzugehen?«

»Oh.« Sie sah ihn überrascht an. Hatte sie das nicht deutlich gemacht? »Ja, natürlich. Ich …«

Der Rest ihres Satzes sollte nicht mehr ausgesprochen werden, denn Dan zog sie an sich, und sie stolperte ihm in die Arme. Er beugte sich zu ihr herunter und küsste sie so heftig, dass sie sich vollkommen darin auflöste.

Um sie herum blieb den Männern erst die Luft weg, und dann dröhnte Fußgetrampel durch die Kantine, während die Zuschauer dem Höhepunkt der Darbietung zusahen. Der Lärm wurde immer lauter, doch Dan und Lena ließen sich nicht los, sondern klammerten sich aneinander fest.

Okay, vielleicht ist es ihm doch egal, was die anderen denken.

Das war Lenas letzter zusammenhängender Gedanke, bevor sie den Boden unter den Füßen verlor, als Dan sie hochhob, so dass sie auf gleicher Höhe waren. Schließlich löste sie sich von seinen Lippen. »Bist du wahnsinnig?«, fragte sie ihn.

»Wahnsinnig, verrückt, durchgeknallt.« Seine Stimme klang heiser. »Das volle Programm.«

Lena platzte beinahe vor Glück.

Dan setzte sie wieder ab und sah sich im Speisesaal um, in dem das reinste Chaos ausgebrochen war. Die Männer schlugen mit dem Besteck auf die Tische, johlten und buhten sie gleichzeitig aus, grunzten anzüglich, pfiffen und riefen ihnen schmutzige Witze zu.

Radar rief vergnügt über das Getöse hinweg: »Nehmt euch ein Zimmer!«

»O nein«, murmelte Lena und schmiegte sich an Dan. »Was haben wir getan?«

»Eindeutig ein Monster erschaffen«, entgegnete Dan trocken.

»Dafür bringt Carl mich um.« Lena grinste reuelos.

Zu ihrem Erstaunen sah sie, wie Leg und Radar plötzlich ihre Teller beiseiteschoben, um auf ihren Tisch zu steigen. Sie wedelten mit den Armen, doch niemand beachtete sie. Lena sah Sharon fragend an, doch die schüttelte nur mit einem geheimnisvollen Lächeln den Kopf. Leg legte sich schließlich die Hände als Trichter um den Mund und schrie: »Haltet verdammt noch mal die Schnauze!«

Der Lärm verstummte, und alle Köpfe wandten sich ihm erwartungsvoll zu.

»Gentlemen«, Radar legte die Hände zusammen und verbeugte sich versöhnlich, bevor er eine Hand Richtung Lena und Dan ausstreckte, »darf ich vorstellen: das verdammte Traumpaar von Cape Lambert.«

Als an allen Tischen Gelächter und Jubel ausbrach, durchströmte Lena Erleichterung.

Alles würde gut werden.

»Komm«, Dan zog sie an der Hand, »ich glaube, das ist unser Stichwort.«

So würdevoll wie möglich eilten sie aus der Kantine und ignorierten so gut es ging die Vorschläge, was sie denn tun sollten, sobald sie sich allein auf einer weichen Unterlage befanden.

Als sie genügend Sicherheitsabstand hatten, blieb Dan stehen und zog sie in seine Arme. »Ich liebe dich.«

Lena grinste ihn an. »Ich liebe dich noch mehr.«

»Das ist unmöglich.« Lachend zog er sie weiter, und sie folgte ihm ohne den geringsten Widerstand.

In den folgenden Tagen konnte nichts Lena etwas anhaben. Sie war die glücklichste Frau in Westaustralien. Es wäre zwar eine grobe Übertreibung gewesen, zu behaupten, alle Hindernisse wären ihr aus dem Weg geräumt worden. Doch anstatt sich davor zu fürchten, genoss Lena die Herausforderungen. Das Leben lag ihr mit einer Unmenge an Möglichkeiten zu Füßen. Sie musste sich nur eine aussuchen, und sie wusste definitiv, welche sie sich zuerst vornehmen würde.

Montagmorgen rief sie als Erstes Ivan an. Er nahm nach dem dritten Klingeln ab und begrüßte sie freundlich, als er ihre Stimme erkannte. »Ach, hallo Lena, ich wollte dich auch gerade anrufen.«

Lena lächelte zuversichtlich. Carl und die anderen Ingenieure des Projekts standen zu hundert Prozent hinter ihr.

»Hi, Ivan, ich rufe an, weil ich über deinen Vorschlag nachgedacht habe.«

»Und hast du eine Präferenz?«, ermunterte er sie sanft.

»Die habe ich.« Ihre Antwort war entschlossen und positiv. Und nachdem sie tief Luft geholt hatte, sprach sie die Worte aus, die sie vor sechs Monaten niemals für möglich gehalten hätte.

»Ich würde gern in Pilbara bleiben.«

Anmerkung der Autorin

Der Großteil dieser Geschichte spielt an den Cape Lambert Port Facilities, einem der größten, längsten und tiefsten Schiffsanleger der Welt. Die Landungsbrücke gehört Robe River Iron Associates und wird von Pilbara Iron betrieben. Die nahegelegene Stadt Wickham wurde speziell für den Betrieb des Hafens errichtet, um die für die Güterzüge, die primären und sekundären Brecher, das Mischen, Sieben und die Lagerung des Eisenerzes zuständigen Mitarbeiter zu beherbergen.

Die Landungsbrücke ist ungefähr drei Kilometer lang und dreißig Meter hoch, darauf werden zwei Schiffsbelader bzw. Kräne betrieben, die drei Schiffe gleichzeitig beladen können. Von hier aus werden momentan zwischen 55 und 57 Millionen Tonnen Eisenerz jährlich an Stahlwerke in Japan, China, Korea, Taiwan und Europa exportiert.

Meine Heldin wird als Teil eines Teams nach Cape Lambert geschickt, das die 1972 errichtete Seebrücke verlängern und verbreitern soll, die schon mehrmals Aufrüstungen dieser Art unterzogen wurde, um ihre Lebensdauer und Kapazität zu erhöhen. Ich hatte das Glück, früh in meiner Tätigkeit als Ingenieurin an einer dieser Aufrüstungen im Jahre 2001 teilzunehmen. Auf dieser Erfahrung gründet sich meine Geschichte.

Das Projekt ist echt, ebenso wie die Bedingungen und die Belastungen. Um allerdings die Zahl der Protagonisten und die Fachsprache zu reduzieren, habe ich die beruflichen Rollen meiner Figuren etwas komprimiert. Carl ist beispielsweise der Bauleiter, führt im Roman aber auch Aufgaben aus, für die es sonst zusätzliche Fachbauleiter geben würde. Ich habe ebenfalls viele andere Funktionen des Hafens und der Verschiffungspläne außer Acht gelassen, die das Bauvorhaben noch sehr viel mehr verkomplizierten, als hier deutlich wird. Mein Ziel war es, den Menschenschlag und Lebensstil in solch einer Umgebung einzufangen. Dennoch ist es wichtig, aufzuzeigen, dass alle im Text beschriebenen Figuren und Firmen vollkommen fiktiv sind. Jegliche Ähnlichkeit mit realen Personen oder Institutionen ist rein zufällig.

Dieses Buch spricht mir aus dem Herzen und zeigt hier und da, welche Wege ich selbst eingeschlagen habe, sowohl in Pilbara als auch anderswo. Der Beruf eines Ingenieurs ist nicht glamourös und wird oftmals nicht verstanden. Die Herausforderungen und Gefahren, mit denen sich die Männer und Frauen bei solchen Projekten konfrontiert sehen, sowohl intellektuell als auch emotional, werden normalerweise nicht in der Öffentlichkeit angesprochen. Doch in diesem Buch geht es nicht nur darum. Ich wollte die Schönheit Australiens einfangen, die bunt schillernden Menschen, die hier leben, und weshalb es so wichtig ist, seine Freunde und Familie niemals als selbstverständlich hinzunehmen.

Danksagung

Mich haben so viele Menschen nicht nur mit ihrer Zeit dabei unterstützt, dieses Buch entstehen zu lassen. Es wäre einfach nicht richtig, ihnen nicht mit ein paar Worten mitzuteilen, wie dankbar ich ihnen bin und wie sehr ich sie schätze.

Mein aufrichtiger Dank gilt den Frauen von WINK für ihren kritischen Blick auf die erste Fassung.

Ebenso meiner wunderbaren Kritikerin und Kollegin, Nicole E. Sheridan, die sich geduldig durch eine komplette Neufassung ackerte. Deine Ermutigung hat mir viel bedeutet.

Danke an meine Schwester Marlena, die sowohl mit Kritik als auch Begeisterung die Entwicklung meiner Heldin Lena begleitet hat. Ich danke dir für all deine Hilfe und deinen Glauben an die Geschichte.

Ein Dankeschön an meine Schwiegermutter Shirley, die sehr kurzfristig den endgültigen Entwurf Korrektur las und immer an dieses Buch geglaubt hat.

Und natürlich wäre dieser Roman nicht dort, wo er jetzt steht, ohne die harte Arbeit meiner großartigen Agentin Clare Forster und meiner wundervollen Verlegerin Beverley Cousins.

Vielen Dank auch an das übrige Team von Random House Australia für ihren Beitrag, vor allem an Virginia Grant und meine Pressebetreuerin Jessica Malpass.

Meine Familie und Freunde unterstützen mich schon seit Jahren bei meinem Schreiben. Für ihr anhaltendes Vertrauen in mich muss ich sowohl meine Eltern Ivan und Juanita erwähnen als auch meine beiden anderen Schwestern Jacenta und Angela. Mum, ich danke dir, dass du all meine E-Mails aus Pilbara aufbewahrt hast. Du warst die Erste, die dort eine Geschichte sah.

Und schließlich alles Liebe an meinen Mann Todd, der mein Fels und mein Held ist. Und an unsere drei wunderbaren Kinder Luke, James und Beth. Ihr seid meine Inspiration.